GAEA

Gaea

Ostatnie Życzenie

最後的願望

獵魔士

Andrzej Sapkowski

安傑・薩普科夫斯基——著 林蔚昀——譯

Ostatnie Życzenie

最後的願望

獵魔士

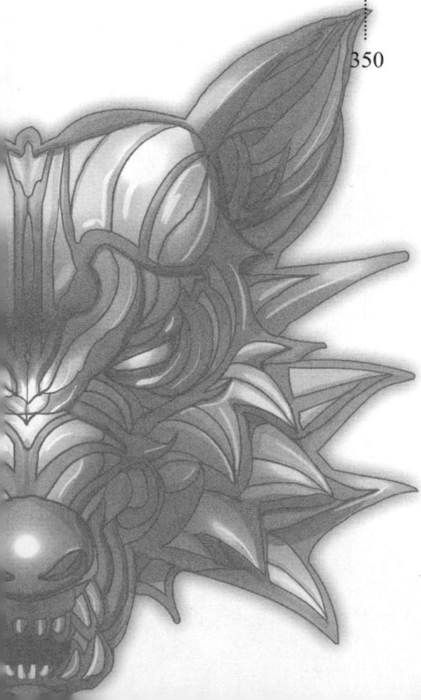

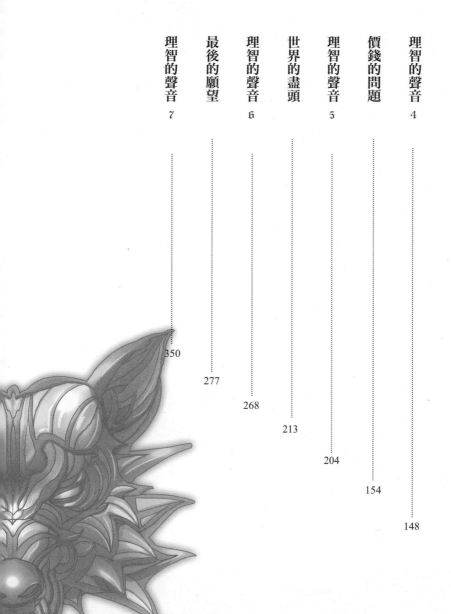

理智的聲音 1

她在清晨來到他的身邊。

她非常小心地進來，無聲無息，像個幽靈或幻影似地飄過房間；唯一的聲音，是她身上的斗篷磨擦赤裸肌膚所發出的窸窣。然而這細微、幾乎聽不見的聲響卻吵醒了獵魔士；或者說，把他從半夢半醒之間——像在平靜的海面和海床之間單調地隨波逐流、被纖細藻葉包圍的海底深處拉了出來。

他一動也不動地躺著，甚至沒有顫抖一下。女孩快步接近他、扔下斗篷，慢慢地，略帶遲疑地屈膝靠在床沿。他用眼底的餘光觀察她，沒有讓她發覺他其實是醒著的。她小心地爬上床，爬到他身上，用大腿緊箍他的身子。她兩手撐著上身，用帶有甘菊甜香的髮絲輕搔他的臉。她堅定地，彷彿有點急切地彎下身子，用乳尖挑逗他的眼皮、臉頰和嘴唇。他微微一笑，緩慢而輕柔地伸手去抱她的肩。她直起身子，從他的指間溜開，整個人映照在籠罩著霧氣的晨曦中——不，應該說她在發光，她的光芒和清晨的光合爲一體。他想要挪動身子，但她用雙手緊緊抓住他，不讓他改變姿勢。她輕柔但堅定地晃動腰部，她在要求他的回應。

他回應了她。她不再閃避他的手掌，把頭向後仰起，頭髮在空中飛舞。她的肌膚冰涼，有著不可思議的細滑觸感。當他們的臉互相貼近，他看到她又黑又大的雙眸——就像羅莎卡【註】的一樣。

他搖晃著，沉沒在那片洋溢甘菊香味的海洋裡。浪花越來越大……敲擊著耳膜。海面，已不復原先的平靜。

【註】斯拉夫神話中居於水畔、歌聲動聽的女妖。

獵魔士

I

他們後來說，那個人是從北方穿過「繩索之門」進來的。他步行而來，一手用馬轡牽著載滿重物的馬兒。那是傍晚時分，製作繩索、馬鞍和皮革的攤位都打烊了，街上空蕩蕩一片。天氣燠熱，那人卻披著一件黑大衣，格外引人注目。

他在「老那拉寇特」酒館門前停下，在那站了一會兒，聆聽裡面的喧譁。就像平常一樣，這個時段酒館擠滿了人。

陌生人沒有進入「老那拉寇特」。他牽著馬，繼續往路的另一頭走去。前頭有另一間比較小的酒館，名叫「狐狸」，那兒沒什麼人。這間酒館的風評不太好。

酒館主人從裝滿醃黃瓜的木桶上抬起頭來，打量這位客人。身穿大衣的陌生人僵直地站在吧台前一動也不動，沉默著。

「要什麼？」

「啤酒。」陌生人說，他的聲音令人心生不悅。

酒館主人把手在布圍裙上擦了擦，往陶製大酒杯裡倒滿了酒。杯子的邊緣有個缺口。

陌生人不老，但頭髮幾乎全白了，大衣底下穿著領口和肩膀有綁繩的破舊皮背心。他一脫下大衣，所有人都看到他揹著一把劍。這沒什麼好奇怪的，在維吉馬這地方每個人都隨身攜帶武器，但沒有人像他那樣把劍當成弓或箭袋揹在背上。

陌生人沒在坐滿客人的桌前坐下，依然站在吧台前，用銳利的目光瞪著酒館主人。他啜了一口酒。

「我在找過夜的地方。」

「沒空房了。」酒館主人咕噥著，直盯著陌生人沾滿灰塵的骯髒靴子。「去老那拉寇特那裡問。」

「我比較喜歡這裡。」

「沒空房了。」酒館主人終於認出陌生人的口音，那是利維亞人。

「我會付錢。」陌生人輕聲說，彷彿不太確定。

那醜惡的事件就是從這裡展開的。一個高個麻子臉站起來走到吧台前，陌生人一踏入酒館，這人就一直以陰沉的目光盯著他瞧。他的兩個同伴站在他身後不到兩步的距離。

「店家說了沒有空房，你這無賴、利維亞來的乞丐。」麻子臉站在陌生人面前咆哮。「維吉馬不需要像你這樣的人，這裡是有格調的地方！」

陌生人拿起酒杯，退到一旁去。他望向酒館主人，但對方避開他的目光。他一點也不想保護這個利維亞人。說真的，誰喜歡利維亞人？

「利維亞人全是小偷，」麻子臉說，口中滿是啤酒、大蒜和憤怒的味道。「聽見了沒，王八蛋？」

「他聽不見，耳朵被屎塞住了。」站在麻子臉背後的人說，另一人粗野地大笑。

「付完錢快滾蛋！」麻子臉大吼。

陌生人這時才抬起頭看他。

「我要喝完我的啤酒。」

「我們來幫你。」麻子臉斷聲道。他打翻陌生人手中的酒，同時抓住他的肩膀，手指緊扣陌生人斜揹在身上的皮繩。麻子臉的同伴之一掄起拳頭準備攻擊。陌生人一個旋身掙脫麻子臉的手，後者突然失去平衡。劍出鞘，發出清脆的聲響，劍光在油燈的微光中一閃。酒館內一陣混亂、驚叫，某個客人奪門而出。椅子「咚」地一聲倒地，陶製杯盤在地上發出悶響。酒館主人看著麻子被劃爛的臉——嘴唇不住顫抖。麻子臉的手指緊抓著吧台，猶如水中溺死的人般慢慢倒下。另外兩人躺在地上，一個已經不動了，另一個不斷抽搐、慘叫，身下的血泊逐漸擴散。空氣中響起女人尖細刺耳、歇斯底里的尖叫。酒館主人渾身發抖，重重喘氣，然後開始嘔吐。

陌生人貼牆而立，像一頭警醒的獸般戒備著，兩手緊握劍柄，劍尖朝上。沒有人敢動，人人臉上盡是驚惶的表情，他們全身僵硬、無法出聲。

三個守衛「砰」地一聲衝入酒館，身上的兵器鏗鏘作響。他們一定正在附近巡邏，手裡拿著纏著皮繩的棍子，但是一看到屍體，立刻把劍亮了出來。利維亞人背貼牆壁，左手從靴中抽出匕首。

「把武器放下！」一個守衛用顫抖的聲音大喊。「把武器放下，惡棍！跟我們走！」

另一個守衛一腳踢開桌子，好伺機從旁抓住利維亞人。

「去叫人來！特瑞斯卡！」他向站在門邊的守衛大吼。

「不用，」陌生人垂下劍，「我自己會走。」

「要用繩子綁著你走，你這狗娘養的！」顫抖的守衛大叫：「放下，不然我打爛你的頭！」

利維亞人站直身體，迅速把劍夾到左腋下，抬起右手，飛快朝守衛比了個複雜的記號，縫綴在上衣前臂袖口上的金屬飾釘發出耀眼的光芒。

守衛即時退開，用手臂遮住臉。其中一個客人跳起來，另一個往門口衝去。女人又開始放聲尖叫，震耳欲聾。

「我自己會走。」陌生人用金屬般的響亮聲音重複了一遍。「你們三個走前面，帶我去見城主。我不知道路。」

「是，先生。」守衛低頭嘟噥，走到門邊，有點手足無措。另外兩人快步跟隨他。陌生人還劍入鞘，把刀放回靴子，走在最後。一行人經過時，客人們紛紛用衣物把臉遮住。

〃

維吉馬的城主魏樂拉德摸著下巴，沉思著。他並不迷信，也不膽小，但他不喜歡和白髮人獨處這個主意。最後他下了決心。

「你們出去。」他對守衛說。

「你，坐下。不、不是這兒，如果你不介意，坐遠一點。」

陌生人坐下。他身上已沒有劍，也沒有黑大衣。

「洗耳恭聽。」魏樂拉德邊把玩著放在桌上的權杖，邊說：「我是維吉馬的城主魏樂拉德。在你下地牢前，有什麼話要對我說，強盜先生？三具屍體，又嘗試對守衛施咒，不賴嘛，眞的不賴。在維吉馬，這可是要處以立木柱的極刑【註一】。但我是個公平的人，我會聽聽你的自白，說吧。」

利維亞人解開上衣，拿出一張捲起來的白羊皮。

「你們在岔路口和酒館貼的那些告示，」他低聲說：「上面寫的是眞的嗎？」

「啊，」魏樂拉德喃喃說，看著蝕刻在羊皮上的盧恩字母【註二】。「是這件事啊，我一開始也沒想到。嗯，是眞的，千眞萬確。上頭簽了名：佛特斯特——特馬利亞、彭達爾和馬哈喀姆的國王。這表示是眞的。但是告示歸告示，法律歸法律。我，維吉馬的城主，維護這兒的治安及法律！我不容許有人在這裡殺人，聽明白了嗎？」

利維亞人點頭表示明白。魏樂拉德生氣地噴了一口鼻息。

「你有獵魔士的徽章？」

陌生人再次把手伸入懷裡，掏出一個掛在銀鍊上的圓徽章。徽章上刻著狼頭，露出森白的犬齒。

「你有名字吧？叫什麼名字，我不是好奇才問，只是爲了說話方便。」

【註一】歐洲古代酷刑，類似中國古代的「騎木驢」。處刑方式是用沾滿油的光滑削尖木棒從肛門插入犯人身體，把犯人掛在木柱上立起來。木柱雖穿刺犯人身體，但沒有傷到脊椎或心肺，犯人通常要承受長時間痛苦才會死亡。

【註二】中世紀時在歐洲及斯堪地納維亞半島等地廣泛使用的古老字母，據說可作魔法及占卜用途。

「我叫傑洛特。」

「傑洛特，很好。聽你的口音，是從利維亞來的吧？」

「是的。」

「好，傑洛特，這件事——」魏樂拉德用手掌一拍告示，「就算了吧，這可不是開玩笑的。許多人都失敗了，撂倒幾個小混混可不能和這相比。」

「我知道，城主，這是我的職業。上面寫著：獎金三千歐蘭。」

「獎金三千。」魏樂拉德撇著嘴說：「就如傳言，還可娶公主爲妻。雖然仁慈的佛特斯特沒寫。」

「我對公主沒興趣。」傑洛特平靜地說，把手放在膝上，動也不動地坐著。「上面寫三千歐蘭。」

「眞是，這是什麼時代啊，」城主嘆了一口氣，「眞是可怕的時代！二十年前誰會想到？就算是說醉話，也沒有人會想到竟然會出現這種職業。獵魔士！到處流浪，專殺翼蜥的人！挨家挨戶提供服務，收服惡龍和水鬼！傑洛特，幹你這行可以喝啤酒嗎？」

「當然。」

魏樂拉德擊掌。

「啤酒！」他喊。「傑洛特，坐近點，不打緊。」

僕役送上啤酒，冰涼且浮滿泡沫。

「這個時代糟透了。」魏樂拉德邊啜飮啤酒，邊喃喃自語：「惡夢般的怪物越來越多，馬哈喀姆的山上滿坑滿谷都是毛怪。以前森林裡只有狼在嚎叫，現在呢？吸血鬼、波洛維克【註】、狼人，或其他鬼才知道是什麼的玩意，隨便吐一口痰都會噴到。在村莊，羅莎卡和波瓦曲卡不知抓走了幾百個孩子。以前聽都沒聽過的惡疾接二連三發生，令人寒毛直豎。現在又加上這個！」說著，他把羊皮往桌上一攤。

「需要像你們這樣的人，一點都不值得大驚小怪。」

「王宮的告示，」傑洛特抬起頭，「您知道細節嗎，城主？」

魏樂拉德往椅背一靠，雙手放在肚子上。

「你說細節？我知道。不是第一手，但是來源可靠。」

「願聞其詳。」

「你既然堅持，隨你便。聽著——」魏樂拉德喝了一口酒，壓低聲音說：「我們仁慈的佛特斯特還是王子的時候——那時老麥德拉國王還在——就向我們展現了他的能力，他的能力還眞是非凡出眾啊。我們本來希望他長大後會好一點，誰知道當老國王駕崩，佛特斯特即位沒多久，他竟然又打破了自己的記錄，嚇得我們下巴都快掉下來了。長話短說：他把親妹妹雅妲的肚子搞大了。雅妲和他總是特別親密，但是誰會想到……也許除了王太后……總之，雅妲挺著個大肚子，佛特斯特開始講婚禮的事。和親妹妹——你能想像嗎，傑洛特？之後事情簡直一發不可收拾，因爲剛好拿威格拉德的維吉米爾國王想把自己的女兒妲拉卡嫁給佛特斯特，他派來了使節，而我們在這兒得拉住國王，免得他跑去侮辱人家。還

【註】波洛維克（Borowik），Bór在波文裡有濃密森林的意思，Borowik指的是森林裡的妖怪，此爲古波文。

好沒出什麼事，否則維吉米爾可是會把我們開膛破肚的。之後，多虧雅妲幫忙，暫時讓他打消閃電結婚的念頭。」

「接著，雅妲生了，和預產的日子一天不差。現在聽仔細了，這是重點。沒幾個人見到生出來的那東西，但一個接生婆從高塔上跳下去摔死，另一個精神錯亂，到現在還是白痴；那個雜種女孩八成長得很抱歉。生出來馬上就死了，依我看，大概是因爲沒人即時把臍帶紮好。而雅妲，算她走運，生完孩子就死了。」

「然後，兄弟，佛特斯特又做了件蠢事。那個雜種應該趕快燒掉，不然就是埋到荒郊野外，而不是放在王宮地下墓穴的石棺裡。」

「現在檢討太遲了。」傑洛特抬起頭說：「該找智者來商量。」

「你是說那些帽子上有星星的騙徒？對啊，來了十多個，但那是後來的事了，那時我們已經知道石棺裡那個晝伏夜出的東西是什麼玩意，她並不是從一開始就出現的，喔不。葬禮後七年都太平無事，直到一個滿月的夜晚……宮殿充斥著吼叫和尖叫，一片混亂！多說無益，你應該很清楚，告示你也讀了。嬰兒在石棺中長大，長得很好，特別是牙齒。總之一句話：她成了斯奇嘉【註】。可惜，不像我，你沒看到那些屍體。要是你看到了，一定會遠遠躲開維吉馬。」

傑洛特沉默不語。

「那時候，」魏樂拉德繼續說：「佛特斯特叫了一大堆巫師來。他們七嘴八舌地爭論，差點沒用手杖打起架來。他們那些手杖八成是拿來打狗的，依我看，人們大概常常放狗去咬他們。不好意思啊，傑洛特，也許你對巫師的看法和我不同。幹這一行，你一定有自己的看法，但在我眼中他們只是白吃白喝的傢伙和蠢材。我覺得你們獵魔士更值得信賴，至少你們很實際。」

傑洛特微笑，一語不發。

「言歸正傳。」城主看看酒杯，再添了酒。「有些巫師的建議倒還挺高明。一個說要把斯奇嘉連同宮殿和石棺一起燒掉，另一個說要用鐽子把她的頭砍掉，其他人則說要用白楊木釘釘在她身體各處，而且要在白天，當那個小魔頭玩了一整晚睡死在棺材裡的時候動手。不幸地，一個戴著尖帽的禿頭小丑、駝背的隱士，竟異想天開地說：『這是魔咒，破除了它，斯奇嘉就會變回佛特斯特的小女兒，可愛得跟圖畫一樣。只要在地下墓穴待一個晚上，就會天下太平。』之後，你想得到嗎，傑洛特，那個白痴眞的跑到王宮去了。猜也猜得到吧，他被吃得一乾二淨，大概只留下帽子和手杖。但是他的話從此盤旋在佛特斯特腦海，像黏在狗尾巴上的牛蒡子一樣甩也甩不掉。他下令禁止殺死那個怪物，並且從全國每個角落找來一堆騙子，想要把妖怪變回小公主。那眞是有趣的團隊呢！腦筋有問題的女人、瘸子、全身是蝨子的髒鬼……看了都令人同情。巫術倒是施展得很快，大部分是針對吃飯和喝酒。當然，佛特斯特和他的大臣很快就拆穿了幾個人的眞面目，甚至把其中幾個吊在柵欄上示眾，但只是其中幾個。要是我就把他們全部吊死。我想我不須告訴你，那些騙子的咒語根本沒用，怪物活得好好的，每走幾步就咬死一個

【註】斯拉夫傳說中的吸血女妖。傳說她們有兩個心臟、兩個靈魂，以及兩排牙齒。死後另一個靈魂使她們復生成為妖怪。又一說是，斯奇嘉是未受洗就死去的新生嬰兒變成的。

人。而且也不必說，佛特斯特早已不住在王宮，沒有人住在那裡。」

魏樂拉德停下來，喝了一口酒。獵魔士沉默。

「就這樣，傑洛特，過了六年，因為那東西大概是十四年前生的。這段期間我們有別的困擾，為了國界問題和拿威格拉德的維吉米爾打了一仗，可不是為了什麼公主或親戚關係。另一方面，佛特斯特開始暗示結婚的事，開始看鄰國送來的公主肖像畫，以前那些東西他都丟到茅房裡去的。但是每隔一段時間他的瘋病就會發作，又派人到處找新的巫師。獎金——三千歐蘭，這吸引來一些莽漢、遊俠騎士，甚至一個牧羊少年，是個遠近馳名的呆子，願他的靈魂得到安息。斯奇嘉毫髮無傷，三不五時咬死幾個人，見怪不怪了。有人去挑戰的好處是，那個怪物在家吃飽了，就不會沒事跑出王宮來。佛特斯特有座新宮殿，挺漂亮的。」

「六年來——」傑洛特抬頭說：「六年來都沒有人擺平這件事嗎？」

「沒有。」魏樂拉德目光銳利地看著獵魔士說：「有些事是沒法擺平的，我們只得接受這個事實。特別是佛特斯特，我們仁慈、受愛戴的國王，他還在岔路口貼那些告示，只是志願者越來越少了。最近倒來了一個，不過他要先拿錢才肯辦事。我們把他塞進麻袋，丟到湖裡去了。」

「騙子永遠不會少。」

「是呀，不會少，騙子還挺多的。」城主同意，目不轉睛地瞪著獵魔士。「所以如果你會去王宮，別要求先付錢。」

「我會去。」

「呵，這是你的事，但是記得我的忠告。關於獎賞的第二部分，也就是人們最近開始說的，我剛才告訴過你：娶公主當老婆。我不知道是誰想出這個主意，但如果斯奇嘉長得像他們說的那樣，那這眞是個黑色笑話，但是笨蛋永遠不缺貨。當可以加入王室的消息一傳出，馬上就有人飛奔到王宮去。我說的是兩個鞋匠學徒，為什麼鞋匠老是那麼笨，傑洛特？」

「我不知道。獵魔士呢，城主？有人試過嗎？」

「是有幾個。通常當他們一聽到不能殺死怪物，而是要破除魔咒，聳聳肩就走了。這也是爲什麼我越來越尊敬獵魔士，傑洛特。後來又來了一個，比你年輕，名字我想不起來了，他試了。」

「然後？」

「公主的利齒把他的腸子扯出來，扯得老遠，大概有半箭的距離。」

獵魔士點點頭。

「就這樣？」

「還有一個。」

魏樂拉德沉默了一會兒。獵魔士沒有催他。

「是的——」城主終於說：「還有一個。一開始，當國王恐嚇他，如果殺死或傷到斯奇嘉就要上絞架，他只是大笑了幾聲就開始打包。然後……」

魏樂拉德把身體靠向桌子，再次壓低聲音，近乎耳語地說：「他接受了這個任務。你知道，傑洛特，在維吉馬還有幾個聰明人，身分還挺高貴的，他們已經受夠了這件事。謠言說，這些人祕密找上獵魔士，對他說：別管儀式和魔法了，做掉斯奇嘉，然後告訴國王魔法失敗了，公主從樓梯上摔下來，這是一樁職業意外。國王當然會生氣，但是頂多不付獎金。那個狡猾的獵魔士就說了：既然一毛錢也沒有，你們就自己動手吧。這可怎麼辦……我們湊了一些錢，討價還價……只是到頭來還是白搭。」

傑洛特揚起眉毛。

「白搭一場。」魏樂拉德說：「那個獵魔士不想在第一個晚上動手。他四處閒晃，在暗處埋伏等待。最後，像人們說的，他看到了斯奇嘉，八成是在怪物殺人的時候，你也知道嘛，那東西溜出宮並不只是爲了活動筋骨。當天晚上他就收拾東西走人了，連再見也不說一聲。」

傑洛特的嘴角輕揚，似笑非笑。

「那些聰明人——」他開始說：「還留著那些錢吧？獵魔士不會在事前收費。」

「啊，」魏樂拉德說：「當然有的。」

「謠言沒說是多少錢嗎？」

「有些人說八百……」

傑洛特搖頭。

「其他人，」城主嘟噥：「說是一千。」

「太少了，而且謠言總是誇大事實，如果我們沒記錯的話，國王給的是三千。」

「別忘了新娘。」魏樂拉德打趣。「我們在說什麼？事情很明白，你拿不到那三千歐蘭。」

「何以見得？」

魏樂拉德把桌子一拍。

「傑洛特，不要破壞我對獵魔士的好印象！這件事已經懸了六年！怪物每年殺五十人，現在比較少，因爲每個人都離王宮遠遠的。不，兄弟，我相信魔法，我見過不少，在某種程度上我也相信——巫師和獵魔士的力量。但這個破除魔咒的說法，根本是那個駝背、流鼻涕的老頭鬼扯的，他八成是隱居到頭殼壞去了。沒人相信這種事，除了佛特斯特。」

「傑洛特，雅妲生了個妖怪，因爲她和自己的親哥哥上床，這就是眞相，沒有任何魔法能破除它。斯奇嘉吃人，就像所有的斯奇嘉一樣，必須把她殺掉，就這麼簡單。聽著，兩年前在馬哈喀姆附近一座鳥不生蛋的小鎭，一群沒大腦的農夫亂棍將一頭吃羊的惡龍打死了，他們甚至沒想到要把這件事當成英雄事蹟來吹噓。而我們維吉馬人呢，還在等待奇蹟，在每個月圓之夜門緊大門，不然就把罪犯綁到木樁上放在王宮前，希望那個怪物吃飽喝足了就會回棺材去。」

「很好的辦法嘛，」獵魔士微笑。「犯罪率有下降嗎？」

「一點都沒有。」

「去新王宮怎麼走？」

「我帶你去。你覺得聰明人的提議如何？」

「城主，」傑洛特說：「何必那麼急呢？說眞的，職業意外是有可能發生，不管是有意還是無意。到時候聰明人眞該好好想想怎麼平息國王的怒氣，把我救出來，同時準備好傳聞中的一千五百歐蘭。」

「是一千。」

「不，魏樂拉德先生，」獵魔士堅定地說：「那個你們打算付他一千的人，光看到斯奇嘉就逃跑了，甚至沒有討價還價。這表示危險性比一千歐蘭來得高。至於是不是比一千五百高，我們走著瞧。當然啦，走之前我會說再見的。」

魏樂拉德搔搔腦袋。

「傑洛特，一千二？」

「不，城主。這不是簡單的工作。國王給的是三千，而我必須告訴你們，破除魔咒有時比殺死怪物來得容易。如果眞那麼簡單，之前那些人早就幹了。你們眞的以爲他們只是因爲害怕國王才被咬死？」

「好吧，兄弟，」魏樂拉德若有所思地點點頭說：「成交。只是千萬別在國王面前提什麼職業意外的事，我眞誠地建議你。」

Ⅲ

佛特斯特身形削瘦，有張俊秀的臉——太俊秀了。他大概還不到四十歲，獵魔士心想。他坐在黑木雕成的扶手椅上，雙腳伸向火爐，火爐旁躺著兩隻狗。他身旁的箱子上坐著一個留鬍子的壯碩老人，他身後則站著一個衣著華麗、神色高傲的人，是個貴族。

魏樂拉德介紹完畢，眾人陷入短暫的沉默。接著國王說話了：「利維亞的獵魔士——」

「是的，陛下。」傑洛特低頭說。

「你的頭髮是怎麼弄得那麼白的？是魔法造成的嗎？依我看，你也不老嘛。好了、好了，只是開個玩笑，什麼都別說。我猜想，你應該很有經驗吧？」

「是的，陛下。」

「說來聽聽。」

傑洛特把頭垂得更低了一點。

「陛下，您想必知道，根據獵魔士的信條，我們不能透露工作的內容。」

「很好用的規定，獵魔士先生，相當好用。不說細節，你以前碰過波洛維克嗎？」

「是的。」

「吸血鬼、茉拉呢？」

「也有。」

佛特斯特遲疑了一下。

「斯奇嘉呢？」

傑洛特抬起頭，看著國王的眼睛。

「也有。」

佛特斯特移開目光。

「魏樂拉德！」

「是的，仁慈的國王。」

「你告訴他細節了？」

「是的，仁慈的國王。他保證可以去除公主身上的魔咒。」

「這我老早就知道了。用什麼方法，獵魔士先生？啊，是的，我忘了你們有規定。好，一個小提醒。已經有幾個獵魔士來過我這兒。你告訴他了，魏樂拉德？好。據我所知，你們的專長是殺怪物，而不是解除魔咒。這件事不同，如果我女兒掉了一根頭髮，你的腦袋就不保了，就這樣。歐司崔特，還有您，沙格林先生，你們留下，告訴他他想知道的事，獵魔士總是問一堆問題。準備些吃的，還有一個房間，別讓他去酒館亂晃。」

國王起身，向狗吹了個口哨，往大門走去，他的腳翻起鋪在地上的麥稈。走到門口時他轉過身來。

「獵魔士，事情成了，獎金就是你的。如果你做得不錯，也許我還會加點別的。當然了，人們說的那個娶公主的事沒一句是眞的。你不會認爲，我會把女兒隨便嫁給一個路過的流浪漢吧？」

「不，陛下，我不這麼認爲。」

「很好，這表示你還算聰明。」

佛特斯特走出去，帶上了門，本來一直站著的魏樂拉德和貴族馬上在桌旁坐下。城主把國王剩下的半杯酒一口乾盡，看看酒瓶，罵了一聲。歐司崔特坐在國王的座椅上，不悅地看著獵魔士，手摸著扶手的雕花。留著鬍子的沙格林向傑洛特點點頭。

「坐下，獵魔士先生，坐下，晚餐馬上就好。您想知道些什麼？魏樂拉德城主應該都告訴您了吧。我了解他，他這人只會多說，不會少說。」

「幾個小問題。」

「問吧。」

「城主說，斯奇嘉出現後國王找了許多智者來。」

「沒錯。但別說『斯奇嘉』，說『公主』，這樣您在國王面前比較不會說溜嘴……省得不愉快。」

「那些智者中，有出名的人嗎？」

「一直都有。我不記得他們的名字了……您呢，歐司崔特？」

「我不記得。」貴族說：「但我知道有些人很有名，人們常說起他們。」

「他們都認爲魔咒可以破除嗎？」

「他們的意見可分歧了，」沙格林微笑。「不管談到什麼話題都一樣，但確實有這樣的說法。據我的理解，方法很簡單，不須什麼魔力，只要在石棺旁待一個晚上——從黃昏到清晨的第三聲雞鳴。」

「確實簡單。」魏樂拉德哼地一聲說。

「我想聽聽……公主長什麼樣。」

魏樂拉德從椅子上跳起來。

「公主長得像斯奇嘉！」他大喊：「我聽過最像斯奇嘉的斯奇嘉！我們的公主殿下，受詛咒的雜種，有四厄爾【註】那麼高，看起來像個酒桶，嘴巴從左耳裂到右耳，滿口利牙，血紅的雙眼，紅色的頭髮！兩隻手垂到地上，爪子像山貓一樣！我真驚訝，我們竟然還沒把她的肖像畫送到邦交國去！公主，願她不得好死，已經十四歲了，該是考慮把她嫁給某個王子的時候了！」

「冷靜點，城主。」歐司崔特皺眉，往門口望了一眼。沙格林淡淡微笑。

「很生動的描述，還挺眞實，這就是獵魔士想知道的，不是嗎？魏樂拉德忘了說，公主比她的體型看起來強壯許多，行動也飛快得不得了。至於她十四歲這件事，確實如此，但我不知道這是否重要。」

「很重要。」獵魔士說：「她只在滿月時攻擊人嗎？」

「是的。」沙格林回答：「如果她出宮的話。在宮殿裡，不管是不是滿月總有人死去。但她只在滿月時出去，但不是每個月。」

「沒有在白天攻擊，一次都沒有？」

「沒有，白天沒有。」

「每次都會吃人嗎？」

魏樂拉德用力吐了一口口水在麥稈上。

「拜託你，傑洛特，馬上就要吃飯了。呸！她就是吃、咬、丟棄，不一定，看她高興。有個只咬掉頭，有個內臟都咬出來，有些吃得連根骨頭都不剩，我操她親娘！」

「小心點，魏樂拉德。」歐司崔特怒道。「愛講斯奇嘉多少隨你便，但是不要在我面前污衊雅妲，因爲在國王面前你不敢！」

「有沒有人被攻擊，但是最後生還？」獵魔士問，好像沒注意到貴族勃然大怒。

沙格林和歐司崔特面面相覷。

「有，」沙格林說：「六年前一開始的時候，兩個看守墓穴門口的士兵其中一人成功逃走了。」

「還有一個，」魏樂拉德插話：「是個磨坊主人，在城外被攻擊的。記得嗎？」

IV

第二天深夜，磨坊主人被帶進了獵魔士在衛兵室樓上的房間。領他進來的是一個穿大衣、用兜帽遮住臉的士兵。

談話沒有太大的幫助。磨坊主人很害怕，口齒不清，結結巴巴。他身上的傷痕倒是透露不少事情：斯奇嘉有張血盆大口，牙齒確實很尖利，尤其是上犬齒——共有四顆，一邊兩顆。爪子顯然比山貓的還尖，但沒有那麼彎曲。這也是爲什麼磨坊主人能僥倖掙脫。

詢問完畢，傑洛特向磨坊主人和士兵點點頭，送他們到門口。士兵把磨坊主人推出門外，拉下兜帽，正是佛特斯特本人。

「坐下，別站起來。」國王說：「非官方拜訪。問話還滿意嗎？我聽說，你上午去了舊王宮。」

「是的，陛下。」

「你什麼時候動手？」

【註】長度單位，各國標準不一。大約是手到手肘的長度。

「滿月後。離滿月還有四天。」

「你打算先觀察她？」

「沒這個必要。但是我想吃飽以後……公主……行動不會那麼快。」

「斯奇嘉，大師，是斯奇嘉。我們別管外交辭令那一套了，她之後才會是公主，我正是爲了和你談這個來的。私下回答我，簡短、明瞭：成，還是不成？不要拿什麼規定來唬我。」

傑洛特揉揉眉角。

「國王，我確定魔咒可以破除。如果我沒弄錯，破除它的方法就是在王宮待一個晚上。如果她在石棺外的話——第三聲雞鳴會解除斯奇嘉身上的魔咒。通常對付斯奇嘉就是用這個辦法。」

「這麼簡單？」

「一點也不。首先，必須活過那個晚上，例外的情況也是有的。比如說不只待一晚，而是三晚。第二，也有些案例是……嗯……沒救的。」

「是啊，」佛特斯特不悅地說：「我老是從某些人口中聽到這些話。殺了怪物，因爲無藥可救。大師，我敢說，他們一定和你談過了。是吧？別管儀式，一開始就做掉那個食人妖，然後告訴國王沒有其他選擇。國王不付錢，但是他們會付。方便的辦法，而且便宜。因爲國王會下令將獵魔士斬首或吊死——錢還是留在口袋。」

「國王不管怎樣都會殺死獵魔士？」傑洛特表情不自然地道。

佛特斯特瞪視利維亞人的眼睛良久。

「國王不知道。」他終於說：「但獵魔士應該考慮到這樣的可能性。」

現在換傑洛特沉默了。

「我會盡我所能——」片刻後他說：「但是如果情況不對，我會自保。陛下，您也應該考慮到這樣的可能性。」

佛特斯特起身。

「你沒聽明白，我不是這個意思。當然，如果情況失控，你會殺死她——不管我是否想這麼做。因爲如果不這樣，她會殺死你，這是擺明了不可逆轉的事實。雖然我沒公開地說，但我不會處罰爲了正當自衛而殺死她的人。然而我不會原諒連試都沒試著去救她，就把她殺死的人。已經有人試過燒燬王宮、用弓箭射她，或是挖洞、設陷阱。如果我不吊死幾個人，這些花樣會沒完沒了，但這不是我要說的。大師，聽著！」

「是。」

「如果我想得沒錯，三聲雞鳴後就沒有斯奇嘉，那會有什麼？」

「如果一切順利，會有個十四歲的女孩。」

「有血紅的雙眼？鱷魚般的牙齒？」

「是正常的十四歲女孩，只是……」

「只是什麼？」

「生理狀況上。」

「很好。心理上呢？每天早餐一桶血？配上一條小孩的大腿？」

「不。心理上……很難說……我猜，大概相當於三、四歲的孩子，需要長時間細心的照顧。」

「這是當然。大師？」

「是。」

「之後會復發嗎？」

獵魔士沉默。

「啊哈，」國王說：「表示可能會。到時怎麼辦？」

「如果昏迷幾天後死亡，就得把屍體燒掉，而且要快。」

佛特斯特的臉色變得陰沉。

「我想，」傑洛特補充：「不會變成那個樣子。爲了以防萬一，陛下，我告訴您幾個降低危險的小建議。」

「現在？不會太早嗎，大師？如果……」

「就是現在。」利維亞人打斷對方。「國王，情況很難說。也許你們一早醒來會發現恢復正常的公主，還有我的屍體。」

「這麼嚴重？即使我允許你自衛？雖然在我看來，我的允許對你不怎麼重要。」

「這是件很嚴重的事，國王，風險很高。所以請仔細聽好：公主脖子上必須一直戴著藍寶石，最好是英科羅茲，掛在銀鍊上，一直戴著。不管白天或晚上。」

「什麼是英科羅茲？」

「裡面有氣泡的藍寶石。除此之外，公主寢室內必須定期在火爐裡燒刺柏、金雀花和榛樹樹枝。」

佛特斯特沉思。

「謝謝你的建議，大師，我會採用。如果……現在仔細聽我說。如果你認爲已無可救藥，殺了她。如果你破除了魔咒，但那孩子不會……正常……如果你有一絲懷疑，你不知道會不會成功，殺了她。不要怕，我不會對你怎麼樣。我只會在人們面前對你大吼，把你趕出宮殿和城市，沒別的。當然我不會給獎金，但是你可以得到報酬，你知道向誰要。」

他們沉默了一陣子。

「傑洛特。」佛特斯特第一次喚獵魔士的名字。

「是。」

「他們說——這孩子會生成這樣，是因爲雅妲是我妹妹，有幾分是眞的？」

「不多。魔咒不會平白出現，得要有人施咒才行。但我認爲您和您妹妹的關係可能是那人施咒的原因……因此造成了這樣的結果。」

「我也這麼想，有些智者也這麼說。傑洛特，巫術、魔法這些事是怎麼來的？」

「我不知道，國王，智者專門研究這些事的來源。對我們獵魔士來說，只要知道強烈的意念可能會造成這樣的結果，還有知道怎麼和這些怪物戰鬥，這就夠了。」

「殺死他們？」

「通常是如此。大多數時候人們付錢就叫我們幹這個。很少人想要破除魔咒，國王。一般來說，人們只想自保平安。如果怪物殺了人，那還加上復仇的動機。」國王起身，在房裡踱步，停在獵魔士掛在牆上的劍前面。

「你要用這把劍？」他問，沒看傑洛特。

「不，這把是對付人的。」

「我聽說了。傑洛特？我和你一起去墓穴。」

「不可能。」

佛特斯特轉身，他的眼裡泛著光。

「獵魔士，你知不知道我從沒看過她？不管是她出生時還是……後來，我一直很害怕。我可能再也見不到她了，不是嗎？我有權看你是怎麼殺死她的。」

「我再說一次，不可能，這是攸關生死的事。如果我分心，我寧願……國王，不。」

佛特斯特轉身向門邊走去。有一瞬間，傑洛特以爲國王會一句話都不說，連一個再見的手勢都沒有地離去，但是國王停下來，看著他的眼睛。

「你讓人覺得可以信任。」國王說：「即使我知道你是個流氓，他們告訴我在酒館發生的事。我很確定，你殺死那些無賴只是爲了引起人們還有我的注意。我知道你可以輕易打敗那些人，不須殺死他們。我想我永遠不會知道，你是去救我女兒，還是去殺死她。但是我同意了，我必須同意。你知道爲什麼嗎？」

傑洛特沒有回答。

「因爲，」國王說：「我覺得她在受苦，不是嗎？」

獵魔士深深注視著國王。他沒有表示同意，沒有點頭，甚至連動都沒動，但是佛特斯特明白了獵魔士的答案。

傑洛特最後一次從舊王宮的窗口望出去。暮色迅速降臨大地，維吉馬的燈光在湖的另一端模糊地閃爍著。四周一片荒蕪，杳無人煙——六年來，居民遠遠躲開這個危險之地，只留下幾座廢墟、頹圮的柱梁、殘缺的柵欄，一看就知道不值得拆掉或拿走。在最遠的地方，城市另一端的盡頭，矗立著國王的新王宮——在逐漸變成深藍色的天空下，城堡圓形的塔樓成爲一個黑色剪影。

獵魔士回到布滿灰塵的桌子旁。這個房間，像城堡裡許多被劫掠過的房間一樣空空盪盪的。他慢慢、平靜、仔仔細細地開始準備。據他所知，還有很多時間，斯奇嘉不會在午夜前離開墓穴。

在他面前有個不大、邊緣鑲有金屬的盒子。獵魔士將盒子打開，裡面有幾個小格子，鋪墊著乾草，而乾草上則放著深色的玻璃瓶。獵魔士取出三個。

他從地上拿起一包用羊皮和皮繩綑著的長形物體，將它打開，拿出一把劍。劍柄裝飾得很漂亮，烏黑發亮的劍鞘上布滿一排排盧恩字母和符號。他把劍抽出，劍身閃著鏡子般的光芒，是用純銀打造的。

傑洛特低聲唸咒，喝下兩個小瓶子裡的東西，每喝完一口，就把左手放到劍柄上。之後他把自己緊緊包在黑大衣裡，坐在地板上。房間裡一把椅子也沒有，整座王宮裡都如此。

他閉著眼睛，動也不動地坐著。一開始他的呼吸很均勻，但是突然變得急促、刺耳、緊繃，之後完全停止。那個幫助他完全控制身體所有器官的藥劑，主要是用藜蘆、曼陀羅、山楂和大戟做成的。其他成分在人類的語言中沒有任何名字。對於不像傑洛特一樣從小喝慣的人來說，它是致命的毒藥。

獵魔士猛地回頭。現在他的聽覺異常敏銳，毫不費力就可以捕捉到寂靜中傳來人類腳步穿過長滿蕁麻的中庭所發出的窸窣聲。這不可能是斯奇嘉，天還太亮。傑洛特把劍揹在背上，把包裹藏在廢棄的火爐裡，像蝙蝠一樣安靜地溜下樓。

中庭裡還沒那麼暗，還可以讓來人看到傑洛特的臉。那人是歐司崔特，他猛地退了一步，恐懼及嫌惡讓他的嘴不由自主地扭曲。傑洛特諷刺地笑了笑——他知道自己看起來是什麼樣子。喝了含有顛茄、烏頭和小米草的藥劑後，他的臉像粉筆一樣白，而瞳孔則覆蓋了整個虹膜。但是藥劑可以讓他在最黑暗的深夜中看得一清二楚，而這就是傑洛特要的效果。

歐司崔特很快恢復鎮定。

「你看起來像是一具屍體，獵魔士。」他說：「想必是因為害怕。別擔心，我是專程來救你的。」

獵魔士沒有回答。

「你沒聽到我說什麼嗎，利維亞的巫醫？你得救了，而且還很有錢——」歐司崔特晃了晃手中的大袋子，把它丟到傑洛特腳邊。「一千歐蘭。拿著，坐上馬，走吧！」

利維亞人仍舊沉默。

「別瞪大眼瞧著我！」歐司崔特提高嗓門：「還有別浪費我的時間，我不打算在這兒耗到午夜。沒聽明白嗎？我不希望你破除魔咒。不，別以為你猜對了，我不是和魏樂拉德及沙格林他們一夥的。我不要你殺了她，你馬上離開，一切都要保持現狀。」

獵魔士沒有動，他不想讓歐司崔特知道自己現在的行動及反應有多敏捷。還好天色很快就暗了下來，因為即使是昏暗的黃昏，對他放大的瞳孔來說也太過明亮。

「為什麼一切都要保持現狀？」他問，試著慢慢說出每一個字。

「這件事——」歐司崔特高傲地仰起頭說：「和你一點關係都沒有。」

「如果我已經知道了呢？」

「知道什麼？」

「如果斯奇嘉繼續危害人民，這樣比較容易推翻佛特斯特，不是嗎？照這樣下去，總有一天全國上下，從百姓到高官，都會受夠了國王的瘋狂。來這裡的路上，我經過雷達尼亞和拿威格拉德。人們說，在維吉馬有些人把維吉米爾國王看成救星和真正的統治者。但是歐司崔特先生，我對政治不感興趣，不關心誰繼承王位，更不關心王室鬥爭。我來這兒是為了完成一項工作。您沒聽過什麼是責任感、誠信，還有職業道德嗎？」

「搞清楚你在對誰說話，流浪漢！」歐司崔特怒吼，手已放到劍柄上。「我受夠了，我沒有和無賴嚼舌根的習慣！看看你，道德、規定、良心？你有資格說這些嗎，你這個剛來沒多久就殺了人的凶手！

在佛特斯特面前卑躬屈膝，背地裡卻和魏樂拉德討價還價，像個職業殺手！你居然還抬得起頭來，你這個走狗！還想假裝你是智者？魔法師？巫師？你這個下三濫的獵魔士！在我對你動手之前，快滾吧！」

獵魔士靜靜地站著，連動都沒動。

「該走的人是你，歐司崔特先生。」他說：「天色已經暗了。」

歐司崔特退後一步，猛地拔劍。

「這是你自找的，獵魔士，我要殺了你。巫術對我不管用，我身上有龜形石【註】。」

傑洛特微微一笑。關於龜形石的神奇力量人們說得不少，但沒一句是真的。獵魔士不打算浪費精力對歐司崔特施法，更不想讓自己的銀劍受到任何損傷。他低身閃過貴族揮舞的長劍，然後用手腕——袖口上鑲滿銀色的飾釘——往對方的太陽穴猛地一擊。

VI

歐司崔特不久後就醒了過來，在一片漆黑中四處打量。他察覺自己被綁了起來，雖然看不見站在他身旁的傑洛特，但是憑著直覺，他知道自己身在何處，他開始哀號。

「安靜，」獵魔士說：「不然你會在午夜前弄醒她。」

「你這該死的殺人凶手！你在哪兒？馬上把我放了，渾球！你會因此而上絞架，狗娘養的！」

「安靜。」

歐司崔特粗重地喘著大氣。

「你要讓我就這樣綁著被她吃掉？」他的聲音已經小了一點，罵人的話聽起來幾乎像耳語。

「不。」獵魔士說：「我會放你走，但不是現在。」

「你這渾蛋！」歐司崔特嘶聲說：「你是想拿我當誘餌？」

「正是。」

歐司崔特噤聲不語，不再掙扎，安靜地躺著。

「獵魔士？」

「是。」

「我是想把佛特斯特趕下王位，這樣想的不只我一個，但只有我希望他死，我希望他痛苦發瘋，慢慢地腐爛死去。你知道爲什麼嗎？」

傑洛特沉默。

「我愛雅妲，國王的妹妹、國王的情人、國王的妓女。我愛她……獵魔士，你還在嗎？」

「我在。」

「我知道你在想什麼，但不是你想的那樣。相信我，我沒有下咒，我根本不會啊。只有一次我生氣

【註】一種護身符。

地說……只有一次。獵魔士？你在聽嗎？」

「我在聽。」

「是他的母親，王太后。一定是她。她無法忍受看著他和雅妲……不是我。我只說了一次，你知道，我試著說服她，而雅妲……獵魔士！我氣昏了頭，然後說了一句……獵魔士？是我嗎？是我？」

「這已經沒有意義了。」

「獵魔士？午夜快到了？」

「快到了。」

「早點放了我吧，多給我一些時間。」

「不。」

歐司崔特聽不見石棺蓋被掀動時發出的吱呀聲，但獵魔士聽到了。他彎下腰，用匕首割斷了貴族身上的繩索。歐司崔特不等獵魔士說話，慌忙爬起身，笨拙地拖著僵硬、發麻的腿一跛一跛地開始奔跑。他的眼睛已經習慣了黑暗，可以找到從大廳通往出口的路。

本來地上壓著地下墓穴入口的石板突然砰地一聲掀了起來。傑洛特提高警覺，藏身在樓梯的欄杆後，他看到斯奇嘉醜陋的身影。怪物循著歐司崔特逐漸遠去、喀喀的皮鞋聲，迅速、精準地往他逃跑的方向移動。斯奇嘉沒有發出一點聲響。

淒厲、瘋狂、顫抖的慘叫聲撕裂了黑夜，連老舊的牆垣都隨之震動。尖叫沒有停止，此起彼落，在四處迴盪。獵魔士無法正確計算出距離——他過於強化的聽覺容易誤判，但是他知道斯奇嘉很快地抓住了歐司崔特。太快了。

他走到大廳中央，站在通往地下墓穴的入口邊。他把大衣往地上一甩，動了動肩膀，調整劍的位置，戴上了手套；還有一些時間。他知道雖然斯奇嘉已在滿月之夜吃飽，但她不會這麼快就拋棄歐司崔特的屍體。在漫長的沉睡中，心臟和肝臟對斯奇嘉來說是珍貴的滋補品。

獵魔士靜靜等候。根據他的計算，大約還有三個小時天才會亮。雞鳴只會造成誤判，而且這附近八成根本沒有任何公雞。

他聽到了她的聲響。她的腳步緩慢、沉重地踩在石頭地板上，然後他看見了她。

傳聞中的描述說得分毫不差。斯奇嘉粗短的脖子上長著一顆巨大得不成比例的頭顱，頭上滿是糾結沖天的紅色亂髮，兩顆石榴石般的雙眼在黑暗中閃閃發光。斯奇嘉一動也不動地瞪著傑洛特，突然張開嘴——彷彿想要炫耀裡面一排排白森森的利齒——然後砰地一聲闔上，像是木箱關起來的聲音。她甚至不須助跑就猛然從原地躍起，伸著沾滿鮮血的長爪直撲傑洛特。

傑洛特閃到一邊，身子急速迴旋，正朝他衝過來的斯奇嘉擦撞到他，也跟著轉了一圈，她的尖爪在空中揮舞。怪物沒有失去平衡，立刻轉身展開第二波攻擊，利齒差點就咬上傑洛特的胸膛。利維亞人往反方向跳去，連續三次大轉向，好混淆斯奇嘉的方向感。他往後躍的時候，用力往她頭部打了一拳，手套指關節部分的銀飾釘擊中她的頭。

斯奇嘉淒厲慘叫著，整座舊王宮響著轟隆隆的回音。她倒在地上，渾身僵硬，開始憤怒、充滿恨意地低吼。

獵魔士不懷好意地微笑。正如他所想，第一波攻擊奏效了。就像對大多數因魔咒而誕生的怪物一樣，白銀對這頭斯奇嘉來說是致命的武器，這表示她和其他的怪物一樣。那樣的話，魔咒是有可能順利破除的。如果眞有個什麼萬一，他身上的銀劍還可以作爲最後保命的護身符。

斯奇嘉不急著發動下一波攻擊。這次她慢慢逼近，露出森白的犬齒，令人作嘔的唾液不停從嘴邊流下。傑洛特繞著半圓往後退去，留心每一個步伐，時快時慢；如此一來，斯奇嘉就不能正確掌握向他跳過來的時機。獵魔士邊後退邊鬆開一條纖細、堅硬的長鍊，長鍊末端掛著一個墜子。鍊子是用銀做的。

斯奇嘉跳起來撲向傑洛特的同時，銀鍊的尖嘯也劃破空氣，以迅雷不及掩耳的速度像條長蛇緊緊纏住了怪物的肩膀、脖子和腦袋。斯奇嘉重重摔到地上，發出令人毛骨悚然的尖叫。她在地板上翻來覆去，大吼大叫——不曉得是出於憤怒，還是因爲她所憎惡的白銀造成的燒灼疼痛。傑洛特很滿意——照目前的情況來看，殺死斯奇嘉不成問題，但是獵魔士沒有拔劍，目前還沒有任何跡象顯示無可救藥。傑洛特退到適當的距離外，目不轉睛地盯著在地板上翻滾的怪物，深呼吸，並且集中精神。

銀鍊突然崩斷，銀色的環節像雨點一樣往四面八方砸去，在地板上發出清脆的聲響。氣昏了頭的斯奇嘉狂吼著向傑洛特衝來，獵魔士好整以暇地等待，舉起右手在空中畫了一個阿爾德符咒。

斯奇嘉往後退了幾步，像是被榔頭打到；但是她站穩了腳步，亮出尖牙和利爪。她的頭髮全豎了起來，不停拍打，彷彿有狂風在吹。她一邊發出嘶啞的咆哮，一邊吃力地、一步一步地向傑洛特走來。雖然緩慢，但逐步逼近。

傑洛特開始感到不安。雖然他不指望符咒能完全癱瘓斯奇嘉的行動，但也沒料到怪物竟然如此輕易就克服了它。他不能長時間維持符咒，這很消耗精力，而斯奇嘉離他只差十步之遙。他突然解開符咒，跳到一旁去。正如他預期，受驚的斯奇嘉失去平衡滑倒在地，沿著樓梯一路滾到了地下墓穴的入口，她駭人的嚎叫從墓穴下方傳來。

爲了爭取時間，傑洛特跑向通往高處迴廊的階梯。還沒跑到一半，斯奇嘉就像一隻巨大的黑蜘蛛似地從墓穴中跳了出來。獵魔士等斯奇嘉跑上樓，然後越過欄杆向下一躍。斯奇嘉轉過身，跳了有三十呎高，向他撲來。現在用迴旋來騙她不太管用了，怪物的利爪已兩度劃破利維亞人的皮衣。傑洛特狠狠地朝斯奇嘉打了一拳，手套上的銀飾釘對她產生了嚇阻作用，把她打得搖搖欲墜。獵魔士感到心中的怒火越燒越烈，他搖晃著身體，往後一仰，一腳結實地將斯奇嘉踢翻在地。

怪物長聲怒吼，這次的聲音比前幾次都來得大，連天花板的灰泥都紛紛落下。

斯奇嘉猛地跳起，全身因爲狂怒和殺戮的慾望而顫抖；傑洛特等待著。他抽出劍在空中劃了一個圓，開始繞著怪物打轉，一面留心不讓劍的移動速度和腳步的速度一樣。斯奇嘉沒有向他衝來，她慢慢地靠近，兩眼緊盯著銀劍閃亮的尖端。

傑洛特突然停下，舉起的長劍靜止在半空中。斯奇嘉一時不知所措，也停了下來。獵魔士用劍慢慢劃著半圓，向斯奇嘉逼近了一步。然後，再一步。之後他猛然躍起，銀劍在空中舞出一團劍花。

斯奇嘉彎下身子，左閃右避。傑洛特再次逼近，銀劍在手中閃動寒光。他的雙眼滿是仇恨的火花，緊咬的牙縫中迸出嘶啞的咆哮。斯奇嘉向後退去，她感受到從對手身上傳來的強烈憤怒及恨意，這股強大的力量一波波撞擊她的腦部及五臟六腑，把她推得直往後退。這是她從來不曾感受過的情緒，她恐懼萬分地尖叫，轉身沒命似地往黑暗、迷宮似的王宮長廊逃去。

傑洛特渾身打著冷顫，獨自一人站在大廳中。這可眞是漫長，他心想。花了很長的時間和怪物糾纏，像在深淵邊緣與她合跳瘋狂的死亡芭蕾，終於達到他所要的效果——和斯奇嘉的心靈同步，進入她那強大意念的底層。那邪惡、病態的意念正是創造出怪物的元凶。獵魔士把這邪惡的意念吸取到自己身上，正是爲了像鏡子一樣將它反彈給斯奇嘉。一想到那強大的恨意，獵魔士不禁發起抖來。他從未遇過如此濃烈的憎恨及嗜血的瘋狂，即使在翼蜥之中也沒有——雖然牠們在這方面惡名昭彰。

這樣更好，他邊想邊走向看起來像個巨大黑色水窪的墓穴入口。這樣更好，這樣斯奇嘉受到的打擊就更大，從驚嚇中恢復過來也就需要更長的時間。這給了他比較充裕的時間，好完成接下來的工作。獵魔士懷疑自己是否還有力氣再和怪物搏鬥一回。藥效漸漸退了，而黑夜還很漫長。斯奇嘉絕不能在清晨之前回到墓穴，否則今晚一切的努力都白費了。

他走下樓去。墓穴不大，裡面放著三具石棺，靠近門口的那一具棺蓋是半開的。傑洛特從懷中掏出第三個小藥瓶，很快地把裡面的藥劑喝下，然後進入石棺中躺好。就像他想的一樣，石棺是爲兩個人準備的——一對母女。

當傑洛特再次聽到斯奇嘉的怒吼時，才把棺蓋闔上。他躺在雅妲已經木乃伊化的屍首旁，在棺蓋上畫了個伊爾登符咒。他把劍放在胸前，在劍旁放了一個裝滿磷粉的小沙漏，雙手交疊。他已經聽不到斯奇嘉迴盪在宮殿中的吼叫。藥劑中的四葉幸運草和白屈菜開始起了作用，漸漸地，他什麼都聽不到了。

VII

當傑洛特睜開眼睛的時候，沙漏裡的沙已經漏完了，這表示他沉睡的時間比原本預定的長。他豎起耳朵──沒聽見任何聲響，他的感官現在已恢復正常。

他把劍握在手中，另一手放到棺蓋上，低聲唸了咒語，之後輕輕地把棺蓋挪開了幾吋。

寂靜。

他把棺蓋移得更開一點，坐起身來，手中握著長劍，慢慢把頭從石棺中探了出來。地下墓穴一片漆黑，但獵魔士知道外面已是清晨了。他點了火，燃起小油燈，他把燈舉起來，牆上映照出怪異的影子。

一片空無。

他拖著疼痛不堪、麻木而凍僵的身體，費了一番工夫才爬出石棺。然後他看到了她，她仰天倒在石棺旁，全身赤裸，失去意識。

女孩長得並不好看。瘦巴巴的，乳房小巧而尖挺，渾身骯髒。長髮及腰，髮色是偏亞麻的紅。獵魔士把油燈放在棺蓋上，半跪在女孩身邊，彎下腰去。她的嘴唇很蒼白，顴骨上有一大塊昨晚被他毆打留下的血漬。傑洛特脫下手套，把劍放到一旁，用手指粗魯地把她的上唇掀開；牙齒很正常。他伸手去探她埋在亂髮中的手，還沒碰觸到她的手掌，就看到她睜大的雙眼。太遲了。

女孩用她的尖爪在獵魔士的脖子上猛力一抓，抓得很深，他的血飛濺到她臉上。她吼叫著，另一隻手抓向他的眼睛。傑洛特撲向她，雙手緊握住她的手腕，強硬地將她壓制在地上。她試圖用已變短的牙齒攻擊他的臉。他用前額去撞她的頭，兩手使勁地抓住她。女孩已經沒有之前的怪力，只能在他身體下嚎叫，邊叫邊吐血——獵魔士的血不斷從脖子上冒出來流到女孩嘴裡。血流得很快，沒有多少時間了。獵魔士咒罵了一聲，張嘴就往女孩耳下的脖子狠狠咬去，雙手更用力地掐著對方，牙齒毫不放鬆，直到她不像人的吼叫變成尖細、絕望的哭喊，然後轉為啜泣——那是一個受傷的十四歲女孩的哭叫。

直到她完全不動了，獵魔士才放開她。他半跪著從袖子上的口袋中抽出一塊布，壓住脖子上的傷口。他摸到了掉在身邊的劍，用劍抵著昏迷女孩的喉嚨，彎身去看她的手掌。她的指甲很髒，斷裂不全，沾滿血跡……但那是正常人類的手，完全正常。

獵魔士吃力地站起身來，墓穴入口已經看得見霧氣氤氳的灰色晨光。他往樓梯走去，但是突然一個踉蹌跌坐在地上。血已經完全浸濕了布，沿著手臂不停淌下來，把整條袖子都弄濕了。他脫下皮衣，撕開襯衫，把它纏到脖子上止血。他知道時間所剩不多了，很快他就會昏過去……

他及時完成了包紮，之後便失去了知覺。

在湖那邊的維吉馬，一隻公雞在微寒的霧氣中抖了抖羽毛，發出第三聲粗嘎的雞鳴。

VIII

獵魔士睜開眼睛，看到天花板上的木梁和白色的牆壁，那是他在衛兵室樓上的房間。他試著轉頭，但是一動就痛得不得了，他開始呻吟。他的脖子上纏著厚厚的繃帶，纏得很緊，是出自專家之手。

「躺著，獵魔士。」魏樂拉德說：「好好躺著，別動。」

「我的……劍……」

「對，對。最重要的當然是你的獵魔士銀劍。在這裡，別擔心。劍和小盒子都在，還有三千歐蘭。對、對，什麼都別說，我是老傻瓜，而你是聰明的獵魔士。佛特斯特把這句話掛在嘴上整整兩天了。」

「兩……」

「是啊，兩天。她把你的脖子抓出一個大窟窿，裡面有什麼都看得一清二楚，你流了一大堆血。眞是幸運啊，我們在第三聲雞鳴後就立刻趕到舊王宮去。那天晚上在維吉馬沒有人闔眼，怎麼睡得著？你們在那裡製造出一大堆噪音。我說話不會打擾到你吧？」

「公……主呢？」

「公主就像公主啊。瘦巴巴的，有點笨。從早哭到晚，還會尿床，但是佛特斯特說一切都會改變的。我想應該不會變得更差吧，你說呢，傑洛特？」

獵魔士閉上雙眼。

「好好，我這就走，」魏樂拉德站起身。「好好休息。傑洛特？在我走之前你能不能告訴我，你爲什麼要咬她啊？嗯？傑洛特？」

獵魔士沉沉睡去。

理智的聲音

2

「傑洛特。」

傑洛特猛地從睡夢中抬起頭來。太陽已經昇得很高了，刺眼的陽光從百葉窗的縫隙中射進來，像金色觸手似地穿過整個房間。獵魔士反射性地用手遮住眼睛，這其實是沒必要的——只要把瞳孔收縮起來就行了，但他總是改不掉這個習慣。

「時間不早了。」南娜卡邊說邊開窗。「你們也睡夠了。優拉，快走吧。好啦，還等什麼。」

女孩猛地彈起，從床上彎身去撿掉落在地板上的斗篷。獵魔士的肩膀上有一條乾了的唾沫——那是剛才女孩嘴唇貼著的地方。

「等等……」他不確定地開口。女孩望了他一眼，飛快地別過頭去。

她的樣子變了。現在她看起來一點都不像羅莎卡，不像那個在清晨泛著微光、散發甘菊香味的幽靈。她的眼睛是湛藍色的，不是黑色。她的鼻梁、前胸和肩膀上布滿了雀斑。這些雀斑很適合她的膚色和紅髮，使她看起來更加動人。然而在清晨的迷夢中，獵魔士沒有注意到她的雀斑。他又羞又愧地發現，自己感到遺憾——遺憾她竟不能成為他夢想中的那樣；他一輩子都不會原諒自己這麼想。

「等一下，」傑洛特重複，「優拉，我想……」

「什麼都別說，傑洛特。」南娜卡說：「她不會回答你的。走吧，優拉。快點，孩子。」

女孩披上斗篷，光著腳，笨拙地往門口小碎步走去，她的臉頰飛紅，有著尷尬的神色。她看起來已經一點都不像……

葉妮芙。

「南娜卡——」傑洛特一邊伸手拿襯衫，一邊說：「我希望妳沒生氣……妳不會處罰她吧？」

「笨蛋。」女祭司長啐了一聲，走到床邊。「你忘了你在哪裡。這裡不是隱士住的地方，也不是修道院，這是梅莉特列神殿。我們的女神不會禁止女祭司們……做任何事，幾乎不。」

「妳不准我和她說話。」

「我可沒這麼說，我只是叫你別做沒用的事，優拉從來不說話。」

「什麼？」

「她不說話，因爲她發了誓。這是一種獻祭，讓她可以……啊，我幹嘛和你說這些，反正你也聽不懂，你甚至不會想嘗試去了解；我知道你對宗教有什麼看法。不，還不要穿上衣服，我想看看你的傷口復元得怎麼樣了。」

她在床沿坐下，熟練地解開纏在獵魔士脖子上的亞麻繃帶。他痛苦地撇了撇嘴唇。

來到艾蘭德的第一天，南娜卡就把維吉馬人在他脖子上縫的那些可怕的、補鞋用的粗麻線全拆了，把傷口撥開，仔仔細細地又看了一遍。結果當然可想而知——他到達神殿時幾乎是健康的，只是身體有點僵硬。但現在他全身疼痛，一副病懨懨的樣子，但傑洛特沒有抱怨。他認識女祭司很久了，他知道她對醫藥的知識有多麼豐富，而使用的藥材有多麼種類繁多。在梅莉特列神殿的治療對他只會有好處，不會有壞處。

南娜卡摸著他的傷口，一邊清洗，一邊開始生氣地咒罵。她這段獨白傑洛特已背得滾瓜爛熟，從他來到這裡的第一天她就開始唸，之後每次看到公主在獵魔士身上留下的紀念品，都不免來上一段訓話。

「眞是恐怖到了極點！竟然被普通的斯奇嘉抓成這樣！肌肉啊、肌腱的，連頸動脈都差點被抓斷了！看在梅莉特列女神的份上，傑洛特，你到底哪根筋不對勁？幹嘛讓她靠你那麼近？想和她做什麼啊？來個親密接觸嗎？」

傑洛特一語不發，只是淡淡地微笑。

「不要笑得那麼白痴。」女祭司長站起身，從櫃子裡拿出醫藥袋。她雖然體態豐腴、身材不高，動作卻十分俐落且優雅。「發生這種事一點都不好笑。傑洛特，你的反射神經變差了。」

「妳說得太誇張了。」

「一點都不誇張。」南娜卡把一種綠色藥膏塗到他脖子上，藥膏散發著濃濃的尤加利木味。「你不該受傷的，但是你不但受了傷，還傷得很重，或者應該說奇重無比。即使你的恢復力驚人，也要花好幾個月的時間脖子才能行動自如。我警告你，在這段時間別和行動太快速的對手打鬥。」

「謝謝妳的忠告。再給我一個建議吧：我這段時間該靠什麼維生？招幾個姑娘，買一輛馬車，四處巡迴去開流動妓院？」

南娜卡聳聳肩，用圓圓胖胖的雙手俐落地包紮他的脖子。

「要我告訴你人生的方向？怎麼，我是你媽還是誰？綁好啦，你可以穿衣服了，早餐在膳房。你最好快點，否則就得自己弄吃的，我可不想讓女孩們在廚房待到中午。」

「我待會去哪找妳？聖壇嗎？」

「不，」南娜卡站起身。「別到聖壇去，我們很歡迎你來訪，獵魔士，但是別跑到聖壇附近亂晃。你四處走走吧，我會找到你的。」

「好。」

Ⅱ

傑洛特已是第四次走在長滿白楊樹的林蔭大道上，道路從大門一直延伸到宿舍那兒，更遠處則是被岩石懸崖包圍的聖壇和主神殿。他遲疑了一下，最後決定不回屋裡，而是往花園和農舍的方向走去。在那裡，十幾位穿著灰色工作服的女祭司正忙著除草，並餵食鳥舍裡的鳥兒。她們之中大多數是非常年輕的女孩，有幾個看起來還是孩子。幾個和他擦身而過的女孩向他點頭微笑，他一一向她們打了招呼，但一個人都認不出來。雖然他一年來這裡一次，有時兩次，但遇到的大多是陌生的臉龐，熟悉的面孔總不超過三、四張。這些女孩們總是來來去去，有的以巫女的身分到其他的神殿，有的成為助產士或治療婦孺疾病的專家，其他的則成為流浪的德魯伊【註一】、教師或伴護。但是這裡從來不缺新的人手，慕名者從四面八方蜂擁而至，即使是從最偏遠的地區也所在多有。艾蘭德的梅莉特列神殿聲名遠播，而且完全名符其實。

女神梅莉特列的信仰是最古老的信仰之一，在當時也是最廣爲流傳的一種，它的起源可追溯到人類文明之前的遠古時代。幾乎每個在人類之前存在的種族，以及以遊牧維生的原始人類民族都會崇拜這樣的女神。她主宰生育和繁殖、照顧農民和園丁、賜福給情侶和夫妻。這些不同的信仰慢慢匯集，互相交融，最後成了梅莉特列的信仰。

「時間」是個冷酷的殺手。在它無情的摧殘下許多宗教和信仰逐漸沒落，被人遺忘在冷清的神廟，孤伶伶地矗立在城市的喧囂裡。然而，「時間」對梅莉特列卻是出乎意料地仁慈。女神依然擁有廣大的信眾，也不缺乏有錢的金主。學者們在分析這個現象時通常都會搬出一大堆學術語言和理論，大談特談梅莉特列和大地之母、四季更迭、萬象更新的關係，用它來解釋女神爲什麼這麼受歡迎。傑洛特的朋友——那個總是喜歡在每方面裝權威的吟遊詩人亞斯克爾【註二】——對此則有一番比較簡單的解釋。他主張，梅莉特列女神是典型女人的信仰，是標準的管理受孕和生育的女神，也是女人生產時的守護者。女人在生產時一定得尖叫嘛，尖叫的內容除了那些不切實際的「再也不和你這個殺千刀的上床了」，還得向某個神明求救吧，梅莉特列女神就是爲這種目的量身打造的。詩人下了結論：既然女人從古到今都在生孩子，未來也會一直生下去，梅莉特列女神就永遠不必擔心人氣下滑。

「傑洛特。」

「妳來了，南娜卡。我正在找妳呢。」

「找我？」女祭司長用嘲弄的眼光看著他。「不是優拉？」

「也在找她。」他承認。「妳反對嗎？」

「在這個時候，是的。我不希望你去打擾她，分散她的注意力。她現在必須好好禱告、準備，這樣催眠才會有效果。」

「我已經告訴過妳了，」獵魔士冷冷地說：「我不想要任何催眠，我認爲它對我沒有任何幫助。」

「我呢，」南娜卡扮了個鬼臉，「則不認爲它會對你有任何害處。」

「催眠對我沒用，我有免疫力。我倒是擔心優拉，這對靈媒來說可能太耗費精力。」

「優拉不是靈媒，也不是什麼心理有問題的占卜師，這個孩子蒙受著女神特別的恩典。拜託你，不要擺那種臭臉。我說過了，你對宗教抱持什麼態度我清楚得很。我以前不會在意，以後也不會，我不是宗教狂熱份子。你有權認爲自然是我們的主宰，而自然中隱藏著神祕的力量。你認爲所有的神——包括我的梅莉特列在內——都不過是把力量人格化所創造出來的產物，好讓愚蠢的人們能夠理解、接受它的存在。對你來說，這是一股盲目的力量。但是對我來說，傑洛特，我的信仰讓我相信大自然就像我的女神一樣和諧、公正、善良，並且充滿希望。」

「我知道。」

「如果你知道，那你又爲什麼那麼反對催眠？你在怕什麼？怕我會叫你在神像前磕頭，命令你唱聖

【註一】凱爾特社會中的祭司階級。

【註二】亞斯克爾（Jaskier），在波文中有「毛茛」的意思。

歌？傑洛特，我們只是安安靜靜地坐一會兒，就你、我，還有優拉。讓我們看看，這個女孩的特殊能力是否能解讀圍繞在你身邊的力量漩渦。也許我們會知道一些重要的東西，也許什麼都不會知道。也許你身邊那個命運的漩渦不想告訴我們任何事，想要隱藏在未知中。我不知道，但是爲什麼不試試看呢？」

「因爲一點意義也沒有，我身邊沒有什麼命運的漩渦。就算有，幹嘛吃飽沒事去看裡面有什麼？」

「傑洛特，你有病。」

「妳的意思是受傷。」

「我知道我是什麼意思。我感覺得出來你身上有某種東西不對勁，我認識你又不是一、兩天的事了，第一次見到你的時候，你的身高只到我的腰呢。而現在，我感覺到你在某種可怕的漩渦中打轉，身上纏繞著過去的碎片，被一個越收越緊的死結套著。我想知道到底發生了什麼事，我自己看不到，這就是爲什麼我需要優拉的幫助。」

「妳不覺得妳把整件事弄得太玄了嗎？管這些形上學的事幹嘛？如果妳要的話，我可以告訴妳，我可以每天晚上大談特談我這幾年來的冒險。把酒桶準備好，免得我說得口乾舌燥，我們甚至可以今晚就開始。但是我怕妳會覺得無聊，因爲裡面既沒有死結，也沒有什麼命運的漩渦，不過就是獵魔士那些老掉牙的故事。」

「我很想聽，但是我再說一次，催眠不會有害處。」

「妳不覺得，」傑洛特微笑，「我對催眠的懷疑從一開始就決定了它的成敗嗎？」

「不，我不這麼認爲。你知道爲什麼嗎？」

「不知道。」

南娜卡靠近獵魔士，看著他的眼睛，淡色嘴唇上掛著奇異的微笑。

「我倒眞想看看，懷疑是否具有任何力量。」

童話的真實性

一

無數個小黑點聚成的烏雲，在煙霧繚繞的天光中不停騷動，引起獵魔士的注意。數不清的鳥群在天空中慢慢盤旋，猛然下降，之後又馬上振翅高飛。這樣的情況重複了好幾次。

獵魔士注視著鳥群的移動良久，一邊計算到達目的地需要多長的時間。他把地形的起伏、森林的密度和峽谷的走勢都考慮進去了——如果他猜得沒錯，這條路應該會通過一座峽谷。最後他扔下大衣，把綁在胸前的劍帶勒得更緊了一些。從他的右肩可以看到從背後露出來的劍柄和柄端圓頭。

「我們繞點遠路，小魚兒。」他對馬兒說：「改走小徑。依我看，那兒的鳥群飛得不尋常，一定有什麼原因。」

當然，母馬沒有回答。但是牠順從那個熟悉的聲音，邁開了腳步。

「誰知道，也許剛死了一隻駝鹿——」傑洛特說：「也許不是，誰知道呢？」

如他所料，那裡確實有座峽谷——獵魔士從上方看過去，裡面長滿了樹木。峽谷的斜坡不算太陡，底部很乾燥，沒有黑刺李樹，也沒有腐木朽幹；獵魔士不費吹灰之力就通過了峽谷。另一頭有一片不大的樺樹林，穿過樹林則是一大片長滿石楠花的草原，地上倒著一棵被風吹倒的樹，樹根和樹枝橫七豎八地伸向天空。

鳥群因為陌生人的出現而不安了起來，牠們高高飛起，一邊發出狂野、刺耳、粗嘎的尖嘯。

傑洛特很快就看見了第一具屍體——女人身上的白羊皮大衣和暗藍色連身裙在一片泛黃的莎草中看起來特別顯眼。第二具屍體不在眼前，但是傑洛特知道它的位置——就在狼群所在之處。一共有三匹狼，坐在地上，冷靜地打量眼前的陌生人；獵魔士的馬用力噴著鼻息。狼群像聽到指令似地，一聲不響慢慢往森林的方向跑去，三不五時轉過牠們三角形的頭望向獵魔士。傑洛特躍下馬。

女人的面部和喉嚨血肉模糊，左大腿也被啃噬得差不多了。獵魔士略過她，沒有停下察看。男人面部朝下躺著。傑洛特沒有把屍體翻過來——反正也被狼群和禿鷹吃得所剩無幾。再說，沒有細看的必要——在男人的羊皮背心上，從肩膀到背部有一條乾掉的黑色血跡，看起來像分岔的樹枝。很明顯地，他的致命傷在後頸，狼牙的摧殘則是後來的事了。

男人寬大的腰帶上繫著一把短劍，裝在木製的劍鞘裡，旁邊則是一個皮革袋子。獵魔士把它解下，依序把裡面的東西掏出來丟在地上：打火石、粉筆、封印用的蠟、一把銀幣、骨製刀柄的刮鬍折刀、兔子的耳朵、一串鑰匙、繪有陽具象徵的護身符。除此之外，有兩封寫在布上的信，已經被雨水和露珠打濕了，上面的字跡模糊不清。還有一封信是寫在羊皮紙上的，雖然也潮濕得很，但至少可以讀出上面的文字。那是姆利維的矮人銀行開的信用證，上頭寫著所有人的名字：魯勒・阿斯柏，或是阿斯本；金額不是很高。

傑洛特彎下身，抬起男人的右手。如他所料，男人已變成藍紫色的浮腫手指上戴了枚銅戒指，上面刻著一個有面罩的頭盔、兩把交叉的劍，下面是一個「A」字母——這是製作武器和盔甲工匠的標記。

獵魔士回到女人的屍首旁。當他把屍體翻過來的時候，手指碰到了一樣東西，那是一朵別在連身裙上的玫瑰花。雖然已經凋謝了，但顏色依然鮮艷——花瓣是深藍色的，幾乎是海軍藍。傑洛特生平第一次看見這種玫瑰。當他把屍體完全翻過來時，他不由自主地打了個冷顫。

在女人裸露、變形的後頸上很清楚地可以看到齒印，那絕對不是狼牙。

獵魔士小心地退到馬兒身旁。他兩眼緊盯著森林，一邊躍上馬背。他在草原上繞了兩圈，仔細地在地上搜尋任何蛛絲馬跡。

「沒錯，小魚兒——」他勒住馬兒，低聲說：「事情顯而易見，工匠和女人從森林另一頭騎著馬過來。他們一定是走在從姆利維回家的路上，因爲沒有人會一直拿著沒有兌現的信用證。沒有人知道爲什麼他們不走大道，而走這條小路；但是他們肩並著肩騎過了這片草原。就在那時，我不知道爲什麼，他們兩人雙雙下了馬，說不定是跌下來的。工匠當場斃命，女人跑了一段，之後摔了一跤，也被殺了。那個沒有留下任何痕跡的東西咬著女人的脖子，把她拖到這裡。這大概是兩、三天前發生的事，馬兒逃走了，沒必要去找牠們。」

名叫小魚兒的馬自然是不會回答的，牠不安地噴著鼻息，回應那個熟悉的聲音。

「殺了他們兩人的東西——」傑洛特看著森林，繼續說：「不是狼人，也不是拉施。不管是哪一個，都不會把那麼多屍體留給野獸享用。如果這裡有沼澤，我會說那是奇奇魔拉或沼澤怪幹的，但是這兒沒有沼澤。」

獵魔士彎下腰，解開蓋在馬兒臀部上的毛毯，底下有個鞍袋，上面綁著另一把劍。劍的護手裝飾得很漂亮，閃閃發光；劍柄是黑色的，表面呈波浪狀。

「沒錯，小魚兒。我們要繞點路。得去查查這兩個人爲什麼不走大道，反而選擇森林。如果我們對這種事置之不理的話，我們可能連妳的糧草都賺不到啦，對吧，小魚兒？」

獵魔士的坐騎順從地向前走去，小心跨過倒在地上的樹，避開那些突起的樹根。

「雖然這不是狼人幹的，但我們還是別大意的好。」獵魔士說，一邊從袋子裡取出一把乾燥的烏頭毒草，把它掛在馬銜上。馬兒噴著鼻息。傑洛特鬆開上衣的領口，露出脖子上掛的狼頭徽章。掛在銀鍊上的徽章隨著馬兒的腳步晃動，在陽光下閃耀著水銀般的光澤。

二

獵魔士抄了一段近路，騎上山坡。他從山頂上看見遠方有一座塔樓，上面鋪著紅色磚瓦。山腰上長滿了榛樹，地上鋪著一層厚厚的落葉和枯枝，這讓下坡路段變得非常不好走。獵魔士驅使馬兒後退了幾步，小心翼翼地騎過山坡，然後回到小徑。他騎得很慢，不時從馬背上彎下身來察看地上的痕跡。

馬兒突然開始猛烈地甩著頭，發了瘋似地嘶叫，用力踢著蹄子，不安地上下跳動，連地上的落葉都隨之紛紛揚揚。傑洛特左手環抱住馬兒的脖子，右手則在牠面前比劃了阿克斯亞符咒，一邊唸誦咒語。

「有這麼糟嗎？」獵魔士喃喃地說，四處張望，仍然維持著手勢。「眞的這麼糟？別慌，小魚兒，別慌。」

符咒很快便奏效了，傑洛特踢了踢馬兒，小魚兒開始動了；但走得無精打采、不情不願，非但不自然，而且一點節奏也沒有。獵魔士乾脆跳下馬，拉起馬轡，牽著小魚兒向前走去。他來到一堵圍牆前。圍牆和森林之間沒有多少空隙，幼樹、刺柏的葉子、石牆上的常春藤及野葡萄藤全混在一起。傑洛特抬起頭，就在同一時間，他有種奇怪的搔癢感，彷彿某種看不見的軟體動物正吸附在皮膚上，沿著他的脖子慢慢爬，讓他的寒毛都倒豎了起來；傑洛特知道這意味著什麼。

有人在看他。

他慢慢地、自然地回頭。小魚兒不安地噴著鼻息，牠頸部的肌肉在皮膚下面一鼓一鼓地跳動。一名少女動也不動地站在他剛才經過的山腰上，一手撐在赤楊的樹幹上。少女穿著一件曳地的白色連身裙，與之襯映的是一頭烏黑閃亮、散亂糾結的齊肩長髮。傑洛特覺得女孩在笑，但不是很確定——距離太遠了。

「妳好。」他抬起手，友善地打了個招呼，往少女的方向前進了一步。她微微側著頭，打量他的動靜。她的臉色蒼白，眼珠子又黑又大。她臉上那若有似無的微笑突然消失，就像被抹去一樣。傑洛特再往前走了一步，腳下的樹葉發出窸窣的聲響。少女已像小鹿一樣跑走，她跑過榛木樹叢，轉眼間只看得到一抹白色影子沒入森林深處。她的裙襬雖長，卻無礙於行動。

小魚兒再次發出不安的嘶叫，不住擺首。傑洛特瞪著森林那頭，反射性地用符咒安撫牠。他牽起馬兒，慢慢沿著圍牆走去，通過長滿牛蒡的小徑。

他來到一扇堅固的鐵門前，門的鉸鍊已經生鏽了，門上掛著一只很大的黃銅門環。傑洛特遲疑了一下，最後把手伸向覆滿綠鏽的門環。他馬上收手，因爲就在這時，門嘎吱嘎吱地打開了，把門邊的雜草、樹枝和小石頭推到一旁。門後一個人也沒有，只有空蕩、荒廢的庭院，長滿了蕁麻。獵魔士牽著馬往庭院裡走。在符咒的作用下，小魚兒沒有抗拒，但是牠的步伐僵硬，沒什麼信心。

庭院的三面環繞著圍牆，還有木棚的殘骸。第四面則連接著一座小宮殿，牆面斑斑剝剝，布滿污跡，爬滿了常春藤。掉了色的百葉窗是關著的，門也緊閉著。

傑洛特把馬拴在靠近大門的柱子上，慢慢沿著鋪滿碎石的步道走入庭院。他來到一座小型噴泉前，噴泉裡面滿是落葉和垃圾，正中央有座白石雕成的海豚雕像，海豚的尾巴斷了一截，孤伶伶地朝天空揚起尾鰭。

噴泉旁有塊看起來本該是花圃的地，上面種著一叢玫瑰。這叢玫瑰和傑洛特以前看過的玫瑰並沒有什麼兩樣——除了顏色。它的花瓣是靛青色的，有些花瓣的邊緣甚至泛著淡淡的紫色。獵魔士伸手觸摸花朵，湊近前去聞它的味道，聞起來和其他的玫瑰並沒有什麼不同，只是香氣也許更濃郁些。

突然，宮殿的門和所有的窗戶都砰地打開，傑洛特猛然抬頭，看到一頭怪物正向他瘋狂衝來，把地上的碎石弄得喀啦喀啦響。

獵魔士飛快把右手伸到空中，左手同時把綁在身上的劍帶猛地往下一拉，劍柄於是躍入手中。他嗤地一聲抽出劍，劍光快速地在空中劃了個半圓，眨眼間劍尖已對準了來勢洶洶的怪物。怪物一看到劍，倏地止步，碎石紛紛往四面八方彈射。獵魔士連眉頭都沒有皺一下。

怪物有著人類的身軀，穿著一件破破爛爛但質料上乘的衣服，裝飾品還挺有品味，雖然沒多大用途。然而，脖子以上的部位就和人類相差十萬八千里了——怪物有個奇大無比、和棕熊一樣毛茸茸的腦袋，上面長著一對招風耳、一對銅鈴眼，血盆大口裡長滿微彎的尖牙，隱約可以看見血紅色的舌頭一伸一吐，有如燃燒的火焰。

「滾開，你這個人類！」怪物大吼，一邊揮舞雙手，但不離原地半步。「不然我吃了你！把你碎屍萬段！」

獵魔士舉著劍，動也不動。

「你聾了啊？滾開！」怪物尖叫，然後發出一連串又像豬叫又像鹿鳴的聲音。所有的窗戶都在同一瞬間不停震動，連窗台上的磚瓦和灰泥都被震了下來。獵魔士和怪物都沒有動。

「趁你還沒身首異處時，快滾！」怪物大吼，但是沒那麼氣勢凌人了。「不然，我就……」

「就怎樣？」傑洛特插嘴。

怪物喘著粗氣，偏了偏醜陋的腦袋。

「看看你，多大膽啊。」怪物平靜地說，露出獠牙，用血紅的雙眼盯著獵魔士。「如果你不介意，放下那塊爛鐵。也許你還沒意識到，你人在我家的院子裡？還是我應該猜到在你老家那裡，拿著刀槍到別人家院子對主人撒野是家常便飯？」

「是的。」傑洛特說：「但是只有在主人對客人大吼大叫，並且威脅要把客人碎屍萬段的時候。」

「啊，天殺的！」怪物憤怒地說：「你這個迷路的傢伙竟然還想污辱我。天哪，我們來了一個客人！一聲招呼也不打地就闖進來，弄壞了珍奇的花朵，現在還大搖大擺地吆喝，以爲我會擺張桌子招待他。我呸！」

怪物往地上吐了一口口水，哼了一聲，把嘴闔上。他的下犬齒還留在嘴外，使他看起來像一頭離群索居的老山豬。

「現在怎樣？」過了一會獵魔士放下劍，說：「我們要一直這樣站著？」

「那你認爲咧？擺張床躺下休息嗎？」怪物啐聲說。「把那爛鐵收起來。」

獵魔士很快地把劍收入背上的鞘裡，但是他的手沒有離開劍柄。

「我希望你不要輕舉妄動。」獵魔士說：「這把劍隨時會出鞘，而且速度比你想像中要快。」

「我看到啦，」怪物粗著嗓子說：「要不然，我老早就把你一腳踢出門了。話說回來，你想做什麼？來這兒幹嘛？」

「我迷路了。」獵魔士扯了個謊。

「迷路了，」怪物惡狠狠地笑著說：「那就快滾吧。出了大門，把左耳朝向太陽，一直走，你就會回到大道了。快啊，你還在等什麼？」

「這兒有水嗎？」傑洛特平靜地說：「我的馬兒渴了，我也是，如果方便的話。」

怪物換了個站姿，搔了搔腦袋。

「喂，你聽著，」怪物說：「你眞的一點都不怕我？」

「我該怕嗎？」

怪物看了看四周，乾咳了幾聲，用力地把寬大的褲子往上提了提。

「啊，天殺的，管他呢。好吧，客人就是客人。呵呵，看到我不會嚇得馬上逃跑或昏倒的傢伙還眞不是每天都會遇到呢。好吧好吧，看來你還算是個老實的旅人，你也累壞了吧，我這就請你到屋裡休息。但如果你是小偷或強盜，我可要警告你：這間房子聽我的號令行事，在這裡，我才是老大！」

他舉起毛茸茸的手掌。窗戶又開始發出砰砰的聲響，噴泉裡的海豚也從喉嚨裡發出低吼。

「請進。」怪物道。

傑洛特一動也不動，目光銳利地盯著怪物。

「你一個人住嗎？」

「我和誰住關你屁事？」怪物齜牙咧嘴、憤怒地說，接著嘿嘿一笑：「啊哈，我懂了。你是在擔心屋子裡是不是有四十幾個長得和我一模一樣的傭人？沒有，天殺的，你是要接受我誠心誠意的邀請還是怎樣？如果不要，門就在你屁股後頭！」

傑洛特僵硬地鞠了個躬。

「我接受您的邀請。」他正經八百地說：「在下不敢違抗您的一番美意。」

「希望你在這裡賓至如歸。」怪物同樣正經八百地回答，只是態度有點隨便。「這邊走，馬兒牽到井邊。」

宮殿的內部也像外頭一樣需要好好整修一番。然而破爛歸破爛，倒還挺整齊乾淨的。家具即使陳舊，還是一看便知是出自巧匠之手。空氣中瀰漫著灰塵的刺鼻味，屋裡一片漆黑。

「光來！」怪物大吼，固定在鐵架上的火炬立刻燃起了明亮的火花和輕煙。

「還不賴。」獵魔士說。

怪物哈哈大笑。「才不賴而已？看來要讓你驚訝不是件容易的事。我說過了，這間房子聽我的號令行事。請這邊走，小心點，樓梯很陡。光來！」

在樓梯上，怪物轉過身來。

「喂，這位客人，在你脖子上晃來晃去的那是什麼呀？」

「你自己看看吧。」

怪物拿起獵魔士的徽章，把它拉近了點，拿到眼前端詳。

「這隻動物的表情還眞噁心。這什麼玩意？」

「職業標記。」

「啊，那你一定是做動物嘴套的。這邊請，光來！」

他們進入一個寬敞的房間，裡面一扇窗戶也沒有，房間中央有一張很大的橡木餐桌，桌上除了巨大的黃銅燭台之外空無一物——燭台因鏽蝕而呈銅綠色，上面掛著凝固有如鐘乳石的蠟淚。在怪物的命令下，昏暗的室內亮起了微弱的燭光。

房內的一面牆上掛滿了各式各樣的兵器——圓形的盾牌、戟、長槍、鉤鐮槍、刺刀和斧頭。另一面牆上則有個大型壁爐，火爐上方懸掛著一排排褪了色、斑斑剝剝的肖像畫。正對著入口的牆面掛滿了狩獵的戰利品：一邊是駝鹿皮和雄鹿樹枝狀的角，在牆上拖出長長的影子，投射在另一邊露出滿口利牙的山豬、熊、大山貓，以及羽毛破損不堪的蒼鷹和老鷹上頭。最重要的主位則掛著一顆已經破損不堪的岩龍首級，裡面的填充物都露了出來，布滿褐色污漬。傑洛特湊近去看。

「是我爺爺獵的。」怪物邊說，邊把一截木頭塞進火爐裡。「這大概是這一帶最後一頭龍了。坐下吧，客人。我想你應該餓了吧？」

「是的，親愛的主人。」

怪物在桌前坐下，低下頭，兩手交叉放在肚子上，開始唸唸有詞，用大拇指在空中快速劃著圓圈，然後大吼一聲，手掌往桌上用力一拍。頓時，空氣中響起餐盤和銀碟的碰撞聲，以及水晶高腳杯清脆的叮噹聲。水晶杯裡盛滿美酒，餐具裡堆了琳琅滿目的食物。熱騰騰的烤肉飄著誘人的香味，混有大蒜、香花薄荷、肉豆蔻的味道；但傑洛特沒有露出一點吃驚的表情。

「嘿嘿，」怪物擦擦手，說：「這比傭人還厲害，對吧？盡情享用吧，客人。這是春雞，那是山豬火腿，那是……嗯？那是什麼肉？管他的，反正是某種肉凍派。這邊是花尾榛雞。啊，不對，這是灰山鶉，我把咒語搞錯了。吃吧、吃吧。這些美食都是眞的，不要怕。」

「我不怕。」傑洛特把春雞撕成兩半。

「啊，我忘了。」怪物啐了一聲：「你不是懦夫那一型。對了，你叫什麼名字來著？」

「傑洛特。你呢？」

「我叫尼維倫，但是這一帶的人們叫我怪胎或獠牙，大人總是拿我來嚇唬小孩。」怪物說著，一口乾盡了一大杯酒，然後用肥胖的手指抓起一大塊肉凍派狂吃，一口氣竟然把半盤都吃掉了。

「他們拿來嚇小孩那些話，」傑洛特一邊大嚼，一邊說：「根本沒有根據吧？」

「一點都沒有。敬你一杯，傑洛特！」

「敬你，尼維倫。」

「酒還對味吧？你注意到沒？這是用葡萄釀的，不是蘋果。如果你喝不慣可以換別的。」

「不用了，這酒很順口。你這魔力是天生的嗎？」

「不，這是我變成這副模樣才開始的。我是說——我這長相，哈哈。我也不知道這是怎麼一回事，但是我要什麼這房子就給我什麼，也沒什麼了不起的，我可以用魔法變食物、飲料、衣物、乾淨的床單、熱水和肥皂，雖然每個女人不用魔法都可以做到這些。我可以連手指都不動就開關門、生火，就這樣而已。」

「這很了不起。那個……你的長相，是很久以前發生的事嗎？」

「十二年了。」

「怎麼發生的？」

「關你什麼事？再多喝點吧。」

「好，謝謝。確實與我無關，只是好奇。」

「這理由聽起來可以接受。」怪物大笑：「但我是不會接受的。門兒都沒有，就這麼簡單。不過，爲了滿足一下你的好奇心，我讓你看看我以前的長相。看一下那邊的肖像畫吧，從火爐那邊算過來第一張是我老爹的畫像，第二張天殺的不知道是誰，第三張就是我。你看到了嗎？」

畫上布滿了灰塵和蜘蛛網，畫中的年輕人有一張圓滾滾、坑坑疤疤的臉，眼神無精打采，表情有點憂鬱。傑洛特曉得畫匠在描繪肖像時總會把它美化一番，他點了點頭。

「你看到了沒？」尼維倫問，露出白森森的犬齒。

「看到了。」

「你到底是什麼人？」

「我不明白你的意思。」

「不明白？」怪物抬起頭，眼睛閃著貓眼般的光輝。「客人啊，一般人在這樣的燭光中是看不到我的畫像的。我看得到它，但我不是人類，至少現在不是。一般人如果要看到我的畫像，非得站起來走到它面前不可，手裡還得拿著燭台，但是你沒有這麼做。結論很簡單，但我還是要直截了當地問你：你是人類嗎？」

傑洛特定定地看著怪物。

短暫的沉默過後，他說：「如果這是你的標準——那我不完全是人類。」

「啊哈。我這樣問應該不會失禮：那你到底是誰？」

「獵魔士。」

「啊哈。」片刻後，尼維倫說：「如果我沒記錯，獵魔士賺錢的方式還挺有趣的，他們靠殺各種怪物維生。」

「沒錯。」

他們再次陷入沉默。細長的燭火搖曳不定，燭光在雕工精細的水晶杯切面上閃爍著，蠟炬自燭台上流淌而下。尼維倫一動也不動地坐著，大耳朵微微扭動。

「我們來做個假設——」他終於說：「假設在我向你撲過去前，你能及時抽出劍，假設你甚至還能在我身上劃個口子。但這是阻止不了我的，我的塊頭比你大，光是體重就可以把你壓倒在地。接下來的肉搏戰，得看咱們的牙齒了。你想，如果要比咬喉嚨，我們兩個誰的勝算大？」

傑洛特用拇指掀起玻璃瓶的白鐵製瓶蓋，替自己倒了一杯酒，啜了一口，身體往椅背一靠。他看著怪物，臉上帶著不懷好意的微笑。

「是——啊。」尼維倫拖長了聲音說，用爪子剔著牙。「我得承認，確實無聲勝有聲，什麼都沒說就回答了我的問題。那我倒要看看你怎麼回答我下一個問題，誰付錢叫你來幹掉我的？」

「沒有人叫我來，我是剛好路過。」

「你不是爲了讓我放鬆戒心才這麼說吧？」

「我沒有說謊的習慣。」

「那你有什麼樣的習慣？人們常告訴我關於獵魔士的事。我記得獵魔士會拐走小孩，然後給他們喝有魔力的藥草。那些活下來的孩子會成爲新的獵魔士，擁有超凡的魔力。獵魔士訓練這些孩子戰鬥、殺戮，剝奪他們的人性和人類的正常反應。獵魔士把這些孩子變成怪物，好讓他們去殺死其他的怪物。人們現在這麼傳言，該是有人站出來獵殺獵魔士的時候了，因爲怪物越來越少，而獵魔士卻越來越多。把灰山鶉吃了吧，待會就變涼了。」

尼維倫從盤子中抓起灰山鶉，連肉帶骨整隻吞入口中，像吃烤麵包一樣喀啦喀啦地大嚼。

「你怎麼不說話？」他口齒不清地問：「那些關於你們的傳說是真的嗎？」

「幾乎沒有一句真話。」

「那什麼是假的？」

「怪物越來越少。」

「確實，怪物一點也不少。」尼維倫露出犬齒道：「其中之一就坐在你面前。而且這隻怪物正在想，把你請進來是不是個天大的錯誤。我從一開始就不喜歡你的職業標記，客人。」

「你不是什麼怪物，尼維倫。」獵魔士平淡地說。

「天殺的，這還眞鮮。那麼依你看，我是什麼？小紅莓果凍嗎？在黯淡的十一月天空中飛翔的野鴨群？是不是？或者是磨坊主人豐滿的女兒在泉水邊失去的貞操？快說啊，傑洛特，我到底是什麼，你沒看見我好奇得全身發抖嗎？」

「你不是怪物，否則你根本無法碰這個銀盤，更別說把我的徽章拿到手上去看了。」

「哈！」尼維倫大吼一聲，連燭火都被他吹成平行線。「今天眞是個揭開駭人祕密的好日子！現在你要告訴我，我的耳朵這麼長是因爲我小時候不愛吃麥片粥！」

「不，尼維倫。」傑洛特平靜地說：「這是詛咒的結果。我很確定，你知道是誰下了這個詛咒。」

「如果我知道那又怎樣？」

「大部分的情況下，詛咒是可以破除的。」

「大部分的情況下，你這個獵魔士可以破除詛咒？」

「可以，你要我試試看嗎？」

「不，我不要。」

怪物伸出長長的舌頭，長度大約是兩個掌距【註】。

「你無話可說了吧？」

「我無話可說。」傑洛特承認。

怪物低聲咯咯笑著，往椅背一靠。

「我就知道你會無話可說。」怪物說。「再給自己倒杯酒，坐得舒服點，我現在就告訴你整件事的來龍去脈。管你是不是獵魔士，你看起來倒還挺老實的，而我也剛好想聊聊。倒酒吧。」

「已經沒酒了。」

「啊，天殺的。」怪物咕噥一聲，用力拍了一下桌子。兩個空酒瓶旁邊立刻憑空出現裝滿酒的大陶瓶，裝在柳木編成的籃子裡。尼維倫用牙齒咬掉封住瓶口的蠟。

「我想你也注意到了吧，」他邊倒酒邊說：「這一帶沒什麼人居住，距離最近的村莊還有好一段路。你知道，對這附近的居民和打這兒經過的商旅來說，我老爹和我爺爺可沒讓他們留下什麼好印象。不管是誰來到這兒，只要被老爹盯上，最幸運的情況是破產。老爹還把附近的幾個村子燒了，因爲他覺

【註】拇指尖到小指尖的距離。

得那些人的保護費交得太慢。當然除了我以外，所有人都恨死了我老爹。當他們把我老爹的屍體——他是被人用雙手劍劈開的——用馬車運回家時，我哭得可是傷心欲絕呢。爺爺那時已經退休了，自從他的頭被狼牙棒打了一記，成天就只會大吼大叫，不停流口水，而且老是尿濕褲子。所以啦，身爲繼承人，領導老爹留下的一窩強盜就成了我的責任。」

「我那時候還年輕，」尼維倫繼續說：「不過是個還在吃奶的小鬼。那些強盜馬上就抓住我的把柄，把我當成傀儡來耍。我想你也猜得到吧，我領導他們的情況就和一隻小肥豬領導狼群沒兩樣。我們做了一堆亂七八糟的事——如果老爹還在，他是絕對不會容許的。細節我就跳過了，我們還是趕快進入重點吧。有一天我們跑到彌爾特附近的格利波，搶了一座神殿。更糟的是，那裡還有個年輕女祭司。」

「那是什麼樣的神殿，尼維倫？」

「天殺的鬼才知道，傑洛特，但那一定是邪惡的神殿。我記得祭壇上擺滿了白骨和骷髏頭，還燒著綠色的火焰，聞起來噁心得要命。回到重點，強盜們壓住女祭司的手腳，剝光了她的衣服，然後對我說現在我得證明自己是個男人。好啦，我這個乳臭未乾的笨蛋就證明給他們看。在過程中，女祭司往我臉上呸了一口，然後對我尖叫了一句話。」

「她說了什麼？」

「她說我是個人面獸心的怪物，以後我會是個獸面獸心的怪物，她還說了些什麼愛和血的事，我不記得了。說完，她拿出藏在頭髮裡的匕首，割斷喉嚨自殺了。那時候……我們嚇得飛也似地離開那兒，差點沒把馬兒活活累死；那不是什麼好神殿。」

「說下去。」

「後來就像女祭司說的那樣。幾天後我早上醒來，每個看見我的僕人都尖叫著跑得遠遠的。我走到鏡前一看……你知道，傑洛特，我嚇死了，當時我突然恐慌發作，實際上發生什麼事我記得很模糊。長話短說，幾個人死了。我突然有一股強大的怪力，隨手抓到什麼就打什麼。連整棟房子都來參一腳，門啊窗戶乒乓亂響，家具和鍋碗瓢盆在空中飛來飛去，火燒了起來。所有人都驚聲尖叫，爭先恐後往外跑──姑姑、表妹、一窩強盜……我在說什麼？連家裡的狗都夾著尾巴哀號著逃了出去。我的貓大胃王也跑了，姑姑的鸚鵡活活嚇死了。很快地屋子裡只剩我一個人，瘋了似地鬼吼鬼叫，把手邊的東西全打爛，尤其是鏡子。」

尼維倫停了一下，嘆了口氣，抽抽鼻子。

「當恐慌症減輕後──」過了一會兒他說：「一切都太遲了，我只剩下孤伶伶一個人。我再也沒辦法對任何人解釋，改變的只有我的外在，雖然長相那麼恐怖，我還是原來那個笨頭笨腦的少年，只能一個人對著空城堡裡的僕人屍體啜泣。我突然非常害怕，我怕他們會回來幹掉我，完全不聽我的解釋。但是沒有半個人回來。」

怪物沉默片刻，用袖子擦擦鼻頭。

「我不願回想最初那幾個月的事，傑洛特，即使到了今天，想起那些日子我還會全身發抖。我還是說重點吧。很長一段時間，我靜靜地躲在城堡裡，大氣都不敢喘一口，更別說出門了。偶爾有人路過，我根本不會出去，只會讓門窗砰砰響個兩下，或對著石像鬼大吼，讓吼聲傳到庭院裡去，通常這樣人們就嚇得立刻逃之夭夭了。直到某天清晨，我從窗戶望出去——我看到了什麼？一個胖子正從姑姑的玫瑰叢中剪下一朵花。你得知道，那可不是普通的玫瑰，藍玫瑰幼苗是爺爺大老遠從納澤爾帶回來的。我氣得七竅生煙，猛地跳到庭院裡去。」

「胖子一看到我就嚇得說不出話來，好不容易回過神來，才尖叫著說他想摘幾朵花送給女兒，求我大恩大德放他一馬。我本來已經要把他一腳踢出去，就在這時，我想起了我那個壞脾氣的奶媽蘭卡說過關於公主將青蛙變回王子的故事。於是我想，天殺的，也許童話故事裡多少有點眞實性，至少這是個機會……我突然跳起來——大概是手臂張開的兩倍那麼高——開始狂吼，大聲得連牆上的野葡萄藤都被震了下來。我對胖子大吼：要命就把女兒留下！我實在想不出更好的台詞。那個商人哇地一聲哭了出來，然後說，他女兒只有八歲……喂，你在笑嗎？」

「不。」

「我那時眞不知道該大笑，還是要爲自己悲慘的命運痛哭一場。那個可憐蟲站在那裡不停發抖，教人看了眞是難過。於是我把他請到屋裡來吃了頓飯，臨走時還送他滿滿一袋黃金和寶石。你知道地下室裡還堆著我老爹留下的財產，我不知道該怎麼處理它們才好，但我總可以拿一些來當成我的一點心意吧。商人眼裡發亮，不停口沫橫飛地向我道謝。他一定是在哪兒吹噓了自己的經歷，因爲還不到兩個月，第二個商人就來到了城堡，他帶著一大堆袋子，還有一個嬌滴滴的女兒。」

尼維倫伸了個懶腰，動了動僵直的腳，扶手椅被他弄得搖搖晃晃。

「我和商人三兩下就談妥了條件。」他說：「我們約定，女孩得在我這兒住上一年。要不是我幫忙，那傢伙自己還沒辦法把那些沉甸甸的袋子裝到騾背上去呢。」

「那女孩呢？」

「剛開始的時候她一看到我就會不由自主地抽搐，她確信我有一天會把她吃掉。但是一個月後，我們已經在同一張桌子上吃飯了，我們會聊天，還一起去森林散步。雖然她是個聰明又善解人意的女孩，但每次和她說話我都像是舌頭打了結。你知道，傑洛特，我從以前開始就對女孩子不太行，在她們面前我總是看起來像個傻瓜，即使是在那些和強盜上床、腳上總是沾滿牛糞的蠢笨村姑面前，連她們都瞧不起我、嘲笑我。現在可好，我又長了這樣一張臉，我甚至沒辦法向女孩說明自己是為了什麼才花那麼多錢把她買過來，讓她留在我身邊一年。那一年的時光還真是度日如年，一年後商人出現把女孩帶走了。我心如死灰，整天關在家裡，好幾個月都對那些帶著女兒來的訪客不理不睬。然而在和一個活生生的人一起度過一年後，我終於發現孤獨是多麼可怕的事——連個說話的伴都沒有。」怪物發出像是嘆息的聲音，聽起來卻像是打嗝。

「第二個女孩，」過了一會他說：「她叫芬妮。身材嬌小、冰雪聰明，整天像戴菊鳥一樣吱吱喳喳講個不停，她一點都不怕我。有一天，那天剛好是我的落髮禮週年【註】，我們一起喝了蜂蜜酒慶祝，然後……呵呵。結束後我馬上從床上跳起來衝向鏡子，我得承認，我那時眞是又失望又難過，那張臉一點

【註】古代斯拉夫民族男子的成年禮。男孩在七到十歲時，會由大人象徵性地剪去頭髮，這表示男孩將脫離母親的懷抱，由父親來管教；這時男孩也會有新的名字。

都沒有改變，也許看起來還更白痴了一點。人們竟然說，童話裡藏著人類智慧的結晶！全都是狗屁，傑洛特。」

「但是芬妮很快就想出安慰我的辦法。我告訴過你了，她是個活潑的女孩。你知道她想出什麼點子嗎？她要我們兩個一起嚇唬那些來到城堡的不速之客。想像一下：有個傢伙跑到庭院裡東張西望，這時，我就撲向他，把他按倒在地，而芬妮全身光溜溜地騎在我背上，猛吹爺爺留下來的打獵號角！」

尼維倫笑得全身抖個不停，一口白牙閃閃發亮。

「芬妮——」他繼續說：「在我這兒待了整整一年，之後帶著一大堆嫁妝回到她家。她後來嫁了一個鰥夫，是個酒館老闆。」

「說下去，尼維倫。你的故事非常吸引人。」

「你這麼覺得嗎？」怪物搔著頭，發出沙沙的聲響。「好吧，那我就繼續說。第三個女孩叫佩麗茉拉，是個窮光蛋騎士的女兒。騎士來的時候牽著一匹骨瘦如柴的馬，穿著生鏽的盔甲，還欠了一屁股債。那傢伙還真不是普通的噁心，聞起來像一堆水肥，連周圍的空氣都被他污染了。佩麗茉拉長得很漂亮。我敢打賭，她老媽一定是在騎士出門遠征時懷孕的，否則我把手剁下來給你。她一點都不怕我，這也沒什麼好奇怪的，和她爸媽比起來我還算是可愛的呢。」

「呵，那娘兒們可火辣了。我既然已經有了自信，當然一點時間都沒有浪費。不到兩個禮拜，我們就已經卿卿我我了。她最喜歡在床上抓住我的耳朵尖叫：『咬我！你這動物！』，不然就是『撕裂我！野獸！』諸如此類。在歡愛之間的空檔我總會跑到鏡子前，你能想像嗎？傑洛特，越看我越不安，我已經不再那麼想念原來那個軟弱的自己了。你知道，以前的我痴肥臃腫，而現在的我渾身肌肉、孔武有力。以前我體弱多病，三天兩頭咳個不停，鼻子還經常過敏，現在可說是百病不侵。呵，你還沒看過我以前那一口爛牙呢！現在呢？我甚至可以一口把這把椅子的椅腳咬下來。你要我試試看嗎？」

「不用了。」

「這樣也好。」尼維倫張開嘴，說：「那小妞還挺喜歡看我表演的，結果搞得整棟房子裡沒剩幾把完整的椅子。」他打了個呵欠，舌頭捲得像個小喇叭。

「我說得有點累了，傑洛特。長話短說：後來又來了兩個女孩，伊麗卡和薇妮米拉。我和她們的關係無聊到甚至可以套公式來解釋。一開始是恐懼和保守，接著是同情，然後是一點小小的貴重禮物，接下來就是『咬我吧、吃了我』，最後是父女重聚，一把眼淚一把鼻涕地告別，還有越來越少的寶物。我打算休息一段時間，好好過一過清閒的日子。當然啦，什麼女孩的吻會把我從怪物變回人類的童話，我早就不相信了，我接受了這個事實。再說，我覺得現在這樣也沒什麼不好的，沒必要改變。」

「尼維倫，任何改變都不需要嗎？」

「呵，眞希望你知道我現在感覺有多好。我說過了，第一，現在我壯得像頭牛。第二，我的特殊長相對女孩們來說簡直是春藥。別笑！我百分之兩百肯定如果自己是個正常人，只有拚死了老命，才能接近像薇妮米拉那樣漂亮的女孩。你也看到我以前的樣子了，我敢打包票，那樣的我她是連看都不會看一眼的。第三，我現在的樣子是安全的保障。老爹生前有許多敵人，有幾個至今還沒掛。我以前率領強盜打家劫舍殺了不少人，他們的親戚也等著報仇，而且地下室還堆著黃金。如果不是我這長相，早就有人殺進來了，即使只是抄著乾草叉的農民。」

「你看起來十分確定——」傑洛特把玩著空酒杯說：「你沒有得罪任何人，不管是那些女孩，她們的父親、親戚或未婚夫。是不是，尼維倫？」

「拜託，傑洛特。」怪物皺起了眉頭。「你說的是什麼話啊？父親們沒什麼好不高興的，我說過了，我出手可不是普通大方。女兒呢？呵，你沒看見她們剛來這裡的樣子，每個都穿著粗布連身裙，手掌肌膚因爲成天洗衣服而磨破了，全都彎腰駝背的，因爲每天都要提著沉重的水桶去打水。佩麗茉拉來我這兒兩個禮拜後，背上和腿上還殘留著她那個騎士老爸用皮帶打出來的血痕；而在我家她打扮得像公主，手上除了扇子之外什麼都不用拿，甚至連廚房在哪都搞不清楚。」

「我讓她從頭到腳都穿得漂漂亮亮，還讓她戴上貴重的寶石。她只要開口，錫製浴缸裡就會放滿了熱水，那還是我老爹從阿森加達搶回來帶給我媽的。你能想像嗎？錫製浴缸耶！連行政官——我在說什麼——就連領主家裡都很少有金屬浴缸。對她們來說這根本是童話中的城堡，傑洛特。至於床上的事，這就……天殺的，這年頭貞操比岩龍還稀有。我沒有強迫她們任何人，傑洛特。」

「但是你起先懷疑有人付錢要我來殺你，會是誰呢？」

「那些覬覦我的財產，但是已經沒有任何女兒的渾蛋。」尼維倫強調道。「人們永遠貪得無厭。」

「沒有別人？」

「沒有了。」

兩人沉默地看著閃爍不定的燭光。

「尼維倫，」獵魔士突然說：「你是一個人住嗎？」

「獵魔士，」怪物停頓了一會兒，終於說：「我想我眞應該大罵你一頓，咬你的脖子，把你從樓梯上丟下去。你知道爲什麼嗎？因爲你把我當成白痴。從一開始我就看到你在那邊豎起耳朵、東瞄西瞄。你明明就很清楚我不是一個人住。我說錯了嗎？」

「你沒說錯。抱歉。」

「去你的抱歉。你看到她了？」

「對，在大門附近的森林。最近那些帶著女兒來的商人都空手而回——這就是原因嗎？」

「你連這也知道了？對，這就是原因。」

「請容許我再問一個問題……」

「不，我不准。」

他們再次陷入沉默。

「既然你都這麼說，那就沒辦法了。」獵魔士終於說，一邊站起身。「謝謝你的招待，我也該上路了。」

「是的。」尼維倫也站了起來。「因爲某些原因，我不能留你在這兒過夜，我更不建議你在森林裡露宿。自從這個地區荒廢後，晚上常有一些不好的東西出沒，你應該在天黑前回到大道。」

「我會記住，尼維倫。你確定你不需要我的幫助？」

怪物瞟著獵魔士。

「你確定你能幫我？你能把這個詛咒從我身上拿掉嗎？」

「我指的不只是這個。」

「你沒回答我的問題。雖然……也許你回答了，你辦不到。」

傑洛特直視他的眼睛。

「你們的運氣眞的很差。」他說：「格利波和尼姆那爾山谷所有的神殿之中，你們偏偏挑中了卓蘭・阿赫・特拉——獅面蜘蛛的聖堂。要破除卓蘭・阿赫・特拉女祭司的魔咒，需要的是我不具備的知識與魔力。」

「那麼該找誰？」

「你還是感興趣的嘛？你剛才不是說，你很滿意現在的情況……」

「滿意，但不是百分之百。我怕……」

「你怕什麼？」

怪物在門邊停下，轉過身。

「獵魔士，我受夠了你沒完沒了地發問，卻不回答我的問題，看來不好好問你是不行的。聽著，最近我常常作惡夢。正確來說，應該是像怪物一樣可怕的夢。我的擔心有道理嗎？長話短說，拜託。」

「作了這些惡夢醒來之後，你腳上會沾滿污泥嗎？床上有沒有針葉？」

「沒有。」

「那有……」

「長話短說。」

「你的擔心是對的。」

「有沒有辦法解決？有，或沒有？」

「沒有。」

「很好。走吧，我送你出去。」

當傑洛特在庭院中調整馬背上的鞍袋時，尼維倫摸著小魚兒的鼻頭，友善地拍了拍牠的脖子。馬兒歡喜地垂下了頭。

「動物們喜歡我。」怪物高興地自誇：「我也喜歡牠們。我的貓大胃王雖然一開始逃跑了，但是不久後又回到我身邊。有很長一段時間，牠是我那段悲慘時光中唯一陪伴我的生物，薇樂娜也……」

他突然停下，表情僵了一下。傑洛特微微一笑。

「也喜歡貓？」

「她喜歡鳥。」尼維倫露齒說：「天殺的，我說溜嘴了，管他的。這不是什麼商人的女兒，傑洛特，也不是尋找童話中的奇蹟。這是很正經的事，我們真心相愛。如果你敢取笑我，我就給你一拳。」

傑洛特沒有笑。

「你的薇樂娜，」他說：「八成是個羅莎卡。你知道吧？」

「我猜到了。纖細的身材、烏黑的頭髮。她很少說話，即使說了，也是我聽不懂的語言。她不吃人類的食物，整天泡在森林裡，晚上才回來。這是正常的嗎？」

「差不多。」傑洛特扯了扯馬兒的腹帶。「你是不是認為，如果你變回人類，她就不會再回到你身邊？」

「這我很確定。你知道，羅莎卡都很怕人。很少有人那麼近看過羅莎卡，而我和薇樂娜……啊，天殺的。再會，傑洛特。」

「再會，尼維倫。」

獵魔士踢了踢馬肚，向大門騎去。怪物踏著粗重的步伐，慢慢走在他身邊。

「傑洛特？」

「我在聽。」

「我不像你想的那麼笨。前幾天這兒來了一個商人和他的女兒，你就是順著他們所走的路來的。他們發生了什麼事嗎？」

「是的。」

「他們是三天前來的。那個女兒長得不是很漂亮。我讓門窗關得死緊，弄出沒有人住的樣子。他們在這晃了一會兒就走了，臨走之前，女孩摘了一朵玫瑰，把它別到連身裙上。去別處找吧，但是小心點，這個地區不太安全。我說過了，夜晚的森林很危險，誰知道會碰上什麼東西。」

「謝謝你，尼維倫，我會記得你的。誰知道，也許我會找到可以……」

「也許會，也許不會。傑洛特，這是我自己的問題，做了什麼事，就得受什麼樣的懲罰。我學會了去忍受它、習慣它。如果惡化，我也會習慣。如果真的糟到不可收拾的地步——別找什麼人了，你自己來這裡，用獵魔士的方式讓它結束吧。保重，傑洛特。」

說完，尼維倫於是邁開大步，頭也不回地往宮殿走去。

III

這一帶果然沒什麼人煙，到處都是荒地，有種令人不安的詭異氣息。傑洛特沒在黃昏之前趕回大道，他不想浪費時間，於是選擇走近路，穿越濃密的森林。那天晚上他在一個沒有樹林遮蔭的山頂度過，他把劍放在膝上，每隔一段時間就往小火堆裡丟一把烏頭草。半夜的時候他看見從山谷下傳來的火光，聽見歌聲、瘋狂的嚎叫，還有淒厲的尖叫──那是被酷刑拷打的女人才會發出的恐怖叫聲。他往尖叫的方向騎去，雖然已是清晨，但是天還沒完全亮，抵達時只看到飽經踐踏的林地，以及仍有餘溫的灰燼裡燒焦的骨頭。山谷裡有一棵巨大的橡樹，坐在樹冠上的生物正發出尖銳的叫聲和嘶聲。那可能是拉施，或只是普通的山貓；傑洛特沒有停下來察看。

IV

接近中午的時候，傑洛特牽小魚兒到一泓清泉飲水。馬兒突然開始尖銳地嘶叫，不停後退，露出黃牙咬著馬銜。傑洛特反射性地用符咒安撫牠，同時看到綠色的青苔地上有個紅色蘑菇排成的圓圈。

「妳還眞歇斯底里，小魚兒。」獵魔士說：「這只不過是普通的魔鬼環，幹嘛大驚小怪？」

小魚兒用力噴了一口氣，轉過頭來看著牠的主人。獵魔士擦擦額頭，皺起了眉沉思著。他突然一躍上馬，掉轉馬頭，沿著剛才走來的路往回跑。

「『動物喜歡我。』」他嘀咕著：「對不起啊，馬兒。看來還是妳比較有頭腦。」

V

獵魔士的坐騎害怕地豎起耳朵，一邊噴著鼻息。牠跺著蹄子，揚起地上的塵土，一點前進的意思都沒有。傑洛特沒有用符咒安撫牠，他從馬鞍上跳下來，把韁繩甩到馬頭上。他背上已經沒有原先那把插在粗糙皮革劍鞘裡的劍，取而代之的是一把閃閃發光的美麗寶劍，有十字型的護手，劍柄細長而勻稱，末端鑲著白色的金屬圓球。

這次大門沒有自動打開。門原本就是開著的，他走的時候並沒有把它帶上。

他聽到一陣歌聲。他不懂歌詞，也說不出是哪一種語言，但是那沒有必要。獵魔士本能地洞悉歌聲的危險本質——那輕柔但尖銳的聲音在血管裡迴盪，令聽到的人作嘔、動彈不得。

歌聲驟然停止，這時獵魔士看見了她。

她在已經乾涸的噴泉中，雙手環抱著長滿青苔的海豚雕像，騎在上面。她的雙手小巧白皙，看起來幾乎是透明的。她頂著一頭散亂、糾結的黑髮，用她明亮、炭黑色的大眼睛注視著獵魔士。

傑洛特離開藍玫瑰花叢旁的圍牆，慢慢地劃著半圓，跨著輕盈而有彈性的步伐逼近。那個生物依然貼在海豚背上，側著小巧的臉蛋，觀察獵魔士的動靜。她的臉上有種渴望的神情，極具魅力及魔力，而即使她那蒼白的薄唇是緊閉著的，沒有發出一點聲音，獵魔士還是在腦中聽見了她那可怕的歌聲。

獵魔士在離她十步以外的距離停下。他慢慢地從上了黑色琺瑯的劍鞘裡抽出劍，劍身在他的頭頂發出耀眼的光芒。

「這是白銀。」他說：「劍是白銀打造的。」

少女蒼白的臉上沒有任何表情，黑色的眼睛也沒有透露任何情緒。

「妳長得確實很像羅莎卡——」獵魔士平靜地說：「任何人都可能會上當，尤其像妳這一類的鳥兒又不是很常見，黑頭髮的。但是馬兒永遠不會弄錯，牠們憑本能就可以準確無誤地認出妳來。妳到底是誰？我猜妳不是慕拉就是夢妖，普通的吸血鬼是不會在大白天出來的。」

少女蒼白的嘴唇輕輕往上揚了揚。

「妳大概是看上尼維倫是個怪物這點？他會作那些惡夢，妳正是罪魁禍首。我可以想像那些夢境是什麼，我還眞同情他。」

那生物一動也不動。

「妳喜歡鳥——」獵魔士繼續說：「但是這不妨礙妳冷酷地咬斷人類的脖子——不管是男人或女人。正確來說，是妳和尼維倫！你們兩個還眞是絕配，一個是怪物，一個是吸血鬼，加起來剛好是城堡的統治者。兩人聯手，你們一定可以很快支配這整個地區。作爲吸血鬼，妳永無止境地渴求鮮血，尼維倫不但可以保護妳，還可以當妳的殺人工具。但是他首先要付出的代價是成爲眞正的怪物，而不是一個有著怪物外皮的人類！」

少女的目光收縮，黑色的大眼睛瞇得只剩一條縫。

「喂，黑頭髮的，那他怎麼辦？妳在唱歌，所以妳一定是剛喝了血。妳既然會動用這最後的手段，這表示妳還沒完全控制尼維倫的心靈。我沒說錯吧？」

黑髮少女點了點頭，動作細微得幾乎看不出來，而她的嘴角也又往上揚了一些。小巧的臉上出現魔鬼般的表情。

「妳現在是把自己當作這裡的主人，對吧？」

她點了點頭，這次動作比較明顯。

「妳是慕拉？」

她慢慢地搖了搖頭。獵魔士聽到一陣嘶聲，是從女吸血鬼那張蒼白、掛著邪惡微笑的小嘴中傳出來的，雖然她的嘴唇連動都沒動。

「夢妖？」

再次搖頭。

獵魔士往後退去，緊緊握住手中的劍。

「這就表示，妳是……」

少女的嘴角越揚越高，最後她張開了嘴……

「布露卡薩！」獵魔士大吼一聲，衝向噴泉。

吸血鬼露出尖利、白森森的犬齒。她猛然躍起，像豹子一樣弓起身，接著發出一連串恐怖的尖叫。音波像一記重槌猛烈地撞擊獵魔士，讓他幾乎不能呼吸。他覺得自己的肋骨彷彿被撞散了，耳朵和腦中好像有千萬根針在刺。他往後一跳，及時將手腕交叉，打出了赫利歐特洛普符咒。符咒有效地減弱了攻擊的威力，但是他撞上牆時仍然眼前一黑，痛苦地大喊了一聲。

噴泉中央的海豚雕像上本來坐著一個穿白衣的美麗少女，現在卻蹲著一隻黑得發亮的巨大蝙蝠，張開又尖又長的嘴，露出一排排尖利的牙齒。牠展開膜狀的雙翼，無聲無息地拍動著翅膀，像一支離弦的箭快速撲向獵魔士。

傑洛特嘗到口中帶著金屬味道的血腥味，連忙唸了咒語，伸出手掌，比出了昆恩符咒。蝙蝠嘶嘶叫著，在空中急轉彎，發出刺耳的尖笑往上飛去，然後立刻垂直降落，一口就往獵魔士的脖子咬了過來。傑洛特閃到一邊，揮劍，但是沒有命中。蝙蝠流暢而優雅地偏了一隻翅膀，在空中轉了個身，在他頭上盤旋，接著張著一口利齒，展開了第二波攻擊。傑洛特耐心地等待，雙手握住劍，劍尖朝著怪物的方向。最後一刻他一躍而起——正面迎向怪物，猛力把劍一揮，甚至連空氣都發出了尖銳的嘶聲。

沒有命中。這實在太出乎意料，獵魔士的身體一時失去了節奏，雖然只差那麼一秒，但還是沒來得及躲過攻擊。他感到怪物的利爪劃破了他的臉頰，而牠濕潤、有如天鵝絨般柔軟的翅膀則拂過他的脖子。獵魔士原地一個旋身，把重心放在右腳上，再次用力揮劍；但是怪物的動作飛快得詭異，這次也沒有命中。

蝙蝠拍著翅膀飛往高處，向噴泉的方向移動。當牠彎曲的爪子一碰到水池的石牆，那流著唾液的尖嘴立刻消失了，牠變回了身穿白衣的女孩，但是尖利的犬齒仍然凶惡地露在嘴唇外。

女吸血鬼刺耳地尖叫，聲音忽高忽低，聽起來像是死神的歌聲。她充滿恨意地瞪著獵魔士，然後再次發出那可怕的聲音。

音波的威力如此強大，竟破除了獵魔士的符咒。傑洛特感到他的眼前冒出黑色和紅色的環狀物，太陽穴和頭頂好像被人猛烈敲擊。耳中的疼痛如此劇烈，他開始聽到幻音——誘惑、哀號、長笛和雙簧管的聲音，還有暴風的呼嘯。他臉上的皮膚變得僵硬冰冷，他半跪在地上，不住搖晃著腦袋。

巨大的黑色蝙蝠一聲不響地飛到獵魔士身邊，一邊張開滿嘴利牙。傑洛特雖然被音波壓制得呈半昏迷狀態，身體卻本能地做出了反應。他猛地從地上跳起來，很快就跟上了怪物的動作，隨著對方的攻擊跨了三步，先是往前，然後往旁邊，最後是半個迴旋。之後，他雙手握劍，以迅雷不及掩耳的速度向怪物揮了一記。劍尖刺入怪物的身體，幾乎沒有遇上阻力。他聽到一聲尖叫，但是這次是出於疼痛——怪物的身體碰到了白銀。

布露卡薩尖叫著逃回海豚雕像上，變回了少女的模樣；她的白色連身裙近左胸上方處，有了一道差不多和小指一樣長的紅色抓痕。獵魔士恨恨地咬了咬牙——剛才那一劍應該要把怪物劈成兩半的，沒想到只不過造成一道抓痕。

「叫吧，妳這個女吸血鬼。」獵魔士擦了擦臉頰上的血，咆哮著說：「叫個痛快。等妳叫得沒力氣了，我就砍下妳那漂亮的腦袋！」

「先沒力氣的人是你，獵魔士。我要殺了你。」

布露卡薩的嘴唇沒有動，但是獵魔士清楚聽到女吸血鬼的話，她的聲音簡直像要在他腦中炸開，像在水底一樣不斷響著沉重的回聲。

「我們走著瞧。」獵魔士咬著牙慢慢說，弓著身子走向噴泉。

「殺了你，殺了你，殺了你。」

「我們走著瞧。」

「薇樂娜！」

尼維倫垂著頭，兩隻手撐著門框，吃力地從宮殿中走了出來。他搖搖晃晃地走到噴泉旁，虛弱地揮了揮手，上衣的領口染著血跡。

「薇樂娜！」他又喊了一聲。

布露卡薩猛地轉過頭看他。傑洛特舉起劍撲向女吸血鬼，但是怪物的反應比他快得多。她再次尖叫，獵魔士於是又被震倒在地。他整個人仰天摔倒，身體擦過地上的碎石。布露卡薩彎下身，準備躍起，她的獠牙閃動著可怕的光芒，像是強盜的匕首。尼維倫伸出像熊一樣的雙臂，試圖抓住女吸血鬼，但是她對著他的臉大叫一聲，立刻就把他震到幾呎外圍牆下的木棚，木棚砰一聲倒塌，把尼維倫埋在木頭堆下。

傑洛特已經站了起來，他繞過半個庭院，試圖把怪物的注意力從尼維倫身上引開。女吸血鬼的白色連身裙在空中翻飛，她以飛快的速度接近獵魔士，像隻蝴蝶一樣輕盈，雙腳甚至沒有碰到地面。她已經不再尖叫，也沒有試著變身。獵魔士看出來了，女吸血鬼已漸露疲態。但是他也知道她雖然累了，還是非常危險。尼維倫在傑洛特身後一邊吼叫，一邊試著木頭堆下爬出來。

傑洛特跳到左邊去，舞出一團短促的劍花，好分散怪物的注意力。布露卡薩靠近他，她黑髮白衣的身影在空中飄忽不定，看起來特別恐怖。獵魔士低估了她——她竟然可以一邊奔跑一邊尖叫。獵魔士來不及打出符咒，就被震得重重摔到牆上，一陣椎心刺骨的疼痛傳遍了全身，甚至連指尖都感覺得到。他的肩膀因劇痛而麻木，雙膝一個不穩便跪坐在地上。布露卡薩發出歌聲般的尖叫，向獵魔士撲過去。

「薇樂娜！」尼維倫大叫。

她轉過身來。就在這時，尼維倫用力把一根長約九呎、末端尖利的木棍刺入女吸血鬼的雙乳之間。她沒有尖叫，只是嘆息。獵魔士聽到她的嘆息，渾身不由自主地開始顫抖。

他們就這麼僵持著——尼維倫雙腿大開地站著，兩手握著木棍，用腋窩緊緊夾住它的尾端。布露卡薩掛在木棍的另一端，像隻被大頭針釘住的白色蝴蝶，也用兩手緊緊握住木棍。

女吸血鬼絕望地吐著氣，突然用力往木棍的方向撞過去。傑洛特看到她的白色連身裙背後綻開一朵殷紅的血花，大量的鮮血像間歇泉一樣噴了出來，染紅了木棍的尖端。尼維倫尖叫著往後退了一步、兩步，之後快速地往後退去，但是手裡仍然緊抓著木棍，拖著被刺穿的布露卡薩。他退了最後一步，現在他的背已經貼在宮殿的牆上了，夾在腋下的木棍尖端也頂到了牆上，發出嘎吱嘎吱的聲響。

布露卡薩緩慢地、好像充滿感情似地伸長了手臂，兩手用力抓著木棍，就這麼一步一步地把自己往尼維倫的方向拉過去。她已經走了三呎的距離，染血的木棍從她身後突出來。她的眼睛睜得大大的，頭也往後仰去。她的嘆息越來越急促，越來越頻繁，幾乎變成垂死者喉嚨裡發出的斷聲。

傑洛特已經站了起來，但他被眼前這一幕吸引住了，以致於無法做出任何反應。他的腦中響起女吸血鬼的聲音，那聲音彷彿是從冰冷、潮濕的地牢裡傳出來的回音。

「你只屬於我，不屬於別人。我愛你，我愛你。」

又是一陣恐怖、充滿顫抖的喘息，甚至可以聽到血塊堵塞在女吸血鬼喉嚨裡的聲音。布露卡薩伸長了手，緊緊抓著木棍，猛烈地向前移動。尼維倫絕望地大叫，手裡仍然緊抓著木棍，拚命地想要把女吸血鬼推得越遠越好；一點用也沒有。女吸血鬼又更貼近了些，她的手已經可以抓到尼維倫的頭，尼維倫發出恐怖的尖叫，瘋了似地搖晃毛茸茸的大腦袋。布露卡薩再拉近，張口就要去咬他的喉嚨，她的獠牙發出耀眼的白色光芒。

傑洛特像彈簧一樣跳了起來。現在他的每一個動作、每一個腳步對他來說都熟悉無比，這些動作早已存在他的記憶中，他只是依照本能來完成它們，舉手投足都有十足的自信。他快速向前跑了三步，就像以前做過的幾百次一樣，到第三步時他的左腳用力在地上一踏，上半身一個旋轉，接著銀劍在空中猛力揮過。這時他看到了她的眼睛，一切都成定局了。他聽到聲音，虛無。他大吼一聲，以壓過那不斷在他腦中重複的字句。太遲了，劍在空中劃過。

就像以前揮過的幾百次一樣，這一劍勢在必得，劍鋒掃過目標後，他馬上順勢跨了第四步，旋身。劍身在迴轉結束時放慢了速度，在他身後留下一道寒光，還有呈扇形飛散的血花。烏黑的長髮在空中飛舞，飄散、飄散、飄散……

女吸血鬼的頭顱掉落在碎石子路上。

怪物越來越少了嗎？

那我呢？我又是什麼？

是誰在尖叫？烏群嗎？

是那個穿羊皮大衣和藍色連身裙的女人？

還是納澤爾的藍玫瑰？

多麼安靜！

多麼空蕩，多麼空虛。

在我體內。

尼維倫倒在長滿蕁麻的牆邊，身體蜷縮成一團，頭埋在雙手中，不住顫抖、抽搐。

「站起來。」獵魔士說。

在牆邊，一名個頭高大、英俊、臉色有點蒼白的年輕人抬起頭來四處張望，他的眼神十分空洞。他揉了揉眼睛，伸出手，對它看了又看。他摸了摸自己的臉，輕輕哀叫了一聲。然後他把手指伸到嘴裡，沿著牙齦仔細地摸了又摸。他再次撫摸自己的臉，摸著那四道腫起來的血痕，又叫了一聲。他開始啜泣，然後笑了出來。

「傑洛特！這是怎麼回事？怎麼會這樣……傑洛特！」

「站起來，尼維倫。站起來，過來吧。我鞍袋裡有一些藥，我們兩個都需要它。」

「我已經不是……不是了？傑洛特？這是怎麼一回事？」

獵魔士扶著尼維倫站了起來，試著不去看那雙白皙得幾乎透明的小手，它們還緊緊抓著那根插在她小巧乳房之間的木棍，她的胸前一片鮮紅。尼維倫再次開始哀號。

「薇樂娜……」

「不要看，我們走吧。」

他們互相攙扶，穿越長著藍玫瑰的庭院。尼維倫不停地撫摸自己的臉。

「我眞不敢相信，傑洛特。過了這麼多年？這怎麼可能？」

「每個童話都包含或多或少的眞實性——」獵魔士低聲說：「鮮血和愛情，兩者都有強大的力量。魔法師和智者長年以來一直在鑽研這個問題，但是沒得出什麼結論，除了……」

「除了什麼，傑洛特？」

「一定要是眞愛。」

理智的聲音

3

「我是莫恩的伯爵弗勒維克，這是鐸恩達的泰勒斯騎士。」

傑洛特隨隨便便鞠了個躬，目不轉睛地盯著騎士們。他們兩人都穿著鎧甲，披著赤紅色的大衣，大衣的左肩繡有一朵白玫瑰標記。獵魔士覺得有點奇怪，因為這附近並沒有該修士會的騎士組織。

南娜卡表面上輕鬆、不在乎地微笑著，但她注意到了他的訝異。

「這兩位高貴的先生，」她在那把看起來像是寶座的扶手椅上換了個舒服的姿勢，然後不太情願地說：「是我們仁慈的領主，赫拉瓦德公爵派來的。」

「親王。」那個年輕的騎士泰勒斯糾正，把這兩個字唸得特別重。那雙充滿敵意的淡藍色眼睛瞪著南娜卡，重複道：「赫拉瓦德親王。」

「我們就別在頭銜上浪費時間了吧。」南娜卡諷刺地笑笑。「在我那個年代，只有體內流著王族血液的人才配得上親王的頭銜，但是這在今天好像不怎麼重要。我們還是回到重點，解釋一下白玫瑰修士會的騎士大駕光臨敝神殿，到底有什麼貴幹？傑洛特，有一點你必須知道，現在修士會正向赫拉瓦德申請授勛，這也是為什麼現在有這麼多騎士跑去為他效力。不少當地人——比如說我們面前的泰勒斯——也去宣了誓，披上了紅大衣。這大衣穿在他身上還真配啊。」

「兩位大駕光臨我的榮幸。」獵魔士再次鞠躬，態度和先前一樣隨便。

「我很懷疑。」女祭司長冷冷地說：「他們不是來這裡讓你覺得榮幸的，完全相反。他們是來命令你立刻離開這個地方。簡而言之，他們來這兒是要把你趕走。你覺得榮幸嗎？我不覺得，我覺得這是一種污辱。」

「尊貴的騎士們這麼大費周章，實在沒什麼必要。」獵魔士聳聳肩說：「我沒打算在這兒定居。不用什麼公文或命令，我很快就會離開。」

「立刻。」泰勒斯咆哮：「一刻都不許多留，親王下令……」

「這個神殿裡只有我有資格下命令。」南娜卡用冷冰冰、充滿權威的聲音說。「平常我都會盡量不讓我的命令和赫拉瓦德的政策太過背道而馳，如果說他的政策還算有邏輯、可以理解。但是這一次他的決定顯然沒有道理，既然如此，也不值得我把它當一回事。利維亞的傑洛特是我的客人，他的蒞臨是我的榮幸，所以利維亞的傑洛特愛在神殿住多久就住多久，直到他高興爲止。」

「女人，妳竟敢違抗親王的旨意？」泰勒斯大吼，把大衣往肩後一甩，露出雕滿花紋、邊緣有華麗鑲飾的黃銅鎧甲。「妳膽敢懷疑領主的權威嗎？」

「小聲點。」南娜卡瞇起雙眼說：「別這麼大呼小叫。弄清楚你說的是什麼話、是在對誰說話。」

「我很清楚我在對誰說話！」騎士向前踏了一步。比較年長的弗勒維克緊緊抓住他的手肘，他抓得太用力，連手套上的甲片都顫動不已。泰勒斯生氣地掙扎，說道：「我只是傳達我們偉大領主的意志！搞清楚，女人，我們外面有十二個士兵……」

南娜卡把手伸進繫在腰帶上的小袋子裡，拿出一個小瓷瓶。

「泰勒斯，我眞的不知道——」她平靜地說：「如果我把這個摔在你腳邊會發生什麼事。也許你的肺會破一個洞，也許你會全身長毛，或者兩者都會，誰知道？也許只有仁慈的梅莉特列女神才知道。」

「不要妄想用巫術恐嚇我，女祭司長！我們的士兵……」

「要是你們的士兵有誰敢動我們的女祭司一根手指，黃昏之前他們所有人的屍體就會掛在路旁的刺槐樹上，一路掛到城裡。這一點他們很清楚。泰勒斯，你也是，所以別再無理取鬧了。你還是我接生的呢，你這沒用的毛頭小子，我還眞爲你媽難過。你可別鬧得太過火，別強迫我教你什麼是規矩！」

「好啦，好啦。」獵魔士插嘴，他已經對眼前這一幕感到不耐煩了。「看來我這小小一介平民竟成了你們激烈衝突的原因，我覺得沒必要搞成這樣。弗勒維克大人，您看起來比您那個年輕氣盛的同伴更理智一點。請聽我說，大人，我保證我會很快離開這裡，就在這幾天。我同時保證，我不打算在這裡接任何工作。我不是以獵魔士的身分來到這裡，而是以私人的身分。」

弗勒維克伯爵盯著獵魔士的眼睛，傑洛特馬上就知道他犯了一個天大的錯誤。在這名白玫瑰修士團騎士的眼中，只看得到純粹的憎恨。獵魔士明白了，他很確定要把他趕走的人不是赫拉瓦德公爵，而是弗勒維克以及像他這一類的人。

騎士轉向南娜卡，恭恭敬敬地行了個禮，然後開口。他的聲音很柔和、很有禮貌，他的話甚至聽起來很有邏輯。但是傑洛特知道，這傢伙根本謊話連篇。

「尊貴的南娜卡，請您原諒，但是我的主人赫拉瓦德親王不希望、也不允許利維亞的傑洛特來到他的領土。不管利維亞的傑洛特是來殺怪物，還是以私人身分來訪。親王很清楚，利維亞的傑洛特其實並沒有所謂『私人的身分』。獵魔士總是帶來麻煩，就像磁鐵吸住鐵片一樣。巫師紛紛發出怨言，甚至還發起連署，德魯伊也公開威脅……」

「我不認爲利維亞的傑洛特必須爲這些人的自大狂妄負責。」女祭司長打斷他的話。「赫拉瓦德從什麼時候開始關心巫師和德魯伊的意見？」

「討論到此結束。」弗勒維克抬起頭說：「尊貴的南娜卡，你還是不懂我的意思嗎？那我就再說一次：不管是赫拉瓦德親王還是修士會，我們都不會容許利維亞的傑洛特——又名布拉維肯的屠夫——在艾蘭德多待一天。」

「這裡不是艾蘭德！」女祭司長從椅子上跳起來。「這裡是梅莉特列神殿！而我，南娜卡，梅莉特列的女祭司長，不會容許你們在這裡多待一分鐘！」

「弗勒維克大人，」獵魔士小聲地說：「聽聽理智的聲音吧。我不想惹麻煩，你們應該也不喜歡。我最晚會在三天後離開這個地方。不，南娜卡，拜託妳，什麼都別說。再說，我本來也該上路了。只要三天，伯爵大人，我不要求更多。」

「正確的決定。」女祭司說，不給弗勒維克任何回話的機會。「你們聽到了吧，孩子？獵魔士會在這裡繼續住三天，因爲他這麼希望。而我，梅莉特列神殿的祭司長，這三天則會好好款待他，因爲我這麼希望。向赫拉瓦德轉達這番話，不，不是赫拉瓦德，向他太太說吧，也就是那位尊貴的艾梅莉雅夫人。順便告訴她，如果她希望我藥房裡的催情藥源源不絕，那就好好安撫一下公爵。讓他別再沒事打那些奇怪的主意，說眞的，他的舉止看起來越來越像老年痴呆的前兆。」

「夠了！」泰勒斯尖叫，他的聲音尖銳得變成了假聲。「我不會容忍一個瘋瘋癲癲的巫女在我面前污辱我的主人和他的夫人！我不能原諒這種無禮的行爲！從現在開始這裡由白玫瑰修士會接管，今天就是妳們那個原始迷信巢穴的末日！我，白玫瑰修士會的騎士……」

「閉嘴，小鬼。」傑洛特打斷他的話，臉上掛著不懷好意的微笑。「閉上你的嘴。你可是在和一位女士說話，你不知道女性是需要尊重的嗎？尤其你又是白玫瑰修士會的騎士。不過話說回來，最近要成爲白玫瑰的騎士也不是什麼難事，只要把一千拿威格拉德幣交到修士會的金庫就可以了。結果啊，修士會裡現在滿是裁縫和放高利貸傢伙的兒子，但你們多少還是有些修養吧，我想。或者是我搞錯了？」

泰勒斯氣得臉色發白，伸手就要抽出劍。

「弗勒維克大人，」傑洛特依然面帶微笑地說：「如果他把劍亮出來，那我會把它搶過來，用它好好打這小子一頓屁股。然後呢，我會狠狠地把他丟出門。」

泰勒斯顫抖著雙手，從腰帶上解下鐵手套，砰地一聲把它摔到獵魔士腳邊。

「我要用你的鮮血來洗清你對修士團的污辱，你這個變種人！」他大吼：「我要和你決鬥！我們去外面！」

「孩子，你掉了東西。」南娜卡平靜地說：「把它撿起來，這裡是神殿，不可以亂丟垃圾。弗勒維克，把那個笨蛋帶走，否則待會不知會發生什麼悲劇，你知道你該對赫拉瓦德說什麼。不管怎樣，我也會親筆寫封信給他，因爲你們看來並不像是值得信賴的信使，請吧。我想你們自己應該找得到出口？」

弗勒維克用鐵腕緊緊按住抓狂的泰勒斯，敬了個禮，他的鎧甲發出鏗鏘聲。然後他看了獵魔士一眼，獵魔士臉上已沒有笑容，弗勒維克猛地把紅色大衣披到肩上。

「這不是我們最後一次見面，尊貴的南娜卡。」他說：「我們會回來的。」

「是啊，我正擔心這件事呢。」女祭司長冷冷地回答：「眞是我的『榮幸』啊。」

兩害取其輕

一

就和平常一樣，首先注意到他的人是孩童和貓。那隻躺在木頭堆上曬太陽的虎斑貓突然打了個冷顫，警覺地抬起圓滾滾的腦袋，豎起耳朵，發出嘶聲，眨眼間就消失到蕁麻叢裡去。漁夫崔戈里亞三歲的兒子德拉哥米爾原本正坐在小屋門檻上，把身上已經很髒的襯衫弄得更髒，這時也突然哇地一聲哭了出來，睜著淚汪汪的大眼瞪著馬上的騎士。

獵魔士慢慢地騎著，耐心等待前面的馬車通過，馬車上載滿了乾草，幾乎把整條路都堵住了。他身後跟著一頭馱著重物、伸長了腦袋的毛驢，繫著毛驢的繩子綁在馬鞍的鞍橋上，繩子不時因爲毛驢的步伐而被拉緊。除了一般的行李，毛驢還吃力地扛著一包用爛毛毯裹著的龐然巨物。牠灰白色的臀部上黏著一條條乾掉的黑色血跡。

馬車終於轉了個彎，駛向通往穀倉和港口的小路，從那個方向飄來的海風帶著焦油味和牛尿味。傑洛特加快腳步。隨著毛驢的奔跑，從毛毯下露出的瘦骨嶙峋、尖銳的腳爪也跟著晃動起來，賣菜的女人發出一聲壓抑的驚叫，傑洛特沒有理會。他也沒有理會跟在他身後、興奮地竊竊私語的人群。

市長的門前就像平常一樣停滿了馬車。傑洛特跳下馬，調整了一下背上的劍，把坐騎和驢子栓到柵欄上；跟在他後頭的人群在毛驢旁圍成一個半圓。

還沒進門，市長的咆哮聲已清晰可聞。

「我說不准就是不准！門都沒有，我操！你聽不懂人話嗎？沒用的東西。」

傑洛特走進去。身形矮胖、漲紅著臉的市長面前站著一個村民，手裡抓著一隻拚命掙扎的鵝。

「你想要什麼……眾神啊！傑洛特，是你嗎？我沒眼花吧？」然後他又回頭對那個農民吼：「把牠拿回去，渾蛋！你聾了啊？」

「他們說……」村民囁嚅著說：「要給大人一些禮物，不然……」

「誰說的？」市長怒吼：「誰？你以爲我是誰？我看起來像會收賄的人嗎？我再說一次，不准！快滾！好久不見啊，傑洛特。」

「好久不見，卡德梅因。」

市長熱情地握了握獵魔士的手，另一隻手伸過去拍他的肩膀。

「傑洛特，你兩年沒來這裡了吧？是不是？你這傢伙，從來不在一個地方坐熱屁股。你從哪裡來的？啊，狗屁，你從哪裡來有什麼重要。嘿！那邊的！拿杯啤酒來！坐下，傑洛特，坐下。我們這裡現在一團亂，因爲明天市集就要開張了。你最近過得怎樣？說來聽聽！」

「待會再說，我們先出去。」

圍觀的群眾已經比剛才多了一倍，但都只是遠遠地站著。傑洛特拿下裹著那東西的毯子，人群驚叫一聲，向後退去。卡德梅因張大了嘴。

「眾神啊！傑洛特，這什麼玩意？」

「奇奇魔拉。市長先生，殺了這個有沒有獎賞？」

卡德梅因換個站姿，打量著眼前那個包著乾燥的黑皮、看起來像蜘蛛的怪物。它玻璃珠般的大眼睛之中有著垂直的瞳孔，嘴巴上沾滿了血，嘴裡滿是尖利的牙齒。

「這東西……哪來的……」

「四米拉【註】外的河堤邊，那邊有個沼澤。卡德梅因，那一帶一定死了人，尤其是小孩。」

「說得沒錯。但是沒有人……誰會想到……喂喂喂，你們站在那兒看什麼！還不趕快回家去工作！傑洛特，把這個蓋起來，蒼蠅都飛過來了。」

進到屋裡，市長二話不說就拿起啤酒一口乾盡。他大口地喘氣，吸了吸鼻子。

「獎賞呢，沒有。」他陰鬱地說：「甚至沒有人會想到鹽沼裡竟然有這樣的東西。沒錯，那一帶是死了幾個人，但是……很少人會到那裡去。你又是怎麼會跑到那裡去的？為什麼沒走大道？」

「卡德梅因，大道上可沒什麼工作機會啊。」

「我忘了。」市長鼓著嘴，試著抑止打出來的嗝。「人們本來還以為這一帶很平靜呢。就連小惡魔都好久才搗亂一次，最嚴重也只不過在牛奶裡撒泡尿。現在好了，你一下子就抓到一隻什麼基基茉拉。只能說謝謝你，因為獎金我是不會付的，沒那個錢。」

「真倒楣，我本來還希望可以賺到幾個錢過冬呢。」獵魔士喝了一口啤酒，擦了擦嘴上的泡沫。「我打算去伊司帕登，但是我不知道能不能在大雪堵住道路前趕到。我可以在盧頓幹道上任何一座城市落腳。」

「你要在布拉維肯待很久嗎？」

「不會，我可沒那麼多閒工夫，冬天近了。」

「你打算住哪？也許住我家？閣樓上的房間是空的，你就別去酒館浪費錢了，那些酒館主人沒一個好東西。我們可以好好聊聊，說說你這一路來的冒險。」

「十分樂意。但是你的莉普什會說什麼？上次我來的時候她好像不是很高興。」

「在我家女人沒有說話的餘地。但是我說句心裡話，這次你就行行好，別做你上次吃晚飯時做的那件事。」

「你是說拿叉子丟老鼠？」

「那不是重點。重點是你在周遭一片漆黑時丟中了老鼠。」

「我本來以爲你們會覺得好玩。」

「是很好玩，但是不要在莉普什面前那麼做。聽著，那個……那個什麼……奇奇……」

「奇奇魔拉。」

「你還需要它嗎？」

「要它幹嘛，既然沒有獎賞，你可以叫人把它扔進肥料堆。」

【註】米拉（mila），長度單位，各國標準不一。在古波蘭它原先的長度是七一四六公尺，後來是八五三四公尺。

「好主意。卡瑞卡，柏格，諾西康米克【註】！你們有人在嗎？」

一個巡邏兵走了進來，他肩上扛著一支戟，戟的尖端碰到門框發出砰地聲響。

「諾西康米克，」卡德梅因說：「找幾個幫手，把門前那一大包噁心的東西拿走，丟到豬舍後面的肥料堆去，聽明白了嗎？」

「遵命。不過……市長……」

「什麼？」

「也許在我們把這個噁心的東西丟掉以前……」

「怎樣？」

「我們可以拿去給依利歐大師看看，也許對他會有用處。」

卡德梅因用手掌一拍額頭。

「你還挺聰明的嘛，諾西康米克。傑洛特，聽著，也許我們本地的巫師會爲這東西給你一些報酬。漁夫們常帶給他一些怪魚，八腳魚啦、卡拉巴特和鱷頭冰魚之類的，不少人得到報酬。走，我們去他的塔樓拜訪一下。」

「你們有個巫師？常駐的還是暫時的？」

「常駐的。依利歐大師住在布拉維肯一年了，他是位了不起的巫師，傑洛特，你一看就知道。」

「我很懷疑這位了不起的巫師會爲奇奇魔拉付我錢。」傑洛特臉上有著不情願的神色。「據我所知，做魔藥用不到它。你們的依利歐八成只會侮辱我，我們獵魔士和巫師向來處得不好。」

「我從沒聽說過依利歐侮辱任何人。我不敢打包票他會付錢，但試一試又不會有害處。在沼澤裡也許還有更多奇奇魔拉，那時該怎麼辦？就讓我們的巫師看看，讓他對沼澤施個咒什麼的，以防萬一。」

獵魔士想了想。

「你說得有道理，卡德梅因。那我們就冒個險，去見見你說的依利歐大師。我們走吧？」

「我們走。諾西康米克，把那些孩子趕走，去牽驢子。我的帽子在哪？」

〓

塔樓是用磨得十分平滑的花崗岩打造的，頂端築著齒狀的城垛，在附近民房一片破碎的屋瓦和凹陷的稻草屋頂之間，看起來特別突出顯眼。

「剛修過嘛，」傑洛特說：「是用巫術還是強迫你們幹的？」

「主要是巫術。」

「你們這位依利歐是怎麼樣的人？」

「大好人，經常幫助人們。但是他孤僻得很，不愛說話，幾乎沒離開過這座塔。」

【註】諾西康米克（Nosikomyk）是由兩個字組成：Nosi（拿）及kamyk（小石頭），所以有「拿小石頭的人」的意思。

大門裝飾得很漂亮，上面有用淺色木片鑲嵌而成的玫瑰圖案。門上掛著一只很大的魚頭門環，有凸出的魚眼，牙齒間則咬著一枚黃銅銜環。卡德梅因熟門熟路地走到門環旁邊，乾咳了一聲，然後說：

「市長卡德梅因向依利歐巫師問好，我有事求見。同行的還有獵魔士——利維亞的傑洛特，他也向巫師問好，亦有事求見。」

很長一段時間都沒有動靜，最後魚頭終於動了動下頷，噴出一團煙霧。

「依利歐大師拒絕會客。回去吧，好人們。」

卡德梅因在原地蹭了蹭腳，看了看傑洛特。獵魔士聳聳肩，諾西康米克則專注地挖著鼻孔。

「依利歐大師拒絕會客。」門環用金屬般的聲音重複：「回去吧，好……」

「我不是什麼好人。」傑洛特大聲打斷它。「我是獵魔士，驢背上有隻我在城附近殺死的奇奇魔拉。作為駐守地方的巫師，保護本地的安全是他的責任。依利歐大師如果不想見我，可以不見，也不必說些場面話來搪塞我。但是他得出來看一眼奇奇魔拉，下個結論。諾西康米克，把奇奇魔拉解下來，丟在門口。」

「傑洛特，」市長低聲說：「你拍拍屁股就可以走人了，而我還要善後呢……」

「我們走，卡德梅因。諾西康米克，把手指從鼻孔裡拿出來，照我說的話去做。」

「等等，」門環突然用完全不同的語氣說：「傑洛特，真的是你嗎？」

獵魔士低聲咒罵了一句。

「我沒有耐性了。是我，那又怎樣？」

「走過來，靠近一點。」門環說，噴出一團煙霧。「就你一人，我讓你進來。」

「奇奇魔拉呢？」

「管它去死。傑洛特，我想和你聊聊，只和你。市長，抱歉。」

「依利歐大師，不用在意我。」卡德梅因揮揮手。「傑洛特，保重。我們待會見。諾西康米克！把那玩意丟到肥料堆。」

「遵命。」

獵魔士走到雕花木門前，門微微開了一條縫，剛好只夠他擠進去。然後門立刻砰地一聲地關上了，把獵魔士留在全然的黑暗中。

「嘿！」他大吼，絲毫不掩飾憤怒。

「馬上就好。」一個聲音回答，聽起來竟然異常熟悉。

接下來的一切實在太出乎獵魔士的意料，他不由得晃了晃身子，伸手去找可以扶的地方；但是沒有找到。

眼前出現了一座花園，開滿白色和粉紅色的鮮花，空氣中還可以聞到雨水的清新氣味。天空中懸著一道七色彩虹，遠處有座深藍色的山脈，山上群樹環繞。花園中央有一幢小巧可愛的房屋，被蜀葵包圍著。傑洛特往腳下一看，發現自己正站在高度及膝的百里香叢中。

「過來吧，傑洛特。」那個聲音說：「我就在屋子前面。」

他走入花園、穿過樹群。他察覺左邊有動靜，轉過頭去，看到一個金髮的全裸少女正拿著一籃蘋果穿過樹叢。獵魔士嚴肅地告訴自己，接下來不管發生什麼事都不會令他感到驚訝了。

「你終於來了。歡迎，獵魔士。」

「史特哥堡！」傑洛特驚訝地說。

獵魔士遇過看起來像市議員的小偷、看起來像老乞丐的市議員、看起來像公主的妓女、看起來像懷孕母牛的公主，還有看起來像小偷的國王；而史特哥堡看起來就像是最典型、最符合所有人想像和描述的巫師。他又高又瘦，有點駝背，兩道白眉毛又濃又寬，有個長長的鷹鉤鼻。彷彿這還不夠，他還穿著一件兩袖寬大、長度及地的黑袍，手裡拿著尖端鑲有水晶球的長法杖。傑洛特所認識的巫師沒人做如此打扮，重點是史特哥堡還是個如假包換的巫師。

他們走上環繞著蜀葵的門廊，在柳木編成的椅子上坐下，一旁桌子的桌面是大理石雕成的。金髮裸女拿著一籃蘋果走近，她微微一笑，轉身走回花園，臀部微微搖擺。

「這也是幻覺嗎？」傑洛特看著女孩搖晃的臀，問道。

「是，這裡所有的東西都是。但是親愛的，這可是高級幻覺。花兒發出香味，蘋果可以吃，蜜蜂可能會把你螫痛，而她……」巫師指指金髮美女，說：「你可以……」

「也許待會。」

「說得對。傑洛特，什麼風把你吹來的？你還在爲錢殺害瀕臨絕種的動物嗎？殺這隻奇奇魔拉你賺了多少錢？一定一毛也沒有，不然你就不會來這裡了。呵，還有人不相信命運呢，不然你就是知道我在這裡。你知道嗎？」

「不，我不知道，打死我也不會相信竟然會在這裡遇見你。如果我沒記錯，你以前是住在科維爾，就住在一座和這差不多的塔樓裡。」

「很多事都變了。」

「比如說你的名字。現在你是叫『依利歐大師』，沒錯吧？」

「兩百年前蓋這座塔樓的巫師就叫這個名字。我想我現在住在他的地方，總該向他致敬一下吧。我在這裡當上了駐守巫師。大多數居民靠打魚維生，你也知道，我最大的特長除了營造幻象之外，就是呼風喚雨。有時候我讓暴風雨下得小一點，有時候又下得大一點，偶爾讓西風把牙鱈和鱈魚群吹得更靠近海岸。還活得下去啦。我的意思是──」他憂鬱地加了一句：「也許還活得下去。」

「爲什麼說『也許』？幹嘛玩文字遊戲？」

「命運有很多種面孔。我的是金玉其外，敗絮其中，它染血的爪子正向我伸來……」

「你眞是一點都沒變，史特哥堡。」傑洛特微慍道：「你又在說夢話了，還擺出一副神祕、自命不凡的樣子。你不能像正常人一樣說話嗎？」

「我可以。」巫師嘆了口氣說：「如果這會讓你高興，我可以。我一路逃到了這裡，就是爲了躲避一個想殺死我的怪物。然而，逃亡還是失敗了，她找到了我。如果我沒算錯的話，她大概會在明天向我出手，最晚後天。」

「啊哈。」獵魔士雲淡風輕地說：「現在我懂了。」

「我就要被殺了，但是我覺得你好像不爲所動？」

「史特哥堡，」傑洛特說：「這就是我們生存的世界，到處旅行讓我見識不少事情。前一天兩個農民才為田地的邊界爭得你死我活，隔天兩個伯爵的軍隊就在田地上殺得如火如荼，把這片地踩得稀爛。路旁的樹上掛滿了吊死者，而森林裡的強盜等著砍下路過商人的頭。在城市裡你每走幾步路就會看到一具屍體倒在路邊。在宮殿裡人們拿著匕首互相刺殺，而宴會上總有人吃到有毒的食物而滿臉發青地跌到桌子底下；我已經習慣了。既然如此，我為什麼要因為認識的人即將被殺而驚訝？而且對象還是你？」

「而且對象還是我。」史特哥堡酸溜溜地說：「虧我還把你當好朋友呢，我以為你會幫我的。」

「我們上一次見面，」傑洛特說：「是在科維爾，伊狄國王的宮殿。我殺死了一條在當地肆虐的雙頭蛇，正要去收錢。就在那時，你和你那個爛人朋友札維西爭先恐後地說我是個江湖術士、沒大腦的屠殺機器，喔，如果我記得沒錯，你們還說我是吃屍體的禿鷹。結果伊狄不但沒付我半毛錢，還命令我在十二小時內離開科維爾。他的沙漏又壞了，結果搞得我差點來不及。而你現在告訴我，你期望我會幫你，因為有隻怪物要你的命。史特哥堡啊，你怕什麼呢？如果牠朝你撲過來，你可以告訴牠，你是保護怪物的專家，而且你會確保沒有禿鷹獵魔士會去打擾牠們平靜的生活。如果牠真的把你五馬分屍吞下肚，那就表示牠真是個不知感恩的敗類。」

巫師轉過頭去，一句話也不說。傑洛特哈哈大笑。

「不要像隻青蛙一樣氣鼓鼓的。說吧，巫師，威脅你的到底是什麼，我們來看看該怎麼辦。」

「你聽說過『黑太陽的詛咒』嗎？」

「當然聽過，不過我聽到的名稱是『瘋子艾提巴德的狂熱』。就是這傢伙開始那瘋狂的鬧劇，搞得幾十個王室和貴族的女孩不是被殺就是被關在塔裡，好像是因爲黑太陽的詛咒而被魔鬼附身嘛。對，黑太陽就是你們給那個再平常不過的日蝕取的偉大名字。

「艾提巴德一點也沒瘋，他成功解讀了德烏克人的石柱，還有沃巨哥爾人陵寢裡的墓碑，他還參考了毛怪的傳說。所有的資料都毫無疑問地顯示，日蝕會在不久的將來造成魔女莉莉絲的復活。在東方，莉莉絲仍然一直被尊稱爲妮雅。她的復活會帶來全人類的毀滅，而她復活的準備途徑就是藉由『六十個戴著金冠的少女，把江河染成一片血紅。』」

「無稽之談。」獵魔士說：「而且那句話還沒押韻，所有眞正的預言都有押韻。艾提巴德和巫師公會在想什麼，根本人人皆知。你們利用了那個瘋子的幻覺，這樣你們就能鞏固自身的地位和影響力，破壞國家之間的結盟和姻親關係，打亂王朝的秩序，一句話，更有效地掌握那些戴著王冠的傀儡。而你還在這裡和我說什麼預言之類的鬼扯，說眞的，連市集上那些愛講古的老乞丐聽了都會笑破肚皮。」

「你可以懷疑艾提巴德的理論，還有對預言的解讀，但是你無法否認這個事實——日蝕後不久出生的女孩，身上都出現了可怕的突變。」

「爲什麼不能否認？我可是聽到了完全相反的理論。」

「解剖其中一個女孩時，我剛好在場。」巫師說：「傑洛特，我們在頭骨裡和骨髓中找到的東西沒辦法簡單地描述，有太多種解讀了。有一個不知道是什麼的紅色海綿體，所有的內臟亂七八糟，有的甚至不見了，內臟上面都覆蓋一層會動的纖毛和帶點藍紫色的紅絲。心臟竟然有六個心室，有兩個其實萎縮了，但還是存在。你怎麼看這件事？」

「我看過有人的手不是手，而是一對鷹爪，還有人滿嘴狼牙，有些人多出一些關節，有人多出一些器官和感官。這一切都是你們那些噁心的魔法實驗造成的。」

「照你的說法，你看到了各式各樣的突變。」巫師抬起頭說：「爲了錢，你殺了他們其中多少人？這不是你們獵魔士的信條嗎？嗯？有些人長了狼牙只是會嚇嚇牛棚裡的村姑，但是其他的案例連性情也變成狼，會去攻擊小孩。那些日蝕後出生的女孩正屬於後者。她們都有非理性的殘忍傾向，具有攻擊性，常常暴怒，性慾也異常旺盛。」

「每個女人都可能有你說的這種症狀。」傑洛特嘲諷地說：「你眞是滿嘴瘋話。你問我殺了多少個變種人，你爲什麼不關心我救了多少人，破除了多少魔咒？正是我，一個你們不屑一顧的獵魔士。在這個時候，你們這些偉大的巫師又做了什麼？」

「我們用了最高等的法術。不只是我們，還有許多神殿的祭司都試過了。所有的嘗試都失敗了，那些女孩沒有一個活下來。」

「這只說明了你們是一群庸醫，並不代表她們有什麼問題。好啦，我們有了第一批屍體。如果我沒弄錯，只有這些被解剖過？」

「不只這些。不要用那種眼光看著我，我想你知道還有很多屍體。一開始的時候我們試著消滅所有的變種人。我們消滅了大概……十幾個人。所有的都被解剖過，其中有一個是活體解剖。」

「而你們這些狗娘養的傢伙，居然還大言不慚地批評我們獵魔士？喂，史特哥堡，總有一天人們會剝你們的皮，挖你們的肉。」

「我不覺得這一天會很快到來。」史特哥堡尖刻地說。「別忘了，我們所做的一切都是爲了保護人類，這些變種人可能會把整片大地弄得血流成河。」

「這是你們這群自命不凡的巫師的說法，你們這群人，頭上總是頂著『我是眞理』的光環。既然說到這個，我倒想問問在你們獵殺女孩的過程中，難道一次都沒有搞錯嗎？」

「是有。」史特哥堡沉默了好一陣子，終於說：「雖然這對我沒什麼好處，但我還是會老實告訴你。是的，我們弄錯過，而且不只一次。要判別她們眞的十分困難，這也就是爲什麼我們不再……消滅她們，而改用隔離的方式。」

「你們那惡名昭彰的高塔。」獵魔士啐道。

「我們的高塔，是我們犯的第二個錯誤。我們低估了她們的能力……許多人逃跑了。有一群成天吃飽沒事幹的王子哥兒，不知怎地想出這個餿主意，要來解救困在高塔裡的美女。幸好，其中大多數人在過程中就翹辮子了。」

「據我所知，那些被關在塔裡的女孩通常死得很快。據說，這都要歸功於你們的幫助。」

「一派胡言。不過她們確實很快就失去食慾，開始拒絕用餐……有趣的一點是，她們在死前倒是顯露出預知未來的天分。這是突變的另一個證據。」

「你每多舉一項證據，就越不可信。你還有別的例子嗎？」

「有，拿洛克的女王絲爾維娜，我們一直無法接近她，因爲她很快就奪取到王位。現在，那個國家正發生恐怖的事情。艾維米拉的女兒菲雅卡，用長髮編成一條辮子，從塔裡溜出去了，現在她正在維爾哈德北部肆虐。特爾加的貝爾妮卡是被一個白痴王子救出去的，現在那個瞎了眼的笨蛋被關在地牢裡，而在特爾加一帶最常見的風景就是絞刑台；還有別的例子。」

「當然有。」獵魔士說：「比如說在亞姆拉喀，有一個叫阿爾伯拉的老頭，他患有頸部淋巴結核，半顆牙都沒有。他大概是日蝕前一百年前出生的吧，他這人有虐待狂，如果每天晚上不看一個人被殺，他就會睡不著覺。就像你說的，他在非理性的狂怒下把自己所有的親戚都殺了，外加全國一半的人民。他的性慾也是旺盛得不得了，年輕時好像還有個外號叫『脫衣狂阿爾伯拉』。喂，史特哥堡，如果當權者的殘忍變態光用突變或詛咒就能解釋的話，那世界也未免太完美了。」

「傑洛特，聽我說……」

「免談。你是不可能說服我你是對的，更不可能讓我相信艾提巴德不是瘋狂的罪犯。我們還是回頭談談那隻想要你的命的怪物吧。聽清楚，你那個作爲開場白的故事還眞是不討人喜歡。但是不管怎樣，我會聽你把話說完。」

「你不會用尖酸刻薄的評語打斷我？」

「這我可不能保證。」

「好吧，」史特哥堡把雙手伸進寬大的袖子裡，說：「那說故事的時間可能會長一點。好啦，整件事是在北方一個小諸侯國克萊登展開的。那裡住著一位佛列德法克國王，還有他聰明、有見識的王后愛莉迪雅。愛莉迪雅的家族出過許多了不起的巫師，而她本人也具備這方面的天分。她從先人那裡繼承了一件稀有、具有強大魔力的法器，就是那哈連尼寶鏡。那哈連尼寶鏡主要的功能是占卜，因爲它能夠精確地預示未來，雖然它給的徵兆都很模糊、難以理解。愛莉迪雅經常使用這面魔鏡……」

「我想大概是用來問那個老套的問題——」傑洛特插嘴：「『魔鏡啊魔鏡，誰是世界上最美麗的女人？』據我所知，那哈連尼寶鏡的下場不是粉身碎骨就是變成馬屁精。」

「你搞錯了，愛莉迪雅更關心的是國家的命運。然而，魔鏡卻給了她一個異常恐怖的回答——她不只預見自己的死亡，還看到無數人的犧牲。而這一切都是佛列德法克和前妻所生的女兒造成的。愛莉迪雅想辦法通知了巫師公會，而公會派我到克萊登。我想不用說明，那丫頭是在日蝕後不久出生的。我祕密觀察了她一段時間。在這段很短的期間內她殺了一隻金絲雀、兩隻幼犬，還用梳子柄將女僕的一隻眼睛挖了出來。我用咒語做了幾個實驗，結果大多證實這女孩是個變種人。我帶著這些資料去見愛莉迪雅，因為佛列德法克眼中只有女兒，其他什麼都看不到。就像我說的，愛莉迪雅不是個笨女人……」

「當然。」傑洛特再次打斷：「而且她一定也覺得前妻的女兒很礙眼，她肯定希望繼承王位的是自己的孩子。接下來的情節用腳趾頭想也知道，那時候你們怎麼沒人阻止她做蠢事？」

史特哥堡嘆了口氣，抬眼望向天空。空中的彩虹依然閃著耀眼的七彩光芒。

「我主張把她隔離起來，但是王后做了不同的決定。她雇了一個殺手獵人把小丫頭帶到森林裡去殺掉，之後我們在灌木叢裡找到了他。他沒穿褲子——我們可以想像當時發生了什麼事。她用胸針上的大頭針刺穿了他的腦袋，是從耳朵刺進去的，那傢伙那時八成把注意力放在別的地方。」

「如果你覺得我會為他感到遺憾，」傑洛特嘀咕：「那你就大錯特錯了。」

「我們馬上開始追蹤，」史特哥堡繼續：「但是丫頭沒有留下任何蹤跡。那個時候我必須火速離開克萊登，因爲佛列德法克開始懷疑了。直到四年後我才從愛莉迪雅那裡得知，丫頭和七個諾姆【註】一起住在馬哈喀姆。她成功說服了那些諾姆，告訴他們與其在礦場把自己的肺弄得烏煙瘴氣，不如去搶路過的商旅比較划算。人們叫她伯勞鳥——因爲她喜歡把自己的獵物掛在削尖的木棍上。愛莉迪雅好幾次雇了殺手去殺她，但是那些人一個都沒有回來。之後丫頭變得越來越出名，要找志願者也就更加困難了。她的劍術使得出神入化，沒有幾個男人能和她決鬥。我受到委託，祕密地到了克萊登，結果發現愛莉迪雅已經被人毒死。一般人相信，這是佛列德法克爲了找一個更年輕、更肉感的妻子而下的毒手，但是依我看，這是蘭菲莉的傑作。」

「蘭菲莉？」

「這是丫頭的名字。我說過了，是她毒死了愛莉迪雅。不久，佛列德法克也在一次打獵中喪生，這樁意外看起來十分不單純。愛莉迪雅的大兒子則是莫名其妙地失蹤了，這一定也是那丫頭搞的鬼。我一直叫她丫頭丫頭的，但那時候她已經十七歲了，而且發育得很好。」

巫師停頓了一下，繼續說：「這時在馬哈喀姆，她和她那七個諾姆已經惡名昭彰了。直到有一天他們吵了起來，不知道是爲了分贓的事還是爲了上床的順序，總之他們開始動刀子、自相殘殺。七個諾姆都掛了，只有伯勞鳥活了下來，只有她一個。那時候我人已經在馬哈喀姆。我和伯勞鳥狹路相逢：她認出了我，而且瞬間就弄清楚了我當時在克萊登扮演的角色。傑洛特，我告訴你，那隻野貓馬上舉起劍向我殺過來，我手抖得厲害極了，差一點來不及唸完咒語。我把她封在一塊長九厄爾、寬六厄爾的石英塊裡，當她陷入沉睡，我把石英塊丟到地底的礦場中，還把出口給堵死了。」

「做得也太草率了。」傑洛特下了評語：「根本是等著讓人來破除的嘛。你不能一把火把她燒成灰嗎？你們明明就知道很多這一類的咒語。」

「我不知道，這不是我的專長。但是你說得沒錯，我搞砸了。一個白痴王子找到了她，花了一大筆錢爲她破除魔咒。好啦，咒語解除了，他們高高興興地回到東方一個鳥不生蛋的國家。王子的老爸是個老奸巨猾的強盜，他倒是很聰明，把兒子痛打了一頓，然後開始拷問伯勞鳥，她把那些和七個諾姆搶來的寶物藏在哪裡。他犯了一個致命的錯誤，當他把全身光溜溜的伯勞鳥架上拷問台的時候，他的大兒子在一旁當他的助手。結果第二天，老國王和其他王子公主全死得一乾二淨，這唯一的王子就當上了國王，而伯勞鳥則成了他的第一情婦。」

「這表示她長得還不醜。」

「見仁見智。不過她這個第一情婦並沒有當太久，只當到第一次政變爲止。這還是好聽的說法哩，因爲那個宮殿與其說是宮殿，不如說是牛棚。很快我們就知道，伯勞鳥並沒有忘了我。她三次派人去科維爾暗殺我，我不想冒險，所以躲到彭達爾去避風頭。沒用，她找到了我。這次我逃到安格倫去，還是被她找到了。我不知道她是怎麼辦到的，我明明沒有留下任何蹤跡，這一定和她的突變有關。」

「你爲什麼不再次把她封在石英塊裡？是什麼讓你手軟？良心不安嗎？」

【註】諾姆（gnom），民間傳說中的地底精靈，看起來像小矮人，會守護礦坑和寶藏。

「不，我沒有辦法。我發現，她竟然對魔法有免疫力了。」

「這不可能。」

「有這個可能……只要有合適的法器或是靈氣，不然也有可能是突變造成的。我從安格倫逃到了烏柯摩，逃來了布拉維肯。我在這裡安然度過了一年，但是不幸的是，又被她找到了。」

「你怎麼知道？她在城裡了嗎？」

「對，我在水晶球中看到的。」巫師揚了揚法杖，繼續說：「而且她不是一個人，她還帶了一幫流氓來，這表示他們可能在計畫什麼大事件。傑洛特，我已經沒有地方躲了，我不知道還可以逃到哪裡去。沒錯，你在這個時候來到這裡，這絕對不可能是意外，而是命運的安排。」

獵魔士抬起眉頭。

「什麼意思？」

「這應該很明顯，你必須殺了她。」

「史特哥堡，我不是職業殺手。」

「說得對，你不是。」

「我會爲了錢殺死怪物。那種威脅人類生存的野獸，或者被你這種傢伙用魔咒製造出來的怪物，但我不會爲錢殺人。」

「她不是人，她是個怪物、變種人、被詛咒的異類。你帶來了一隻奇奇魔拉，伯勞鳥比奇奇魔拉還要糟糕。奇奇魔拉爲了塡飽肚子而殺人，伯勞鳥則是爲了取樂。殺了她，你要多少我都給你。當然啦，在合理的範圍內。」

「我已經告訴過你了，你說的那個什麼關於莉莉絲復活還有突變的事我壓根都不信。那個女孩有找你算帳的理由，別妄想我會去蹚這趟渾水。去找市長和守衛幫忙吧，你是這裡的巫師，這個地區的法律會保護你。」

「去他的法律、市長和他的幫助！」史特哥堡憤怒地說：「我不用他們來保護，我要的是你殺了她！這座塔沒有人能進來，我在裡面是百分之百安全。但是那又怎樣？我不打算在這裡耗到老死。我很清楚，只要我活著一天，伯勞鳥就不會放棄。難道我要一直坐在這裡等死？」

「那些女孩也被關在塔裡等死。史特哥堡，你知道嗎？獵殺女孩這種事還是得交給其他法力更高強的巫師去做，因爲你必須預知到後果。」

「傑洛特，求求你。」

「不，史特哥堡。」

巫師沉默著。在虛幻的天空中，太陽還不到正午的位置，但是獵魔士知道在布拉維肯已經是黃昏了。他開始覺得飢餓。

「傑洛特，」史特哥堡說：「當我們聽艾提巴德演說時，我們之中有很多人抱著懷疑的態度。但是我們決定在兩害之中取其輕。現在我請求你也做出這樣的決定。」

「史特哥堡，邪惡就是邪惡。」獵魔士站起身來，嚴肅地說：「不管它是大是小，沒什麼差別。大小只是人訂的，而它們之間的界線也很模糊。我不是什麼隱居的聖人，我也會犯錯、做壞事。但是如果要我在兩種邪惡之中選一個，那我根本寧願什麼都不選。我得走了，我們明天見。」

「也許吧——」巫師回答：「如果你趕得上的話。」

Ⅲ

在本地享有盛名的客棧「金色宮殿」裡，這時候正是高朋滿座，人聲喧譁。不管是遠道而來的客人，還是本地的居民，只要看看他們的行爲舉止，就可以知道他們是從什麼地方來的，並且從事什麼職業。嚴肅的商人爲了商品的價格和貸款的利率和矮人爭得面紅耳赤，而那些較輕浮的商人則趁女侍者端啤酒和包心菜燉扁豆過來的時候，順手捏她們的屁股一把；那些本地的愚人偏偏就要裝出一副見識很廣的樣子。妓女陪著笑臉，拚命巴結有錢的金主，同時讓沒錢的人打消念頭。馬伕和漁夫喝得昏天黑地，彷彿明天就會頒布禁止釀酒的命令。水手們唱著歌，頌揚洶湧的海潮、勇敢的船長和妖媚動人的海妖——關於最後一部分，描述得最是生動詳細。

「賽德尼克，用力好好想想——」卡德梅因把身體靠在吧台上，好讓旅館主人能在這一片喧囂中聽見他的聲音。「六個男人、一個女孩，穿著綴有銀飾的黑色皮衣，拿威格拉德風格的，我在關卡那裡看到他們。他們是住在你這兒，還是去了『鮪魚酒店』？」

酒館主人突出的額頭一皺，用條紋圍裙擦著酒杯。

「市長大人，他們來了這兒。」他終於說：「他們宣稱是來參加市集的。但是每個人身上都帶著劍，連女孩也是。就像您說的，他們穿得像烏鴉一樣黑。」

「好。」市長點頭：「他們現在在哪？這裡看不見他們的蹤影。」

「在包廂，他們是用金幣付錢。」

「我一個人去。」傑洛特說：「還沒必要把這件事弄得太官方，至少現在不要，也不要在眾人面前。我會把她帶來這裡。」

「也許這樣比較好。但是小心點，我不希望在這兒鬧事。」

「我會小心。」

水手的歌謠充斥著越來越多下流語句，看來是進入了高潮，就要結束了。傑洛特掀開厚重、沾滿灰塵的門簾，走入了包廂。

桌子旁坐著六個男人，他要找的人不在這裡。

「你幹什麼？」第一個注意到傑洛特的人大聲說。他是個禿子，臉上有一道歪曲的傷痕，從眉毛、鼻梁一直劃到右頰。

「我想和伯勞鳥談談。」

一對孿生子站了起來，他們都有著淺色的及肩亂髮、還有一張撲克臉。兩人都穿著綴有銀飾的黑色緊身皮衣。他們唰地一聲同時拿起放在長椅上、兩把一模一樣的劍。

「維爾，冷靜點。尼米爾，坐下。」刀疤男說，一手撐著下頷。「兄弟，你說你要找誰來著？誰是伯勞鳥？」

「我要找誰你清楚得很。」

「這傢伙是誰？」一名打著赤膊、渾身是汗的壯漢問。他胸前綁著皮帶，交叉成X字形，雙臂上則戴著有尖銳飾釘的護腕。「諾侯，你認識他嗎？」

「我不認識。」刀疤男說。

「這傢伙是個白子。」坐在諾侯旁邊的黑髮年輕人咯咯笑著說。他俊秀的臉龐、黑色的大眼睛和尖細的耳朵透露了他具有一半精靈的血統。「白子、怪胎、變種人。眞想不到，他們竟然也會讓這種傢伙進到酒館裡來，和正常人一起喝酒。」

「我在某個地方看過他。」那個又矮又壯、綁著辮子的黑大漢說，他瞇著眼睛，用不懷好意的眼神打量著傑洛特。

「塔維克，不管你在哪裡看過他，這不重要。」諾侯說：「喂，兄弟，我們的奇伏里剛才狠狠羞辱了你一頓。你不和他單挑嗎？我們剛好也悶得慌。」

「不。」獵魔士平靜地說。

「如果我把這碗魚湯潑到你臉上，你會和我決鬥嗎？」打赤膊的人大笑著說。

「冷靜點，十五。」諾侯說：「人家說了，不要就是不要，至少目前爲止。兄弟，你有什麼話就快說，說完快滾，趁你還可以自己走的時候。如果你不要，那只好找人來把你攆走了。」

「我和你沒什麼好說的。我要見伯勞鳥，也就是蘭菲莉。」

「你們大家聽到了嗎？」諾侯環視一圈後說：「他要見蘭菲莉。兄弟，你要見蘭菲莉做什麼？可以告訴我嗎？」

「不行。」

諾侯抬起頭，向雙胞胎使了個眼色。他們馬上向前邁了一步，高統靴上的銀色釦環發出叮噹聲響。

「我知道了！」辮子大漢突然說：「我想起來我在哪裡見過他。」

「塔維克，你在那邊嘀咕什麼？」

「在市長家門口。他帶了一頭龍來賣，長得很像蜘蛛或是鱷魚。人們說他是獵魔士。」

「獵魔士是什麼東西？」打赤膊的十五問：「喂，奇伏里？」

「受雇的魔法師。」半精靈說：「爲了一把銀幣工作的魔法師，他是個變種人。既不容於人類的法律，也不容於天理，這種人應該綁在火堆上燒掉。」

「我們不喜歡魔法師。」塔維克說，瞇著雙眼緊盯著傑洛特。「奇伏里啊，看來我們在這個鳥地方要花的工夫比預期中要多得多了。這裡不只一個巫師。早知道的嘛，他們總是喜歡黏在一起。」

「物以類聚。」半精靈邪惡地笑說：「你們這種人竟也能活在世上。誰把你們生出來的，怪胎？」

「請你有包容心一點。」傑洛特平靜地說：「從你的長相看來，你母親以前一定常常自己一個人去森林，你也該想想自己是從哪裡來的。」

「也許。」半精靈仍然帶著獰笑說：「但是我至少知道自己的母親是誰。而你，一個獵魔士，可沒辦法這麼說。」

傑洛特的臉微微一白，他咬了咬下唇。眼尖的諾侯注意到獵魔士的反應，哈哈大笑起來。

「兄弟，受到這樣的污辱，要是我可不會白白放過對方。你背上那個東西看起來是一把劍，怎麼樣？你要和奇伏里去外面嗎？反正閒著也是閒著。」

獵魔士沒有任何反應。

「沒用的廢物。」塔維克哼了一聲。

「他剛才說了什麼關於奇伏里老媽的話？」諾侯把下巴放在交叉的雙手上，用平淡的語調繼續說：「在我聽來，可是非常刺耳啊。他好像說她隨便跑去勾三搭四之類的。喂，十五，我們可以容許一個陌生人污辱同伴的母親嗎？母親，我操，可是神聖的！」

十五興致勃勃地站了起來，把劍解下，往桌上一扔。他挺了挺胸膛，調整了一下鑲有銀釘的護腕，呸了一口，往前跨了一步。

「如果你還搞不清楚狀況的話，」諾侯說：「那就讓我來告訴你，十五正是要和你打肉搏戰。我說過了，如果你自己不走那就讓人把你攆出去。你們讓開點，給他們一點空間。」

十五舉起拳頭，往獵魔士走過來。傑洛特把手放到劍柄上。

「小心，」他說：「再走一步，你的手就在地板上了。」

諾侯和塔維克猛地站起，伸手去取劍，沉默的雙胞胎也在此時一同將劍亮了出來；十五退到後面去，沒有動的人只有奇伏里。

「該死的，你們在搞什麼？看來連離開你們一下都不行？」

傑洛特緩慢地轉身，然後對上了一雙海藍色的眼睛。

女孩幾乎和他一樣高。她的頭髮是稻草色的，剪得參差不齊，只稍微蓋住耳朵。她一隻手靠著門沿，身上穿著緊身天鵝絨長衫，用一條華麗的腰帶繫著。她的裙子左右長短不一，左邊垂到小腿，而右邊則露出一大片大腿。她腳上穿著高統的駝鹿皮靴，左腰際掛著一把劍，右邊則是一把匕首，柄上鑲了一顆很大的紅寶石。

「怎麼，你們啞巴啊？」

「他是獵魔士。」諾侯囁嚅著說。

「那又怎樣？」

「他想和妳談談。」

「那又怎樣？」

「他是魔法師！」十五大聲說。

「我們不喜歡魔法師。」塔維克低吼。

「冷靜點，小伙子們。」女孩說：「他想和我談一談，這又不犯法。你們好好玩吧，不要惹是生非。明天就是市集了，對這座可愛的小城可是畢生難忘的經驗。你們大概也不想讓你們囂張的舉止影響到明天這個大日子吧？」

在一片可怕的沉默中，只聽得到奇伏里邪惡、壓抑的輕笑。他仍然四肢張開、隨性地坐在椅子上，最後終於大笑了出來。

「蘭菲莉，說得沒錯啊。」他邊笑邊咳出這句話：「畢生難忘的……大日子！」

「奇伏里，馬上閉上你的嘴。」

奇伏里立刻止住了笑。傑洛特一點也不感到驚訝，蘭菲莉的聲音中有種奇怪的力量，會讓人聯想到刀鋒的血光、被害者的尖叫、馬匹的嘶鳴，以及血腥味。其他人一定也看到這些景象了，因爲就連塔維克的黑臉看起來都像粉筆灰一樣蒼白。

「喂，白頭髮的，」蘭菲莉打破沉默說：「我們到大廳去見市長吧，你是跟他一起來的，他一定也有話要對我說。」

卡德梅因本來和酒館主人低聲交談著，一看到他們來了，立刻直起身子，把雙手往胸前一抱。

「小姐，聽著。」他強硬地說，一點都沒有浪費時間客套。「妳來到布拉維肯的原因，利維亞的獵魔士都告訴我了。妳好像和我們的巫師有過節？」

「是又怎樣？」蘭菲莉低聲問，同樣不客氣地回嘴。

「這些過節該交給葛羅茨基法庭或卡須特蘭法庭去處理。在烏柯摩，如果有人想要以武力私下解決這些事，會被當成罪犯來處理。要嘛妳就一早乖乖帶著妳的烏鴉同伴離開這裡，不然我就把你們一起打進大牢，以防……傑洛特，這怎麼說來著？」

「以防萬一。」

「沒錯。聽明白了嗎，小姑娘？」

蘭菲莉從腰間的皮袋中取出一張捲起的羊皮紙。

「市長，如果你還識字的話，就自己讀讀這個吧。還有，不要再叫我『小姑娘』。」

卡德梅因接過羊皮紙，仔細看了良久，之後一語不發地把它交給了傑洛特。

「『眾貴族、諸侯、平民聽令——』」獵魔士大聲唸了出來：「『本王在此宣告天下，克萊登的蘭菲莉公主來此爲我國效力，應受到最高禮遇。若有人敢對她無理，將受嚴懲，絕不寬貸。奧狄恩國王……』無禮的禮不是這樣寫的，但是印鑑看起來像是眞的。」

「因爲它就是眞的。」蘭菲莉說，從他手中搶走羊皮紙。「這是你們偉大的奧狄恩國王親筆寫的，所以我勸你們最好不要對我無禮，不管這個字應該怎麼寫，後果一樣會讓你們吃不完兜著走。親愛的市長，你沒有理由把我打進大牢，也別再叫我『小姑娘』。我還沒有觸犯任何法律，至少目前沒有。」

「要是妳犯了法，就算只有一丁點兒——」卡德梅因看起來一副想吐口水的樣子，惡狠狠地說：「我就把妳和這張紙一起丟進地牢，我對天發誓，小姑娘。傑洛特，我們走。」

「獵魔士，等一下。」蘭菲莉碰了碰傑洛特的肩膀：「我還有話要和你說。」

「晚飯別遲到。」市長回頭說：「不然莉普什又要發飆了。」

「我不會遲到。」

傑洛特把身體靠在吧台上，把玩著脖子上的狼頭徽章，凝視女孩藍綠色的雙眸。

「我聽說過你的事。」她說：「你是利維亞的傑洛特，有一頭白髮的獵魔士。史特哥堡是你的好朋友嗎？」

「不是。」

「這樣事情就簡單一些了。」

「也不見得，我不打算袖手旁觀。」

蘭菲莉的眼睛瞇了起來。

「明天就是史特哥堡的死期。」她邊說，邊撥開參差不齊的劉海。「如果只有他死，那算是最好的結局。」

「的確。但事實是在史特哥堡死之前，還會先死幾個人。」

「獵魔士，說『幾個』還算是保守的呢。」

「伯勞鳥，要嚇唬我就拿出行動，不要只是嘴上說說。」

「不要叫我伯勞鳥，我不喜歡這個綽號。不過我倒是有別的解決之道，我們得談談。不過沒辦法，莉普什在等著呢。這個莉普什長得還不賴吧？」

「妳只想對我說這些？」

「不只，但你該走了。走吧，別讓莉普什等太久。」

IV

有人在他閣樓上的房間裡。傑洛特還沒進門就知道了，因爲他脖子上的銀徽章發出了細微的震動。他吹熄了手上拿來照明的油燈，從靴子裡抽出匕首，插在背後的腰帶上。他小心地開了門，房裡一片漆黑，但是這對獵魔士來說一點都不是問題。

他特意十分緩慢地跨過門檻，又慢條斯理地關上了身後的門。下個瞬間他立刻縱身一躍，撲向那個坐在他床上的人。他把那人壓倒在床上，用左手臂扼住對方的脖子，伸手就要抽出匕首。然而，他的動作卻在中途停了下來——有件事不太對勁。

「眞是個好的開始。」被他壓在身下動彈不得的那人啞著嗓子說：「我本來也是如此希望的，但是我沒想到我們竟然會發展得那麼快。請放開掐住我喉嚨的手。」

「是妳。」

「是我。聽著，你有兩個選擇：要嘛把我放開，我們坐下來好好談談。如果你要保持這個姿勢也可以，但至少讓我把鞋子脫下。」

獵魔士選擇了第一個提議。女孩坐了起來，喘了口氣，理了理頭髮和裙子。

「把燈點上。」她說：「我可不像你，可以在黑暗中看見東西。而且我喜歡在說話時看到對方。」

燈光下，獵魔士看到她修長、削瘦的身影迅速地走向桌前。她坐了下來，把包在高統靴裡的兩條腿伸到前面。她身上看起來不像有帶任何武器的樣子。

「你這裡有喝的嗎？」

「沒有。」

「還好我自己有帶。」她笑著說，往桌上放了一個酒囊，還有兩個皮製酒杯。

「快要午夜了。」獵魔士冷冷地說：「也許我們最好快點進入重點。」

「稍待。你的酒，喝吧。傑洛特，我敬你。」

「我也敬妳，伯勞鳥。」

「我的名字是蘭菲莉，該死的。」她猛然地抬起頭說：「你可以省略公主的頭銜，但是不要再叫我伯勞鳥！」

「小聲一點，妳會把全屋子的人都吵醒。現在妳是不是可以告訴我，妳從窗戶溜進我房間到底是爲了什麼？」

「獵魔士，你還眞遲鈍。我可是爲了拯救布拉維肯免除一場血光之災才來的呢。爲了來和你討論，我像發春的母貓一樣在屋頂上爬來爬去。你應該心存感激。」

「我很感激。」傑洛特說：「但是我看不出有什麼好討論的。事情很明白，史特哥堡把自己關在有魔法保護的塔裡，爲了把他逼出來，妳得包圍那座塔。要是妳眞的這麼做，那國王的信也幫不了妳。如果妳公然觸法，奧狄恩不會包庇妳。市長、守衛，還有整個布拉維肯都會與妳爲敵。」

「如果整個布拉維肯與我爲敵，他們一定會後悔莫及。」蘭菲莉微微一笑，露出白色的尖利牙齒。「你看到我帶來的同伴了吧？我告訴你，他們是幹這一行的專家。我想你也猜得到，如果他們和當地那些笨蛋守衛打起來會有什麼後果。哼，那些傢伙眞不中用，每走幾步路就會被自己的戟絆倒。」

「蘭菲莉，妳以爲我會袖手旁觀嗎？妳也看到了吧，我住在市長家裡。如果出了什麼事，我會站在他這一邊。」

「我一點都不懷疑，」蘭菲莉突然變得認眞地說：「你會站在他那一邊。但是你會孤軍奮鬥，因爲其他人都躲在地窖裡。這世上沒有一個武士可以同時和七個劍客戰鬥，沒有任何人類能辦得到。但是白頭髮的，我們還是別再互相恐嚇了。我說過了，流血衝突是可以避免的。說得更明白點，有兩個人可以阻止這件事。」

「我很想聽聽。」

「其中一個人，」蘭菲莉說：「是史特哥堡本人。如果他自願從那座塔裡出來，我會把他帶到荒地裡解決，而布拉維肯會恢復和諧寧靜，很快就會忘了這件事。」

「史特哥堡雖然看起來像個瘋子，但是還沒瘋到那個程度。」

「誰知道呢？獵魔士，誰知道？有些意見是沒辦法反對的，就像有些提議是無法拒絕的一樣。『特利丹的最後通牒』就屬於這一類，我會向巫師發一份特利丹的最後通牒。」

「這是什麼意思？」

「呵呵，這是我的小祕密。」

「隨妳便，我只是懷疑它會有多大效用。史特哥堡談到妳的時候，連牙齒都在打顫。要讓他自願從塔裡走出來，把自己交到妳那雙纖纖玉手上，妳的最後通牒一定得很了不起。我們還是來談談第二個可能吧，讓我來猜猜這個人是誰。」

「我倒想看看你的直覺如何，白頭髮的。」

「那個人是妳，蘭菲莉。就是妳本人，妳會發揮妳公主的——我在說什麼——妳女王的度量，不再想復仇的事。我猜對了嗎？」

蘭菲莉仰天狂笑，但是及時用手把嘴掩上。然後她嚴肅了起來，明亮的雙眼緊緊盯著獵魔士。

「傑洛特，」她說：「我曾經是公主，但那是在克萊登的事了。那時候我想要什麼就有什麼，甚至不必開口。僕人們隨傳隨到，我的禮服和鞋子堆積如山，襯褲還是上等亞麻做的。我有貴重的珠寶和飾品、漂亮的黃褐色小馬，池塘裡還養著金魚。我有數不清的娃娃，它們的娃娃屋比你這房間還大。但是有一天這一切都結束了。你那個爛人朋友史特哥堡還有那操他娘的愛莉迪雅，他們叫一個獵人把我帶到森林裡殺掉，還要把我的心和肝帶回去當證據。怎麼樣，很不賴吧？」

「不，這很可怕。蘭菲莉，我很高興妳應付得來。」

「見鬼的應付得來。他看我可憐，就把我放了。但是在那之前那個渾蛋先強暴了我，然後又搶走了我的耳環和金冠。」

傑洛特定定看著她，把玩著脖子上的銀徽章。他的眼睛一刻都沒有離開她。

「當公主的日子就在那天結束了。」她繼續說：「禮服撕得破破爛爛，亞麻布也弄髒了，再也不可能變回白色，接下來等著我的是髒亂、飢餓、人們的惡言相向、拳打腳踢。我可以和任何一個渾蛋上床，只為了換得一碗熱湯、一個過夜的地方。你知道我以前有一頭多麼美麗的頭髮嗎？就像絲綢一樣柔軟，長度比我的臀部還長一厄爾。有一次我長了蝨子，他們就用剪羊毛的剪刀把我理成光頭。之後我的頭髮總是長得亂七八糟，再也不能像以前一樣。」

她沉默了一陣，理了理散亂的劉海。

「我偷東西來吃，只為了不餓死。」她說下去：「我殺人，因為如果不這樣就會被別人殺死。好幾次，我被關在充滿尿臊味的地牢中，心裡七上八下，他們到底是會把我吊死，還是只會毒打我一頓，然後把我趕出這個地方。同時，我那繼母和你的巫師朋友想盡辦法要置我於死地，他們派來了一大堆殺手，在我的食物裡下毒，不然就是對我下咒。發揮寬大的心胸？像女王一樣原諒他？我會以女王的方式把他的頭砍下，搞不好在那之前還會先砍斷他的腳——我們走著瞧。」

「愛莉迪雅和史特哥堡對妳下毒？」

「當然，他們送來了加了顛茄毒素的蘋果。還好一個諾姆救了我，他給了我催吐的藥，那時候我吐得昏天黑地，我還以為我整個人會像絲襪一樣被反過來呢，但是我撐過去了。」

「是那七個諾姆其中之一？」

蘭菲莉本來正在往酒杯裡添酒，聽到這句話她的動作一僵。

「啊哈，」她說：「看來你知道不少我的事嘛。怎麼？你對諾姆或其他的類人生物有意見嗎？眞要說的話，我覺得他們比大多數的人類還要善良呢，但是這和我們的話題沒關係。我說過了，史特哥堡和愛莉迪娜不擇手段地想要獵殺我，當然啦，這是指他們還可以這麼做的時候。後來他們就沒輒了，因爲我變成了獵人。愛莉迪雅是死在自己床上的，算她走運，竟然在我對她下手前就掛了。哼，我可是爲她準備了特別的『禮物』呢。現在，我也給巫師準備了一份特別的大禮。傑洛特，依你看，史特哥堡該不該死？告訴我。」

「我不是法官，我是獵魔士。」

「沒錯。我說過了，有兩個人可以拯救布拉維肯免除血光之災，第二個人就是你。巫師會讓你進入高塔，那時你就可以動手殺了他。」

「蘭菲莉，」傑洛特平靜地說：「妳爬來我房間的時候，有沒有不小心從屋頂上掉下來撞到頭？」

「該死的，你到底還算不算獵魔士？人們說，你殺了一隻奇奇魔拉，用毛驢把它拖到這裡找買主。史特哥堡比奇奇魔拉還差勁，他是個沒大腦、沒天良的謀殺者，殺人是他的天性。史特哥堡是個怪物、瘋子、冷血動物。要是你把他的屍體用毛驢拖來這裡給我，你要多少，我一分都不會少給。」

「我不是職業殺手，伯勞鳥。」

「對，你不是。」她面帶微笑地同意道。她把椅子往後一仰，把雙腳交叉放在桌子上，完全不管裙子底下露出的大腿。「你是獵魔士，捍衛人們不受邪惡侵擾的勇士。照目前的情況看來，我們不只有一種邪惡，而是有兩種。它們就像鐵和火，正開始猛烈地纏鬥。你不覺得我是讓你在兩害之中取其輕嗎？對史特哥堡那個渾球來說，這也會是最好的選擇。你可以出其不意地一劍劈死他，他甚至不會有任何感覺。而我呢，就不敢保證會讓他死得那麼痛快了。」

傑洛特沉默著。蘭菲莉舉起手，伸了個懶腰。

「我了解你內心的掙扎。」她說：「但是我必須立刻知道答案。」

「愛莉迪雅女王和史特哥堡在克萊登想要殺妳，之後也是——妳知道是什麼原因嗎？」

蘭菲莉猛地直起身子，把腳從桌上放下。

「這應該很明顯吧。」她憤怒地說：「當然是爲了清除佛列德法克礙眼的長女——也就是王位繼承人。愛莉迪雅不是貴族出身，她的孩子沒有權利……」

「蘭菲莉，我說的不是這個。」

女孩低了低頭，但是很快地又抬了起來。她的雙眼閃著光。

「好吧。我好像是打從娘胎就受了詛咒什麼的，我會長成一個……」

「說下去。」

「怪物。」

「妳是嗎？」

短短一瞬間，女孩露出了無助、受傷並且十分沮喪的表情。

「傑洛特，我不知道。」她低聲說，然後表情再次變得強硬。「我怎麼可能會知道？該死的。如果我切到手指，我會流血，每個月我也會有月事。如果吃太多我會肚子痛，如果酒喝太多則會頭痛。我高興的時候會歌唱，難過的時候會罵髒話。如果我恨一個人，我就殺了他，如果……啊，該死的，說夠了。獵魔士，你的答覆？」

「我的答案是『不』。」

「你記得我說過什麼嗎？」沉默了片刻，她說：「有些提議是不能拒絕的，不然你得承受可怕的後果。我鄭重地警告你，我的提議正屬於這一類，你好好想想。」

「我仔細地想過了。妳最好把我的話當眞，因爲我也要鄭重地警告妳。」

蘭菲莉沉默了片刻，把玩著纏繞在她姣好脖子上的珍珠項鍊。項鍊一共繞了三圈，一部分滑落在衣領間，在她微露出的半球間，看起來特別地挑逗。

「傑洛特，」她說：「史特哥堡有拜託你殺掉我嗎？」

「有，他覺得那是兩害取其輕。」

「我可以假設你拒絕了他，就像你拒絕了我？」

「是的。」

「為什麼？」

「因為我不相信有什麼兩害取其輕。」

蘭菲莉淡淡地笑了，然後她露出了凶狠的表情，在暈黃的燈光下看起來十分駭人。

「你說你不相信，你是對的，但只對了一部分。這世上只有邪惡和更深層的邪惡，而它們背後的陰影中則藏著邪惡之王。傑洛特，那是你無法想像的邪惡，即使你認為已經沒有什麼事能嚇得了你。傑洛特，你看著好了，總有一天邪惡之王會掐住你的喉嚨，對你說：『要嘛就選我，不然就選旁邊那個比較小的。』」

「妳可不可以告訴我，妳到底想說什麼？」

「什麼都不想。我只是喝多了點，開始扯些有的沒的，試圖尋找一個普遍的真理，如此而已。我倒是發現：兩害取其輕的情況是存在的，但是我們沒辦法自己選擇，邪惡之王會強迫我們選擇，不管我們想不想要。」

「看來我是喝得太少了。」獵魔士刻薄地笑著說：「剛好午夜也過了，我們進入正題吧。我不允許妳在布拉維肯殺死史特哥堡，也不允許妳在這裡掀起戰爭或血腥衝突。我再勸妳一次：打消復仇的念頭吧，放棄殺死他的打算。這樣妳就可以向史特哥堡還有世人證明，妳不是沒有人性的嗜血怪物，或是什麼突變的異種。妳可以向他證明他錯了，而且他的錯誤造成了妳一生的傷害。」

獵魔士的手不停地旋轉著銀鍊。有一陣子，蘭菲莉只是動也不動地看著隨著銀鍊轉動的徽章。

「如果我告訴你，我不能原諒他，也不能放棄復仇的打算，這就代表他和世人是對的，是不是？如果我出手殺了他，這就證明了我是個怪物，一個受詛咒的魔鬼，是不是這樣？獵魔士，聽著。我剛開始流浪的時候有一個男人收留了我，他看上了我，但是我不喜歡他，所以每次當他想上我的時候，就把我毒打一頓，害得我隔天早上都痛得下不了床。」

「有一天晚上我趁天還沒亮就下了床，拿起割草用的大鐮刀把他的脖子割斷了。那時候我還不像現在這麼經驗豐富，我本來還以為用普通的刀會太小呢。傑洛特，當我聽到鮮血從他喉嚨裡汩汩流出來，聽到他發出垂死的咕嚕聲，看到他的雙腳不停亂蹬，我有一種感覺：他的拳頭和棍棒在我身上造成的傷痕已經不再讓我疼痛了。我感到全身舒暢……我吹著口哨、精神奕奕地走出他家，身體和心靈都感到健康、快樂、滿足。之後每一次殺人，我都有同樣的感覺。如果不是這樣，誰會浪費時間去復仇？」

「蘭菲莉，」傑洛特說：「不管妳有什麼樣的動機和道理，這次妳不會吹著口哨離開，妳的感覺也不會那麼好。妳不會幸福快樂地離開這裡，但是會活著離開。市長說了，叫妳明天一早就走。我剛剛已經說過了，但是我再說一次：妳無法在布拉維肯殺死史特哥堡。」

蘭菲莉的雙眼在燭光中閃耀，她胸前的珍珠項鍊也映著微光，發出光芒的還有用銀鍊掛在獵魔士脖子上、轉動中的狼頭徽章。

「我為你感到可悲。」女孩看著不停轉動的徽章，突然一字一句地說：「你說，沒有兩害取其輕的情況。你站在廣場的路面上，在一片血泊中，獨自一人。你是這麼的孤獨，因爲你不知道如何選擇。儘管你不知道，你還是做出了選擇。你永遠不會知道、永遠無法肯定自己是否做對了，永遠，你聽到了嗎……而你得到的報酬是亂石攻擊、人們的惡言惡語。我爲你感到可悲。」

「那妳呢？」獵魔士輕聲說，聽起來幾乎像耳語。

「我也不知道如何選擇。」

「妳是誰？」

「我就是我。」

「妳在哪裡？」

「我……冷……」

「蘭菲莉！」獵魔士大叫，把徽章按在手中。

女孩像從夢中醒來似地抬起頭，眨了眨眼睛，驚訝地看著獵魔士。有一瞬間，她看起來非常害怕。

「你贏了。」她突然憤怒地說：「獵魔士，你贏啦。明天一早我就離開布拉維肯，再也不會回到這個噁心的地方。倒酒吧，如果還有剩。」

當她把空杯放下，她的嘴角又回復那一貫嘲弄、輕蔑的冷笑。

「傑洛特？」

「我在聽。」

「那該死的屋頂眞是陡峭，眞希望我是待到清晨才離開，而不是在黑暗中從屋頂摔下而受傷。我是個公主啊，我可是很嬌弱的，如果床墊下擺了一粒豌豆，我是感覺得到的。當然啦，我是說如果裡面的稻草沒有塞平的話。獵魔士，你怎麼說？」

「蘭菲莉，」獵魔士不由自主地微笑著說：「妳剛才說的話，像是一位公主說的嗎？」

「啊，該死的，你又知道什麼關於公主的事？我當過公主，我知道當公主最大的樂趣就是愛幹什麼就幹什麼。你是要我把話講白了，還是你自己猜得到？」

傑洛特依然微笑不語。

「我眞不敢相信，我對你一點吸引力也沒有。」女孩擺出不高興的表情說：「我寧可認爲你是因爲害怕才沒有反應，你怕變成像我說的那個男人。喂，白頭髮的，我身上什麼武器都沒有，你可以自己來檢查看看。」

她把雙腿跨到他膝蓋上。

「幫我把鞋脫下，長靴拿來藏刀是再理想也不過了。」

她光著腳站了起來，一把扯下皮帶釦環。

「這裡也什麼都沒藏。你看，這裡也是。把那該死的蠟燭弄熄。」

窗外，貓正在黑暗中大聲地喵喵叫。

「蘭菲莉？」

「什麼？」

「這是上等亞麻？」

「廢話，該死的。我好歹也是個公主，不是嗎？」

ㄟ

「爸爸，」瑪莉卡百無聊賴地說：「我們什麼時候去市集？爸爸！去市集！」

「安靜，瑪莉卡。」卡德梅因吼了回去，用麵包沾起盤子裡剩下的湯，邊說：「傑洛特，你剛才是怎麼說的？他們會離開嗎？」

「是的。」

「呵，我沒想到竟然會進行得這麼順利，奧狄恩國王那封信可是把我的喉嚨都掐住了。雖然我表面上裝得很威風，但是其實我根本不能對他們做什麼。」

「即使他們公然犯法？開始使用暴力、毆打群眾？」

「沒錯。奧狄恩是個恐怖的暴君，他不需要什麼理由就可以把人送上斷頭台。我有妻子和女兒，有一份令我滿意的工作，生活也還過得去，不必絞盡腦汁想從哪裡弄到炒菜的油。總歸一句話，他們走了還眞是謝天謝地。對啦，你到底是怎麼辦到的？」

「爸爸！我想去市集！」

「莉普什！把瑪莉卡弄走！對啊，傑洛特，我問了『金色宮殿』的主人賽德尼克那群拿威格拉德的傢伙是什麼來頭。呵，他們來頭可大了，有幾個人們還認了出來。」

「哦？」

「那個臉上有刀疤的是諾侯，他以前是阿伯加德的左右手之一。你聽過安格倫的獨立軍團吧？你當然聽過，誰沒聽過呢，那頭叫十五的蠻牛也是其中一員，我想我不會弄錯，他那個綽號一定是和他犯下的十五件大案子有關。黑頭髮的半精靈叫奇伏里，他是個強盜和職業殺手，這傢伙八成和特利丹的大屠殺脫不了關係。」

「你說哪裡？」

「特利丹。你沒聽說過啊？三年前鬧得很大的……三年嗎？對，三年，因爲瑪莉卡那時候兩歲。特利丹的男爵在地牢裡關了一些重刑犯，他們的同伴——大概包括那個奇伏里在內——就佔領了一艘載滿朝聖者的渡船，那時剛好是尼斯節。他們要求男爵釋放那些地牢裡的罪犯，男爵當然沒有答應。於是他們開始一個接一個地殺死那些朝聖者，當男爵終於軟化，釋放了那些囚犯，那批殺人兇手已經往海中丟了十幾具屍體。」

「之後男爵不知道是被流放了，還是被砍了頭。有些人責怪他爲什麼死了這麼多人之後才做出決定，而其他人則開始叫囂，說他犯了天大的錯誤，開了……判決先例或什麼的，他們認爲最好的辦法是把這些強盜和人質一起亂箭射死，不然就是攻打船隻，不讓他們任何人有活命的機會。男爵在法庭上辯白說，他是兩害取其輕，因爲船上差不多有二十五個人，其中包括女人和小孩，而他放了這些人。」

「特利丹的最後通牒……」獵魔士低語：「蘭菲莉……」

「什麼？」

「卡德梅因，市集。」

「你在說什麼啊？」

「卡德梅因，你還不明白嗎？她騙了我。他們不打算離開，她要逼史特哥堡從塔裡出來，就像她逼特利丹的男爵釋放囚犯一樣。不然她就是要逼我……你不明白嗎？他們會開始在市集上殺人。你們那個被城牆包圍的廣場，就是最好的陷阱！」

「眾神啊，傑洛特！等一等！傑洛特，你要去哪裡？」

瑪莉卡開始害怕地尖叫，啜泣著縮到廚房一角。

「我告訴過你了！」莉普什指著獵魔士大叫：「我告訴過你！這個人只會帶來災禍！」

「女人，閉嘴！傑洛特，等一等！」

「得阻止他們。就是現在，趁人們還沒到廣場去之前。快去叫守衛，如果看到那一幫人從酒館出來，就趕快逮捕他們。」

「傑洛特，理智點。不能這樣做，我們不能在他們什麼事都還沒做之前就動手。他們一定會反抗，到時候會爆發流血衝突。這些人是職業殺手，他們會把我的人殺得片甲不留。如果奧狄恩知道了，那我的腦袋就不保了。好吧，我會帶守衛到廣場上去，我們會在那裡監視他們……」

「卡德梅因，這一點用都沒有。如果人群開始湧向廣場，你是阻止不了恐慌與屠殺的。要阻止他們只能趁現在，當廣場上還沒有半個人的時候。」

「這是違法的，我不允許你這麼做。那個關於特利丹和半精靈的故事可能只是謠言而已。萬一是你搞錯了，到時候怎麼辦？奧狄恩可是會剝了我的皮！」

「兩害必須取其輕！」

「傑洛特！我不允許你這麼做！聽到沒？我以市長的身分禁止你這麼做！把劍放下！站住！」

瑪莉卡尖叫著，用小手摀住了嘴。

VI

奇伏里用手遮住眼睛，看著朝陽從樹叢後昇起。廣場上已經開始有了動靜，馬車和推車發出轆轆的聲響，第一批到來的小販已經把貨物放上了攤位。廣場上傳來敲敲打打的聲音、雞鳴還有海鷗的聒噪。

「看來今天的天氣會很不錯。」十五若有所思地說。奇伏里嫌惡地看著他，但是什麼都沒說。

「塔維克，馬匹怎麼樣？」諾侯問，一邊拉上手套。

「都準備好了，裝上了馬鞍。但是，廣場上的人還是很少嘛。」

「會有更多人的。」

「我們該先吃點東西。」

「待會兒。」

「沒錯，等下你就會有時間和胃口了。」

「你們看。」十五突然說。

獵魔士正從那條主要的小路走過來，他穿過了攤位，筆直朝他們走來。

「啊哈，」奇伏里說：「果然被蘭菲莉料中了。諾侯，把十字弓給我。」

他彎下身，拉滿了弓，調整成預備射擊的姿勢，小心地把箭放入矢道。獵魔士繼續走著，奇伏里把弓抬了起來。

「獵魔士，不准再往前走一步！」

傑洛特停了下來，離他們大約還有四十步的距離。

「蘭菲莉在哪裡？」

半精靈俊秀的臉上露出邪惡的表情。

「在塔樓前面，正在和巫師交涉。她算準了你會來這裡，叫我轉交給你兩樣東西。」

「說吧。」

「『我就是我，做個選擇吧。要嘛就選我，不然就選另外那個比較不嚴重的。』你應該知道這是什麼意思。」

獵魔士點了點頭，然後他舉起手，從右肩後抽出劍。劍光在空中一閃，劃了個弧形。他慢慢地走向他們。

奇伏里邪惡地笑了。

「你還是選了這個嘛。哼，這也在她意料之中。你馬上就會得到第二件東西了，她叫我把它射到你眉心。」

獵魔士繼續往前。奇伏里把十字弓抬到臉頰旁。四周安靜了下來。弦猛烈地震動了一下。獵魔士把劍一揮，接著是一聲悠長的、金屬撞擊的聲音，奇伏里的箭被彈到空中，不住翻滾，最後啪一聲擊中屋頂，掉在排水管之間。獵魔士繼續往前。

「彈開了……」十五喘著氣說：「他把箭彈開了……」

「大家圍成一圈。」奇伏里下令。所有人鏘一聲亮出劍，肩並著肩，把長劍舉向空中。

獵魔士加快腳步，他的步伐異常迅速、流暢，逐漸變成奔跑——他沒有正面迎向敵人揚起的劍尖，而是不停地繞著他們打轉，同時步步逼近。

塔維克首先忍不住了。他猛地離開崗位，撲向獵魔士。跟在他身後的還有雙胞胎。

「不要亂跑！」奇伏里轉頭大吼，一時失去了獵魔士的所在位置。他咒罵了一聲，跳到一邊，發現他們的隊形已散得七零八落，瘋狂地在攤位之間盲目打轉。

塔維克是第一個倒下的。他本來還緊追著獵魔士，誰知下一瞬間對方就從他左邊閃過，往反方向跑去。他踩著小步好讓速度慢下來，但是就在這時，獵魔士已飛快來到他身邊。塔維克甚至來不及舉起劍，就感到一股大力擊中他的腰際，他回過身，發現自己已倒下。他跪在地上，驚訝地看著他的腰，然後開始哀號。

孿生子雙雙躍起，一起朝那個衝向他們的黑影殺去。然而他們碰撞到彼此的肩膀，動作一時失去了節奏；這樣已經足夠了。維爾當胸挨了一記，他彎下腰來，垂著頭，搖搖晃晃走了幾步才倒在放滿蔬菜的攤位上。尼米爾的太陽穴挨了一劍，他在原地轉了一圈，然後無力地、重重地摔在路旁的排水溝裡。

廣場上一團混亂，到處都是飛揚的塵土和尖叫聲。小販爭先恐後地四處逃竄，攤位也乒乒乓乓地應聲倒地。塔維克再次試著用顫抖的雙手撐起身子，但最後還是倒下了。

「十五小心，他在你左邊！」諾侯大吼，繞過獵魔士，想要跑到他身後去。

十五很快地轉過身，但還是不夠快。他的腹部中了一劍，但他挺住了。就在他準備發動攻擊時，他的脖子中了第二劍，就在耳朵下方。他拖著緊綳的身體，像個醉漢似地走了四步，最後栽倒在一輛載滿漁貨的手推車上。手推車翻倒在地，十五於是倒在一片銀色魚鱗之中。

奇伏里和諾侯一起從雙面夾攻，半精靈從高空一劍劈下，諾侯則半蹲著身子，向獵魔士下盤橫劍掃去。兩劍都被擋開了，速度之快，使得兩聲劍鳴聽起來竟像是一聲。奇伏里跳到一邊，卻絆到了腳，他不得不扶住攤位的木架，才勉強穩住身子。諾侯跳到他身前，用伸得筆直的劍替他擋下了獵魔士的攻擊。然而那一劍的衝擊力實在太大，不但把他逼得直往後退，而且還半跪了下去。他立刻站起來迎擊，但還是太慢了。他的臉上被劃了一劍，剛好和舊的傷痕相對稱。

奇伏里用力一推木架，借力彈起。他越過倒下的諾侯，轉了半圈，接著雙手握劍殺向獵魔士。沒砍中，於是他立刻跳開。他一開始並不覺得痛，直到他本能地擋下攻擊，虛晃了一招，準備由守轉攻的時候，他的腿才軟了下來。劍從手中落下，他的手臂內側、手肘以上的地方正汩汩冒出鮮血。他跪在地上，猛力甩著頭，想要站起來，但是沒有辦法。最後他栽倒在自己的血泊中，死在散了一地的包心菜、圈餅和鮮魚堆等市集商品中。

蘭菲莉走到了廣場上。

她慢慢地、用貓般的步伐走著，越過推車和散亂的攤位。躲在小巷和牆邊的人群本來發出和虎頭蜂一樣嗡嗡的聲響，現在突然安靜了下來。傑洛特一動也不動地站著，劍垂在手邊。女孩在離他十步以外的距離停下。傑洛特看到她在外衣之下穿著一件短鏈甲，長度差不多及腰。

「你做出了選擇。」她說：「你確定這是對的嗎？」

「這裡不會成爲第二個特利丹。」獵魔士吃力地說。

「不，已經不會是了。史特哥堡當著我的面嘲笑我，他說，就算我把整個布拉維肯還有旁邊幾個村莊都夷爲平地，他也不會從塔中出來。而且他不會讓任何人——包括你在內——進入那座高塔。你幹嘛用那種眼光看著我？沒錯，我騙了你。我這一生只要有必要，可以騙任何人。爲什麼我要爲你破例？」

「蘭菲莉，離開這裡。」

她開始大笑。

「不，傑洛特。」她抽出了劍，動作又快又穩。

「蘭菲莉。」

「傑洛特，不。你做出了選擇，現在該我了。」

她猛地將裙子一扯而下，在空中繞了幾圈，把它纏在左手臂上。傑洛特向後退去，舉起手，比出了一個魔法符咒。蘭菲莉再次發出短促、狂野的笑聲。

「白頭髮的，那對我是不管用的，要對付我只有用劍。」

「蘭菲莉，」傑洛特重複道：「離開這裡吧。如果我們開始打起來，我……我就……沒辦法……」

「我知道。」她說：「但是我……我也沒辦法做出別的選擇。我就是我，而你就是你，這是我們的命運。」

她晃著身體，步伐輕快地向他奔來，右手飛快地從腰際抽出了劍，而左手則提著拖在地上的裙子。傑洛特向後退了兩步。

她一躍而起，左手不住晃動，手中的長裙在空中飛舞，在那之後是若隱若現、短促的劍光。傑洛特向後一跳，長裙不但一點都沒有碰到他，而蘭菲莉的劍也在他的防守下被擋了開來，向下一滑。他立刻舞出一團劍花，用自己的劍纏住蘭菲莉的劍，想要藉此打落她手中的武器。事實證明這是個錯誤，蘭菲莉彈開了他的劍，膝一彎，腰一轉，劍尖馬上向傑洛特臉部刺來。他好不容易才擋住這招，急忙往後退去，免得被她的長裙遮住視線。他高速在原地旋轉，小心地躲開她閃爍不定的劍光，接著往旁邊一跳。她緊追不捨，把長裙扔到他眼前，身體轉了個半圓，近身向他平揮出一劍。

獵魔士躲開攻擊，在她身前來了個迴旋。她知道他打什麼主意，於是也跟著他一起迴旋，他們的身體如此貼近，他甚至可以感覺到她的呼吸。接著，蘭菲莉的劍尖劃過了獵魔士的胸膛。他感覺到一陣刺痛，但是這並不影響他的動作。他再次往反方向旋身，擋開蘭菲莉揮向他太陽穴那一劍，很快虛晃了一招，然後展開攻擊。蘭菲莉跳開，準備從上方向他砍去，這時傑洛特彎下膝蓋，向前一跨，用劍尖劃過蘭菲莉裸露的大腿和鼠蹊。

蘭菲莉沒有喊叫。劍從她手中落下，她先跪倒在地，然後側躺了下來，雙手緊緊按住被切開的大腿。鮮紅的血液從她指縫中汩汩流出，染紅了華麗的腰帶、駝鹿皮靴和骯髒的路面。聚集在小巷的人群開始騷動，驚叫聲此起彼落。

傑洛特收起劍。

「別走……」她蜷縮起身子叫道。

他沒有回答。

「我……好冷……」

他沒有回答。蘭菲莉把身子縮得更緊，再次呻吟。她的血快速流出，填滿了地上石頭間的縫隙。

「傑洛特……抱我……」

他沒有回答。

她別過頭，臉頰貼在石子路上，然後一動也不動了。本來一直藏在她身子底下的尖細匕首，從她鬆開的指間滑落。

過了一會──雖然時間不長，但是對獵魔士來說卻像永恆一樣久。他聽到手杖敲擊地面的聲音，抬起頭來，看見史特哥堡正急急忙忙走了過來。巫師跨過地上橫七豎八的屍體，直往他身邊走了過來。

「眞是一場血戰啊。」他喘著氣說：「傑洛特，我都看到了，從我的水晶球裡……」

他走近，彎下身去。他穿著黑色的長袍，用手杖撐著身子。他看起來很蒼老，非常地蒼老。

「我眞不敢相信。」他搖了搖頭：「伯勞鳥竟然死了。」

傑洛特沒有回答。

「傑洛特，」巫師直起身子說：「去弄輛馬車來。我們把她帶回高塔，必須解剖……」

巫師看獵魔士沒有反應，於是自己彎下身去。

有人飛快地把劍抽了出來，獵魔士以爲那不是自己。

「巫師，你敢碰她——」那個獵魔士不認識的人說：「你敢碰她一根手指，我會讓你腦袋落地。」

「傑洛特，你瘋了啊？你受傷了，還受到打擊。解剖是唯一的辦法，只有這樣我們才能知道……」

「別碰她！」

史特哥堡一看到舉起的劍，立刻退到後頭去，晃著手中的魔杖。

「好！」他大吼：「隨你高興！但是你永遠都不會知道了！你永遠都不能確定！永遠！獵魔士，你聽到了沒？」

「滾。」

「隨便你。」巫師轉過身，把手杖往地上重重一擊。「我要回科維爾了，我連一天都不想在這個鳥地方待下去。和我一起走吧，不要留在這裡。這些人什麼都不知道，他們只看見你殺人，而你殺起人來可狠了。傑洛特，你走是不走？」

傑洛特沒有回答，甚至沒有看巫師一眼。他收起了劍。史特哥堡聳聳肩，快步走開了，邊走邊用魔杖敲擊著地面。

人群中飛出一顆石頭，重重地摔在道路上。接著是第二顆，剛好擦過傑洛特的肩膀。獵魔士直起身子，舉起雙手，很快地比了個手勢。群眾開始鼓譟，更多的石頭接二連三地飛向獵魔士。但是符咒像一個隱形的鎧甲，把這些石頭彈到一旁去，不讓獵魔士受到任何傷害。

「夠了！」卡德梅因大吼：「我操，你們有完沒完！」

群眾像海浪般喧譁，但是已經不再丟石頭了。獵魔士一動也不動地站著。

市長走到他身邊。

「這個——」他大手一揮，指著廣場上四散的屍體說：「就是全部了？這就是你所說的兩害取其輕？你已經做完了自認該做的事了嗎？」

傑洛特沒有立刻回答，過了一會他吃力地說：「是的。」

「你的傷勢嚴重嗎？」

「不。」

「那就快離開吧。」

「好。」獵魔士說，他在原地站了一會兒，試著不看市長的眼睛；然後非常慢、非常慢地轉過身。

「傑洛特。」

獵魔士回過頭。

「永遠都不要再回到這裡來了。」卡德梅因說：「永遠。」

理智的聲音 4

優拉，我們聊聊。

我需要和妳談談。人們總是說，沉默是金。也許他們是對的，但我不知道它是否眞的值那麼多。不管怎麼說，沉默有其價值，而人們得爲了保持沉默付出代價。

這對妳來說沒什麼困難，沒錯，不要否認。妳是自己選擇沉默的，這是妳爲妳的女神所做的奉獻。我不相信梅莉特列女神，也不相信其他的神，但是我欣賞妳的選擇、妳的奉獻，我欣賞並尊重妳所相信的事物。因爲妳的信仰和犧牲，妳爲此所付出的沉默代價讓妳變成一個更好、更有價値的人。或者說，至少它給予妳這樣的可能性。而我的懷疑什麼都不能給我，它一點力量都沒有。

妳問，我到底相信什麼？

我相信劍。

正如妳所看到的，我身上帶著兩把劍。每個獵魔士都有兩把劍。那些不厚道的人總說銀劍是用來對付怪物，而鐵劍是用來對付人；這當然不是眞的。有些怪物只能用銀劍去擊倒，而另一些怪物的剋星則是鐵劍。不，優拉，不是每種鐵都行，一定要是隕鐵才可以。妳問我什麼是隕石？那是從天上掉下來的星星。妳一定常常看到那些星星，它們是一道道劃過夜晚星空的短暫白光。妳看到它們的時候一定有許下什麼願望吧，也許這是另一個讓妳相信神的理由。對我來說，隕石只是一塊掉到地上碎裂的金屬，一種可以拿來鑄劍的金屬。

當然，妳當然可以拿我的劍。妳瞧，它是不是很輕？甚至連妳都可以毫不費力地拿起它。不！不要碰劍鋒，妳會受傷的。它異常地鋒利，這種劍非這樣不可。

喔，沒錯，我常常練劍，只要有空就練，我不能讓自己懈怠下來。我常常走到神殿花園最偏僻的角落，在那裡活動筋骨，爲的就是把壓在我身上那可怕、惱人的冰冷麻木感燃燒殆盡，好讓它停止在我體內盤旋。而妳在這裡找到了我，眞有意思，這幾天我一直試著找妳。我到處尋覓妳的身影，我想要……

我必須和妳談談。優拉，我們坐下來聊一聊。

優拉，說眞的，妳對我一無所知。

我叫傑洛特，利……不，就傑洛特而已，不屬於任何地方。我是個獵魔士。

我的故鄉是卡爾·默罕，獵魔士的家園，我就是從那裡來的。它是……應該說它曾經是座堅固的堡壘，現在那裡也所剩無幾了。

卡爾·默罕……曾經是培育像我這樣的人的地方。現在已經不這麼做了，也沒有人繼續住在那裡，除了維瑟米爾。妳問維瑟米爾是誰？他是我的父親。妳爲什麼這麼驚訝地看著我？有什麼好奇怪的？每個人都有父親，而我的父親是維瑟米爾。就算他不是我親生的父親，那又怎樣？我不知道我的親生父母是誰，甚至不知道他們是否還活在這個世上。說眞的，這對我也不怎麼重要。

是的，卡爾·默罕……我就在那兒經歷了本質的突變，他們稱爲「野草的試煉」。接著是激素、草藥、感染病毒之類的試煉。然後重新再來一次、又一次。終於，他們達到了目的。我的表現出乎他們意料地好，發病的時間非常短。他們認定我是個生命力特別強韌的小鬼，於是選中我來進行更高階、更複雜的……實驗。那就沒那麼好受了，眞的很不好受，但是如妳所見，我撐過來了。在那群被選中的孩子當中，我是唯一存活下來的。從那時候開始，我就有了一頭雪白的頭髮。那些實驗讓我身體裡的色素消失殆盡。他們是怎麼說的？對了，副作用。只是件小事而已，對我沒什麼影響。

然後他們開始給我一連串的訓練。這花了很長的時間，最後我終於等到了出師的那一天，可以離開卡爾．默罕，走上自己的路。他們頒給我一個徽章，哦，妳看，就是這一個，這是狼學院的標記。我有兩把劍，一把銀劍和一把鐵劍。除了劍，我還懷著熱忱、動機和……信仰。我相信我是個有用、被需要的人。優拉，因爲這個世界上充滿了各式各樣的怪物和野獸，而我的職責就是保護那些被怪物威脅的人類。從我離開卡爾．默罕的那天起，我就開始夢想遇到我生命中的第一個怪物。我等不及要和他碰面，終於，我等到了那一刻。

優拉，我的第一個怪物是個一口爛牙的禿頭。我是在大道上遇到他的，那時候他和他那群穿著軍服的怪物同伴聯手擋下了一輛馬車，從裡面拖出了一個大約十三歲的女孩，也許還不到十三歲。他的同伴架住女孩的父親，那個禿頭剝下女孩的連身裙，大叫說，現在是時候讓她認識什麼叫作眞正的男人了。我騎到他們面前，跳下馬，對那個禿子說，他才應該知道什麼叫作眞正的男人，那時我自以爲幽默得不得了。禿子丟下女孩，拿起斧頭就向我衝來。他的動作很慢，但體格很強壯。我向他揮了兩劍他才倒下。那兩劍不能說是乾淨俐落，但是我得說戲劇性十足，那傢伙的同伴全都嘩一聲作鳥獸散，他們已經看到獵魔士的劍有多大威力。

優拉，妳不會覺得無聊吧？

我必須和妳談談，我眞的很需要這麼做。

我剛說到哪兒了？啊哈，說到我第一次的見義勇爲。在卡爾・默罕的時候，那些師父就對我千叮萬囑，叫我不要去蹚這種渾水，叫我看到這種事就躲得遠遠的，別去充什麼好漢或維護正義。我上路是爲了拿錢完成工作，而不是去炫耀自己有多行。而我呢，卻像個白痴一樣把事情搞砸了。

我甚至還沒有離開卡爾・默罕的山丘五十米拉遠呢。妳知道我爲什麼這麼做嗎？我想要讓那個女孩親吻我的雙手，一邊流出感激的淚水，還要讓她的父親跪在地上謝謝我拯救了他的女兒。但是，她的父親和那批無賴一起逃走了。而那個女孩身上沾滿了禿子的鮮血，她不僅吐得全身都是，而且還變得歇斯底里。當我想要靠近她的時候，她嚇得暈了過去。從那以後，我就很少去招惹這一類的事了。

我就只做自己的工作。我通常會騎到村莊的圍欄前，然後在那裡等待。如果他們開始朝我吐口水、叫罵、丟石頭，我就離開那個地方。如果有人從裡面走出來，給我一項工作，那我就留下來完成它。

我在城鎭和堡壘之間流浪，四處尋找那些貼在十字路口的告示，寫著「急徵獵魔士」這樣的消息。接下來的事就大同小異了，工作的地點不是在什麼荒郊野外，就是在地下洞穴、墳場、廢墟、森林裡的峽谷，或者是深山裡塞滿白骨、飄著屍臭的洞穴；那些地方通常住著一些活著只爲了殺戮的生物。也許是爲了生存，或是純粹高興，也有的是因爲某人的咒怨而變成這樣。我殺過的怪物有蠍尾飛天獅、飛龍、霧妖、水怪、水椿、螳螂怪、拉施、吸血鬼、食屍鬼、食屍妖、狼人、巨蠍、斯奇嘉、食人妖婆、奇奇魔拉、沼澤怪……諸如此類。我總是與這些生物在黑暗中漫舞，然後一劍殺死它們。接著一手交錢，一手交貨，那些人付我錢的時候，眼神中總會流露出恐懼和嫌惡。

錯誤？有啊，一定有的。

但是我嚴守著規則。不，不是信條。有時候我會用信條來堵住人們的嘴，他們喜歡那一套。遵循信條的人，通常會得到人們的尊敬和重視。

其實獵魔士從來就沒有什麼信條，那些都是我自己想出來的，然後很自然地一直遵守這些信條……也不是一直。

有些情況其實也沒什麼好遲疑的。我應該告訴自己：「這和我有什麼關係呢？這又不是我的事，我只是個獵魔士。」我就算不依照自己的經驗判斷，也該聽從理智的聲音，或者是恐懼的警告。

那時候，我應該聽從理智的聲音的……

但是我沒有這麼做。

我以爲，我是在兩害之中取其輕。是的，我是選擇了較不嚴重的邪惡。我是利維亞的傑洛特，同時也被稱爲布拉維肯的屠夫。

不，優拉，別碰我的手。和我接觸妳可能會看到……而我不想讓妳看到，我不想知道。我明白我的命運是什麼，它像旋風一樣擺布著我。我的命運？它就在我身後亦步亦趨地跟著，但我從不回頭去看。

無解的循環？對，南娜卡也這麼覺得。在琴特拉的時候，到底是什麼誘惑了我？我到底是發了什麼瘋，要去冒這個險？

不，我再說一次，我從來不回頭看。我不會再回到琴特拉了，我會像避開瘟疫一樣遠遠地躲開，再也不會回到那裡。

哈，如果我算得沒錯，那孩子應該是在五月出生的，大概在五朔節的時候。如果眞是那樣，倒是個有趣的巧合呢，因爲葉妮芙也是在那時候出生的……

優拉，我們走吧，已經黃昏了。

謝謝妳陪我說話。

謝謝妳，優拉。

不，沒事，我很好。

眞的很好。

價錢的問題

一

獵魔士的脖子上架了一把刀。

他躺在滿是肥皂泡的熱水中，頭往後仰，靠在大木桶滑溜的邊緣上。他感覺到嘴裡有著肥皂的苦味。那把刀簡直鈍得跟什麼一樣，現在正劃過獵魔士的喉頭，一直往上刮到他的下巴。不僅發出難聽的噪音，還把他弄得疼得要命。

理髮師臉上擺出一副「我正在創造一件傑作」的表情，再次刮了獵魔士的脖子，不過這次只是純粹藝術性的手勢，然後用一塊沾了白芷酒的亞麻布替獵魔士擦乾了臉。

傑洛特站起身來，僕人再往他身上倒了一桶熱水，他沒有反對。接著他抖了抖身子，走出木桶，在磚頭地板上留下濕淋淋的腳印。

「大人，您的毛巾。」僕人邊說，邊好奇地看著獵魔士脖子上掛著的徽章。

「謝謝。」

「衣服在這兒。」赫克休說：「襯衫、襯褲、長褲、短上衣。這是鞋子。」

「您想得還真周到，堡主。我不能穿自己的鞋子去嗎？」

「不行。要啤酒嗎？」

「很樂意。」

獵魔士慢慢穿上衣服，那陌生、粗糙、令人不舒服的觸感，一下子就毀了他剛泡完熱水澡的好心情——特別是那衣服還貼在泡腫了的皮膚上。

「堡主？」

「是的，傑洛特先生？」

「您知不知道到底發生了什麼事？我是說，爲了什麼事請我來？」

「這與我無關。」赫克休用眼角瞄著僕人們說：「我的任務是替您更衣……」

「您的意思是變裝。」

「……更衣，然後把您帶到晚宴上，帶到女王面前。傑洛特先生，請把上衣穿好，還有請把獵魔士的徽章藏在衣服下。」

「我的匕首本來放在這裡的。」

「匕首放在安全的地方，和您那兩把劍及所有行李放在一起，您待會要去的地方禁止攜帶武器。」

獵魔士聳聳肩，把身上那件太緊的紫色上衣往下拉了拉。

「這是什麼？」他指著衣服上的刺繡問。

「啊，」赫克休說：「我差點忘了，在晚宴上您的名字是來自四角之界的拉維克斯大人。身爲晚宴的貴賓，您會坐在女王的右手邊，她是這麼希望的。衣服上的圖案則是您的紋章，金色的底色上有一頭黑熊，坐在牠背上的是穿著藍色長衫的少女，她的頭髮垂在肩上，雙手伸向天空。您應該把這記清楚，賓客中可能會有研究徽章的狂熱份子，這種事常常發生。」

「當然，我會記住的。」傑洛特嚴肅地說：「四角之界又在哪裡呢？」

「在一個很遙遠的地方。準備好了嗎？可以動身了嗎？」

「可以了。我再問您一件事，這個晚宴是爲了什麼而舉辦的？」

「爲了慶祝芭維塔公主十五歲的生日。根據習俗，想要迎娶公主的貴族都會在這一天到來。卡蘭特女王想把她嫁給斯格利加的人，和島國聯姻對我們來說非常重要。」

「爲什麼一定要和他們？」

「如果有聯姻，斯格利加就不會把我們列爲攻打目標。」

「很充分的理由。」

「這不是唯一的理由。傑洛特先生，我們琴特拉的傳統是不允許女人執政的。我們的先王雷恩格納前一陣子得瘟疫過世了，而女王又不想再嫁。卡蘭特女王是一位有智慧又公正的領導者，但是不管怎麼說，國王畢竟無可取代……和公主結婚的人將來就是王位繼承人。我們希望找到一位剛強正直的國王，而這樣的人非得在島國上找不可，這是個強盛的國家。好了，我們走吧。」

當他們穿過迴廊，經過無人的小型中庭時，獵魔士停了下來，看了看四周，然後開口。

「堡主，」他低聲說：「現在只有我們兩個人。您就告訴我吧，女王到底爲什麼需要獵魔士。您一定知道些什麼，如果您不知道，還有誰呢？」

「這理由還須要問嗎？」赫克休咆哮著說：「琴特拉就像其他國家一樣，也有狼人和翼蜥，如果你仔細找的話，還可以找到飛天蠍尾獅。需要獵魔士也沒什麼好奇怪的。」

「堡主，請您不要顧左右而言他。我問的是，女王為什麼須要獵魔士去參加晚宴，而且還要他變裝成一隻藍色的、長髮披肩的熊。」

赫克休也四處張望了一下，甚至還越過迴廊的扶手去看中庭有沒有人。

「傑洛特先生，這裡發生了一些古怪的事。」他小聲地說：「我是指在城堡裡。有東西在這裡出沒，怪嚇人的。」

「是什麼東西？」

「什麼東西會嚇人？當然是怪物啊。他們說，那東西不大，駝著背，像刺蝟一樣全身長滿尖刺。它經常半夜在城堡裡亂晃，身上好像拖著鎖鏈；從房間裡還會傳來它喘氣和嚎叫的聲音。」

「您親眼見過它嗎？」

「不。」赫克休啐了一口說：「我也不想看見它。」

「堡主，你在說謊。」獵魔士做了個鬼臉。「這種東西連三歲小孩都不會相信，我們還是快到訂婚晚宴上去吧。我應該在那裡做什麼？小心防範，免得那個鐘樓怪人喘著氣從桌子底下鑽出來？我手無寸鐵，而且穿得像個小丑。堡主，你也幫幫忙。」

「您愛怎麼想就怎麼想。」堡主鐵青著臉說：「女王叫我什麼都不要對您說。但是既然您拜託我，我就說了，而您竟然說我說謊，您還真是有禮貌啊。」

「堡主，請原諒，我沒有要冒犯您的意思。我只是覺得驚訝……」

「別再大驚小怪了。」赫克休別過頭，仍然氣呼呼的。「您不是來這兒體驗驚訝的。獵魔士先生，我給您一個忠告，如果女王要您把衣服脫光，把臀部漆成藍色，把自己像大燭台一樣倒吊在天花板上，您最好別驚訝，而且要毫不猶豫地照辦，不然後果一定會讓您不堪設想。您聽清楚了嗎？」

「聽清楚了。赫克休先生，我們走吧。不管會發生什麼事，我洗完澡肚子正餓呢。」

＝

除了表面客套、徒具外交形式的寒暄，卡蘭特女王在歡迎他這位「四角之界的大人」的時候，並沒有和他多說一句話。晚宴還沒有開始，賓客們仍然不斷魚貫而入，每進來一個人，傳令官就大聲唸出他們的頭銜。

長方形的餐桌很大，坐得下四十多個魁梧的壯漢。主位坐著卡蘭特女王，她坐在一把椅背很高的王位上。她的右手邊坐著傑洛特，左手邊則是一名手裡拿著魯特琴的銀髮吟遊詩人，他的名字是卓哥達爾。詩人左手邊的主要席位上還留著兩個空位。

傑洛特右手邊依序坐著赫克休、一位名字又臭又長的總督，以及從阿特瑞公國來的客人。其中一位是嚴肅沉默的蘭法恩騎士，另一位則是由他負責保護的溫達罕王子。王子只有十二歲，腮幫子圓鼓鼓的，也是來應徵當駙馬爺的候選人之一。他們身旁則坐著形形色色、不同位階的騎士，有的來自琴特拉，有的則來自附近的諸侯國。

「提格的艾倫波特男爵！」傳令官大聲唱名。

「咯咯塔！」卡蘭特嘟噥了一聲，用手肘碰了碰卓哥達爾。「這下子可有趣了。」

一名身形瘦長、留著大鬍子、衣著華麗的騎士對女王深深地鞠了個躬。然而他靈活、愉快的眼神及嘴角上飛揚的微笑卻和他的恭敬顯得不太搭調。

「歡迎，咯咯塔。」卡蘭特客套地說。很顯然地，男爵的綽號比他的本名更爲人所知。「眞高興看到您。」

「我也很高興您邀請了我。」咯咯塔男爵正經八百地回答，然後嘆了口氣說：「唉，女王陛下，如果您同意的話，就讓我來照顧公主吧。陛下，您知道的，獨居眞是一件可怕的事啊。」

「咯咯塔，您在說什麼啊。」卡蘭特淡淡地微笑，用手指繞著頭髮把玩。「我們都知道，您已經結婚了啊。」

「唉喲，」男爵表示反對：「陛下，您又不是不清楚我那妻子有多麼嬌弱。現在我們那裡正在流行水痘，我敢以名譽保證，一年後我大概連喪期都服完了。」

「咯咯塔，你眞是個可憐人，但是同時也是個幸運兒。」卡蘭特笑得更親切了，然後繼續說：「你的妻子確實很嬌弱。我聽說上次收割的時候，你的妻子抓到你和一個妓女躺在稻草堆裡。她氣沖沖地拿起乾草叉去追你，但是只追了不到一米拉，而且還沒有追到。你眞的應該讓她吃好一點、細心照顧她。還有啊，要注意別讓她的背在晚上冷到了。你看著吧，一年後一定會有起色的。」

咯咯塔看起來有點沮喪，雖然他的表情不是很眞誠。

「我明白您的意思了，但我還是可以留下來參加晚宴吧？」

「當然，男爵。我會很高興的。」

「斯格利加的使節團！」傳令官大喊，他的嗓子已經快啞了。

島國的居民大踏步走了進來，精神奕奕，腳步聽起來沉穩有力。他們一共有四個人，都穿著閃亮的、用海豹皮做成的緊身上衣，繫著羊皮製的格子花紋腰帶。帶頭的是一個皮膚黝黑、鷹勾鼻、體格結實的戰士，他身旁則是一個肩膀寬大的紅髮青年。他們集體在女王面前一鞠躬。

「眞是我的榮幸，」卡蘭特微紅著臉說：「我竟能再一次在我的城堡歡迎你這位英勇的騎士——斯格利加的艾斯特・圖利瑟阿赫。如果不是老早就知道你對婚姻興趣缺缺，我還眞的挺希望你會來參加招親的角逐呢。騎士啊，難道孤獨不會令你感到煩悶嗎？」

「美麗的卡蘭特，孤獨確實經常侵蝕著我。」騎士抬起他橄欖色的臉，用閃亮的眼睛注視著女王。「但是我的生活充滿太多危險，我實在沒辦法去奢想一段穩定的關係。雖然如此……芭維塔還是一個年輕的少女，像是一朵含苞的蓓蕾，而我可以預見……」

「預見什麼，騎士？」

「有其母必有其女。」艾斯特微笑著說，露出潔白的牙齒。「女王，只要看看妳，就可以知道公主將來長大後會是個多麼美麗的女子，一定能成爲戰士快樂及活力的泉源。要娶她的人，應該是年輕人才對。就像這邊這一位克萊依特的克萊赫——布萊恩國王的侄子，他正是爲這個目的而來的。」

克萊赫向女王鞠了一個躬，接著單膝跪地。

「艾斯特，你還帶了什麼人來？」

一個身形矮壯、留著掃帚鬍的男人和另一個背上揹著風笛的高瘦年輕人在克萊赫身旁跪了下來。

「這是我們勇猛善戰的德魯伊，他叫米須維爾。和我一樣，他也是布萊恩國王的好友和顧問。而這一位是德萊格・朋・德胡，我們著名的詩人。在外頭的廣場上還有來自斯格利加的的三十名水手，他們都十分期盼，希望能夠親眼看到琴特拉的卡蘭特女王的美貌，即使您只是在窗前露一下臉都好。」

「坐下吧，尊貴的客人們。艾斯特，你坐這兒。」

艾斯特在桌端坐下，和女王之間只隔著一個空位和卓哥達爾。其他的島民坐在左手邊，在他們旁邊坐的是維瑟格德元帥，另一邊則是史崔普特領主的三個兒子：普莫魯、帕斯科和吉吉古卡【註】。

「大家差不多都到齊了。」卡蘭特傾身向元帥說：「維瑟格德，我們開始吧。」

元帥拍了拍手掌，一長串僕人就端著盤子、酒杯走了進來，開始在桌子旁穿梭。客人看到他們，開始高興地低聲交頭接耳。

卡蘭特幾乎什麼都沒吃，只是興趣缺缺地用銀叉攪動盤裡的食物。卓哥達爾囫圇吞了幾口，然後又忙著演奏。其餘的客人則努力地狼吞虎嚥，大嚼烤乳豬、雞鴨、鮮魚及貝類，其中吃得最認真、遙遙領先群雄的就是克萊依特的克萊赫。蘭法恩不停在一旁嚴厲地提醒溫達罕王子遵守餐桌禮儀，當王子想要

【註】普莫魯（Pomrów）在波文中有「蛞蝓」的意思，而帕斯科（Paszkot）有「槲鶇」的意思。吉吉古卡（Dzir ygórka）是作者自創的字，有「山大王」的意思。

伸手去拿桌上的蘋果酒時，他甚至狠狠拍了一下王子的手。咯咯塔放下了手中正在啃的骨頭，開始模仿澤龜的叫聲，把鄰座逗得哈哈大笑。現場的氣氛越來越熱絡，客人們開始敬酒，敬得越多，就越加狂野混亂。

卡蘭特整理了一下戴在頭上的金冠和梳成髮圈的銀髮，微微轉向傑洛特。獵魔士這個時候正在努力肢解一隻巨大的紅色龍蝦。

「好啦，獵魔士。」卡蘭特說：「旁邊的噪音聽起來已經夠大了，現在我們可以說幾句悄悄話。我們還是先客套一下吧——很高興能夠認識你。」

「女王，我也深感榮幸。」

「客套完了，現在該說正經的了。我有件工作想委託你完成。」

「我猜到了，很少有人請我吃飯只是出於一番好意。」

「嗯，你應該不是個特別有趣的聚餐對象吧。除了這個，你還猜到了別的嗎？」

「是的。」

「那是什麼？」

「等妳告訴我要委託我做什麼工作，我就告訴妳。」

「傑洛特，」卡蘭特用手指把玩她的祖母綠項鍊，其中最小的寶石也有金龜子那麼大。「你認爲呢？你覺得人們會委託獵魔士做什麼樣的工作？嗯？挖井還是修屋頂？或織一張描繪各種性愛姿勢的春宮地毯，就像維利丹克國王和美麗的卡羅在新婚之夜試過的那些？這一行的專長你自己應該很清楚。」

「是的，我很清楚。現在我可以告訴妳我猜到什麼了。」

「說來聽聽。」

「我想，就像某些人一樣，妳把我的專業和另一項完全不同的職業搞混了。」

「哦，」卡蘭特把身體傾向吟遊詩人那邊，看著他彈奏。神情看起來像在沉思，一副心不在焉的樣子。「你所謂的『某些人』是誰呢？你這麼好心拿我和他們比較，又是和哪些人呢？那些無知的人是把你的職業和哪項職業搞混了啊？」

「女王，」傑洛特平靜地說：「在我來琴特拉的路上，我遇到了農夫、商人、矮人小販、銅匠和樵夫。他們告訴我附近的森林藏著一隻食人妖婆，住在一棟長在雞爪上的小屋裡。他們還說，山上住著螳螂怪、水怪和蜈蚣怪。如果仔細找，好像還找得到飛天蠍尾獅。獵魔士可以做的工作很多，但是沒有一樣需要變裝，還得穿上繡有紋章的衣服。」

「你沒有回答我的問題。」

「女王，我一點都不懷疑，透過聯姻和斯格利加結盟對琴特拉來說具有重大的意義。而那些想要破壞這件事的陰謀家呢，也許他們確實需要一點教訓，但前提是王室的人不能牽扯在內。所以，就讓『四角之界的大人』來動手吧，反正這傢伙在事情落幕後就會消失無蹤了，還有比這更好的方式嗎？現在就讓我來回答妳的問題吧：妳把我的專業和職業殺手搞混了。所謂的『某些人』全是握有權力的統治者，這不是我第一次被叫進王宮，受命用三刀兩劍去解決問題。但是我從來不曾爲錢殺人，不管是壞事還是好事。現在不會，以後也不會。」

當桌上端來了啤酒，賓客們的眼睛都亮了起來，也更加精神一振。紅髮的克萊赫找到了一群忠實的聽眾，正滔滔不絕地訴說關於特維斯戰役的事。他用沾滿醬汁的肉骨頭在桌上畫出地圖，東指西點，一邊大聲解釋戰略。咯咯塔男爵則向賓客展示他的綽號其來有自。他突然像一隻下蛋的母雞一樣咯咯塔地叫了起來，把客人逗得其樂無比，而僕人的臉上一陣青一陣白，誤以爲廚房裡的母雞逃過了他們的法眼，偷溜到了大廳裡來。

「看來命運眞的是要懲罰我，送給了我這麼一個愚蠢的獵魔士。」卡蘭特微微一笑，但是她的眼睛卻瞇了起來，閃著憤怒的光芒。「這個獵魔士不但不知道什麼叫尊敬和禮貌，還拆穿了我的陰謀及邪惡的犯罪計畫。難道我的美貌和風采還不能感化你嗎？傑洛特，這種錯不要犯第二次。對手中握有權力的人，你不應該這樣說話。他們之中許多人不會忘記你所說過的話，而你也知道，國王總是有許多對付人的手段。匕首、毒藥、地牢、火鉗，有幾千、幾百種復仇的方式，可以讓國王們彌補他們受傷的自尊。你不會相信——對於有些國王來說，要傷害他們的自尊是一件多麼容易的事。他們很少能夠靜靜地容忍聽到『不』、『我不會』、『永遠都不』這些字眼。這還不夠呢，要是你打斷他們的話，或是下了一些不適當的評語，等著你的就是車輪刑了。」

女王把她白皙、窄小的雙手交疊，支撐著下頷。她的沉默很有壓迫性，傑洛特沒有打斷她，也沒有插嘴。

「國王們——」卡蘭特接著說：「把人分成兩種。一種是用來命令的，另一種則是用來收買的。他們只是遵循那個古老、陳腔濫調的法則：每個人都可以收買，沒有例外，只是價錢的問題。你同意嗎？

啊，我白問了。你畢竟是獵魔士，你拿錢辦事，所以『收買』這兩個字對你來說失去了輕蔑的意義。以你的情況來說，價錢的問題是理所當然的，它和工作的難度、完成的品質都有密切的關係，當然還和你的聲名有關，傑洛特。市集上那些乞丐總是在歌頌你的豐功偉業，他們說你是利維亞的白髮獵魔士。如果他們說的有一半是眞的，那我可以想像你的價碼一定不低。找你來做那些簡單、無趣的工作，比如說王宮的陰謀或謀殺，只是浪費金錢，這種事可以找收費更便宜的傢伙來做。」

「呱呱——嘎——呱呱呱！」咯咯塔大叫，顯然又在模仿其他的動物，他的表演爲他贏來如雷的掌聲。傑洛特不知道他在模仿什麼，但是他希望自己永遠都不要遇到那種動物。他轉過頭，遇上了女王平靜卻充滿敵意的碧綠雙眼。卓哥達爾低著頭輕輕地撥著琴弦，他的臉孔、雙手和樂器都被銀髮遮住。

「啊，傑洛特，」卡蘭特說，揮手制止僕人往自己的酒杯裡倒酒：「都是我在說話，而你卻沉默不語。我們是來參加晚宴的，大家都想玩得開開心心。說點話逗我高興吧，我想聽聽你適當的建議和聰明的評語呢。還有，一點讚美和表示順從的話也是必要的，順序你可以自己決定。」

「女王，我該說什麼呢？」獵魔士說：「毫無疑問，我不是個很有趣的聚餐對象。妳這麼看得起我，把我安排在妳旁邊的位子，我實在是再驚訝也不過了，也許妳應該安排一個更適當的人選來坐在這裡，妳想要的任何一個人。只要下個命令就行了，不然用收買的也可以，這只不過是價錢的問題。」

「說下去，說下去。」卡蘭特把頭往後仰，閉上眼睛，她的嘴角浮現微笑。

「我眞是感到無比榮幸和驕傲，竟然可以坐在琴特拉的卡蘭特女王身旁。女王的美貌無與倫比，大概只有她的英明可與之匹敵。我更感到榮幸的是，女王還聽說過我這個人，而且知道我的來歷以後，不想讓我去做平凡無聊的工作。和妳比起來，胡洛巴里克親王就沒這麼仁慈了。去年冬天他試著雇用我去幫他找一個美女，這女孩從舞會上逃跑了，因爲她再也無法忍受國王下流的求愛方式，逃跑的路上，她掉了一隻鞋子。我費盡九牛二虎之力還是無法讓親王理解，他需要的是賞金獵人，而不是獵魔士。」

女王邊聽，邊露出謎樣的微笑。

「其他的國王和王后呢，並不像女王妳那麼聰明，他們沒有打消讓我做無聊工作的念頭。這些無聊工作的內容不外乎是消除眼中釘，比如說前任妻子或丈夫留下的子女啦、繼父、繼母、叔叔、阿姨，數都數不完。他們一致認爲，這不過是價錢的問題。」

女王的微笑依舊意味深長。

「所以，容我再重複一次，」傑洛特微微低著頭說：「女王，坐在您旁邊我真是感到再榮幸不過了。對於我們獵魔士來說，自尊比什麼都重要。女王，妳不會知道它有多麼重要。曾經有個領主傷害了一個獵魔士的自尊，因爲他委託對方做一項不符合獵魔士榮譽及信條的工作。對方婉拒後，他非但不接受，還打算強制把獵魔士留在他的城堡裡。事後，所有人都覺得那位領主這麼做並非明智之舉。」

「傑洛特，」卡蘭特沉默了一會兒，說：「你錯了，你是個非常有趣的聚餐對象。」

咯咯塔甩掉鬍子上和衣服上沾著的啤酒泡沫，昂起頭，發出一連串尖銳的嚎叫，把發情的母狼模仿得維妙維肖，甚至連庭院裡和附近的狗都跟著一呼百應。

史崔普特兄弟的其中之一，吉吉古卡，手指沾了啤酒，把克萊赫畫的隊形圈了起來。

「這根本是個無能者才會犯的錯誤！」他大聲說：「仗不是這樣打的！這裡，應該派騎兵隊從旁邊攻過去嘛！」

「哈！」克萊依特的克萊赫大叫，用力把骨頭往桌上一敲，醬汁濺得鄰座一臉一身。「然後讓主力部隊分散？這可是最重要的位置耶？一點意義都沒有！」

「只有瞎子或瘋子才會白白放棄這種調度的機會！」

「說得好啊！有道理！」阿特瑞國的溫達罕王子大叫。

「誰問你了啊，小鬼？」

「你才是小鬼！」

「閉上你的嘴，不然我就用這根骨頭揍你！」

「克萊赫，乖乖坐下，安分點。」艾斯特停下和維瑟格德元帥的對話，朝這邊喊過來。「你們也吵夠了吧。嘿，卓哥達爾先生！眞是可惜了您的演奏啊！這麼美妙輕柔的音樂不是該要在寧靜中專心聆聽嗎？親愛的德萊格．朋．德胡，別再大吃大喝了！這是不會在其他人心中留下任何深刻印象的。吹起你的風笛吧，給我們來點眞正的、振奮精神的戰爭之樂！尊貴的卡蘭特女王，我們徵求妳的同意！」

「噢，天啊。」女王對傑洛特低聲說，無力地望向天花板。但是這只維持了一瞬間，下一刻她馬上同意地點了點頭，臉上的微笑看起來親切又自然。

「德萊格．朋．德胡，」艾斯特說：「爲我們彈奏『荷切布居城的戰役』吧！在這首歌裡，我們絕不會對領袖的戰略有任何懷疑！而誰是這場戰爭最令人難忘的英雄，也是無庸置疑的！英勇的、琴特拉的卡蘭特女王萬歲！」

「萬歲！萬歲！」客人群起歡呼，一邊向自己的杯子裡倒滿了酒。

德萊格．朋．德胡的風笛發出陰沉恐怖的隆隆聲，接著急轉至尖銳、忽高忽低的悲鳴。賓客開始歡唱，一邊拿起桌上的餐具在桌子上敲打節拍。咯咯塔貪婪地看著風笛上的羊皮袋，毫無疑問是在努力記下那些恐怖的音調，好在自己下次表演時使用。

「荷切布居，」卡蘭特看著傑洛特說：「我的第一場戰役。雖然我怕這會讓驕傲的獵魔士感到生氣、輕蔑，但我還是得承認，我們那時候是爲了錢而打仗。我們的敵人把幾個向我們進貢的村子給燒了，而貪圖貢品的我們沒有默許他們的行爲，進而向他們宣戰。老套的理由、老套的戰役、老套的三千多具屍體，留在戰場上讓烏鴉吃掉。現在你看看——我不但沒有關起門來反省，而且還坐在這裡，驕傲得像隻孔雀，聽他們對我歌功頌德，即使是這樣沒品味又野蠻的音樂。」

女王臉上又露出嘲諷同時親切的微笑。她舉起空酒杯，朝全桌向她敬酒的人致意。傑洛特沉默著。

「我們繼續吧。」卡蘭特接過卓哥達爾遞給她的雉雞腿，開始津津有味地吃著。「正如我所說的，你引起了我的興趣。之前我就聽說過，你們獵魔士是個有趣的社會層級；我本來還不相信，但是現在我信了。你們這群人是眞材實料，不像這些人，只是烏合之眾。但是這並不會改變以下事實：你是來這裡完成我將託付給你的工作。而且你會照我說的去做，而不是自作聰明。」

傑洛特沒有擺出他一貫不懷好意、輕蔑的微笑，雖然他很想。他繼續沉默。

「我以爲，」女王含糊地說，所有的注意力都放在雉雞腿上。「你會說些什麼反脣相譏，或者至少笑一下。都不想嗎？這樣更好，那我們就這麼決定了？」

「不明不白的任務，」獵魔士冷冷地說：「女王，沒辦法以明確的方式來完成。」

「有什麼不明不白的？你從一開始就猜到一切了啊。沒錯，我是打算把我的女兒芭維塔嫁給斯格利加的人，好讓兩國能結盟。這個計畫受到威脅的事，你也沒弄錯，還有那個我需要你幫我清除障礙的部分也是。但是接下來的事你就完全猜錯了，關於我把你的專業和職業殺手搞混的臆測對我來說是極大的侮辱。傑洛特，你聽好：知道獵魔士是幹什麼的，也知道要讓他們做什麼工作的國王並不多——而我正好是那少數人之一。從另一方面來說，如果有人殺人的手法像你這麼精巧純熟，就算他不是爲了錢，也理應在殺手這個領域享有盛名。你的聲名遠播，傑洛特，而且比德萊格·朋·德胡那該死的風笛還要響亮，雖然兩者同樣不悅耳。」

風笛手當然聽不見女王的話，但是他恰好在此時吹完了整首曲子。賓客瘋了似地叫好、鼓掌喝采。然後他們又重新燃起了消滅剩餘酒菜的慾望，同時陷入對各種大小戰爭的回憶，開起關於女人的粗野玩笑。咯咯塔男爵發出一聲響亮的聲響，很難說到底又在模仿什麼動物，還是只是打了個飽嗝。

艾斯特從遠處把身子傾向女王。

「女王，」他說：「妳一直和來自四角之界的大人說話，一定有重要的理由。但現在應該是我們見見芭維塔公主的時候了，我們在等什麼呢？該不會是要等克萊赫睡著吧？依我看，時候也快到了。」

「艾斯特，就像平常一樣，你是對的。」卡蘭特溫暖地笑了。她的微笑如此多樣，傑洛特不得不覺得驚訝與佩服。「沒錯，我是有很重要的事要和拉維克斯大人討論。不要擔心，我會找時間陪你的，但是你也知道我的原則：先談公事，後享樂。赫克休先生！」

女王舉起手，向堡主點了點頭。赫克休一言不發地站起身來，鞠了個躬，然後快步跑上樓，消失在黑暗的迴廊。女王再次轉向獵魔士。

「你聽見了嗎？我們講得太久了。如果芭維塔已經停止在鏡子前搔首弄姿，她大概很快就會下來了。現在聽好了，因爲我不會說第二遍。我要完成我的計畫，你猜得八九不離十，且沒有其他的解決方式。至於你呢，我給你兩個選擇。你可以聽從我的命令……關於抗命會有什麼樣的後果，我就不多說了。至於遵守命令呢，則會爲你帶來數不清的財富，或者換個說法，你也可以提供收費的服務。注意，我可沒說『我可以收買你』，因爲我不想傷害獵魔士的自尊。你看，這其中的差別很大吧？」

「我倒是看不出來有什麼差別。」

「那就在我對你說話時專心一點。親愛的，其中的差別是：被收買的人拿多少錢全看買主高興，而提供收費服務的人可以自己決定價碼。清楚了嗎？」

「我們先假設我選擇提供收費服務。我是否應該先知道，我要提供的是什麼樣的服務？」

「不，你不應該知道。如果是命令，它當然應該清楚明瞭，而且只能有一個意思。但是收費服務就不同了。對我來說，結果才是最重要的，除此之外我一概不關心。而要如何達到我要的結果，就是你的工作了。」

傑洛特抬起頭，剛好瞧見米須維爾正用黑色眼睛銳利地望著他。斯格利加的德魯伊定定地瞧著獵魔士，一邊好像在沉思似地剝著手中的麵包，麵包屑掉落在桌上。傑洛特往下一看，在他面前的橡木桌上，麵包屑、蕎麥粒和紅色的龍蝦殼碎片像螞蟻一樣飛快地移動，形成了盧恩字母。這些字母接著形成了文字，雖然只有短短一瞬間；那是個問句。

米須維爾依然盯著獵魔士，靜靜等待著。獵魔士微微點了點頭，他的動作細微得幾乎看不到。德魯伊垂下眼瞼，面無表情地把麵包屑掃落桌下。

「各位尊貴的先生！」傳令官大叫：「琴特拉的芭維塔公主！」

賓客們都靜了下來，轉頭望向樓梯的方向。

芭維塔公主由堡主和一名穿著深紅色衣服的金髮侍者引領著，低著頭從樓梯上慢慢走了下來。她和她母親一樣有頭銀色長髮，但是她把頭髮編成兩條辮子，垂在腰際。除了綴有精雕細琢寶石的髮冠、小金環串成的腰帶，以及顯露腰身的銀藍色連身裙，芭維塔沒有佩戴其他飾品。

公主在侍者、傳令官、堡主和維瑟格德的護衛下走到桌前，在卓哥達爾和艾斯特之間的空位坐了下來。艾斯特馬上替她斟了酒，開始說話逗她開心；傑洛特只聽到她回答了一個字。她的眼睛一直低垂著，隱藏在細長的睫毛下，即使所有人舉杯向她高聲敬酒時也是如此。毫無疑問，她的美麗令許多在座的人印象深刻。克萊依特的克萊赫已經不再大嚷大叫了，只是默默地看著芭維塔發呆，甚至忘了手中的啤酒。阿特瑞的溫達罕王子同樣目不轉睛地看著公主，他臉上一陣緋紅的，彷彿待會就是和公主洞房花燭夜的時辰。就連咯咯塔和史崔普特三兄弟也以詭異的專注神情打量著公主秀氣的臉龐。

「哎呀呀，」卡蘭特悄聲說，很明顯滿意眼前的效果。「傑洛特，你認爲呢？這女孩繼承了她母親的美貌——我們就別虛情假意裝客套了。讓她嫁給那個紅髮胖子克萊赫，還眞讓我覺得有點可惜了呢。我唯一的希望，就是他們的孩子能夠長成像艾斯特那樣頂天立地的男子漢。不管怎樣，他們身上都流著同樣的血。傑洛特，你有在聽我說嗎？琴特拉必須和斯格利加聯姻，這是爲了我國的利益。我的女兒必須嫁給門當戶對的人，因爲她是我的女兒；這正是我要你提供給我的結果。

「這樣的結果還需要我來提供？女王，您下一道旨意不就得了？難道這樣還不夠嗎？」

「世事難料，也許我的旨意無法確保這個結果。」

「什麼東西會比您的旨意還要強大有力？」

「命運。」

「啊哈。而我這個一文不名的獵魔士，竟然要來對抗比女王的旨意還強大的命運。獵魔士和命運纏鬥！眞是諷刺。」

「有什麼好諷刺的？」

「沒什麼。女王，看來妳要我提供的服務可說是一項不可能的任務。」

「如果它是一項可能的任務，」卡蘭特慢條斯理地說：「那我自己就可以解決了，一點都不需要請來鼎鼎大名利維亞的傑洛特。別再自作聰明了，所有的事情都是可以解決的，只不過是價錢的問題罷了。該死，我就不相信你的價目表中沒有這種服務的價錢，我猜那一定不少吧。如果你確保我要的結果，我就付出你所要求的一切。」

「女王，妳剛才是怎麼說的？」

「我說你要什麼，我就給你什麼，我不喜歡別人叫我把話再說一次。獵魔士，我正在懷疑，你是不是每次開始一件新工作，都會像對我這樣拚命惹火你的委託人？時間不多了，回答我的問題：你做還是不做？」

「我做。」

「有進步、有進步。傑洛特，你的回答已經越來越接近理想，越來越像你應該有的回答了。現在偷偷把你的左手伸出來，摸摸我椅背後的東西。」

傑洛特把手伸到蓋在椅背上的藍黃色布幔底下，他幾乎是立刻就摸到了那把平平地固定在椅背皮革上的劍。對於劍，他是熟得不能再熟了。

「女王，」他悄聲說：「先不要管我剛才說過的殺人的事，我想妳應該知道，對付命運光用一把劍是不夠的吧？」

「我知道，」卡蘭特別過頭，說：「還需要一個獵魔士來使這把劍。你看，我不是準備好了嗎。」

「女王……」

「傑洛特，別再說了，我們商量太久了，大家都在看我們，而艾斯特也有點不高興了。你去和堡主聊天吧。吃點東西、喝喝酒，不過別太多，我希望你待會拿劍的時候手不要晃。」

他照辦了。女王加入了艾斯特、維瑟格德和米須維爾的談話，芭維塔在他們之間沉默地坐著，看起來一臉想睡的樣子。卓哥達爾放下魯特琴，開始好好補足之前沒吃的份。赫克休並不是很想說話，那個名字很難記的總督似乎隱約聽說過四角之界的問題，他問傑洛特今年母馬的生產情況如何。傑洛特回答，當然，比公馬好得太多了，他不確定對方是否欣賞他的笑話，但總督之後就沒有再問別的問題了。

米須維爾仍然一直試著和傑洛特保持眼神接觸，但是桌上的麵包屑卻沒有任何動靜了。

克萊依特的克萊赫和史崔普特的兩個兄弟感情越來越熱絡，已經開始稱兄道弟了。最小的三弟和德萊格·朋·德胡拚酒，現在早已不省人事。而吟遊詩人本人則好端端的一點事都沒有。

坐在末座那些年輕、身分較低的貴族，在酒過三巡後開始五音不全地唱起一首著名的歌謠，關於一隻長了角的小公羊和一個沒有幽默感、報復心強的老太太。

一名鬈髮的僕人和一位身穿黃藍制服的侍衛長跑到維瑟格德身邊，黃藍色是代表琴特拉的顏色。元帥皺著眉聽完他們的報告，走到女王的寶座後，彎下腰去向女王低聲說了些什麼。卡蘭特很快地看了傑洛特一眼，簡短地說了一個字。維瑟格德把身子彎得更低，小聲回了一句話，女王狠狠瞪了他一眼，什麼也沒說並用手掌拍了一下椅背。元帥敬了一個禮，向侍衛長下達指令。傑洛特沒聽到指令的內容，只看到米須維爾不安地動來動去，他的眼睛一直盯著垂著頭、紋風不動坐著的芭維塔公主。

大廳中響起一連串沉重、充滿金屬噪音的腳步聲，壓過了桌旁的喧譁。所有人都抬起頭或轉過頭望向噪音的來源。

來人穿著一副用鐵皮和浸過蠟的皮革做成的盔甲。凸起的、有稜有角的藍黑色胸甲上沾滿了藍色和黑色的碎片，底下是一件破舊的上衣，還有短短的護腿。他手臂上的鐵甲覆蓋著尖銳的鋼刺，面罩用金屬條遮得密密麻麻，還有一個像嘴套般的突起。從格子般的縫隙中也露出一堆尖刺，讓他的臉看起來像栗子的殼。

不速之客一邊發出嘎吱嘎吱的噪音，一邊走向桌前，在正對著寶座的地方停住了。

「尊貴的女王、尊敬的各位大人們，」蒙面客僵硬地鞠了一躬說：「請原諒我貿然的打擾，我是艾蘭瓦德的刺蝟。」

「歡迎，艾蘭瓦德的刺蝟。」卡蘭特慢條斯理地說：「找個位置坐下吧，琴特拉歡迎所有客人。」

「女王，謝謝您。」艾蘭瓦德的刺蝟再次鞠躬，把套在鎧甲裡的手放在胸前。「但我不是以客人的身分來到這裡。我來是爲了解決一件要緊、刻不容緩的事。如果女王同意的話，我馬上就說明我的來意，免得浪費大家寶貴的時間。」

「艾蘭瓦德的刺蝟，」女王厲聲說：「眞感謝你怕耽誤我們的時間，但是這並不足以當成你無禮的藉口。你戴著面罩和我說話，這成何體統。把那玩意拿下，這不會浪費多少時間的，這點時間我們還可以忍受。」

「女王，我現在還不能讓你們看到我的臉，請您允許我暫時這麼做。」

賓客之間響起一陣憤怒的低語，還夾雜著從齒縫傳出的小聲咒罵。米須維爾低著頭，沉默地動著嘴唇。獵魔士感覺到他的咒語在空氣中震動了一瞬間，他脖子上的徽章也跟著起了共鳴。卡蘭特瞪著刺蝟，瞇起眼睛，用手指敲著椅背。

「好，我允許。」她終於說：「不過你最好有個很好的理由。說吧，你來這裡到底是爲了什麼，沒有臉的刺蝟。」

「感謝您的允許。」蒙面客說：「然而，我無法忍受你們懷疑我是因爲無禮才這麼做，所以我現在就向大家解釋。這是我身爲騎士的誓約——我不能在午夜之前露出我的臉。」

女王隨便地抬了抬手，表示接受他的解釋。刺蝟往前走去，他鎧甲上的尖刺發出一連串噪音。

「十五年前，」他大聲宣布：「卡蘭特女王，您的丈夫雷恩格納國王在艾蘭瓦德打獵的時候迷了路。他經過一條荒涼的小徑時從馬上摔下來，扭傷了腳。他躺在峽谷裡大聲呼救，但是回答他的只有蛇的嘶聲和逐步逼近的狼人嚎叫。要不是有人出手相助，他當時必死無疑。」

「我知道這件事。」女王說：「如果你也知道這件事，那就表示你是當時救了他的人。」

「不錯，多虧了我，他才能平安無事地返回城堡，回到女王您的身邊。」

「我欠你一份謝禮，艾蘭瓦德的刺蝟。雖然我的心和我的床的主人——雷恩格納國王已經不在這個世上，這份感謝的心意一點都不會減少。我想請問你，要如何才能向你表達這份感謝，恐怕這個問題會讓你感到受辱，因爲根據騎士的誓言，『鋤強扶弱』不正是一位尊貴的騎士應有的精神和表現嗎？還是我應該假設，你那時給予他的幫助並不是沒有代價的。」

「女王，您很清楚這是有代價的。而我今天來這裡，就是爲了取回我救了國王所應得的獎賞，這是國王親口答應我的。」

「哦？是嗎？」女王微微一笑，但是她碧綠的雙眼裡閃著火花。「所以你在谷底發現受傷、無助的國王，當時毒蛇和怪物正威脅著他的生命。而他答應要給你獎賞以後，你才急著去救他？如果他拒絕或無法給你任何獎賞，你就打算把他留在那裡，而我至今都不會知道他的骨骸在哪，是不是？呵，眞是高尚的行爲啊。毫無疑問，你那時的舉止一定符合什麼特別的騎士誓約。」

人們的竊竊私語越來越大聲。

「你今天是來領取你的獎賞的？」女王繼續說，她的微笑看起來越來越危險。「而且在隔了十五年之後？你八成是在等累積利息吧？刺蝟，這可不是矮人銀行。你說，雷恩格納國王答應要給你獎賞？哼，現在要把他帶到這裡叫他兌現承諾似乎不太可能，但我們倒是可以把你送到他那裡去。在另一個世界，你們可以好好算清楚這筆帳。刺蝟，我實在太愛我的丈夫了，我沒辦法不想，如果他十五年前沒和你進行這筆交易，我那時就可能會失去他了。只要一想到這點，我就對你這個人沒什麼好感。蒙面的陌生客，你可知道，現在你人在琴特拉，在我的宮殿裡，這裡到處都是我的人，現在的你就像在谷底的雷恩格納一樣，和死亡只有一線之隔。如果我讓你活著走出這裡，你要用什麼來答謝我呢？」

傑洛特脖子上的徽章開始震動。獵魔士很快地向米須維爾看了一眼，剛好遇上他銳利、不安的眼神。傑洛特輕輕地搖了搖頭，抬起眉毛發出一個詢問的眼神。德魯伊用下巴指了指刺蝟，動作細微得幾乎看不到，表示了反對的意思。傑洛特不是很確定。

「女王，您剛才的話，」刺蝟大聲說：「不過是爲了嚇唬我、激怒在座貴賓們，以及讓您漂亮的女兒對我感到作嘔。重點是，您說的話並不是眞的，這點您清楚得很！」

「你的意思是我信口開河了？」卡蘭特臉上的表情非常難看。

「女王，您很清楚，」不速之客無動於衷地說下去：「那時候在艾蘭瓦德發生了什麼事。您知道是我救了雷恩格納，而他自願承諾要給我任何我想要的東西。我接下來要說的話十分重要，所以我請求在座的各位當我的證人。當國王脫離險境，在我的陪伴下回到隨從的身邊時，他再一次問我，我想要什麼。我告訴他，請他答應給我那個他在家裡找到的東西，那個他還不知道、也沒有預期會擁有的東西。國王發誓他一定會遵守承諾。」

「當他回到城堡，他發現了躺在產床上的您。是的，女王，我等了十五年，就是爲了等我的獎賞累積利息。現在當我看到美麗的芭維塔，我知道這十五年的等待沒有白費！在場的諸位賓客和騎士們！我知道你們之中有些人來此是爲了爭取迎娶芭維塔的機會。現在我向你們宣布，你們這麼做根本是白費工夫，因爲根據國王的誓言，公主從出生那天開始就是屬於我的！」

賓客之中傳出一陣喧譁，有人叫囂、有人咒罵，還有人用拳頭重重敲打桌子，弄得杯盤四處傾倒。史崔普特的吉吉古卡揮舞著從烤羊肉上拿下來的刀，克萊依特的克萊赫則彎著身子，很明顯地正在嘗試把桌腳拆下來。

「沒聽過這種事！」維瑟格德大吼：「證據呢？你有什麼證據？」

「公主的臉，」刺蝟大叫，伸出套著盔甲的手。「就是最好的證據！」

芭維塔一動也不動地坐著，頭垂得低低的，有一種奇怪的東西在空氣中聚集。獵魔士藏在衣領下的徽章劇烈地震動著。他看到女王把站在寶座後的侍者叫過來，向他下了個短促的命令。傑洛特沒聽到命令的內容。他倒是很在意侍者臉上驚訝的表情，還有女王竟然必須說兩次他才聽明白。侍者很快地跑向出口。

桌邊的鼓譟並沒有安靜下來。艾斯特．圖利瑟阿赫轉向女王。

「卡蘭特，」他平靜地說：「他說的是眞的嗎？」

「就算是，」女王不情願地說，咬著唇，一邊扯著肩膀上的綠色肩帶。「那又怎樣？」

「如果是眞的，」艾斯特皺著眉說：「那就要遵守承諾。」

「眞的嗎？」

「我是否要這樣理解，」來自島國的騎士不悅地問：「妳對待所有承諾的態度都是這麼輕率？包括那些我記得一清二楚的承諾？」

傑洛特從來沒想到會看到女王滿臉通紅、雙眼噙淚、嘴唇顫抖。所以當他看到眼前這一幕時，著實地嚇了一跳。

「艾斯特，」女王低語：「那是兩回事……」

「眞的嗎？」

「啊，你這狗娘養的！」克萊依特的克萊赫猛地站起，出乎所有人意料地高喊：「上一次也有人告訴我，我做了一件白費工夫的事，現在那傢伙的屍體已經躺在亞蘭克灣的海底，被螃蟹撕成碎片了！我大老遠從斯格利加跑來，可不是爲了兩手空空地回去！好啦，現在跑出了一個對手，操他娘的！喂，誰把我的劍拿來，也拿一把給那個渾蛋！我們很快就會看到，誰……」

「克萊赫，你能不能閉上嘴？」艾斯特重重地把雙拳往桌上一擊，生氣地說：「德萊格・朋・德胡！我現在命令你負責管好國王的姪子！」

「圖利瑟阿赫，你也要讓我閉嘴嗎？」阿特瑞的蘭法恩站起來大叫：「誰敢阻止我用鮮血洗淨你們對我的親王造成的污辱？他的兒子溫達罕王子才是唯一有資格娶芭維塔公主的人！把劍拿來！我現在就要證明給那傢伙看，管他是叫刺蝟還是什麼，在阿特瑞我們是怎麼懲罰這種罪行的！哼哼，我倒要看看有誰，或是有什麼力量，能夠阻止我這樣做？」

「當然，就文明人的舉止來說——」艾斯特・圖利瑟阿赫平靜地說：「如果沒有得到女主人的許可，就不能在這裡打打殺殺，或者隨便找人決鬥。怎麼，難道琴特拉宮殿的大廳是酒館，只要高興就可以互相拳打腳踢、動刀動槍？」

所有人又開始爭先恐後地大叫，互相叫罵，揮舞著雙手。然而這些噪音突然靜了下來——大廳中突然響起一聲短促、憤怒的野牛叫聲。

「是的，」咯咯塔一邊清喉嚨，一邊站起來說：「艾斯特弄錯了。這裡現在看起來比酒館還要糟糕，根本和動物園沒兩樣，所以有野牛也不奇怪。尊貴的卡蘭特，我想徵求您的允許，讓我來發表一下我個人對這個問題的淺見。」

「我看，很多人——」卡蘭特拖長了聲音說：「對這個問題都有自己的意見，而且他們連問都沒問我一聲，就開始滔滔不絕地發表長篇大論。怪了，你們爲什麼不關心我的意見？根據我的看法，在我把芭維塔嫁給那個怪人之前，這個該死的城堡就會被你們拆得四分五裂，砸到我的頭上了。我一點都不想……」

「雷恩格納的誓言……」刺蝟還沒說完，女王就把黃金酒杯往桌上重重一敲，打斷了他的話。

「雷恩格納的誓言對我來說就像去年融化的白雪！刺蝟，你給我聽好，我還沒決定是要讓克萊赫或蘭法恩和你決鬥，還是乾脆下令把你吊死。打斷我的話，可是對我的決定有重大影響的！」

傑洛特仍然對徽章的震動感到不安。他環視大廳，突然與芭維塔四目相交，和她母親一樣，她的眼睛是祖母綠色的。現在公主已經不再低頭垂眼，而是輪流打量著米須維爾和獵魔士，完全無視於其他人的存在。米須維爾不安地動來動去，低著頭，口中唸唸有詞。

咯咯塔還是站著，意有所指地清了清喉嚨。

「說吧，」女王點頭。「但是講重點，長話短說。」

「女王，遵命。尊貴的卡蘭特，還有各位騎士！不錯，艾蘭瓦德的刺蝟的要求聽起來很奇怪，更奇怪的是當國王答應實現他的任何願望時，他竟然要求了這樣的獎賞。但是我們都別再裝作沒聽過這樣的故事了，還有那和人類歷史一樣悠久的『驚奇的法則』。這個法則是說，如果有人在看似絕望的險境中救了別人一命，那麼他就可以向對方提出一個看似不可能的要求：『給我那個你一回到家就出來迎接你的東西。』你們想想，那可能會是一隻狗、拿著戟的守衛，或者是等不及要對女婿開罵的岳母。這句話也可能是這樣的：『給我那個你在家裡找到的東西，那個你還不知道，也沒有預期會擁有的東西。』各位尊貴的先生，在長程旅行後回到家，我們常常會在妻子的床上找到一個預期之外的情夫。但是有時候，這個驚奇也可能是個孩子，一個因爲命運而出生的孩子。」

「長話短說，咯咯塔。」女王皺起了眉頭。

「遵命。各位！你們難道沒有聽說過一出生就揹負著某種命運的孩子們嗎？你們應該記得傳說中的英雄扎崔特·渥若塔吧？他小時候被送給矮人，因爲當他父親回到堡壘時，第一個遇見的正是他的兒子。還有瘋狂的戴依？他要求一個旅人給他那個『他將在家裡找到，但是還不知道是什麼』的東西，這個驚奇的禮物就是赫赫有名的蘇婆里，他最後成功地解除了瘋狂戴依身上的詛咒。你們也別忘了齊娃連娜，她是靠一個名叫盧姆波勒斯特的矮人相助才當上梅提那的女王。她答應把她的第一個孩子送給諾姆當作報酬，但是當盧姆波勒斯特來到宮殿領取他的獎賞時，她用巫術趕走了他。不久，她和孩子都染上重病一命嗚呼了。這就是反抗命運的下場！」

「別拿那些來嚇我，咯咯塔。」女王的面孔扭曲，表情十分難看。「午夜快到了，恐怖的時刻就要來臨了。這些都是你小時候聽過的傳說故事嗎？我看你的童年一定過得很悲慘。如果你說完了，就請你坐下。」

「我想請您開恩，」男爵捋著長鬚。「讓我再站一會兒，我想提醒大家最後一個故事。那是個古老、被遺忘的傳說，或許我們每個人在悲慘的童年時都聽說過它。在這個傳說中，國王們遵守了他們的承諾。而我們這些可憐的臣子呢，我們和國王唯一的聯繫就是國王的承諾，就是因爲它我們才有了條約、聯盟、特權和封地。我們要怎麼辦呢？我們要懷疑這一切嗎？我們要懷疑國王的言出必行？要等到它有一天變得像去年的白雪一樣杳無痕跡？如果眞的是那樣子，那麼我想除了一個悲慘的童年，等著我們的還有一個辛苦的老年！」

「咯咯塔，你這傢伙到底是站在哪一邊的？」阿特瑞的蘭法恩大吼。

「安靜！讓他說下去！」

「這個愛說大話的傢伙！」

「提格的男爵說得有道理！」

「安靜！」卡蘭特突然站起來說：「讓他把話說完。」

「感激不盡，」咯咯塔鞠了一躬說：「不過我剛好說完了。」

現場一片鴉雀無聲，和剛才引起的嘈雜形成詭異的對比；卡蘭特依然站著。傑洛特看到女王在擦額頭時，手微微地顫抖。他認爲除了自己之外，沒有任何人注意到這件事。

「在座的各位，」最後女王說：「我必須向你們解釋。沒錯，這個……刺蝟說的是眞的。雷恩格納確實許諾，答應要給他那個『他預期之外的東西』。看來，我們屍骨未寒的國王對女人方面的事眞是一竅不通，甚至連數到九都不會。而我呢，是在他臨終那一刻才知道這件事。因爲他很清楚，如果之前就對我承認這個誓言，我會怎麼修理他。他知道當一個母親在得知她的女兒竟然就這樣隨隨便便被送出去的時候，會做出什麼樣的事來。」

騎士和高官們沉默著。刺蝟一動也不動地站著，像個鐵鑄、長滿尖刺的雕像。

「而咯咯塔——」卡蘭特繼續說：「嗯，咯咯塔剛才提醒了我，我並不是一個母親，而是女王。好吧。我以女王的身分宣布，明天我將召開會議。琴特拉並不是一個獨裁國家，就讓大臣和議員去判定，已故國王的誓言是否能決定下一任繼承人的命運。然後，我們就會知道該做什麼：是要把公主和琴特拉的王位交給一個流浪漢，還是要以國家的利益爲優先考量而行動。」

卡蘭特沉默了一陣，不高興地看著傑洛特。

「至於那些爲了爭取芭維塔而來到琴特拉的騎士呢……對於你們在這裡受到殘酷、使你們榮譽受損的污辱，我只能說我深表同情。你們在這裡看到了一場天大的笑話，雖然這並不是我的錯。」

桌旁再次響起一陣竊竊私語。在這片嘈雜聲中，獵魔士聽到了艾斯特・圖利瑟阿赫的低語。

「以海上的眾神之名，」他喘著氣說：「這麼做是不道德的。這只會挑起仇恨和爭端，接著就會引起血腥衝突。卡蘭特，妳在煽動他們……」

「閉嘴，艾斯特。」女王憤怒地斷聲道：「我眞的生氣了。」

米須維爾黑色的目光閃動。他向傑洛特使了個眼色，用眼角指了指阿特瑞的蘭法恩，對方臉色陰沉，面孔扭曲，正準備站起身來。傑洛特在第一時間做出反應，搶先一步站起，把椅子弄得砰砰作響。

「也許沒有必要召開會議。」他洪亮地說。

所有人都靜了下來，以訝異的眼光看著他。傑洛特感覺到芭維塔正用她碧綠的雙眼看著他，身穿黑衣的陌生客也透過面具打量著他。他還感覺到那股在空氣中不斷聚集的能量，越來越厚，越來越龐大。在這股力量的影響下，火炬和油燈的煙霧展現出變幻萬千的形狀，傑洛特知道米須維爾也看到了。他還知道，其他人都沒有看到這一點。

「我說，」他平靜地重複了一遍：「召開會議也許是沒有必要的。艾蘭瓦德的刺蝟，你明白我的意思嗎？」

渾身長滿尖刺的騎士往前邁了兩步，發出難聽的噪音。

「我明白。」他的聲音透過面具傳出來，顯得有點模糊不清。「只有笨蛋才會聽不懂。剛才我們仁慈、尊貴的女王已說明了，她可是找到了一個除掉我的妙計啊。陌生的騎士，我接受你的挑戰！」

「我可不記得，」傑洛特說：「我有向你挑戰。艾蘭瓦德的刺蝟，我並沒有要和你決鬥的意思。」

「傑洛特！」卡蘭特歪著嘴大叫，把他的頭銜「拉維克斯大人」拋到九霄雲外。「你不要太過分！不要考驗我的耐心！」

「還有我的。」蘭法恩騎士陰沉地說。克萊依特的克萊赫只低吼了一聲，艾斯特舉起拳頭向他比了比，克萊赫吼得更大聲了。

「大家都聽到了，」傑洛特說：「提格的男爵剛剛告訴我們一些著名的故事，關於命運的孩子是如何因為誓言的力量而被帶離父母的懷抱，那些故事中的誓言就和雷恩格納國王對刺蝟所許下的一樣。然而，為什麼有人會做出這樣的要求？艾蘭瓦德的刺蝟，你知道這個問題的答案。因為這樣的誓言能在提出這個要求的人和誓言的對象——也就是驚奇的孩子——之間建立起強大、牢不可破的羈絆。這些在命運安排下而出生的孩子可能會具有不可思議的力量，而且將在與他們命運相繫的人生命中扮演舉足輕重的角色。刺蝟，你正是為了這個目的而向雷恩格納提出這樣的要求，你對琴特拉的王位不感興趣，你要的是公主。」

「陌生的騎士，一切正像你所說的一樣。」刺蝟哈哈大笑說：「我要的正是公主！快把她給我吧，我們是被命運緊緊相繫的一對！」

「這件事，」傑洛特說：「還需要證明。」

「你敢懷疑？你沒聽到女王剛才說了，我所說的話句句屬實？還有你自己不是也承認了嗎？」

「是的，但是你沒有告訴我們全部的眞相。刺蝟，雷恩格納十分清楚『驚奇的法則』所具有的力量，他也知道自己的誓言有什麼樣的分量。但是他還是發了誓，因為他知道習俗和法則同時也會保護他的誓言。只有當命運證明了這個誓言的效力時，它才會實現。刺蝟，所以我在此聲明，你還沒有帶走公主的權利，只有在……」

「在什麼？」

「在公主親自開口同意和你走的時候，你才能把她帶走，這就是『驚奇的法則』。這個誓言的效力和雙親同意與否無關，而是和孩子的意願息息相關，這也證明了這個孩子確實是在命運的影響下出生的。刺蝟，這就是爲什麼你會在十五年後才回到這裡，這是雷恩格納誓言的條件之一。」

「你到底是誰？」

「我是利維亞的傑洛特。」

「利維亞的傑洛特，你是什麼東西，竟敢以爲自己是法則和習俗的專家？」

「他比任何人都了解這個法則。」米須維爾沙啞地說：「因爲這個法則曾經套用在他的身上。他被帶離父母的身邊，因爲當他父親回到家，他正是那個『預期之外的東西』。因爲他的命運爲他準備了另一條路，而他也在命運的安排下成爲了那個他註定要成爲的人。」

「他是什麼人？」

「獵魔士。」

一片寂靜之中，響起了衛兵室傳來的鐘聲，那陰沉的聲音宣示著午夜的到來。每個人都不由自主地打了個冷顫，並抬起頭來。米須維爾的臉上出現驚訝的表情，他依然盯著傑洛特。然而所有人之中抖得最厲害的卻是刺蝟，他正不安地動來動去，兩隻手無所適從地擺在身旁，戴著頭盔的腦袋也不住搖晃。

那股奇異、看不見的力量就像銀色煙霧一樣塡滿了整個空間，並且突然增厚。

「沒錯，」卡蘭特說：「這位利維亞的傑洛特確實是獵魔士，他從事的是値得尊敬和佩服的工作。

他奉獻自己，好保護我們這些人免除怪獸和惡夢的危害，不讓我們受到暗夜中邪惡力量的侵擾。他會殺死那些躲在森林或峽谷中等著殘害我們的怪物，當然也包括那些膽敢闖入我們家園的傢伙。」

刺蝟沉默不語。

「而現在，」女王抬起戴滿戒指的手，繼續說：「艾蘭瓦德的刺蝟，我們就按照你的希望，讓法則和誓言實現吧。已經是午夜了，你的騎士誓約已不再有效，拿下你的面罩。在我的女兒開口決定自己的命運之前，先讓她看看你的臉，我們所有人都殷切地期盼看到你的臉。」

艾蘭瓦德的刺蝟慢慢伸出包覆在鎧甲中的手掌，猛地扯開綁在面罩上的繩子，拿下了面罩，然後抓著面罩的鐵角用力往地板上一摔。有人尖叫，有人大聲咒罵，還有人倒抽了一口涼氣。女王的臉上露出邪惡的微笑，非常邪惡。她的微笑流露出一種殘酷的勝利感。

在那寬闊、半圓形的胸甲之上，是一個奇形怪狀的頭顱。兩隻圓滾滾的黑眼珠正瞪著人們，又長又扁的豬鼻子上覆滿紅色的硬毛，嘴裡則長滿了森白的尖利牙齒。他的頭和脖子上布滿了灰色的短刺，那些刺彷彿是活的，不停晃動著。

「這就是我的長相，」那個生物說：「卡蘭特，妳一點都不驚訝吧。當雷恩格納告訴妳他在艾蘭瓦德的歷險時，一定沒有忘了向妳描述他救命恩人的長相。儘管我長得這副德性，但他還是對我許下了這個誓言。女王，看來妳對我的來訪做了不少準備。妳先是搬出一堆冠冕堂皇的鬼話，想要拒絕遵守諾言，但是妳這番話卻被妳自己的臣子們指責。接著，妳試圖煽動其他求婚者來攻擊我，也失敗了。但是，妳還準備好了一個獵魔士殺手，就在妳身邊，隨時可以出手。最後，妳又耍了一個平凡無聊、超級沒品味的小手段。妳想要侮辱我，卡蘭特，但是搞清楚，妳侮辱的其實是妳自己！」

「夠了，」卡蘭特站起來，把緊握的拳頭按在腰上。「讓這一切結束吧。芭維塔！妳也看到了，站在妳面前的是什麼人，或者該說是什麼東西，他正信誓旦旦地說妳是屬於他的。根據『驚奇的法則』和從古到今的習俗，只有妳能爲自己的命運做決定。回答吧，只要說一個字就夠了。如果妳說『是』，妳就是那個怪物的戰利品；如果妳說：『不』，那妳永遠都不必再見到他。」

那股看不見的力量在空氣中有節奏地震動著，像鐵箍一樣壓迫著傑洛特的太陽穴，讓他耳朵裡不停嗡嗡作響，脖子上的寒毛也倒豎了起來。獵魔士看到米須維爾緊緊握住桌沿的手，他的指關節變得越來越蒼白。他看到女王臉頰上流下一道細汗。同時他也看到桌上的麵包屑像小蟲一樣鑽動，拼出盧恩字母，散了開來，然後又再次浮出一個清楚的字：當心！

「芭維塔！」卡蘭特重複：「回答我，妳想跟那個生物走嗎？」

芭維塔抬起頭。

「是。」

那股力量在大廳裡發出聲音，連圓形的天花板都隨之震動，發出模糊的回響。除此之外，沒有人發出聲音，一點聲音都沒有。

卡蘭特慢慢地，非常慢地跌坐在王位上，臉上沒有任何表情。

「你們都聽到了。」在寂靜中響著刺蝟平靜的聲音。「卡蘭特，妳也是。還有你，獵魔士，你這個貪婪的傭傭殺手。我的權利已經被證明了，眞理和命運最終還是會贏過謊言和搪塞。尊貴的女王，變裝的獵魔士，你們還有什麼手段啊？想把劍亮出來嗎？」

沒有人回答。

「我現在最想做的事，」刺蝟晃動著他臉上的硬毛，把大嘴砰地闔上，然後說：「就是和芭維塔一起趕快離開這個地方。但是我不會放棄這最後的樂趣。卡蘭特，把妳的女兒帶到我身邊的人正是妳自己啊，正是妳把她白嫩的雙手放到我的手裡。」

卡蘭特慢慢把頭轉向獵魔士，在她的眼裡有一道命令。傑洛特沒有動，他不僅感覺到，也看到空氣中那股不知名的力量正慢慢變成液體，並且在他頭頂聚集，只在他頭上，他現在明白一切了。女王的眼睛瞇了起來，她的嘴唇顫抖……

「什麼?!這傢伙在說什麼鬼話？」克萊依特的克萊赫猛地站起身大喊：「白嫩的雙手？交到他的手上？公主要嫁給一個渾身長滿硬毛的髒鬼？一個……長著豬鼻子的傢伙？」

「我本來還想和他以騎士的方式決鬥呢！」蘭法恩大叫：「哼！和這個怪物，這隻野獸！該放狗去咬他！放狗！」

「守衛！」卡蘭特尖叫。

接下來的一切發生得很快。克萊依特的克萊赫從餐桌上抓起一把刀，砰地一聲把椅子掀翻。受艾斯特之命管好克萊赫的德萊格．朋．德胡，這時想都不想地拿起風笛，使盡吃奶的力氣往他的後腦勺砸去。克萊赫應聲跌在桌上，倒在鱘魚灰色的醬汁和烤野豬白色的肋骨之間。

蘭法恩跳到刺蝟身邊，飛快地從袖中抽出匕首。咯咯塔猛地站起來，把一張凳子踢到他的腳下。蘭法恩身手矯健地閃過，但這一瞬間的遲疑已經足夠讓刺蝟對他虛晃一招，然後用覆蓋著鎧甲的拳頭重重往他膝蓋上一擊。咯咯塔撲上前去，想要奪走蘭法恩手中的匕首，但是溫達罕王子像隻獵犬般緊緊抓住他的大腿，妨礙了他的行動。

一群帶著鉤鐮槍和大刀的守衛從入口跑了進來。卡蘭特站直身子，渾身散發出殺氣，向守衛下達了一個攻擊的手勢。芭維塔開始尖叫，艾斯特咒罵連連。所有人都站了起來，不太確定到底該做什麼好。

「殺了他！」女王大叫。

刺蝟憤怒地吼叫，露出犬齒，轉身面對向他攻過來的守衛。他手無寸鐵，但手上的鋼刺擋住了鉤鐮槍的利刃。然而這一槍還是把他擊得往後退去，剛好落入正要站起來的蘭法恩懷裡。蘭法恩捉住刺蝟的腳，把他壓得動彈不得。刺蝟大叫一聲，用鐵製護肘擋下了蘭法恩向他猛劈過來的劍。蘭法恩改用匕首去刺他，但是刀刃在他的胸甲上滑了一下。守衛把木棍交叉成十字，將刺蝟逼退到雕刻精細的壁爐上。蘭法恩抓住他的腰帶，在他的鎧甲上尋找縫隙，然後狠狠把匕首刺了進去。刺蝟縮起身子。

「杜尼尼尼尼！」芭維塔發出一聲尖細的叫聲，人已經站到了椅子上。

獵魔士拿起劍，跳上桌，奔向正在打鬥的人群，把桌上的杯盤和酒杯都掃落在地。他知道時間所剩不多了，芭維塔的尖叫聽起來已經越來越不正常，而蘭法恩正揚起匕首，準備刺下第二刀。

傑洛特咒罵了一聲，從桌子上跳下去，一邊揮劍。蘭法恩慘叫了一聲，渾身無力地沿著牆倒下。一個守衛正想用大刀的刀尖戳入刺蝟的胸甲縫隙，獵魔士原地一個旋身，朝著那傢伙猛地就是一劍。守衛重重摔在地上，頭盔也不知掉到哪裡去了，更多的守衛正從門口跑了進來。

「一群無恥的傢伙！」艾斯特．圖利瑟阿赫大吼，一把抓住了身後的椅子，砰地一聲把那件大而無當的家具砸碎在地板上。然後拿起手中剩下的一截椅腳，往守衛衝了過去。

兩把鉤鐮槍同時鉤到了刺蝟身上，他鏗地一聲重重摔到地上，一邊尖叫，一邊發出憤怒的吼聲，被人在地上拖著走。第三個守衛跳到他身邊，拿起大刀正準備刺下去。傑洛特用劍尖向守衛的太陽穴劈了一劍，另外兩個架住刺蝟的守衛跳了開去，丟下手中的鉤鐮槍。門邊的守衛看到艾斯特手中那舞得虎虎生風的木條，都嚇得退了開去，那表情就像是看到了傳奇英雄扎崔特．渥若塔右手中的魔法之劍——包爾姆。

芭維塔的尖叫已達到頂點，這時彷彿突然斷裂了一樣。傑洛特預感到接下來會發生什麼事，整個人撲到了地上，用眼睛追隨那道綠色光芒的動靜。他的耳朵痛得厲害無比，同時他也聽到物體撞擊的可怕聲音和人們驚恐的尖叫，接著就是公主的尖叫——單調的音階在空氣中震動。

桌子飛到空中，不斷旋轉，把桌上的杯盤和食物瘋狂地甩到四周。笨重的椅子在大廳亂飛，在牆壁上撞得粉碎。牆上的壁氈和哥白林掛毯則不停拍動，揚起大片灰塵。從門口傳來一陣驚叫，伴隨一陣噪音和木頭劈啪斷裂的聲音——守衛手中的鉤鐮槍竟然像小樹枝一樣輕易地被折斷了。

卡蘭特連人帶椅彈到半空中，像離弦之箭一樣快速地飛過整個大廳，然後砰一聲撞到牆上。寶座應聲碎裂，女王像個布娃娃一樣無力地滑落下來。艾斯特．圖利瑟阿赫雖然也快站不住腳了，但他還是奮力趕到女王身邊，抓住她的肩膀，用自己的身體替她擋住那些摔到地板上或牆上的物體。

傑洛特握緊手中的徽章，以最快的速度匍匐到米須維爾的身邊。也不知道是什麼奇蹟造成的，米須維爾竟然跪在地上，而不像其他人一樣是趴著的。他手裡舉著一根用山楂木做的魔杖，魔杖的頂端是老鼠的頭骨。德魯伊的身後是一張哥白林掛毯，描繪著歐塔各圍城和火災的景象。而現在，那上面眞的燃起了熊熊大火。

芭維塔不斷尖叫，身體旋轉著，她的叫聲衝擊大廳中所有的人事物。那些躺在地上的人只要稍微試著抬起身子，馬上又會重重跌下，在地上翻滾，或是被壓制到牆上動彈不得。傑洛特看到帆船形狀，船首還高高翹起、用來裝醬汁的銀器噹一聲地飛過空中，砸中了那個正想要逃跑、名字很難記的總督的腳，把他絆倒在地。天花板上的灰泥紛紛悄聲落下。天花板下方懸浮著一張桌子，正不停地旋轉。桌子上躺著克萊依特的克萊赫，正往下罵著一連串髒話。

傑洛特好不容易爬到了米須維爾身邊，兩人雙雙跌到一團堆疊物後。仔細一看，那座堆疊物最底層躺的是史崔普特的帕斯科，上面接二連三地堆著一個小酒桶、卓哥達爾和椅子，最上層則是卓哥達爾的魯特琴。

「這是一股純粹的原始力量！」德魯伊在一片乒乒聲中大吼：「她還不知道如何控制它！」

「我知道！」傑洛特吼回去。這時天外不知從哪裡飛來一隻雉雞——屁股上還帶著幾根有斑點的羽毛——重重擊中了獵魔士的背部。

「一定要阻止她！牆壁開始出現裂縫了！」

「我看到了！」

「你準備好了？」

「對！」

「一！二！趁現在！」

他們同時出手，傑洛特用阿爾德符號，米須維爾則使用一種三段式的可怕咒語，地板因此淹滿了水。芭維塔站著的椅子裂成碎片，但是她本人好像完全沒有注意到這件事，依然懸浮在空中，被一個透明的綠色球體包圍。她仍然在尖叫，一邊往傑洛特和米須維爾兩人的方向看過來。她秀氣的臉上突然出現了邪惡的表情。

「眞是見了鬼了！」米須維爾大叫。

「小心！」獵魔士縮起身子大叫：「米須維爾，阻止她！非阻止她不可，不然我們就完了！」

空中的桌子砰一聲摔落於地，把十字型桌腳和下面所有的東西都壓得粉碎。躺在桌上的克萊赫被這股力道拋到了空中，足足有三厄爾高。杯盤和剩菜像暴雨一樣滿天亂飛，水晶酒瓶一碰到地面就應聲爆裂。飛簷也像落雷一樣從牆上掉下，轟隆隆地敲擊著城堡的地板。

「她在釋放所有的力量！」米須維爾舉起魔杖向公主大叫：「她在釋放所有的力量！現在它一股腦都往我們這兒來了！」

上有兩根尖刺的大叉子飛向德魯伊，傑洛特用劍將之擊開。

「米須維爾，阻止她！」

芭維塔祖母綠的雙眼中射出兩道綠色光芒，直撲獵魔士和米須維爾。那兩道光芒接著高速旋轉，形成一陣炫目的旋風，而那股強大的力量從旋風中心向他們攻了過來，像攻城槌一樣猛烈敲擊他們的頭顱，讓他們兩眼發黑、呼吸困難。同時，各種物體也從四面八方飛過來射向他們：玻璃、馬約利卡陶器、盤子、燭台、骨頭、咬了一口的麵包、大大小小的木板，以及從火爐中飛出來、閃著微弱火光的木塊。從他們頭頂上傳來一陣松雞般的驚叫——來自正從他們頭上飛過去的赫克休堡主。一個碩大、煮熟的鯉魚頭撞上了傑洛特的胸膛，碎片四散在金底的紋章、來自四角之界的少女和熊的身上。

大廳中響著各種噪音——米須維爾那使牆壁震動的咒語、傷者的尖叫和哭喊、物體撞擊的乒乓聲、匡噹聲、砰砰聲，還有芭維塔的尖叫。就在這片眾聲喧譁中，獵魔士聽到了他生平聽過最可怕的聲音。

咯咯塔跪在地上，正使盡了全身的力氣，手腳並用地擠壓伊格·朋·德胡的風笛。風笛發出怪獸般的聲音，同一時間男爵也仰起頭，發出一連串可怕的聲音，聽起來既像狼嚎又像野豬的吼聲，轉眼之間化為鳥類的尖唳，然後又變成山羊的咩咩聲。總而言之，那是一場聲音的大雜燴——包含了人們熟悉和不熟悉的動物、野獸和家畜，以及只有在神話中才會出現的動物。

芭維塔驚恐萬分地看著男爵，嘴張得大大的，一時竟停止了尖叫。那股力量突然減弱了。

「趁現在！」米須維爾揮舞著魔杖大叫：「獵魔士，就是現在！」

他們向她奮力一擊。圍繞在芭維塔身邊的綠色球體在這一擊之下像肥皂泡般碎裂了，眞空立刻把大廳中那股瘋狂的力量吸了進去。芭維塔重重跌到地上，放聲大哭了起來。

在那群魔亂舞般的混亂之後，四周一片寂靜。過了好一陣子，那一片廢墟和殘骸、毀壞的家具和亂七八糟橫躺的人體之間，傳來了一陣陣吃力的聲音。

「庫瓦赫歐普阿斯，古魯依巴德拉赫馬安庫瓦赫。」克萊依特的克萊赫不停地重複唸道，從他咬破的嘴唇間吐了一口血。

「克萊赫，冷靜點。」米須維爾費力地說，一邊拍落前襟上的蕎麥。「這裡還有女士呢。」

「卡蘭特，我的愛，我的卡蘭特！」艾斯特．圖利瑟阿赫一邊親，一邊重複著這句話。女王睜開眼，但沒有試著掙脫他的擁抱。

「艾斯特，大家都在看。」她說。

「那就讓他們去看。」

「有沒有人願意向我解釋一下，剛才發生了什麼事？」維瑟格德元帥爬到被扯斷的壁氈下問。

「不。」獵魔士回答。

「治療師！」阿特瑞的溫達罕王子趴在蘭法恩身上尖叫。

「水！」史崔特普三兄弟中的吉吉古卡大叫，一邊用自己的上衣試著撲滅哥白林掛毯上的火星。

「快拿水來！」

「還有啤酒！」咯咯塔沙啞著嗓子說。

幾個還站得起來的騎士試著把芭維塔扶起來，但是她卻甩開他們的手，自己站了起來，搖搖晃晃地跑向壁爐。刺蝟正靠著牆坐在那裡，笨拙地想把沾了污血的鎧甲脫下來。

「現在的年輕人！」米須維爾看著他們，啐聲說：「進展得還真快！他們腦袋裡只想著一件事。」

「什麼？」

「怎麼，你難道不知道保有童貞的處女是沒辦法使用力量的嗎？」

「讓她的童貞見鬼去吧。」傑洛特低語。「她這天分是哪來的啊？據我所知，不管是雷恩格納還是卡蘭特……」

「隔代遺傳，錯不了的。」德魯伊說：「她的祖母阿黛莉亞，只要動動眉毛就能把吊橋抬起來呢。嘿，傑洛特，你看！她還沒玩夠呢！」

卡蘭特依然躺在艾斯特・圖利瑟阿赫懷中，正指揮幾個守衛攻向受傷的刺蝟。米須維爾和傑洛特很快趕過去，結果發現其實是不必要的。守衛們全都向後退了一步，看著半躺在地上的刺蝟竊竊私語。

刺蝟那怪物般的線條慢慢變得模糊，接著消失無蹤。他身上的尖刺和硬毛逐漸變成黑色發亮的鬈髮及鬍鬚，長在一張蒼白、稜角分明的臉孔上，搭配一個高挺的鼻子。

「什麼……」艾斯特・圖利瑟阿赫大叫：「這是誰？刺蝟？」

「杜尼。」芭維塔柔聲說。卡蘭特咬著唇，別過頭去。

「魔咒？」艾斯特低語：「但是怎麼會……」

「午夜過了，」獵魔士說：「剛好就在此時此刻。我們之前聽到的，只不過是場誤會。是打鐘的人弄錯了吧，對不對，卡蘭特？」

「沒錯、沒錯。」杜尼替女王回答，反正她也沒有任何想說話的意願。「與其繼續聊這些，誰來幫我把這個鎧甲脫掉吧，還有找個治療師來。那位尊貴的蘭法恩在我肋骨下面刺了一刀，還挺深的。」

「要治療師幹嘛？」米須維爾掏出魔杖說。

「夠了。」卡蘭特伸直身子，驕傲地抬起頭。「我受夠了。等到一切都結束後，我想在我房間裡接見你們。站在這裡的所有人。艾斯特、芭維塔、米須維爾、傑洛特，還有你……杜尼。米須維爾？」

「是的，女王。」

「你的魔杖……我撞到脊椎了。」

「遵命，女王。」

≡

「這個詛咒，」杜尼按摩著太陽穴說：「是從我一出生就有的。我從來不知道是誰對我下了詛咒，還有爲了什麼原因。從午夜到清晨我是好端端的一個人，而從清晨開始……你們也看到了。我的父親阿克斯巴克想要隱瞞這件事，因爲在邁阿赫特人們非常迷信，如果他們知道國王的家族裡竟然有巫術或詛咒，這可能會威脅到王室的存亡。一位父親的騎士把我從王宮裡帶出來，他把我養大，我們就這樣兩個人浪跡天涯：一個遊俠騎士，身邊還帶著個小隨從。後來他過世了，我就自己一個人旅行。我已經不記得是誰告訴我的，那個人說拯救我的唯一方法就是找到一個『驚奇的孩子』。過沒多久我就遇到了雷恩格納，接下來的事你們都知道了。」

「我們都知道，或者說我們猜到了。」卡蘭特點點頭說：「特別是，你沒有遵守和雷恩格納的約定十五年後再回來，而是早在之前就打我女兒的歪主意。芭維塔！說，你們幽會多久了？」

公主低下頭，伸指比了個「一」。

「哼，不錯嘛。妳這小巫婆，竟然就在我眼皮子底下！最好不要讓我知道，每天晚上是哪個傢伙讓他進到城堡裡來。那些和妳一起去摘報春花的侍女們，我可要好好地和她們算帳。哼，去他的報春花！我現在該拿你們怎麼辦？」

「卡蘭特……」艾斯特開口。

「待會兒，圖利瑟阿赫，我還沒說完。杜尼，事情已經變得複雜無比。你和芭維塔在一起一年了，然後呢？沒什麼然後。這表示，你是和一個不正常的父親達成了這個誓言的交易。命運和你開了個玩笑。真是諷刺啊，就像這邊這位利維亞的傑洛特所說的一樣。」

「去他的命運、誓言和諷刺！」杜尼面孔扭曲地說：「我深愛芭維塔，而她也愛著我，只有這才是重要的。女王，妳無權阻擋我們的幸福。」

「杜尼，我可以，我當然可以。」女王露出她的招牌笑容之一。「我可不在乎你的幸福。不過杜尼，我倒是欠了你一份情，你知道我在說哪件事。我本來打算……我應該要請求你的原諒，但是我非常不喜歡向人道歉。我把芭維塔許配給你，這樣我們就扯平了。芭維塔，妳沒有改變心意吧？」

芭維塔猛搖頭。

「謝謝妳，女王。謝謝妳。」杜尼露齒一笑。「妳是一位有智慧且心胸寬大的女王。」

「當然，而且還很美麗。」

「而且還很美麗。」

「如果你們願意，你們兩個都可以留在琴特拉。這裡的人不像邁阿赫特的人那樣迷信，而且他們對新事物習慣得很快。再說，就算是刺蝟，你看起來也夠討人喜歡的。只是現在你還不能坐上寶座，我還打算在琴特拉的新國王身邊垂簾聽政一陣子。來自斯格列加尊貴的艾斯特・圖利瑟阿赫向我提出了某項提議。」

「卡蘭特……」

「是的，艾斯特，我答應了。雖然躺在地板上，躺在寶座的碎片旁聆聽愛的告白是我生平第一次，但是……杜尼，你剛才是怎麼說的？只有這是重要的，沒有任何人能夠阻擋我的幸福，我也勸大家最好不要這麼做。你們那是什麼眼神？雖然我女兒都快嫁人了，但是我還沒像你們想的那麼老啊。」

「今天的年輕人哪，」米須維爾小聲說：「有其母必有……」

「巫師，你在那邊叨唸什麼？」

「沒有，女王。」

「很好。對了，米須維爾，我有件事要和你商量。芭維塔需要一位老師，她應該學會怎麼掌控自己特殊的天賦。我很喜歡這座城堡，希望它堅固無損。但要是我的天才女兒下一次又歇斯底里發作，這城堡可能會垮下來呢。德魯伊，你怎麼說？」

「這是我的榮幸。」

「我想，」女王轉頭看向窗戶，說：「已經是清晨了，該是……」

她很快地回頭，望向杜尼和芭維塔。小倆口正低聲說悄悄話，手牽著手，額頭幾乎都靠在一起了。

「杜尼！」

「是的，女王？」

「你聽到了嗎？清晨！已經天亮了！而你……」

傑洛特和米須維爾對望一眼，爆笑出來。

「巫師們，你們這麼高興做什麼？你們沒看到……」

「我們看到啦。」傑洛特確認道。

「我們是在等妳自己親眼看到。」米須維爾笑得岔了氣：「我很好奇，妳什麼時候才會發現。」

「發現什麼？」

「妳破除了詛咒。對，正是妳——」獵魔士說：「當妳說出『我把芭維塔交給你』這句話的時候，命運就實現了。」

「一點都沒錯。」

「感謝老天。」杜尼慢慢說：「終於。我靠，我本來以爲我會更高興的呢，也許會聽到樂隊在吹喇叭之類的，我想我可能習慣了啦。女王！謝謝妳。芭維塔，妳聽到了嗎？」

「嗯。」公主低垂著目光說。

「所以——」女王嘆了一口氣，用疲倦的眼神看著傑洛特說：「一切都圓滿解決了，是不是，獵魔士？詛咒消除了，還加上兩場婚禮，王宮大廳的整修大概要花一個月的時間，死了四個人，受傷的不計其數，阿特瑞的蘭法恩騎士半死不活，但結局終究是圓滿的。你知道嗎？獵魔士，有一瞬間我本來想命令你……」

「我知道。」

「但現在我必須憑良心說句公道話，我得到了我想要的結果，琴特拉和斯格利加即將聯姻結盟，我的女兒也找到還不賴的丈夫。我本來還在想，就算我沒有把你找來，讓你坐在我旁邊，這一切也會像命運安排的一樣順利進行，但是我錯了。蘭法恩的匕首有可能會改變我們所有人的命運，而擋下他的正是獵魔士手裡的劍。傑洛特，你認眞地完成了你的工作，現在是價錢的問題了。說吧，你想要什麼？」

「等等，」杜尼按著纏滿繃帶的腰側說：「你們在談價錢的問題。我才是債主，這筆帳應該……」

「女婿，別打斷我的話。」卡蘭特瞇起眼說：「你的岳母最不能忍受有人插嘴，你最好牢牢記住這一點。還有，你不是什麼債主。我和利維亞的傑洛特訂下了交易合約，而你是裡頭的商品。我說過，我們已經扯平了，我不覺得我有必要永無止境地爲這件事向你道歉。但我還是要爲這份合約負責，傑洛特，說吧，你開個價。」

「好，」獵魔士說：「卡蘭特，我想請妳給我妳的綠色飾帶。看到它，我就會想起我所遇過最美麗女王的雙眼。」

卡蘭特哈哈大笑，解下了脖子上的祖母綠項鍊。

「拿這件珠寶吧，」她說：「這些石頭上的顏色與我眼睛的顏色更接近。收下它，並與你美好的回憶一起收藏。」

「我可以說句話嗎？」杜尼怯怯地說。

「當然可以啊，女婿。說吧。」

「我還是覺得欠你的人是我，獵魔士。蘭法恩騎士要殺的人是我，還有，如果不是你，我早就死在守衛的刀槍下了。如果說到價錢的事，該付清這筆錢的人是我才對。我保證我付得出來，傑洛特，你想要什麼？」

「杜尼，」傑洛特慢慢地說：「如果一個獵魔士聽到這樣的問題，他非得請那個發問的人再說一次不可。」

「那我就再說一次。因爲我還爲了別的事欠你一份情，當我在大廳裡知道你是誰以後，我恨你恨得要死，以爲你是個大壞蛋。我以爲你是個盲目、嗜血的殺人機器，爲了錢可以冷血、想都不用想地把人殺死。現在我知道了，獵魔士確實是個值得尊敬的職業。你不只捍衛我們不受黑暗中邪惡的侵襲，而且還保護我們，不讓我們被自己心中的邪惡吞噬。眞是可惜，像你這樣的人並不多。」

卡蘭特笑了。今晚第一次，傑洛特覺得這是她發自內心的微笑。

「女婿，你說得太好了。我必須加兩句話，就兩句。傑洛特，請見諒。」

「而我，」杜尼說：「我再問一次：你想要什麼？」

「杜尼，」傑洛特嚴肅地說：「卡蘭特、芭維塔，還有你，尊貴的圖利瑟阿赫騎士——琴特拉未來的國王。要成爲獵魔士，必須在命運的註定下出生。這樣的人並不多，這也就是爲什麼獵魔士越來越少。我們衰老的衰老，死去的死去，找不到能夠繼承我們能力和知識的人。我們缺乏繼承者，而這個世界充滿了邪惡，惡魔正在等待像我們這樣的人枯萎凋零。」

「傑洛特。」卡蘭特低聲說。

「是的，女王，妳沒弄錯。杜尼！我要你給我那個你已經擁有，但是你還不知道的東西。我會在六年後回到琴特拉，到時候我就會知道命運對我是否仁慈。」

「芭維塔，」杜尼睜大了眼說：「妳該不會……」

「芭維塔！」卡蘭特大叫：「妳是……妳是不是……」

公主低下眼睛，羞紅了臉。然後她做了回答。

理智的聲音

5

「嘿！傑洛特！你在這裡嗎？」

獵魔士從《世界歷史》泛黃、易碎的書頁中抬起頭來，那本書的作者是羅德利茨克・德・諾凡堡，很有趣的一本書，雖然不乏爭議。獵魔士這兩天都在研讀它。

「我在這兒。南娜卡，怎麼了？有事嗎？」

「你有客人。」

「又來了？這次是誰？赫拉瓦德公爵親自駕到了嗎？」

「不，這次是你的朋友亞斯克爾，那個無所事事、到處流浪的寄生蟲，藝術的祭司、民謠和情詩的閃亮明星。像平常一樣神氣得不得了，自我膨脹得有如豬膀胱，而且滿口的啤酒臭味。你要見他嗎？」

「當然，他可是我的好朋友呢。」

南娜卡不高興地聳了聳肩。

「我真無法理解你們的友誼，你們兩人的個性根本天差地遠。」

「妳沒聽過互補作用嗎？」

「哼，還眞明顯呢。你看，說人人就到。」南娜卡偏了偏頭說：「你那出名的詩人朋友。」

「南娜卡，他眞的是很有名的詩人，別告訴我妳沒聽過他寫的民謠。」

「我當然聽過。」女祭司長露出嫌惡的表情說：「哼，這不是我的專長，也許從動人的抒情詩流暢地轉換到描繪淫穢的場景眞的是種才華吧。算了，不說了。請見諒，我就不留下來陪你們了，我今天沒什麼心情應付他的詩，還有低級的玩笑。」

走廊上傳來一連串咯咯的笑聲和魯特琴的琴聲，接著，穿著有蕾絲袖口的淡紫色背心、歪戴著帽子的亞斯克爾就出現在圖書館門口。看到了南娜卡，吟遊詩人誇張地鞠了一躬，帽子上別的鷺羽都垂到了地上。

「我打從心底尊敬的母親啊，」他像個白痴般地高聲說：「偉大的梅莉特列女神萬歲，還有女祭司們，她們是善良與智慧的泉源……」

「別說廢話了，亞斯克爾。」南娜卡啐聲說：「還有別叫我母親。我只要一想到你可能會是我兒子，心裡就不由得發毛。」

南娜卡轉身離去，長裙拖在地上發出沙沙的聲響。亞斯克爾鞠了一躬，扮了個鬼臉。

「一點都沒變嘛。」他愉快地說：「還是一樣一點幽默感也沒有。她在生我的氣，因爲我到這裡的時候和一個女祭司講了一會兒話，是個可愛的金髮女孩，有長長的睫毛，麻花辮一直垂到漂亮的小屁股上。哎，不捏一把還眞是犯罪。所以我就捏了一下，而南娜卡剛好從旁走過……啊，管他的。你好，傑洛特。」

「你好，亞斯克爾。你怎麼知道我在這兒？」

詩人站直了身子，拉了拉長褲。

「我去了維吉馬。」他說：「聽說了斯奇嘉的事，也知道你受了傷。所以我就在猜你會去哪裡休養？如我所見，你應該已經復元了吧？」

「你說的沒錯，不過南娜卡認爲還沒。坐吧，我們好好聊聊。」

亞斯克爾坐下，看了看放在桌上的書。

「歷史？」他笑了笑說：「羅德利茨克・德・諾凡堡？哦，這本我讀過。當我在奧克森福特學院唸書的時候，歷史是我第二喜歡的科目。」

「那最喜歡的是什麼？」

「地理。」詩人嚴肅地說：「世界地圖比這大得多，用來藏酒瓶比較容易。」

獵魔士笑了兩聲，站起身來，從書架上取下一本魯尼尼和提瑞斯合著的《魔法與鍊金術之祕》，然後把藏在這本巨著後方、用稻草包著的圓胖容器拿了出來。

「啊哈，」詩人喜形於色。「書本果然是智慧和靈感的來源。這個我喜歡！李子酒，對吧？是啊，這是眞正的鍊金術，是賢者之石——學術的最高價值。兄弟，敬你一杯。喔喔——天殺的，好烈！」

「你來這兒幹嘛？」傑洛特接過詩人手中的酒瓶，喝了一口，邊咳邊按住纏滿綳帶的脖子。「你接下來打算去哪裡？」

「哪都不去。我的意思是，你要去哪裡，我就去哪裡，我可以和你作伴。你要在這裡待很久嗎？」

「不會。這裡的公爵告訴我，我在他的領土上是個不受歡迎的客人。」

「赫拉瓦德？」亞斯克爾熟知從亞魯加河到神龍山一帶所有的國王、公爵、領主和高官。「別理他，他沒這個膽和南娜卡還有梅莉特列女神起衝突。如果他這麼做，人們會把他的城堡一把火燒了。」

「我不想惹麻煩。再說，我在這裡也待得夠久了。我要去南方，亞斯克爾，要走到南方的深處。在這裡沒有什麼我可以做的工作。太文明了，誰會吃飽沒事去找獵魔士？當我問他們有沒有這一類的工作時，他們看我的表情好像我是怪胎。」

「你在說什麼鬼話啊，這裡哪有什麼文明。一個星期前我從布宜那經過，一路上聽到各式各樣的故事。根據他們的說法，這一帶有水鬼、蜈蚣怪、螳螂怪、飛天妖怪。怪物多得滿坑滿谷，你應該會有做不完的工作啊。」

「我也聽到這些故事了，大概有一半是虛構的，不然就是誇大其詞。亞斯克爾，世界改變了，有些事物正在結束。」

詩人啜了一口酒，瞇起眼，重重嘆了一口氣。

「你又在怨嘆你那悲劇性的獵魔士命運了？還擺出一副哲學家的樣子？我看你是讀了不該讀的書才會誤入歧途。因爲就連羅德利茨克・德・諾凡堡那個糟老頭都在說這句話。在他那些論述中，『世界改變』可說是唯一可以讓人毫不保留地接受的論點。但這個理論也不是什麼創見，不值得佩服得五體投地，而且你還擺出這種故弄玄虛的表情。再說，那種表情和你的臉一點都不配。」

傑洛特沒有回答，只是拿起酒瓶喝了一口。

「沒錯。」詩人又嘆了一口氣：「世界在改變，太陽西沉，杯中物盡。依你看，還有什麼事物正在結束？哲學家，你剛才說到什麼結束的事。」

「我給你舉幾個例子吧。」傑洛特沉默了一會，然後說：「最近我在布宜那河岸待了兩個月，就說說那時候發生的事好了。某天我騎馬到一座橋邊，望眼一看，橋下坐著一個巨怪，向來往的行人收過橋費。如果有人拒絕，就打斷對方一條或兩條腿。所以我就到市長那裡去，問他：『如果我除掉那個巨怪，你們會給我多少錢？』市長驚訝地張大嘴問：『爲什麼？如果巨怪不在那裡，那誰來修橋？巨怪經常會花很大的工夫修橋，而且還把橋修得很牢固。和花錢修繕比起來，讓他收過橋費還划算得多。』」

「於是我再往前走，看到一隻飛天翼蜥。不大，從鼻尖到尾巴約九呎半，正在空中飛來飛去，爪子上抓著一隻肥羊。於是我問附近的村民：如果我除掉這隻蜥蜴，你們會給我多少錢？村民們嚇得跪在地上大叫：『不行！不行！這是男爵的小女兒最喜歡的龍，如果身上掉了一片鱗，男爵不但會把村子燒了，還會剝了我們的皮。』我繼續往前走，肚子越來越餓。於是我到處問人，有沒有什麼工作？有是有，但那是什麼樣的工作呢？這個人要抓一隻羅莎卡，那個人要一隻寧芙，還有人要森林女妖……這些人的腦子大概被漿糊塞住了，村裡的女孩多得像蕪菁，他們偏偏想要妖怪。還有個傢伙要我幫他殺一隻沃希柯，然後把那生物的指骨交給他。因爲據說把那玩意磨成粉和湯一起喝下，可以加強性能力……」

「根本一派胡言。」亞斯克爾插嘴：「我試過了，根本沒用，而那碗湯喝起來就像是用裹腳布煮出來的。不過如果人們相信，而且願意付錢……」

「我才不會去殺沃希柯還有其他對人類無害的生物。」

「那你就只好挨餓了，或者你想改行？」

「改做什麼呢？」

「隨便什麼都可以啊，比如說可以當祭司。你的戒慎、道德感、對人性的瞭解和其他的知識會讓你成爲一個很好的祭司。雖然你是無神論者，但我想這應該不是什麼大問題，反正大多數我認識的祭司也不信神。你就去當祭司好了，這樣你就不會再自怨自艾。」

「我沒有自怨自艾，我只是陳述事實。」

亞斯克爾蹺起二郎腿，饒富興味地打量著磨損的鞋底。

「傑洛特，你讓我想起那個老漁夫——他在臨終前發現魚竟然是臭的，而他這大半輩子都在冰冷的海水中討生活，飽受風濕之苦。實際一點吧，光說不練或怨天尤人一點幫助也沒有。我啊，如果我認爲人們已經不再需要詩人的話，我就把我的魯特琴封起來，改當園丁去種玫瑰花。」

「我聽你在鬼扯，這種事你才辦不到呢。」

「嗯，」詩人同意，依然看著鞋底。「也許你說的沒錯，但是咱們倆的行業有點不同。人們永遠不會厭倦詩歌和魯特琴，而你這一行的情形就比較糟糕了。獵魔士其實是在逐漸剝奪自己的工作機會，你們越認眞、越努力工作，工作機會就越少。畢竟你們的目標以及存在的意義就是建構一個沒有怪物的太平盛世，也就是說：一個不需要獵魔士的世界。很矛盾，不是嗎？」

「是。」

「很久以前，當世上還有獨角獸的時候，一大堆少女拚命保護自己的貞操，爲的就是能夠吸引獨角獸，好抓住牠們。你記不記得？還有那些吹笛子的捕鼠人？所有人都爲了爭取他們的服務而搶得頭破血流。最後鍊金術師卻把他們的職業帶上了末路——他們發明了更有效的藥，讓人們能夠廣泛地馴養貓、雪貂和伶鼬。和捕鼠人比起來，動物更便宜、可愛，而且不會消耗那麼多啤酒。你了解我的比喻嗎？」

「了解。」

「那就從前人的經驗中汲取一些教訓吧。那些處女一失去工作，馬上就拋棄了自己的貞操。有些人爲了彌補之前的損失，便以無比的熱情開發了許多種技巧，還因此享有盛名。捕鼠人嘛……嗯，你最好別學他們，因爲他們所有人都成了醉鬼，現在成了老乞丐。風水輪流轉，現在看起來該是輪到獵魔士了，嗯？你不是在讀羅德利茨克・德・諾凡堡的書嗎？如果我沒記錯，應該有些關於你們的描述，寫的是三百年前第一批開始在各國流浪的獵魔士。那個時代，人們都成群結隊、全副武裝地出去收割。村子的圍欄一共有三層，而去做生意的商隊看起來則像是僱傭兵的軍隊遊行。在許多地方的堡壘，人們全天候準備好隨時可發射投石機，因爲那時候我們人類才是入侵者。」

「土地被各種野獸和怪物統治著：龍、飛天蠍尾獅、獅鷲、雙頭蛇、吸血鬼、狼人和斯奇嘉、奇奇魔拉、喀邁拉和飛天妖怪。而我們必須一點一點地從它們手上奪取這些土地——每一座山谷，每一個隘口、每一座森林，每一塊林中的空地。我們成功了，而獵魔士的幫助也扮演了重要的角色。但是這個時代已經過去了，傑洛特，一去不回地結束了。男爵不允許任何人殺死飛天翼蜥，因爲那一定是半徑一千米拉範圍存活的唯一一頭龍，牠已經不會帶來威脅，相反地，還引起了同情還有對過往時代的美好懷念。巨怪已習慣和人類一起生活，已經不是大人拿來嚇小孩的怪物，而成了一種文化遺跡以及當地名勝，不只這樣，牠的存在對人類很有用。螳螂怪、飛天蠍尾師和雙頭蛇呢？不是躲在叢林深處就是在沒有人跡的深山……」

「所以我說的沒錯吧，有些事物正在結束。不管你喜不喜歡，它們正在走向盡頭。」

「我不喜歡你老提這些老生常談，更不喜歡你說這些話時臉上的表情。你是怎麼了？傑洛特，我都認不出你了。天殺的，我們還是早點上路去南邊那些蠻荒國家吧。等你殺死幾隻怪物之後，你的憂鬱就會拋到九霄雲外了，那裡的怪物好像還不少。他們說，在那裡如果一個老太太活膩了，就不帶一根矛，一個人到森林裡去撿柴，保證有怪物，你應該到那裡定居才對。」

「或許吧，但我不會這麼做。」

「為什麼？在那裡獵魔士應該比較容易找到工作啊。」

「容易是容易，」傑洛特啜了一口酒：「但是賺了錢卻沒地方花。而且他們只吃大麥和黍米，啤酒喝起來像尿，女孩們都不洗澡，而且蚊子凶得要死。」

亞斯克爾仰天大笑，把後腦靠在書架上的一排皮裝書上。

「黍米和蚊子！這讓我想起我們第一次結伴去世界的盡頭旅行那件事。」他說：「你記得嗎？我們是在古列塔的宴席上認識的，你誘拐我……」

「是你誘拐我才對。你那時候必須火速逃離古列塔，因為你在舞台下睡了一個女孩，而她有四個高頭大馬的兄弟，他們在全城找你，威脅要閹了你，然後把你全身抹上焦油和木屑；所以你才跑來和我搭訕的。」

「而你那時候差點沒高興得從褲子裡跳出來，因為你終於找到同伴了，之前你一路上只能和你的馬聊天。啊，隨便你啦。你說的沒錯，我那時是必須消失一陣子，而百花谷眞是再好也不過的藏身處了。畢竟在人們口中，它是塵世的盡頭、文明和新世界的邊境前哨，在最遠的地方、兩個世界的交界……你記得嗎？」

「我記得，亞斯克爾。」

世界的盡頭

一

亞斯克爾拿著兩杯溢滿泡沫的酒，小心翼翼地從酒館的樓梯上走下來。他低聲咒罵著，從一群好奇圍觀的孩子當中擠過去。他避開地上的牛糞，穿過院子走到斜對面的廣場。

獵魔士坐在廣場上的桌前，正和本地一名長老談話，他們身邊已經站了十多個居民。詩人把酒往桌上一放，坐了下來。他立刻意識到，自己離開到回來這段短短的時間內，談話並沒有任何的進展。

「長老，我是個獵魔士。」傑洛特抹了抹嘴邊的啤酒，重複這句不知說過多少遍的話。「我不賣東西，也不是來拉伕的，更不會治馬鼻疽。我是獵魔士。」

「獵魔士，」亞斯克爾不厭其煩地解釋：「您知道這是什麼職業吧？他們專殺吸血鬼和斯奇嘉，還有各式各樣的怪物。他們靠這個工作維生。長老，您聽明白了嗎？」

「啊哈！」長老緊皺的眉頭頓時舒展開來。「獵魔士！這種事應該一開始就早說嘛！」

「是的，」傑洛特同意：「所以我現在想問：這附近有沒有我可以做的工作？」

「啊——」長老明顯地又開始埋頭苦思。「工作？像是那些……嗯……元素精靈？你們是問這裡有沒有元素精靈嗎？」

獵魔士微笑地點了點頭，用手揉了揉因爲灰塵而發癢的眼睛。

「有的。」長老想了很久，終於說：「你們看那裡，不是有一座山嗎？精靈就住在那裡，那是他們的領土。我告訴你們哪，他們的宮殿是用純金打造的哩。喔呵，先生們！我告訴你們，精靈可是很危險的，誰要是去那裡，可是沒辦法活著回來的。」

「我也這麼想。」傑洛特冷靜地說：「所以我一點都不打算去那裡。」

亞斯克爾旁若無人地哈哈大笑。

就像傑洛特預期的一樣，長老再次陷入沉思。

「啊哈，」過了很久他終於說：「但是這裡也有別的元素精靈，他們一定是從精靈的國度來到我們這裡的。喔，先生們，我們有很多精靈，數都數不清呢。最可怕的應該就是茉拉了，喂，大夥兒，我說得對不對？」

「大夥兒」活躍起來，從四面八方圍到桌前。

「茉拉！」其中一人說：「是的，長老說的沒錯。她看起來像個蒼白的少女，總是清晨在家家戶戶四處走動，小孩子就是被她弄死的！」

「還有小惡魔！」一個當地警衛隊的無賴士兵說：「他們會跑到馬廄把馬的鬃毛纏起來！」

「蝙蝠！這裡還有蝙蝠！」

「還有薇拉！她們會讓人們長疹子！」

接下來的幾分鐘，村民們七嘴八舌地說出一長串怪物的名字。有些怪物雖然沒有以實際行動騷擾村民，但他們醜惡的外表本身就是一種騷擾。傑洛特和亞斯克爾聽到了各式各樣的故事：這裡有迷路怪和馬姆，他們讓醉酒的善良農民找不到回家的路。飛天妖怪會四處攻擊牛隻、吸食牛奶，森林裡還有一個長著蜘蛛腳的頭顱到處跑來跑去。除此之外，還有紅帽怪、一隻危險的梭子魚——不只會從洗衣婦女的手中搶走衣物，也在一旁虎視眈眈，想趁女人們不注意時將她們拖下水。當然，其中也不乏非怪物的故事，例如：老娜拉蔻娃太太晚上會騎掃帚到處飛，白天的時候協助婦女墮胎；磨坊主人把橡樹子粉僞裝成麵粉來賣，而一個叫杜達的傢伙——當他說到國王的財務大臣時，把那個人喚作小偷和人渣。

傑洛特靜靜聽著，邊聽邊假裝聚精會神地點頭。他問了幾個問題，主要是關於道路和這裡的地形。然後他站起身，向亞斯克爾點點頭。

「那麼，大夥兒，再見了。」他說：「我很快就會回來，到時候我們再來看看可以做些什麼。」

他們騎著馬，沉默地沿著民房和圍欄走去，爲他們送行的只有嘈雜的狗叫和孩子們的叫喊。

「傑洛特，」亞斯克爾站在馬鐙上，從一根由果園裡伸出的樹枝上摘下一顆漂亮的蘋果。「一路上你一直在抱怨找不到工作。而從剛才我們所聽到的來判斷，你可以在這裡一直不眠不休地工作到冬天，你既可以賺一些錢，而我也有寫歌的題材。所以你可不可以解釋一下，我們爲什麼要離開？」

「亞斯克爾，我在這裡一毛錢也賺不到。」

「爲什麼？」

「因爲他們說的沒有一句是眞的。」

「什麼？」

「剛剛他們說的那些生物，沒有一個是眞實存在的。」

「你八成在開玩笑吧！」亞斯克爾把果核吐掉，然後把吃剩的蘋果丟給一隻一直在馬腳邊打轉的花狗。「不，這不可能。我仔細觀察過這些人了，我看人的眼光是不會錯的——他們沒有說謊。」

「不，」獵魔士同意：「他們沒有。他們打從心底相信自己所說的一切，但這不會改變事實。」

詩人沉默了一陣。

「這些怪物中沒有一個……一個都沒有？不可能的。他們所說的怪物之中，一定有什麼東西是存在的，即使只有一個！你得承認。」

「我承認，有一個東西一定存在。」

「哈！是什麼？」

「蝙蝠。」

他們離開最後一處圍籬，來到一條鄉村小路上。小路兩旁是田地，開滿了金黃色的油菜花朵，穀穗也在風中搖曳。在對面的大路上，載滿貨物的馬車不斷行進著。詩人把腿跨過馬鞍的鞍橋，把魯特琴放在膝上，彈起一首懷舊的歌曲。路邊走過一群肩膀上扛著耙、把裙子提起來的女孩們。詩人三不五時向她們揮手，女孩們發出嘻嘻哈哈的笑聲。

「傑洛特，」詩人突然說：「怪物還是存在的。也許不像以前那麼多，也沒有躲藏在森林裡的每個角落，但是他們畢竟存在。人們爲什麼要另外去想像一些不存在的怪物，而且還對此深信不疑？這要怎麼解釋？嗯？利維亞的傑洛特，聲名遠播的獵魔士，你沒想過這是爲什麼嗎？」

「聲名遠播的詩人，我想過，而且我知道原因。」

「說來聽聽。」

「人們——」傑洛特別過頭說：「喜歡想像、創造怪物，因爲那可以讓他們自己看起來不那麼可怕。當他們喝得爛醉如泥的時候，他們會騙人、偷東西、打老婆、餓死老太太、用斧頭砍死困在陷阱裡的狐狸，或者用亂箭射死世上最後一隻獨角獸。他們寧願相信，和他們自己比起來，清晨在民宅出沒的茉拉要可怕得多。這可以讓他們心裡覺得舒服一些，日子也比較過得下去。」

「我會記住這段話。」亞斯克爾沉默了一陣說：「會給它添上音韻，然後寫成一首民謠。」

「寫吧，但是不要期待贏得太多掌聲。」

他們騎得不快，但是沒多久視野中已看不到任何房子了。過了一會兒，他們爬上一座覆滿森林的小山丘。

「哈，」亞斯克爾拉住馬，停下來四處張望。「傑洛特，你看。是不是很美？見鬼的，好一片田園風光啊，多麼賞心悅目。」

山丘後方是一片平坦的田野，種滿各種作物的農田多彩繽紛，並列在一起就像一幅拼貼畫。農田中間有三個像玻璃一樣閃亮、又像三葉草的葉片一樣圓潤的湖泊，湖邊圍繞著帶狀、深色的赤楊灌木林。在地平線那一端可以看到霧氣氤氳、藍灰色的山脈稜線，下面則是一片黑色、形狀不規則的茂密森林。

「亞斯克爾，我們上路吧。」

小徑沿著河堤一直延伸到湖邊。從被赤楊林包圍的湖邊傳來一陣陣水鳥的叫聲，有綠頭鴨、白眉鴨、鷺和鸕鷀。在一片人爲的農田旁，這一帶豐富的鳥類生態看起來很不可思議。河堤明顯地有在維護，靠近水邊的地方堆滿柴捆，涵洞則用石頭和木塊固定住。湖邊的水位調節器一點都沒腐朽，水正從裡面涓涓流下。湖邊的蘆葦叢裡可以看到獨木舟和小堤，湖裡則插著木棍，上面架設著用來捕魚的網。

亞斯克爾突然轉頭往後看。

「有人跟在我們後面。」他興奮地說：「趕著馬車！」

「眞稀奇。」獵魔士頭也不回，嘲諷地說：「馬車？我以爲這裡的人只騎蝙蝠呢。」

「你知道我想對你說什麼嗎？」詩人高聲說：「越靠近世界的盡頭，你的笑話就越刻薄。我眞不敢想像再走下去會怎樣？」

他們騎得並不快，而那輛由兩匹花馬拉著的馬車是空的，於是很快就追了上來。

「喝——！」駕著馬車的男人在他們身後不遠處停了下來。他身上只穿著一件羊皮衣，劉海一直垂到眉毛。「讚美神，尊貴的先生們！」

「而我們，」亞斯克爾入境隨俗地回答：「也讚美祂們。」

「如果我們有這個心情。」獵魔士低聲嘟囔。

「我叫波格齊夫卡。」駕馬車的人說：「你們和上波薩達的長老談話時，我就看到你們了。我知道這邊這位是獵魔士。」

傑洛特鬆開轡繩，他的母馬走向路邊的蕁麻，噴著氣。

「我也聽到，」穿羊皮的男人說：「長老對你們說的那些故事，看你們臉上的表情就知道了，我一點都不感到奇怪，很久沒聽到這麼誇張的謊話和胡扯了。」

亞斯克爾大笑。傑洛特謹愼地打量著男人，一句話也沒說。名叫波格齊夫卡的農夫咳嗽了一聲。

「獵魔士先生，您不想做一些眞正的、合乎您專業的工作嗎？」他問：「我剛好有這樣的工作。」

「是什麼樣的工作？」

波格齊夫卡沒有移開視線。

「路上談不太方便。去我那裡吧，就在下波薩達。我們可以好好聊聊，反正你們剛好也要經過。」

「你怎麼知道？」

「因爲除了這條路之外沒有別的路，而你們的馬頭朝向那一邊。」

亞斯克爾再次大笑。

「傑洛特，你覺得呢？」

「都可以。」獵魔士說：「在路上講話確實不方便。波格齊夫卡先生，我們上路吧。」

「把馬綁到車上，坐上來吧。」農夫提議：「這樣舒服一點，幹嘛折騰自己的屁股呢？」

「說得有理。」

他們爬上馬車。傑洛特如魚得水地在稻草上躺平，亞斯克爾則擔心會弄髒自己漂亮的綠色背心，所以選擇坐在木板上。波格齊夫卡向馬匹吹了聲口哨，馬車走在用木梁固定的河堤上，發出轆轆的聲響。

他們經過一座橋，渠道中長滿了水蓮和浮萍。經過一片修整過的草地後，接下來眼前所見都是綿延不斷的農田。

「我眞不敢相信這會是世界的盡頭，文明的邊境。」亞斯克爾說：「傑洛特，你看，這裡的黑麥長得和黃金一樣，這些玉米長得這麼茂盛，一個農民騎在馬上躲進去都不會被看到，還有這裡的蕪菁多麼肥碩啊。」

「你也懂農作物？」

「我們詩人什麼都要懂，」亞斯克爾驕傲地說：「不然寫出來的東西可會丟自己的臉。學無止境啊，親愛的朋友，學無止境。農作物決定世界的命運，所以還是多少懂一點的好。農作物讓我們吃得飽、穿得暖，提供娛樂而且還有助於藝術的發展。」

「還扯到娛樂和藝術，你會不會有點太誇張了。」

「請問酒是用什麼做的？」

「我懂了。」

「你懂的太少了，多學學吧。你看這邊這朵紫花，它叫羽扇豆。」

「其實那是野豌豆。」波格齊夫卡插嘴：「你沒看過羽扇豆吧？不過這位先生，有一點你倒是說對了。這裡所有的東西都長得很茂盛，看了教人賞心悅目，所以人們才會把這兒喚作百花谷。我們的祖先把精靈趕走後，就在這裡定居下來。」

「百花谷，也就是布蘭薩納之谷。」亞斯克爾用手肘碰了碰躺在稻草上的獵魔士。「你覺得怎樣？他們把精靈趕走了，卻覺得沒必要把精靈留下的名字改一改，眞是缺乏想像力。對了，你們和精靈相處得怎樣？他們不就住在田埂後面的山上嗎。」

「我們和他們井水不犯河水。他們過他們的生活，我們過我們的。」

「最好的解決方式。」詩人說：「傑洛特，你說是不是？」

獵魔士沒有回答。

＝

「感謝您的招待。」傑洛特舔了舔骨製湯匙，然後把它放到空碗裡。「親愛的主人，非常謝謝您。如果你們允許，我們現在是不是可以進入正題了？」

「啊，可以的。」波格齊夫卡同意。「德胡，怎麼樣？」

下波薩達的長老德胡是個眼神陰鬱的高大老人。他向女僕點了點頭，她們很快地把餐具收下，離開了公共休息室。亞斯克爾臉上露出明顯的失望，他從聚餐一開始就不停地和那些女孩微笑調情，並講些粗俗的玩笑逗得女孩咯咯直笑。

「我洗耳恭聽。」傑洛特看著窗外說。外面傳來斧頭和鋸子的聲音，庭院裡有人正在做木工，針葉的味道濃得連屋裡都聞得到。「請說吧，我能爲你們做些什麼。」

波格齊夫卡看了德胡一眼。長老點點頭，咳了一聲。

「嗯，事情是這樣的，」他說：「這裡有一塊地……」

傑洛特在桌子底下踢了亞斯克爾一腳，詩人本來已經準備好要說句難聽的評語了。

「一塊地。」德胡繼續：「波格齊夫卡，我沒說錯吧？這塊地休耕了很久，但是現在我們翻了土，在那兒種了大麻、葎草和亞麻。我告訴你們，這塊地很大，一直延伸到森林……」

「然後呢？」詩人忍不住了。「這塊地上有什麼？」

「嗯，」德胡抬起頭，搔了搔耳朵說：「那裡有魔鬼作祟。」

「什麼？」亞斯克爾啐聲說：「你說什麼？」

「魔鬼。」

「什麼魔鬼？」

「還有什麼魔鬼？魔鬼就是魔鬼。」

「這世上沒有魔鬼！」

「亞斯克爾，不要插嘴。」傑洛特以平靜的語氣說：「德胡先生，請您說下去。」

「我不是說了嗎？有魔鬼。」

「這我知道。」必要的時候，傑洛特會展現出無比的耐心。「請告訴我，他長什麼樣，從哪裡來，還有對你們造成哪些困擾。如果可以的話，請照順序來。」

「嗯，」德胡舉起乾枯的手掌，吃力地扳著手指慢慢數。「照順序來，當然，您是個聰明人。嗯，那個魔鬼長得就像魔鬼，徹頭徹尾的魔鬼。他是從哪裡來的？沒人知道，憑空就出現了。砰，咚，磅，我一看，是魔鬼。造成什麼困擾呢，其實也沒什麼困擾，有時候還會幫助人。」

「幫助人？」亞斯克爾大笑，一邊試著把啤酒中的蒼蠅撈出來。「魔鬼？」

「亞斯克爾，不要插嘴。德胡先生，請您繼續說，這個魔鬼怎麼幫助你們……」

「魔鬼，」長老特別加重語氣重複了一次。「嗯，他是這樣幫助我們的。他會施肥、翻土、殺鼴鼠、趕麻雀、照料蕪菁和甜菜。啊，他還會吃那些包心菜裡的毛蟲，不過包心菜也會一起吃掉。就像一般魔鬼一樣啊，只會吃個不停。」

亞斯克爾又開始大笑，然後用手指把那隻溺斃在啤酒裡的蒼蠅往火爐旁睡著的貓彈了過去。貓兒睜開一隻眼睛，嫌惡地瞪著詩人。

「儘管如此，」獵魔士平靜地說：「你們還是打算僱用我除掉那個魔鬼，是不是？也就是說，你們不希望他在你們這兒出現？」

「啊，」德胡陰鬱地看著獵魔士說：「有誰希望自己的家園出現魔鬼呢？國王從祖先的時代就賜予了我們土地，和魔鬼一點關係也沒有。我呸，誰需要他的幫助，我們又不是沒手沒腳。獵魔士先生，這不是魔鬼，而是頭可惡的野獸，腦袋裡裝滿了——失禮了——裝滿了大便，簡直讓人受不了。」

「一早醒來的時候，沒有人知道他晚上會冒出什麼鬼主意。不是往井水裡面投糞，就是追著女孩屁股後面跑，威脅著要上她們。先生啊，他還會偷東西和食物，到處破壞、搗蛋，像鼹鼠或海狸一樣在河堤上挖洞，搞得池塘的水全都流光了，裡頭的鯉魚都死絕了。他還在稻草堆裡抽捲菸，狗娘養的，結果所有的乾草就這樣化成灰了……」

「我懂了，」傑洛特打斷他的話：「所以還是造成了困擾。」

「不，」德胡搖頭說：「算不上困擾，只是惡作劇。」

亞斯克爾把頭轉向窗戶，努力忍住笑。獵魔士一語不發。

「說這麼多幹嘛呢？」一直沉默不語的波格齊夫卡突然說：「您不是獵魔士嗎？那就好好教訓一下這個魔鬼。我親耳聽見了，您在上波薩達那兒找工作。現在有工作啦，多少錢我們都會付的。只是要注意一個條件，我們不希望您殺死那個魔鬼，絕對不行。」

獵魔士抬起頭，露出不懷好意的微笑。

「眞有意思。」他說：「我得說，很不尋常。」

「怎麼？」德胡皺起眉。

「很不尋常的條件，幹嘛這麼慈悲呢？」

「不可以殺生。」德胡的眉頭皺得更緊了。「因爲在這座山谷……」

「不可以就是不可以。」波格齊夫卡打斷：「您只要抓住他就行了，或者把他趕得遠遠的。錢我們是不會少付一分的。」

獵魔士沉默著，臉上仍然掛著微笑。

「您同意了嗎？」德胡問。

「我想先看看你們那個魔鬼。」

長老和波格齊夫卡互相看了看。

「隨您的便。」波格齊夫卡說，站起身。「反正這是您的事。魔鬼晚上四處搗蛋玩耍，但是白天的時候都躲在大麻田，不然就在沼澤地那邊的柳樹林裡，您可以去那裡看他。我們不會催您的，想休息多久，就在這兒休息多久。根據我們的待客之道，吃或住方面我們是不會小氣的，再會。」

「傑洛特，」亞斯克爾從凳子上跳起來，望著逐漸遠去的兩人說：「我眞是搞糊塗了。我們沒多久前還在取笑那些想像中的怪物的事，怎麼你現在打算要去獵魔鬼？魔鬼只是一句罵人的話，是神話中的生物，這個道理誰都知道——當然啦，除了愚蠢的農民以外。你幹嘛突然這麼起勁？我認識你也有一段時間了，我猜，你這麼做並不是自甘墮落，只爲了賺取幾頓白吃的午餐和住宿吧？」

「沒錯。」傑洛特做了個鬼臉說：「看來你確實對我有點認識了，歌手。」

「那我就不明白了。」

「有什麼需要明白的？」

「這世上沒有魔鬼！」詩人大叫，把貓嚇醒了。「沒有！見鬼的，魔鬼根本不存在！」

「確實。」傑洛特微笑著說：「但是去親眼看看不存在事物的誘惑，我可是從來都沒辦法拒絕的呢，亞斯克爾。」

III

「有件事是可以確定的，」獵魔士看了看四面環繞的大麻叢林，然後說：「這個魔鬼並不笨。」

「你怎麼知道？」亞斯克爾好奇地問：「就因爲他躲在這一堆別人都進不去的草叢裡？這種事隨便一隻野兔也都想得到。」

「我指的是大麻特殊的力量。這麼大片的大麻田具有強大的抵抗魔法功能，大多數的咒語在這兒都不管用。還有，你看到那裡的木架了嗎？上面爬的是葎草的藤，葎草的毬果裡面某種物質也有類似的作用。我想這絕對不是偶然，那個搗蛋鬼感覺到這股力量了，他知道這裡很安全。」

亞斯克爾清了清喉嚨，整理了一下褲子。

「我很好奇，」他搔著帽子底下的腦袋說：「你會怎麼處理這件事，傑洛特。我從來沒看過你工作的樣子，我猜，你應該對如何獵魔鬼有一些概念吧。我試著回想一下那些老民歌……有一首是關於魔鬼和老女人的，有點下流，但是很有意思。你想，那個老女人……」

「我不想聽，亞斯克爾。」

「隨便你，我只是想幫忙而已。你可別輕視這些古代的老歌喔，它們可是聚集了先人的智慧呢。有一首歌是關於一個叫作尤洛普的僱農，他……」

「閉嘴啦，該上工了，我可得賺取我們的食宿。」

「你想做什麼？」

「我要到大麻叢裡面去看看。」

「很有創意。」詩人啐聲說：「但不是很高明。」

「那要是你會怎麼做？」

「用頭腦啊，」亞斯克爾驕傲地說：「以智取勝。比如說用趕獵的方式，我會把他趕出草叢，然後等他跑出來後再騎馬去追，接著用繩子套住他，你覺得如何？」

「很有意思。誰知道，說不定可行呢，如果你想要參加的話——因為這至少要兩個人才辦得到，但是目前我們還沒有要打獵。現在我只想看看他們口中的魔鬼到底是何方神聖，這也就是爲什麼我要進到大麻叢裡去。」

「嘿！」詩人直到現在才發現，說：「你身上沒帶劍！」

「帶了幹嘛？我也聽過那些關於魔鬼的老歌。不管是老女人或尤洛普，他們都沒用劍對付魔鬼。」

「嗯……」亞斯克爾四下看看，說：「我們一定要經過這亂草堆走進去嗎？」

「你可以不必去，可以回村子等我。」

「才不要。」詩人抗議：「我要白白錯失這樣的機會？我也想親眼看到魔鬼，看看他是不是像傳說中說的那麼可怕。我的意思是，既然旁邊有條小徑，我們是不是不必經過這堆亂草？」

「確實。」傑洛特用手遮住眼睛，說：「是有一條小徑，我們就走那邊吧。」

「如果那是魔鬼的小徑怎麼辦？」

「那樣更好，這樣我們就不用費勁找他。」

「傑洛特，你知道，」亞斯克爾跟著獵魔士走在那條狹窄、凹凸不平的小徑上，一邊開始碎碎唸：「我一直以爲魔鬼只是一種隱喻，爲的只是讓人們罵人能罵得更爽。『都是魔鬼搞的』、『去見魔鬼吧』、『見鬼』，我們都這樣說的。當哈夫林【註】看到有客人從遠方騎馬過來，他們會說：『魔鬼又把

【註】身高約爲人類一半的矮人。

某個人帶過來了。』矮人有事情不順的時候，會說：『杜維爾侯爾』，他們還把不好的貨品叫作『杜維爾謝斯』。而古代語言中有一句諺語『阿德阿伯埃普阿塞』，意思是……」

「我知道那是什麼意思。亞斯克爾，你能不能別再唸了。」

亞斯克爾閉上嘴，摘下別著鷺羽的帽子，一邊搧風，一邊擦額頭上的汗。草叢裡又潮濕又悶熱，濃濃的青草味和野花香讓這股炎熱更盛。小徑拐了一個小彎，之後他們來到一塊不大而平坦的空地。

「亞斯克爾，你看。」

空地的中央有塊平滑的大石頭，上面擺著幾個陶製小碗，碗裡有獸脂做的蠟燭，所剩無幾。傑洛特在凝固的蠟油之間發現了玉米和蠶豆的種子，還有一些叫不出名字的果核和種子。

「正如我所料，」傑洛特低聲說：「人們向他獻祭。」

「沒錯。」詩人指著蠟燭說：「而且還點燃獸脂獻祭。他們還給他吃種子，像是在餵黃雀一樣。天殺的，這裡亂得像豬圈，到處都是黏黏的蜂蜜和松焦油。這到底是……」

詩人的話語被一陣嘈雜、具有威脅性的咩咩聲蓋過去了。大麻叢中傳來窸窸窣窣的聲音，還有咚咚的腳步聲。接著，一個傑洛特見過最奇怪的生物出現在他們面前。

那個生物大概有兩臂張開的長度那麼高，瞪著一雙銅鈴大眼，頭上長著羊角，下頷還有一綹山羊鬍，同時他那張柔軟、分岔、動個不停的嘴唇也讓人想起正在嚼青草的山羊。他的下半身長滿濃密、暗紅色的長毛，一直覆蓋到分岔的蹄上；末端看起來像刷子的長尾巴正使勁地掃著地面。

「嗚克！嗚克！」怪物咆哮著，在原地跺腳。「你們來這幹嘛？滾開、滾開，不然我用角戳你們，嗚克！嗚克！」

「你這頭山羊，有沒有人狠狠踢過你的屁股啊？」亞斯克爾忍不住了。

「嗚克！嗚克！咩——」長著羊角的怪物發出一連串噪音，很難判斷是同意、不同意，還是只是單純地咩咩叫。

「亞斯克爾，住嘴。」獵魔士咆哮：「別說了。」

「咩咩咩咩咩咩咩——」怪物發出一連串憤怒的噪音，他的嘴唇分裂開來，露出像馬一樣的黃牙。

「嗚克！嗚克！嗚克！咩咩咩咩咩咩！」

「好吧。」亞斯克爾點頭說：「手搖風琴和鈴鐺都是你的，你回家的時候可以帶回去。」

「我靠，你有完沒完？」傑洛特斷聲說：「你會毀了一切的，那些愚蠢的玩笑就留給你自己好不好……」

「玩笑！」長著羊角的怪物尖叫著跳起來。「玩笑！咩——！咩——！你們也是來開玩笑的，是嗎？你們也帶了鐵彈來，是不是？可惡的傢伙，那我就給你們鐵彈，嗚克！嗚克！嗚克！你們想要開玩笑，咩——？我就給你們！拿去！這是你們的鐵彈！拿去！」

那個生物跳起來，手猛地一揮。亞斯克爾大叫一聲，跌坐在地上，用手按著額頭。怪物發出咩咩的聲音，又揮了一次手。傑洛特感到耳邊有什麼東西飛過，發出尖銳的聲響。

「這是給你們的鐵彈！咩——！」

一個直徑一吋的鐵彈重重擊中獵魔士的手臂，另一個則命中亞斯克爾的膝蓋。詩人罵了一句髒話，忙不迭地拔腿就跑。傑洛特也趕忙跟上去，成群的鐵彈不斷從他的頭頂上飛過。

「嗚克！嗚克！咩——！」頭上長了山羊角的怪物邊跳邊叫：「我給你們吃鐵彈！哈哈！你們這些愛開玩笑的笨蛋！」

鐵彈在空中發出尖銳的哨聲。亞斯克爾罵得更難聽了，用手護住後腦。傑洛特試著躲到旁邊的大麻叢中，但還是沒有閃過那顆擊中他肩胛骨的子彈。魔鬼不但是個令人畏懼的神槍手，而且還有取之不盡、用之不竭的鐵彈。獵魔士在大麻田中拐著彎前進，聽到魔鬼得意洋洋地發出勝利的咩咩聲，接著又是一陣鐵彈的尖嘯、亞斯克爾逃跑的腳步聲，以及難以入耳、指天罵地的髒話。

然後是一片寂靜。

IV

「傑洛特，說實在的，」亞斯克爾把水桶中放涼的馬蹄鐵放在額頭上冰敷。「我沒想到會遇到這種東西。那個長著羊角和山羊鬍的醜八怪——這麼一隻毛茸茸的笨羊，卻把你打得連滾帶跑，根本不把你放在眼裡。而我還被他打到了頭，你看，腫這麼大一個包！」

「你已經給我看六次了，看起來和第一次並沒什麼兩樣。」

「你還眞體貼，我本來還以爲在你身邊很安全呢！」

「我可沒拜託你和我一起進大麻田。相反地，我求你閉上你那張臭嘴，你既然不聽，那就只好自食惡果了。現在請你行行好，別開金口，因爲他們已經來了。」

波格齊夫卡和高大的德胡走進公共休息室。他們身後跟著一個銀髮老太太，她慢慢地小步走著，由一個瘦得可怕的金髮少女攙扶著。

「德胡先生、波格齊夫卡先生，」獵魔士單刀直入地說：「在我去那兒之前我問過你們，你們自己有沒有試過趕走那個魔鬼。你們說你們什麼都沒做，但是現在我有理由相信，事實和你們所說的有所出入，我想聽聽你們的解釋。」

兩人交頭接耳了一陣。然後德胡用拳頭按著嘴，咳嗽了一聲，往前跨了一步。

「獵魔士先生，您說的沒錯。請原諒，因爲我們覺得羞愧得很。我們本來想自己打倒魔鬼，讓他離開我們這裡的……」

「用什麼方法？」

「我們百花谷，」德胡慢慢說：「從以前開始就有許多怪物作祟。飛龍、蜈蚣怪、吸血怪物、吸血鬼、大蜘蛛和各種毒蛇，而我們總是從書中尋找對付這些怪物的方法。」

「什麼樣的書？」

「奶奶，給他們看那本書。書，我說，那本書！我眞是快吐血了！聾得和木頭一樣！莉拉，跟奶奶說，叫她把那本書拿出來！」

金髮少女從老奶奶雞爪般的手指間拿過那本巨著，然後交給獵魔士。

「這本書，」德胡繼續說：「是我們這一族的寶物，不知道已經流傳幾代了。這本書裡面記載了對付所有怪物、魔法和疑難雜症的方法，以及從古到今所有的怪物，當然也包括未來可能出現的怪物。」

傑洛特在手上翻來覆去地端詳那本厚重、沾滿灰塵的古書。女孩仍然站在他面前，用兩手搓著圍裙。她的年紀比他一開始猜想得大——讓他搞錯的原因是她嬌小的身材。和她比起來，她的同齡女伴顯得豐滿、壯碩許多。

他把書平放在桌上，翻開沉重的木頭封面。

「亞斯克爾，你過來看看。」

「最早的盧恩字母。」詩人仍然把馬蹄鐵按在頭上，越過獵魔士的肩膀看著書，說：「在新字母發明之前，它是最古老的文字，其中依然可以看到許多精靈字母和矮人文字的特點。嗯，很古怪的造句方式，不過當時的人就是這麼說話的。很有趣的插圖和泥金裝飾。傑洛特，這些東西現在已經很少見了。就算有，也是在神殿裡的圖書館，而不是在世界盡頭的一座小村莊。眾神啊，親愛的村民，你們怎麼會有這東西的？你們應該不會想告訴我們，你們讀得懂這玩意吧？老奶奶？妳會讀最早的盧恩字母嗎？妳會讀任何盧恩字母嗎？」

「什什什麼？」

金髮少女走到老奶奶身邊，對著她的耳朵低語了幾句。

「讀？」老奶奶露出沒有牙齒的牙齦，張嘴微笑說：「我嗎？不，親愛的，這我可不會。」

「請你們告訴我，」傑洛特轉向德胡和波格齊夫卡，冷冷地說：「如果你們不會讀盧恩字母，你們是怎麼使用這本書的。」

「這本書裡的知識總是由一名老奶奶來守護。」德胡陰鬱地說：「等到她要離開人世的時候，會把她的知識傳授給一個年輕女孩。你們也看到了，我們的老奶奶即將不久人世，於是她選中了莉拉，而且正在教導她。但是現在奶奶還活著，問她當然是最好的。」

「老巫婆和小巫婆。」亞斯克爾嘀咕。

「如果我沒弄錯，」獵魔士狐疑地問：「奶奶把整本書的內容都記住了？是這樣嗎？奶奶？」

「沒有整本。」再次透過莉拉的傳話，奶奶做出了回答：「只有那些有圖片的地方。」

「啊哈。」傑洛特隨便翻開一頁，破損不堪的頁面上有一幅圖畫，上面描繪著一隻斑點豬，牠的頭上長著兩隻角，看起來像里拉琴。「那您就證明給我看吧，奶奶。這上面寫的是什麼？」

老奶奶咂了咂嘴，仔細端詳了一下圖片，然後閉上眼睛。

「長角原牛，即金牛。」她背誦：「愚蠢的人常將牠與野牛搞混。有角，可以用來刺……」

「夠了。很好，真的很好。」獵魔士翻開幾張黏在一起的頁面，問：「那這個呢？」

「雲精和風精有很多種。有的會呼風喚雨，有的會操縱閃電。如果想保護農作物免受他們的侵害，就拿一把新的鐵刀、三錢老鼠屎、灰鷺的油……」

「很好，好極了。嗯……那這個呢？這是什麼？」

圖片上畫著一個騎在馬上、滿頭亂髮的怪物，有銅鈴般的大眼及巨大的牙齒。他右手拿著一把巨大的劍，左手上則是一個裝滿錢的皮袋。

「狩魔獵人，」奶奶口齒不清地說：「又叫作獵魔士。找他們來是很危險的事，但有時候還是有必要。因爲如果所有的方法都用盡，還是無法對付怪物，那時就得找獵魔士來對付他。必須小心……」

「夠了。」傑洛特低聲說：「奶奶，夠了。謝謝您。」

「不，這怎麼可以呢。」亞斯克爾抗議，一邊帶著邪惡的微笑說：「接下來寫些什麼？這本書眞是有趣！奶奶，說下去、說下去。」

「呃……必須小心不要摸到獵魔士，因爲可能會因此得到傳染病。還有要把女孩們藏起來，因爲獵魔士的性慾無比旺盛……」

「沒錯，講得對極了。」詩人大笑，就連莉拉——至少傑洛特這麼認爲——也若有似無地笑了一下。

「雖然獵魔士都愛錢，特別喜歡金子——」奶奶閉著眼，繼續喃喃地說：「但是別給他們太多錢。殺了水鬼，一分或一分半銀幣。殺了貓人，兩分銀幣。殺了吸血鬼，四分銀幣……」

「多美好的往日時光。」獵魔士低聲說：「奶奶，謝謝您。現在請您告訴我們，這本書哪裡有關於魔鬼的介紹，還有書上寫了些什麼。如果能告訴我，我會很開心，因爲我很好奇你們是用什麼方法對付那個魔鬼的。」

「傑洛特，小心點。」亞斯克爾竊笑著說：「你說話的口氣被他們傳染了。」

老奶奶用她抖個不停的手翻了幾頁，獵魔士和詩人在桌前彎下身。圖畫中正畫著那個向他們丟鐵彈的傢伙，長著羊角、長毛和尾巴，還露出邪惡的微笑。

「魔鬼，」老奶奶背誦：「又叫洛基塔或斯爾凡，對人類的家產和家畜都會造成危害及騷擾。如果你們想把他趕走，那就照這個方法做……」

「說啊、說啊。」亞斯克爾嘀咕。

「抓一把堅果，」奶奶用手指劃過羊皮紙，繼續說：「再拿一把鐵彈。拿一壺蜂蜜，再拿一壺松焦油。拿一小桶洗衣肥皀，再拿一小桶白乳酪。趁晚上魔鬼休息的時候過去，先吃堅果，這時候貪吃的魔鬼就會走過來問：好不好吃？這時候就給他鐵彈……」

「但願你們都下地獄。」亞斯克爾低聲說：「但願你們沒好日子過……」

「安靜。」傑洛特說：「奶奶，請說下去。」

「吃了鐵彈，魔鬼的牙齒就碎了。然後你再開始吃蜂蜜，魔鬼看到你在吃，也會想吃。這時就給他松焦油，自己則吃白乳酪。沒多久你就會聽到魔鬼肚子裡發出咕嚕咕嚕的聲音，但是裝作沒注意到，繼續吃。當魔鬼向你要乳酪的時候，給他肥皀。吃下肥皀後，魔鬼就再也撐不下去了……」

「你們進行到肥皀那一步了嗎？」傑洛特嚴肅地問德胡和波格齊夫卡。

「怎麼可能。」波格齊夫卡深深嘆了一口氣說：「只進展到鐵彈那裡。哦，先生，當他把鐵彈咬碎後，他還狠狠教訓了我們一頓……」

「到底是誰，」亞斯克爾火大地說：「是誰叫你們給他那麼多鐵彈的？書上明明寫的是『一把』，而你們卻給了他一整袋！你們這群笨蛋，你們給他的子彈足夠他用上兩年了！」

「小心點，」獵魔士微笑著說：「你說話的口氣被他們傳染了。」

「謝啦。」

獵魔士突然抬起頭，與站在奶奶身旁的女孩四目相對。莉拉沒有迴避他的目光，她的眼睛是明亮又深邃的藍色。

「你們為什麼要把種子獻給魔鬼當貢品？」他口氣銳利地問：「他擺明了是吃菜的啊。」

莉拉沒有回答。

「小女孩，我在問妳話。不要怕，和我說話並不會得傳染病。」

「獵魔士先生，您就別問她了。」波格齊夫卡說，語氣中有明顯的不知所措。「莉拉……她……有點奇怪。她是不會回答您的，您就別逼她了。」

傑洛特依然看著莉拉，而莉拉也沒有移開視線。獵魔士感到背上一陣涼意，直襲至脖子。

「你們為什麼沒帶著棍棒去找那個魔鬼？」獵魔士提高嗓門說：「為什麼不設陷阱抓他？如果你們想要的話，那傢伙的山羊腦袋早就掛在木棍上，插在農田拿來當趕麻雀的稻草人了。你們事先告訴我，叫我不可以殺死他。這是為什麼？是妳禁止他們這麼做的，對不對，莉拉？」

德胡從椅子上站起來，他的頭幾乎碰到橫梁。

「孩子，出去吧。」他咆哮：「把奶奶帶走，離開這兒。」

「德胡先生，她是誰？」莉拉和奶奶離開後，獵魔士問：「這女孩到底是誰？為什麼你們尊敬她更甚於那本破書？」

「這不干您的事。」德胡看著傑洛特說，眼中沒有一絲友善。「你們這些人在城裡迫害有智慧的女人，甚至把她們押在火堆上燒死。我們這兒以前沒有這種事，以後也不會有。」

「您不了解我的意思。」獵魔士嚴肅地說。

「因爲我不想。」德胡咆哮。

「我注意到這一點了。」傑洛特說，毫不掩飾自己的不悅。「但是德胡先生，請你明白一件基本的事。我們之間還沒有任何合約，也就是說我現在還沒有義務要爲你們做任何事。你們沒有權利認爲你們收買了一個獵魔士，而他可以爲了一分或一分半銀幣爲你們完成你們做不到、不想做，或被禁止做的事。喔不，德胡先生。你們還沒收買這個獵魔士，而我認爲你們不會成功——如果你們一點都不想試著去了解。」

德胡沉默著，用陰鬱的目光打量傑洛特。波格齊夫卡咳嗽了一聲，在椅子上不安地動來動去，用草鞋摩擦著地面。然後他突然直起身子。

「獵魔士先生，」他說：「請您不要生氣，我們會把事情的來龍去脈告訴您。德胡？」

長老同意地點了點頭，坐了下來。

「在我們來這裡的路上——」波格齊夫卡開始說：「你們自己也看到了，這裡的農田是多麼肥沃，作物是多麼豐饒。許多在這裡種得很好的作物，別的地方不是難得一見就是根本看不到。在我們這裡幼苗和種子是最重要的東西，而我們也用它們來支付稅金，靠它們掙錢或者交換別的貨物……」

「這和魔鬼有什麼關係？」

「魔鬼以前只會到處搗蛋、惡作劇，但是後來他就開始大量地偷種子。一開始的時候，我們會把一些種子放到大麻田裡的石頭上，我們以爲他吃飽了就不會再出來騷擾。但是一點用也沒有，他還是照偷不誤，而且變本加厲。當我們把店裡和倉庫裡的穀物藏起來鎖好，他就開始生氣地大叫，發出『嗚克！嗚克！』的噪音。當他『嗚克！嗚克！』的時候，那時最好躲得遠遠的。他還威脅要……」

「上那些女孩。」亞斯克爾臉上帶著輕浮的微笑，插嘴說。

「這是其中之一。」波格齊夫卡同意：「他還說要放火。算了，說都說不完。他既然偷不成，就要求我們支付稅金，命令我們把種子和其他珍貴物品放到袋子裡拿去給他。那時我們眞的生氣了，打算好好教訓他一頓。但是……」

農民咳嗽了一聲，低下頭。

「不用怕。」德胡突然說：「我們低估獵魔士了。波格齊夫卡，把一切都說出來吧。」

「老奶奶不准我們毆打魔鬼。」波格齊夫卡很快地說：「但我們都知道，那是莉拉的意思。因爲奶奶……奶奶只是傳達莉拉的意思而已。而我們……獵魔士先生，您自己也知道，我們聽從莉拉的話。」

「我注意到了。」傑洛特微笑說：「奶奶只會搖頭晃腦、口齒不清地背誦那些自己都不明白的句子。而你們看那個女孩的眼神就像看到女神——你們張口結舌、躲避她的視線，但努力試著解讀她的願望。她的願望對你們來說是命令。這個莉拉，她到底是誰？」

「獵魔士先生，您不是早就猜到了嗎，她是個巫女。我的意思是，智者。但是我們請求您不要跟任何人說，如果被幹事……或者更糟，被總督知道了……」

「別怕。」傑洛特嚴肅地說：「我知道事情的嚴重性，我不會出賣你們的。」

那些收取稅金、從農作物獲利的高官貴族對這些被村民稱爲巫女或智者的女子並無好感。農民總是會向巫女徵詢她們對各種大小事的意見，對她們有種盲目、無止盡的信任。很多時候這種情況下做出的決定，和領主的政策是背道而馳的。傑洛特聽說過很多極端、令人無法理解的例子——比如說殺死所有的種雞、種豬、種牛，或者是不播種、不收割，甚至是把整座村子遷到別處。為了消除人們的「迷信」，統治者通常是不擇手段的；於是農民很快學會了要藏好他們的巫女，但是依然對巫女的話百依百順。因為根據經驗，有件事是無庸置疑的——就長遠的眼光來看，巫女的話確實是對的。

「莉拉不許我們殺死魔鬼。」波格齊夫卡繼續說：「她命令我們照書上說的去做，但就像你們看到的，沒什麼用。而我們和幹事之間也有一些麻煩。如果我們拿來當稅金的種子比平常少，他就會哇哇亂叫、破口大罵。我們壓根不敢提魔鬼的事，因為他很殘酷，而且一點幽默感也沒有；接著您就出現了。我問莉拉，我們能不能……僱用您……」

「她怎麼說？」

「她透過奶奶說，她得先看看您。」

「她看到啦。」

「她看了，她也認可了。我們知道這點，我們可以判斷出莉拉認同什麼、不認同什麼。」

「她沒有對我說一句話。」

「除了奶奶，她不對任何人說話。但是如果她沒有認可您，她絕不會沒事來到這裡。」

「嗯……」傑洛特沉思著說：「真有意思。竟然有這樣的巫女，不是為人們占卜未來，反而選擇沉默。她是怎麼來到你們這裡的？」

「獵魔士先生，我們不知道。」德胡低聲說：「但根據老一輩的說法，奶奶也是這樣的。前一任的老奶奶也挑了個不知打哪兒來、不愛說話的女孩，而那個女孩就是你們今天看到的奶奶。祖先是這麼說的：奶奶重生的方式就像天上的月亮，缺了以後還會圓，沒多久又是一個新的月亮。您不要取笑……」

「我不會笑的。」傑洛特搖了搖頭說：「我見過的事太多了，不覺得這種事有什麼好笑。德胡先生，我不想插手管你們的事。我問這些問題的目的是想要了解莉拉和魔鬼之間的關係，我想你們自己也知道了，他們兩者之間存在著某種關係。如果你們的巫女對你們這麼重要，那麼對付魔鬼就只有一個方法：你們得試著喜歡他。」

「獵魔士先生，您知道，」波格齊夫卡說：「不光是魔鬼。莉拉不准我們傷害任何生物，什麼生物都一樣。」

「當然。」亞斯克爾插嘴：「村裡的巫女和德魯伊就像是一個模子打造的。如果有一隻牛蠅飛來吸德魯伊的血，他還會告訴牠請慢用呢。」

「您猜對了。」波格齊夫卡微笑著說：「您猜得一點都沒錯。對於之前那些會挖菜園的山豬，我們也是採取同樣的辦法。然後呢？您看看窗外，菜園裡的菜長得多茂盛啊。我們找到解決辦法了，莉拉甚至不知道我們怎麼解決的，眼不見爲淨，您明白了嗎？」

「我明白。」傑洛特低聲說：「但這不適用在魔鬼身上。不管莉拉說什麼，你們那個魔鬼其實是斯爾凡，一種十分明理的稀有生物。我不會殺他的，因爲我的信條不允許我這麼做。」

「如果他很明理，」德胡說：「那就好好和他講道理。」

「沒錯。」波格齊夫卡接下去說：「如果魔鬼明理，那就表示他是在神智清醒的情況下偷走那些穀物的。獵魔士先生，請您把事情查清楚，他到底想要什麼。這麼多穀物，他也吃不完，那麼他要那些穀物做什麼呢？是故意要惹我們生氣才這麼做的嗎？他想要什麼？請您查清楚，然後以獵魔士的方式讓他離開這裡。您會這麼做嗎？」

「我會試試看。」傑洛特下了決定。「不過……」

「不過什麼？」

「親愛的，你們那本書有點過時了。你們明白我指的是什麼嗎？」

「說實話，」德胡不悅地說：「不太明白。」

「那我就告訴你們好了。德胡先生、波格齊夫卡先生，如果你們以爲我的幫助只會花你們一分或一分半銀幣，那可就大錯特錯了。」

U

「嘿！」

草叢裡傳出一陣窸窸窣窣、憤怒的「嗚克！嗚克！」還有敲擊木棍的聲音。

「嘿！」獵魔士重複道，他已經先躲了起來。「出來啊，你這個洛基塔。」

「你才是洛基塔。」

「那你是什麼？魔鬼嗎？」

「你才是魔鬼。」長著羊角的生物從大麻叢中探出頭來，齜牙咧嘴地說。「你想幹嘛？」

「我想和你談談。」

「你在開玩笑吧？你以爲我不知道你是誰嗎？村民僱用你來把我趕走的，是不是？」

「沒錯。」傑洛特滿不在乎地承認：「我就是想和你談這件事才來的。也許我們可以來個協議？」

「你想得美。」魔鬼咩咩怪叫：「你想討個便宜，不勞而獲嗎？咩——用這招對付我一點都不管用！聽著，你這個人類，生命是充滿競爭的。強者爲王，你如果想要勝過我，就證明你比我強。與其在這裡空口說白話，我們來比賽吧，贏的人就有權決定條件。我建議我們來賽跑，從這裡跑到河堤旁的老柳樹那裡。」

「我不知道河堤在哪，也不知道老柳樹在哪。」

「如果你知道，我就不會提這個主意了。我喜歡比賽，但是不喜歡輸。」

「我注意到了。不，我們不賽跑，今天太熱了。」

「可惜，那我們用別的方式比吧？」魔鬼露出一口黃牙，從地上撿起一塊大石頭。「你知道這個『誰敲得比較大聲？』的遊戲嗎？我先來，把眼睛閉起來。」

「我有別的主意。」

「說來聽聽。」

「我建議你自己離開這個地方，不須要任何競賽，不要賽跑或敲石頭。自動自發地離開，不用別人逼你。」

「你的建議，眞是阿德阿伯埃普阿塞。」魔鬼展現了他對古語的知識。「我才不會離開呢，我喜歡這兒。」

「但是你在這裡惹了太多麻煩，你那些玩笑開得有點過火了。」

「杜維爾謝斯，你管我開什麼玩笑。」事實證明，斯爾凡竟然也懂矮人的語言。「你的提議就和杜維爾謝斯一樣一點價值也沒有。我哪兒也不去，除非你玩遊戲來贏過我。我給你個機會吧，既然你不喜歡耗費體力的遊戲，那我們就來玩猜謎好了。我現在就出題，如果你贏了，我就離開這裡。如果你輸了，那我就留下來，而你呢，則給我滾得遠遠的。好好用點腦筋吧，因爲這個謎語可不簡單呢。」

傑洛特還來不及抗議，魔鬼就咩了咩、踢了踢腳，再用尾巴掃了掃地面，大聲唸出謎題：

粉紅葉，綠莢果

長在軟土，離河不遠

細長莖，含淚花

別給貓兒看到，因爲牠會很快吃掉

「這是什麼啊？猜猜看。」

「不知道。」獵魔士無所謂地承認，甚至沒有花力氣去想。「也許是爬藤的豆類？」

「錯，你輸了。」

「那正確答案是什麼？什麼東西的莢果……嗯……含淚？」

「包心菜。」

「聽著，」傑洛特咆哮：「你真的惹毛我了。」

「我事先就警告過你了，」魔鬼大笑說：「謎語並不簡單。我贏了，所以我可以留下來，而你得離開這裡，再見啦——我就不送了。」

「等一下，」獵魔士偷偷把手伸到口袋中，說：「那我的謎語呢？我總有復仇的權利吧？」

「才不要。」魔鬼抗議：「你有什麼權利？我可能猜不中，你以為我是笨蛋嗎？」

「不。」傑洛特搖頭說：「我認為你是個邪惡、自大的懶鬼。我們現在來玩一個你從來沒玩過的新遊戲。」

「哈！總算！是什麼遊戲？」

「這遊戲就叫作——」獵魔士慢慢地說：「『己所不欲，勿施於人。』你不用閉上眼睛。」

傑洛特飛快地把身子一彎，眨眼間一個直徑一吋的鐵彈就尖嘯地飛過空中，砰一聲擊中了魔鬼的兩角之間，魔鬼像被閃電打到一樣仰天倒地。傑洛特一個箭步穿過木架，緊緊抓住魔鬼一隻毛茸茸的腿。斯爾凡咩咩大叫，另一腳猛地往他踢了過來。獵魔士用手臂擋住頭，但是這一踢還是讓他痛得眼冒金星。魔鬼雖然長得不怎麼樣，但是踢起人來就像憤怒的騾子一樣有勁。

傑洛特試著抓住他正在亂踢亂晃的腿，但是沒有成功。魔鬼拚命揮手，然後用雙手拍著地面，又踢了一腳，這次命中獵魔士的額頭。獵魔士咒罵了一聲，同時感覺到魔鬼的腳已從他指間溜走。他們倆往外翻滾跌往不同的方向，把木架都弄倒了，陷在大麻田裡。

魔鬼首先跳起來，低下頭就往傑洛特衝了過來。傑洛特這時也已經爬了起來，毫不費力地就閃過了攻擊，並且抓住了魔鬼的羊角，狠狠地把他摔到地上，用膝蓋壓住他。魔鬼咩咩亂叫，猛力往獵魔士的雙眼吐了一口口水，這口水噁心的程度，連一隻患了垂涎病的駱駝都會甘拜下風。獵魔士本能地往後退，但是並沒有放開抓住羊角的雙手。魔鬼試著掙脫獵魔士的手，於是同時用雙腳踢向他——奇怪的是，竟然兩腳都踢到了。傑洛特狠狠地咒罵，但還是沒有放手。他把魔鬼從地上舉起來，壓到樹枝之間，然後使出吃奶的力氣往對方的膝蓋狠狠一踢。然後他彎下身，往魔鬼的耳朵裡吐了一口口水。魔鬼大嚷大叫，露出一點都不尖利的牙齒。

「己所不欲……」獵魔士喘著氣說：「勿施於人！我們繼續玩吧？」

「咩哩咩哩咩——」魔鬼的喉頭裡發出格格聲，一邊尖叫一邊猛地向傑洛特吐口水。但是傑洛特早已抓住魔鬼的羊角，用力地把他的頭往下一壓。這時魔鬼正奮力踢著地面，揚起一片灰塵和野草，而口水剛好不偏不倚地射到他自己腳上。

接下來的幾分鐘就在激烈的掙扎、互踢和互相叫罵中度過。如果說現在傑洛特還可以爲什麼事而高興，那就是慶幸沒有人看見他們。因爲這個場景看起來實在是太白痴、太丟人現眼了。

又是狠狠一踢。這一腳實在是太用力，用力到把他們兩人往反方向彈了開來，雙雙跌進草叢。魔鬼又比傑洛特領先一步跳了起來，一跛一跛地拔腿就跑。傑洛特喘著氣，擦了擦臉上的汗，馬上就追了過去。他們吃力地通過濃密的大麻田，來到了葎草田裡。傑洛特聽到快速、蹉蹉的馬蹄聲，那正是他等待已久的聲音。

「這裡！亞斯克爾！這裡！」他叫：「在葎草田裡！」

他突然看到馬兒的胸膛在他的眼前。下一秒鐘，他已被撞倒在地。他像是被岩塊打到一樣仰天摔倒。獵魔士感到眼前一黑，儘管如此，還是奮力翻身閃進葎草叢裡，躲過了馬蹄。他趕忙站起身來，但是就在這時，第二匹馬衝過來撞倒了他。接著突然有一個人撲到他身上，把他壓倒在地。

一道強光閃過，緊接著是後腦一陣劇痛。

周遭一片黑暗。

VI

獵魔士的嘴巴裡塞滿了沙子。當他想要把沙子吐出來時，發現自己正臉部朝下躺著。他想要移動身子，卻發現自己被綁起來了。他微微抬起頭，聽到身旁傳來說話的聲音。

他躺在森林裡的樹葉堆上，旁邊是棵松樹的樹幹。透過蕨類植物羽毛般的葉子縫隙，獵魔士看到在二十步以外之處有幾匹卸下馬鞍的馬，雖然看得不是很清楚，但其中一匹毫無疑問是亞斯克爾的棕馬。

「三袋玉米。」一個聲音說：「很好，托爾克，非常好。你幹得很漂亮。」

「這還不是全部呢。」他聽到一個咩咩叫的聲音——除了那個魔鬼斯爾凡，不可能是別人。「加勒爾，你看看這個。乍看之下只是豆子而已，但是顏色多麼白，顆粒多麼大！這個呢，叫作油菜，人類用它來搾油。」

傑洛特用力閉上眼睛，然後再睜開。不，這不是夢。魔鬼和加勒爾——不管他到底是誰——正在用古語交談，也就是精靈的語言。但是「玉米」、「豆子」和「油菜」這些字則是使用精靈和人類共通的語言。

「那這個呢？這是什麼？」名叫加勒爾的人說。

「亞麻的種子。亞麻，你懂嗎？他們用亞麻做襯衫。這比用絲綢做便宜多了，也比較堅固。依我看，製造的技術似乎很複雜，但是我會去查個清楚。」

「你的亞麻最好不要像上次給我們的蕪菁一樣，種下去就死了。」加勒爾抱怨，仍然使用他那混雜了南腔北調的奇怪語言。「托爾克，多去找一些新的蕪菁幼苗吧。」

「別擔心。」魔鬼咩咩地說：「這件事絕對不須擔心，這裡的農作物多得要命，一定夠你們用的，別怕。」

「還有一件事，」加勒爾說：「三年輪耕法到底如何實施，請你快弄清楚吧。」

獵魔士小心地把頭抬起來，試著轉過身。

「傑洛特……」他聽到有人悄聲說：「你醒了嗎？」

「亞斯克爾……」獵魔士也悄聲回答：「我們在哪……發生了什麼……」

亞斯克爾只是小聲喘著粗氣。傑洛特受不了，咒罵一聲，縮起身子，然後翻到側面去。

田野中央站著魔鬼托爾克——他倒是有個響亮的名字，正忙著把大包小包的東西放上馬匹，而在一旁協助的高瘦男人必定是加勒爾。他聽到了獵魔士移動的聲響，回過頭來。他有一頭泛著深藍光澤的黑髮、一張輪廓鮮明的臉、明亮的大眼睛，以及一對尖細的耳朵。

加勒爾是精靈——來自深山的精靈，身上流著純淨的阿恩塞德荷族血液——那是有名的古老種族。

加勒爾並不是視線範圍內唯一的精靈。田野的邊緣還坐著六個精靈：一個正忙著把亞斯克爾馱包裡的東西拿出來，另一個彈著他的魯特琴，其他的則圍在打開的麻袋旁邊，貪婪地大嚼蕪菁和生紅蘿蔔。

「魏納達因、朵魯薇。」加勒爾偏了偏頭，指向他們的俘虜。「維萊依！恩勒！」

托爾克跳起來，咩咩大叫。

「加勒爾，不！不可以！費拉凡德瑞禁止過的！你忘了嗎？」

「不，我沒忘。」加勒爾把兩個麻袋放上馬背，說：「但是得檢查看看綁著他們的繩子是不是鬆了。」

「你們想對我們做什麼？」詩人大叫。這時一個精靈正用膝蓋把亞斯克爾壓到地上，好檢查他的繩子。「爲什麼把我們綁起來？這是什麼意思？我是亞斯克爾，吟遊詩……」

傑洛特聽到一聲悶響。他翻過身子，轉頭去看。

站在亞斯克爾身旁的那個女精靈有雙黑眼睛和一頭漆黑如炭的頭髮。她蓬鬆的黑髮隨意披散在肩上，並在兩鬢各綁了一條細細的麻花辮。她穿著一件綠色綢緞上衣，外面披了件寬鬆的皮背心；下半身則套著羊皮緊身長褲，踩著馬靴。她的腰上繫著一條色彩繽紛的絲巾，蓋住了大半大腿。

「奎哥羅斯？」她看著獵魔士說，一邊把玩著腰際那把長匕首的劍柄。「奎連帕維安，艾拉？」

「涅拉，」獵魔士反駁：「天帕宜安，阿恩塞德荷。」

「你聽到沒？」女精靈向旁邊一個高大、臉孔瘦長的塞德荷人說。這個精靈並不打算花力氣檢查綁在傑洛特身上的繩子，只是彈著亞斯克爾的魯特琴，一臉不在乎。「魏納達因，你聽到了嗎？這個野人會說我們的語言！甚至還知道怎麼罵人！」

塞德荷人聳了聳肩，外套上的飾羽發出窸窣的聲音。

「朵魯薇，我們又多了一個讓他閉嘴的理由。」

女精靈在傑洛特身旁彎下腰。她的睫毛很長，皮膚異常蒼白，嘴唇乾裂。她戴著一條在脖子上繞了好幾圈的項鍊，項鍊的珠子是用雕刻過的金樺木做的，繩子則是堅韌的細皮繩。

「野人，再多說幾句啊。」她嘶聲說：「讓我們看看你那張狗嘴吐得出什麼象牙來。」

「怎麼？」獵魔士奮力地轉了個身，仰天躺著，終於把口中的沙子吐了出來。「妳打一個被綁著的人還需要藉口嗎？要打就打吧，不需要什麼藉口，我知道妳喜歡這一套，妳就盡情發洩吧。」

女精靈站起身來。

「我已經發洩過了，在你還沒有被綁起來的時候。」她說：「騎馬撞倒你和打你頭的人都是我。搞清楚，等時機到來的時候，解決你的人也會是我。」

獵魔士沒有回答。

「我最想做的事就是從近處看著你的眼睛，狠狠打你一拳。」女精靈繼續說：「但是你這個人類臭得要死，我要從遠處用弓箭射你。」

「隨妳便。」雖然被繩子綁著，獵魔士還是奮力聳了聳肩。「尊貴的阿恩塞德荷，妳就儘管做妳想做的事吧。目標物既然被綁起來、動彈不得，妳應該射得中才對。」

女精靈跨開腿，站在他頭頂。接著彎下腰來，惡狠狠地露出牙齒。

「當然。」她像蛇一樣嘶聲說：「我想射什麼都射得中。但是你可以確定一件事，我不會讓你一箭斃命的，我會讓你享受死亡逐步逼近的感覺。」

「不要靠我這麼近。」傑洛特裝出一個噁心的表情，說：「妳臭得要命，阿恩塞德荷。」

女精靈跳開一步，晃了晃她纖細的腰，然後用力往獵魔士的大腿上狠狠一踢。傑洛特痛得縮起身子來，同時也看見她正準備往哪個地方踢第二腳。他成功閃過，女精靈這次只踢到他的腰，但這也讓他疼得牙齒打顫。

旁邊那個高大的精靈則撥著魯特琴，用刺耳的和弦替女精靈伴奏。

「朵魯薇，不要動他！」魔鬼咩咩大叫：「妳瘋了嗎？加勒爾，叫她停下來！」

「特阿瑟！」朵魯薇尖叫一聲，又往獵魔士狠狠踢了一腳。高大的塞德荷人猛力地撥著琴弦，其中一根弦於是「錚」一聲地斷了。

「夠了！眾神啊，夠了！」亞斯克爾神經質地大叫，拚命地想要掙脫繩子。「妳這個蠢笨的妓女，妳爲什麼要這樣折騰他？別再來打擾我們了！還有你，不要再動我的魯特琴，聽到沒有？」

朵魯薇轉過身，用她乾澀的嘴唇向他拋個邪惡的微笑。

「音樂家！」她咆哮：「哼，一個人類還敢自稱爲音樂家！魯特琴歌手！」

她一言不發地從高個子精靈手中奪過亞斯克爾的魯特琴，重重地把它往松樹的樹幹上一擊，然後把剩餘的碎片和糾成一團的琴弦扔到亞斯克爾胸前。

「野人，你應該用牛角當樂器，而不是魯特琴。」

詩人的臉刷地變得慘白，他的嘴唇不住顫抖。傑洛特感覺體內生起一股強烈的憤怒。他狠狠地盯住朵魯薇黑色的眼睛，引起她的注意。

「你看什麼看？」女精靈彎下身嘶聲說：「你這個骯髒的野人！想要我把你這雙蜥蜴眼挖出來嗎？」

她的項鍊就懸在他頭上。獵魔士這時突然直起身子，猛地咬住項鍊，奮力一扯。同時，他把腳縮了起來，身體往旁邊一滾。朵魯薇一時失去了平衡，踉蹌跌到獵魔士身上。獵魔士就像被釣上岸的魚一樣猛力翻動著身子，用全身的力量壓住女精靈。他用力把頭往後一仰，這股力量如此強烈，甚至連他的頭骨都發出喀啦喀啦的聲響。然後，他狠狠用額頭去撞女精靈的臉。朵魯薇尖叫一聲，然後好像噎住一樣發不出聲音。

其他的精靈立刻撲上前，凶狠地抓住獵魔士的衣服和頭髮，把他們兩人分開。有人往他臉部打了一拳，獵魔士感覺到那人手上的戒指劃破了自己的臉頰，而眼前的森林因爲這一拳而劇烈搖晃，像在跳舞或飄浮一樣。他看到原本跪在地上的朵魯薇猛地站起身來，鮮血不斷從口鼻中流出來。女精靈從劍匣中抽出匕首，但是她突然哇一聲哭了出來，彎下腰用手摀住臉，把頭垂到膝蓋之間。

那個外套上有彩色羽毛的高個子精靈從朵魯薇手中抽出匕首，朝著被抓住的獵魔士走來。他微微一笑，舉起利刃。獵魔士眼前的視線已經一片血紅——剛才用頭去撞朵魯薇時，她的牙齒劃破了他的額頭，現在鮮血正不停流入眼中。

「不！」托爾克咩咩大叫，跑到精靈身邊，抓住他的手臂。「不要殺他！不可以！」

「沃兒列，魏納達因。」突然響起一個響亮的聲音。「奎塞阿恩？查阿林，艾維連！加勒爾！」

傑洛特抬起頭——雖然他的頭髮被人緊緊抓住，但他還是試著轉頭去看。

田野上走來一匹雪白的馬，牠的鬃毛又長又軟，閃著絲綢般的光輝，就像女人的頭髮。騎在華麗馬鞍上的那人和他的坐騎一樣，有一頭雪白的頭髮，他的頭上纏著一條用藍寶石裝飾的髮帶。

托爾克一邊咩咩叫，一邊跑向馬匹，抓住馬鐙，開始向白髮精靈滔滔不絕地告狀。白髮精靈權威地伸出手，制止了托爾克。他跳下馬，走到由兩個精靈攙扶著的朵魯薇身邊。白髮精靈小心地拿下那條蓋在她臉上、沾滿血跡的手帕，朵魯薇發出一聲恐怖的慘叫。白髮精靈搖搖頭，轉向獵魔士，朝他走近。他明亮的黑眼睛在蒼白臉孔上看起來就像兩顆寒星。他的眼底下有明顯的黑眼圈，彷彿多日沒有睡好。

「你竟然被綁住了還能咬人。」他低聲用人類和精靈共通的語言說。他說得很標準，聽不出一點口音。「就像翼蜥一樣，我會記住這個教訓的。」

「是朵魯薇先動手的。」魔鬼說：「他明明被綁住了，她還對他又踢又打，好像瘋了一樣……」

精靈再次用手勢制止對方。在他一聲令下，其他的精靈把獵魔士和亞斯克爾帶到松樹下，把他們綁在樹幹上。之後所有人都走到躺著的朵魯薇身邊，跪下來圍繞住她。接著，傑洛特聽到朵魯薇發出一聲淒厲的尖叫，在精靈們手裡掙扎著。

「我不想要這樣的。」魔鬼仍然站在他們身邊，說：「人類，我不想要這樣的。我不知道他們竟然會在那時候出現……當他們把你打昏、把你的朋友綁起來的時候，我請求他們把你們丟在葎草田那裡。但是……」

「他們不會放過目擊證人。」獵魔士低聲說。

「他們不會殺了我們吧？」亞斯克爾哀號：「他們不會……」

托爾克沉默著，動著他柔軟的鼻子。

「我靠。」詩人再次哀號：「他們會殺了我們？傑洛特，這是怎麼一回事？我們到底看了什麼不該看的啊？」

「我們的山羊朋友在百花谷有特殊的任務，對不對，托爾克？你根據精靈的指示，替他們偷種子、幼苗、耕種的知識……還有什麼，魔鬼？」

「所有的東西。」托爾克咩咩地說：「所有他們需要的東西，沒有什麼是他們不需要的。他們在山上受飢餓所苦，尤其在冬天。關於農作物的事他們一無所知。在他們成功馴養野生動物之前，在他們種出什麼東西之前……人類，他們沒有多少時間了。」

「去他們的時間，我對他們做了什麼？」亞斯克爾大叫：「我對他們做了什麼壞事？」

「好好想想吧。」白髮精靈無聲無息地靠近過來，說：「也許你自己會找到這個問題的答案。」

「他只不過是在爲了所有人類對精靈造成的傷害而復仇。」獵魔士歪著嘴笑了。「至於復仇的對象是誰，對他來說根本沒有差別。亞斯克爾，不要被他高貴的外表和高尚的語言騙了。他和剛才那個踢我們的黑眼睛女孩沒什麼兩樣，他們都須要對某個人發洩自己無助的憎恨。」

白髮精靈撿起亞斯克爾破碎的魯特琴，沉默地看了那個壞掉的樂器一會兒，最後丟到草叢裡。

「如果我想要洩恨或者復仇的話，」他把玩著柔軟、白色的皮手套，說：「我會在夜晚攻打村子，把房舍燒光，把人們殺得一個都不剩。這就像兒戲一樣簡單，他們甚至沒有派守衛駐守。當他們到森林裡來的時候，他們看不見也聽不見我們，我們可以在樹叢中安靜無聲地用快箭射死他們──還有什麼比這更容易的嗎？但是我們不會去獵殺你們，而你──你這個有一雙奇怪眼睛的人類，卻來獵殺我們的朋友，斯爾凡托爾克。」

「噫──這也太誇張了吧。」魔鬼咩咩叫：「什麼獵殺啊？我們只是鬧著玩……」

「憎恨萬物的人是你們人類才對。你們恨一切和你們不同的民族和生物，即使只是耳朵長得不一樣。」精靈平靜地說，一點都不理會托爾克。「這就是爲什麼你們把我們趕出我們的土地、我們的家園，逼得我們只能逃到山上。你們奪走了我們的布蘭薩納之谷，我們的百花谷。我是來自銀色之塔的費拉凡德瑞．阿恩芬德海，我的祖先則是來自白色軍艦的費列歐那族，而現在我則被流放、驅逐到世界的盡頭。我是世界盡頭的費拉凡德瑞。」

「世界很大。」獵魔士低聲說：「容得下我們，也容得下你們。」

「世界很大。」精靈重複。「一點都沒錯，人類。但是你們改變了這個世界，你們一開始用蠻力改變它──就像你們對待所有落到你們手中的事物。現在看起來，世界開始改變它自己來適應你們，屈就你們，向你們的蠻力屈服。」

傑洛特沒有回答。

「托爾克說的是實話。」費拉凡德瑞繼續說：「沒錯，我們受飢餓所苦，受死亡的威脅。陽光改變了，空氣不一樣了，水已經不是以前的水。我們以前用的、吃的東西，現在都逐漸消失、枯萎、凋零。和你們人類相反，我們以前從來不種田，從來不用鋤頭和犁破壞土地。土地向你們進貢血淋淋的貢品，而對我們，它則無條件地給予。你們用蠻力從土地中取出它的寶藏，而它卻爲我們開花結果，因爲它深愛著我們。但是，沒有一種愛是永恆的，現在我們面臨了生存的問題。」

「與其用偷的，你們可以買那些種子，要多少就可以買多少。你們還是擁有許多人類認爲價值非凡的東西，你們可以和人類交易。」

費拉凡德瑞輕蔑地笑了。

「和你們？絕不。」

傑洛特皺了皺臉，他臉上乾掉的血跡跟著碎裂。

「就讓你們還有你們的自大及輕蔑一起見鬼去吧。如果你們不想和人類共存，就是把自己帶向滅亡。共存、互相協調，這是你們活下來唯一的機會。」

費拉凡德瑞猛地傾身向前，他的眼睛散發著寒光。

「在你們的條件下共存？」他的語氣改變了，雖然聽起來還是一樣平靜。「承認你們的統治？失去自我的認同？以什麼人的身分共存下去？奴隸嗎？還是賤民？要在城市裡築起的圍牆外頭和你們共存？

我們的人民和你們的女子相愛，卻因此上了絞首台。這叫共存嗎？你自己看看，在這種關係下出生的孩子們——他們遇到了什麼樣的命運？奇怪的人類，你爲什麼躲避我的眼神？你看起來和一般人類也不太一樣，就讓你來告訴我，你和人類共存得如何啊？」

「還可以。」獵魔士直視精靈的眼睛，說：「因爲我必須這麼做，因爲別無選擇。我克服了我因爲『不同』而擁有的自大和狂傲，因爲我了解到，自大和狂傲雖然可以保護我免於『不同』的侵襲，它卻是一種憤世嫉俗的保護。因爲我知道現在的陽光已經不是從前的陽光，有些事正在改變，而我並不是這些改變的軸心。陽光照耀的方式不同了，但它會繼續這樣照耀下去。想要以蠻力改變它，根本就像以卵擊石。必須接受事實，精靈，這種事是需要學習的。」

「這就是你們想要的，是不是？」費拉凡德瑞用手腕擦了一下額頭上的汗，他的額頭與眉毛一樣蒼白。「你們就是想強迫別人接受這件事，然後昭告天下：現在開始是人類的時代，所以你們加諸於其他種族身上的暴行就和日出日落一樣正常？而所有人都必須接受、同意這個事實？你竟然還大言不慚地說我自大？你有沒有想過，你所抱持的又是什麼樣的觀點呢？爲什麼你們人類一直無法了解這個事實——你們對世界的統治，其實就和那些在羊毛裡繁殖的吸血蝨子沒兩樣。你也許會建議我和蝨子共存，這只會帶來相同的結果。如果在我承認牠們的權威之後，這些蝨子同意讓我們和牠們一起利用羊毛裡的資源，那我會聽蝨子的話。」

「精靈，如果是那樣，那就別浪費時間討論那些討厭的昆蟲。」獵魔士努力壓抑語氣中的憤怒，說：「我眞覺得奇怪，對於我這樣微不足道的蝨子，你竟然也那麼希望引起我的罪惡感及悔恨。費拉凡德瑞，你還眞可悲。你滿肚子都是憤世嫉俗的想法，你想要復仇，卻又深知自己的無力。繼續吧，用劍來刺我啊，這樣你就可以完成對全人類的復仇。你看著吧，這到底能帶給你多大的解放。在那之前你可以用腳踢我的老二或牙齒，就像朵魯薇一樣。」

費拉凡德瑞別過頭。

「朵魯薇有病。」他說。

「我很了解這種病和它的症狀。」傑洛特轉過頭吐了一口口水，說：「我剛才給她的治療應該會對她有幫助。」

「的確，我們的對話沒有任何意義。」費拉凡德瑞站起身說：「我很遺憾，但是我們必須殺了你們。這和復仇無關，只是純粹的實際問題。托爾克必須繼續他的任務，並且須在保密狀態下進行。我們沒有本錢和你們打仗，也沒笨到去和你們交易。我們還沒天眞到看不出來，你們的商人是你們生活方式的前哨，後頭還跟著些什麼，以及這樣的共存會帶來什麼樣的結果。」

「精靈，」一直沉默的亞斯克爾低聲說：「我有些朋友，他們可以付我們的贖金。如果你願意，也可以用食物代替。你要什麼都可以。好好想想吧，畢竟偷這些種子並不會拯救你們……」

「他們病入膏肓了。」傑洛特打斷他：「亞斯克爾，不要在他面前卑躬屈膝，不要向他求饒。這一點意義也沒有，只是自取其辱。」

「雖然生命這麼短——」費拉凡德瑞勉強擠出微笑說：「但是你好像一點都不畏懼死亡。這眞是驚人啊，人類。」

「我們只出生一次，也只死一次。」獵魔士平靜地說：「很適合蝨子的哲學，不是嗎？長壽又如何呢？費拉凡德瑞，我可憐你。」

精靈揚起眉毛。

「你什麼意思，說清楚。」

「你們都活得很可悲。你們馬背上裝的這些偷來的種子有多少？不多，少得幾乎可憐。而你們竟然想靠這一點點東西活下來，以爲這麼做就可以遠離滅族的威脅。你不是不知道，你們已經走到盡頭了啊。在高原上你們什麼都種不出來，已經沒有任何東西可以解救你們了。但是你們很長壽，你們會存活很長一段時間——在你們自己選擇的自大的隔離中。你們的人會越來越少、越來越虛弱、越來越充滿怨恨。費拉凡德瑞，你知道那時候會發生什麼事。你知道那些絕望、有著百歲老翁蒼老眼神的年輕人，還有那些像朵魯薇一樣青春不再、又病又老的女孩們會做出什麼事。他們會帶著那些還拿得動弓和劍的人一起衝下山谷，去赴一場死亡的約會。你們既然想要榮譽地死去，那你們會在戰役中死去，而不是在草床上，被貧血、肺結核和壞血症慢慢折磨至死。長壽的阿恩塞德荷啊，那時候你就想想我吧，想想我曾經可憐過你。那時候你就會知道，我說的沒錯。」

「誰對誰錯，時間會證明一切。」精靈低聲說：「在這方面，長壽的人還是略勝一籌。我有機會可以驗證這點，即使是要仰賴這一小把偷來的種子。而你沒有這樣的機會，你馬上就要死了。」

「至少把他放了。」傑洛特用頭指了指亞斯克爾，說：「不是爲了什麼可憐的仁慈，而是一個理智的抉擇。我死了沒有人會關心，但是人們會爲了他而向你們報仇。」

「你未免太小看我的理智了。」精靈慢條斯理地說：「如果他因爲你這番話而活下去，他一定會覺得有義務爲你報仇。」

「一點也沒錯！」亞斯克爾臉色慘白地大吼：「你這狗娘養的，你說對了。你就把我也殺了吧，不然的話，我保證我一定會找全世界的人一起來反抗你們，讓你們看看羊皮裡的蝨子可不是好欺負的！即使要把你們那座山鏟平，我們也要把你們殺得片甲不留！我說得到做得到！」

「亞斯克爾，你眞是個笨蛋。」獵魔士嘆了口氣說。

「我們只出生一次，也只死一次。」詩人傲氣地說，雖然他的牙齒抖得格格作響，多少破壞了這個效果。

「這件事已沒有轉圜的餘地了。」費拉凡德瑞把手套從腰帶上解下來並且戴上。「現在該是讓它落幕的時候了。」

費拉凡德瑞一聲令下，拿著弓箭的精靈們在他們面前站成一排。精靈的動作異常迅速，看來已經等候多時了。獵魔士注意到，他們其中之一還啃著蕪菁。朵魯薇的嘴和鼻子已經包紮好，用布塊和樺木的樹皮纏成一個十字。她站在他們旁邊，手上沒有拿弓箭。

「要把你們的眼睛矇起來嗎？」費拉凡德瑞問。

「滾開。」獵魔士別過頭說：「滾……」

「阿德阿伯埃晋阿塞。」亞斯克爾牙齒打著顫，接續獵魔士的話。

「你們休想！」魔鬼突然咩咩叫著跑了過來，用自己的身體擋住兩個死刑犯。「你們都失去理智了嗎？費拉凡德瑞！這和我們約定的不一樣！不一樣！你本來說要把他們帶到山上，關在某個山洞裡，直到我們辦完這裡的事……」

「托爾克，」精靈說：「我不能這麼做，我不能冒這個險。他雖然被綁了起來，但還是十分危險。他把朵魯薇弄成什麼樣，你難道沒看到嗎？我不能冒這個險。」

「我才不管你能做什麼、不能做什麼！你們腦子裡在想什麼啊？你們以為我會讓你們在這裡殺人嗎？在我的土地上？在我的村子旁邊？你們這群受詛咒的笨蛋！快帶著你們的弓箭滾得遠遠的，不然我就用角戳你們，嗚克！嗚克！」

「托爾克，」費拉凡德瑞把手扠到腰上，說：「我們必須這麼做。」

「是杜維爾謝斯，才不是什麼必要！」

「托爾克，到旁邊去。」

惡魔擺動著耳朵，吼叫得更大聲了。他兩隻眼睛睜得大大的，彎起手肘，比出在矮人之間十分流行的罵人手勢。

「我才不會讓你們在這裡殺人！上你們的馬，回去隘口後的山上！不然你們就得也把我殺了！」

「理智點。」白髮精靈慢慢地說：「如果放他們一條生路，那麼人們就會知道你所做的一切。他們一定會來找你報仇，你又不是不了解他們。」

「我很了解。」魔鬼仍站在傑洛特和亞斯克爾前面，咩咩叫著說：「看來和你們相比，我還更了解他們！現在我真的不知道要和誰站在同一陣線比較好！費拉凡德瑞，我真後悔和你們混在一起！」

「你自找的。」精靈冷冷地說，向弓箭手下達了指令。「托爾克，這是你自找的。勒斯帕瑞列安！艾維連！」

精靈從箭袋中拿出了箭。

「托爾克，你走吧。」傑洛特咬住牙說：「這麼做沒有意義，到旁邊去。」

魔鬼一動也不動，向他比了比剛才那個矮人的手勢。

「我聽到……音樂聲……」亞斯克爾突然哭著說。

「這很正常。」獵魔士看著箭的尖端說：「別擔心，因爲恐懼而出現幻覺並不可恥。」

費拉凡德瑞的臉色突然一變，露出奇怪的神情。他猛地轉過身去，大聲地向弓箭手下達了一個短促的指令。精靈放下弓箭。

莉拉來到了田野。

這時的她已經不是那個穿著粗布連身裙的瘦弱少女，而是有一頭金髮、雙眸明亮、渾身散發著光芒和威儀的田野女神。她穿過茂密的草叢向他們走來——不，不是用走的，是向他們飄來。她全身裝飾著鮮花花環、長穗和一束束香草，一頭幼鹿跟在她左手邊，小步小步地走著，步履還有點僵硬。而她右手邊是一隻大刺蝟，正窸窸窣窣地爬著。

「丹娜美阿伯德。」費拉凡德瑞充滿敬意地說，說完他就低著頭，跪了下來。

其他的精靈也都跪了下來。好像不太情願似地一個接一個慢慢地下跪，把頭垂得低低地以示尊敬。最後一個下跪的是朵魯薇。

「哈厄爾，丹娜美阿伯德。」費拉凡德瑞重複道。

莉拉沒有回應他的問候。她在離精靈幾步之外的地方停了下來，用她深藍色的眸子看著傑洛特和亞斯克爾。托爾克也彎下身來行禮，接著馬上跳了起來去解開兩人身上的繩子，精靈沒有站起來阻止他。

莉拉仍然站在費拉凡德瑞身前。她沒有說話，沒有發出任何聲音，但是獵魔士看到精靈臉上的表情在改變，也感覺到圍繞在他們身邊的那股力量。他十分肯定這兩人正在用心靈交流，魔鬼突然扯了扯他的袖子。

「你的朋友，」他悄聲咩了咩：「在這個時候昏倒了。眞是會挑時間，我們該怎麼辦？」

「往他臉上甩幾巴掌。」

「遵命。」

費拉凡德瑞站起身來，在他的命令下精靈給馬兒裝上了馬鞍。

「和我們一起走吧，丹娜美阿伯德。」白髮精靈說：「我們需要妳。永恆的女神，不要遺棄我們。不要奪走妳對我們的愛，沒有妳的愛，我們活不下去。」

莉拉慢慢地搖頭，往東邊的山上望去。精靈鞠了躬，搓揉著手中那條繫在白馬身上的華麗韁繩。

斯爾凡扶著臉色蒼白、驚訝得說不出話的亞斯克爾走了過來。莉拉看著他，微微地笑了。她注視著獵魔士的眼睛很長一段時間。她沒有說話，他們的溝通不須語言。

大多數的精靈都已經上馬。就在這時，費拉凡德瑞和朵魯薇來到他們面前，傑洛特看著女精靈露在繃帶之外的黑眼睛。

「朵魯薇……」他欲言又止。

女精靈點點頭，從馬鞍的鞍橋上解下一把魯特琴。那把美麗的樂器是用很輕的木頭做的，琴身鑲嵌得非常精細，修長的琴頸也雕刻得十分漂亮。她一言不發地交給亞斯克爾。詩人接過樂器，向她鞠了躬。詩人也沒有說話，但是他的眼神說明了一切。

「奇怪的人類，再會。」費拉凡德瑞低聲對傑洛特說。「你是對的，語言是多餘的，它們並不會改變什麼。」

傑洛特沉默不語。

「我想了很久，」精靈繼續說：「終於得到這個結論：當你說你可憐我們的時候，你是對的。那就再會吧。我們不久就會重逢的——在我們攻下山谷、爲了榮譽而死去的那一天。到時候，我和朵魯薇會仔細尋找你的身影，別讓我們失望。」

兩人沉默地對望了很長一段時間，之後獵魔士做了簡短的回答：

「我會盡力。」

VII

「我的老天，傑洛特，」亞斯克爾停下演奏，熱切地抱著魯特琴，用臉頰碰觸琴身。「這木頭自己會唱歌！這些琴弦是活的！多麼美妙的聲音啊！我靠，爲了這把琴，就算被踢個幾下、受一點驚嚇，也是很划算的。要是我知道自己會得到這麼棒的東西，我願意讓他們從清晨踢到傍晚。傑洛特？你有沒有在聽？」

「想不聽實在很難。」獵魔士把頭從古書上抬起來，看著魔鬼。他還在猛吹那支用長短不一的蘆葦葉做成的奇怪笛子。「我聽見啦，整個村子都聽得見。」

「杜維爾謝斯，才沒有整個村子呢。」托爾克放下笛子說：「就這片空地而已，這塊荒地。鳥不生蛋的地方。唉，我眞想念我的大麻田！」

「他想念他的大麻。」亞斯克爾大笑，一邊小心地調整雕工精細的弦鈕。「其實你應該安靜地待在草叢裡，而不是四處嚇壞女孩、破壞河堤或把井水弄髒。我想，現在你應該會小心一點，放棄你那些惡作劇。是不是，托爾克？」

「我喜歡惡作劇。」魔鬼齜牙咧嘴地說：「我沒辦法想像不惡作劇的生活。但是好吧，你們說得沒錯。我保證在新地方會小心點，我會節制的。」

這是個多雲又多風的夜晚。獵魔士一行人在樹叢之間搭起了帳篷，他們不時聽到強風在蘆葦叢和枝椏間呼嘯的聲音。亞斯克爾往火堆裡添了一些樹枝，托爾克四處走來走去，一邊用尾巴趕走身旁的蚊子。湖邊傳來魚兒躍水的聲音。

「我會把我們在世界盡頭的歷險寫成一首民謠。」亞斯克爾說：「還有你，托爾克，我也會把你寫進去。」

「別以爲只有你會寫。」魔鬼咆哮：「到時候我也要來寫一首歌，然後把你寫進去。我要讓你顏面無光，十二年內都無法在社會大眾面前露臉，給我小心點。傑洛特？」

「什麼？」

「你從農民手中偷摸過來的那本書，裡面有什麼有趣的東西嗎？」

「當然有。」

「那就趁火還沒熄的時候唸一點給我們聽聽。」

「對啊，對啊。」亞斯克爾撥了撥那把朵魯薇給他的魯特琴，琴弦發出動聽的聲音。「唸給我們聽吧，傑洛特。」

「你們可以在夏天的時候看到她。」他開始說：「從五、六月開始，一直到十月。但是最常看到她的機會是八月節的時候，也就是古人口中所說的『收穫祭』。她通常以金髮少女之姿出現，全身被鮮花包圍，而所有的生物——不管是動物或植物——都會跟隨在她的身後。這也就是爲什麼她的名字又叫吉薇爾，意即生命。古代人叫她『丹娜麥比』，對她十分崇拜，即使是遠離田野、住在深山的矮人族也尊稱她爲『布雷埃門瑪格達』。」

「丹娜麥比，」亞斯克爾低聲說：「也就是丹娜美阿伯德——田野女神。」

「吉薇爾降臨之處，大地欣欣向榮，萬物繁衍不息，這都是歸功於她的力量。所有的種族都崇拜她，向她獻上收穫的祭品，徒勞無功地希望吉薇爾會時常來看望他們的土地，而不是去別的地方。因爲根據傳說，吉薇爾最後會選擇一個最好的種族，在那裡落腳，但這只不過是鄉野傳說罷了。因爲眞正的智者是這麼說的：吉薇爾愛著大地及所有在大地上生存的生物，不管是最瘦的野蘋果樹還是最小的昆蟲。對她來說，所有種族的價值都是相同的。因爲不管是什麼種族都有消亡的一天，新的種族亦會不停地到來。而吉薇爾是永恆的，她一直都存在，未來也會繼續存在，永垂不朽。」

「永垂不朽！」詩人邊彈邊唱。托爾克也吹著發出高音的蘆笛，加入了演奏。「田野女神啊，我們歌頌您！感謝您爲布蘭薩納之谷帶來了鮮花和繁榮的作物，更感謝您救了這首歌的作者，讓他並未在弓箭下喪生。喂，我有話想告訴你們。」

亞斯克爾停下了演奏，像個孩子一樣抱著魯特琴，突然憂愁了起來。

「我想我不會在這首歌裡寫到精靈，還有他們所面臨的困難。總是會有一些人渣會想跑到山裡去……何必急著……」

吟遊詩人沉默了下來。

「把話說完吧。」托爾克苦澀地說：「你想說的是：何必急著帶來那必定的、不可避免的結果。」

「我們別說這個了。」傑洛特打斷：「說這些幹嘛呢？語言是多餘的，你們還是向莉拉看齊吧。」

「她用心靈感應和精靈溝通。」詩人低語：「我感覺到了。是不是，傑洛特？你畢竟是有這種感應的，你是不是知道……她和精靈說了些什麼？」

「一點點。」

「她說了什麼？」

「關於希望、關於萬物更新，以及生生不息的事。」

「就只有這樣？」

「這樣就夠了。」

「嗯……傑洛特？莉拉住在村子裡，和人們住在一起。你覺得她會不會……」

「……與他們一同留下來？在布蘭薩納之谷？有可能，如果……」

「如果什麼？」

「如果這裡的人們值得她這麼做，如果世界的盡頭保持原來的樣子，如果我們學會如何尊敬界線。好啦各位，我們也聊夠了，該睡覺啦。」

「是呀。快到午夜了，火也快熄了。我要再坐一會兒，我最喜歡在即將熄滅的火堆旁作曲了，對想韻腳有幫助。我還要爲這首歌下個標題，一個好聽的標題。」

「就叫『世界的盡頭』怎麼樣？」

「太老套了。」詩人啐聲說：「就算眞的是世界的盡頭，也要取個不同的名字才行，要用隱喩。傑洛特，我假設你知道隱喩是什麼？嗯……讓我想想，『魔鬼……』，我靠，『魔鬼……』」

「晚安。」魔鬼說。【註】

【註】波蘭諺語中「魔鬼道晚安的地方」就是「世界盡頭」的意思。

理智的聲音

6

獵魔士解開襯衫的繫繩，把濕透的內衣從黏答答的皮膚上撕下來。洞穴裡非常溫暖，或者應該說炎熱。空氣中飄浮著一股沉重、潮濕的霧氣，在覆滿青苔的巨石上和玄武岩的洞穴岩壁上液化為水珠。

放眼望去四周都是植物。洞穴的底部挖了個深坑，裡面蓋滿泥炭，一些植物就長在裡面。其他的則種在大型的木箱、木盆和花盆裡；藤蔓植物順著木棍和棚子攀爬而上，覆蓋了岩壁。傑洛特好奇地四下打量，認出其中一些稀有的品種——那是用來調製獵魔士的藥品和魔法藥水的原料，也可用來製作魔法濾網和巫術的藥汁。有些稀有的品種，他只能約略猜到用途，有些植物則是他根本認不出的，甚至連聽都沒聽過。他看到一大片有著星型葉片的諾思崔克斯覆蓋在岩壁上，另一邊則是丹頭果，纍纍的圓形果實像潮水般從巨大的花盆傾瀉而出。還有無心菜，它枝頭上垂滿了血一樣鮮紅的漿果。他也認出了長葉車前草那多肉、葉脈粗大的葉片，涅茲蔓爾帶有暗紅色澤的金色橢圓形葉片，以及皮渥瑞特卡像箭尖一樣的黑色葉子。他注意到覆蓋在石頭上像羽毛一樣的東西，是名為史達飛魁夫的青苔，他也看到了烏鴉眼那閃閃發亮的塊莖，以及密西荷渥斯特紅門蘭像虎爪一樣的花瓣。

洞穴暗處可以看到地上冒出一朵朵西坦切茨菇的傘狀蕈蓋，這些蕈菇的顏色與原野上的石頭一樣是灰色的。不遠處長著謝吉各朗，這種草藥可以用來中和所有已知的毒素。放在地上的大木箱中露出了一叢叢黃灰色、像小掃帚般不起眼的植物，那其實是拉諾加，根部具有強大且萬能的療效。

洞穴中央種著水生植物。傑洛特看到長滿了金魚藻和烏龜萍的水盆，還有覆滿鹿角苔茂密小葉子的水槽，以及靠吸取鹿角苔營養維生的寄生植物——歐思崔吉。幾個玻璃槽中種了會造成強烈幻覺、具有彎曲根莖的德伍葛特，而其他的玻璃槽裡則種有墨綠色長葉的椒草，還有糾纏成一團的尼切涅慈。裝滿了泥漿的木槽裡則長滿了數不清的真菌、藻類、黴菌和沼澤地衣。

南娜卡已經捲起了長袍的袖子，從籃子裡拿出園藝用的大剪刀和用骨頭做的小耙子，默默地開始工作。傑洛特坐在被許多光柱包圍的長椅上，那些光是透過洞穴頂端的水晶天花板照進來的。

女祭司長低聲哼著歌，口中喃喃自語。雙手在枝葉深處快速擺動，流暢地揮動剪刀，很快地籃子裡已堆滿了雜草。她調整支撐植物的支架和框架，並且不時用小耙子鬆一鬆土。有時候她會生氣地碎碎唸，一邊扯下乾掉或死掉的枝葉塞進裝滿泥土的容器，當作真菌植物或其他長滿鱗片、像蛇一樣彎曲植物的肥料。獵魔士認不出那是什麼植物，甚至不確定那到底是不是植物——他覺得那閃閃發亮的根莖好像在輕輕晃動，並且把那多毛的嫩枝伸向女祭司的手。

洞穴裡很溫暖，非常溫暖。

「傑洛特？」

「是。」他和侵蝕而來的睡意搏鬥著。南娜卡把玩著大剪刀，透過漆姑草巨大、羽毛般的葉片看著他。

「不要那麼快離開，留下來，再多待個幾天。」

「不，南娜卡，我上路的時候到了。」

「你這麼急幹什麼？你不必管赫拉瓦德說什麼。至於亞斯克爾那個流浪漢，就讓他自己一個人去冒險吧。傑洛特，留下來。」

「南娜卡，不。」

女祭司長動著大剪刀，發出銳利的金屬聲。

「你這麼急著要離開神殿，是因爲怕她找到你在這裡嗎？」

「對。」他承認，雖然不是很情願。「妳猜到了。」

「這不是什麼難猜的事。」她嘀咕。「放心吧。葉妮芙兩個月前來過了，不會那麼快回來的，因爲我們吵了一架。不，不是爲了你，她甚至沒有問起你。」

「沒有問嗎？」

「這是你的痛處。」女祭司長哈哈大笑說：「你就像所有的男人一樣自我中心，沒有任何事比漠不關心更糟糕，是不是？但是不要太傷心。我太了解葉妮芙了，雖然沒有問起你，但是她仔細地四處察看，尋找你的蹤跡。她非常生你的氣，這點我可以感覺得到。」

「妳們爲什麼吵架？」

「沒什麼，這件事和你無關。」

「妳不說我也知道。」

「我不這麼覺得。」南娜卡平靜地說，一邊調整支架。「你對她的了解是很淺薄的。至於她對你的了解——也是一樣。在把你們連結起來——或曾經連結起來——的關係中，這是很稀鬆平常的。你和她兩人都只會感情用事地看待結果，完全不去管原因。」

「她來這裡是爲了治好她的病。」他冷冷地說：「妳們就是爲了這個而吵架的，承認吧。」

「我什麼也不會承認。」

獵魔士站起身來，走到有光線的地方，就在洞穴頂端的一塊水晶天花板下。

「南娜卡，請妳過來一下，我想讓妳看看這個。」

他解開腰帶裡的暗袋，拿出一個羊皮小袋，把內容物倒在手掌上。

「兩顆鑽石、一顆紅寶石、三塊美麗的軟玉、一塊有趣的瑪瑙。」南娜卡認得所有的寶石。「你花了多少錢？」

「兩千五百特馬利歐蘭，這是解決維吉馬的斯奇嘉的酬勞。」

「是你被抓爛脖子的酬勞。」女祭司擺出一張臭臉，說：「反正，這是價錢的問題。不過把現金換成這些會發光的石頭，你倒是下了個正確的決定。歐蘭是弱勢貨幣，而在維吉馬這些寶石並不會太貴，它離馬哈喀姆的矮人礦場很近。如果你在拿威格拉德把它們賣了，至少可以得到五百拿威格拉德克朗。現在一克朗相當於六塊五歐蘭，還會繼續增值的。」

「我想請妳收下這些寶石。」

「替你保管嗎？」

「不。三塊軟玉是給神殿的，就當作是我給梅莉特列女神的貢品。其他的寶石……是留給她的，給葉妮芙。當她再來到這裡，請妳把寶石交給她，她一定沒多久就會出現的。」

南娜卡直視他的眼睛。

「如果我是你，我不會這麼做。相信我，你會把她弄得更火大——如果她還可以更憤怒的話。就讓事情維持原狀吧，因爲你已經沒辦法修復或改善任何事。你從她身邊逃開這件事……嗯，我們得這麼說，不太像是個成熟男士該有的行爲。試著用寶石抹銷自己的罪行，這樣的表現很像是個糟老頭，兩者都很令人厭惡。」

「她控制慾太強了。」他別過臉，低聲說：「我沒辦法忍受這件事。她把我當成……」

「別說了。」南娜卡厲聲說：「別在我膝蓋上哭哭啼啼。我可不是你媽，這句話我要告訴你多少遍？我也不想當你的紅粉知己。我才不管她怎麼對待你呢，而你怎麼對待她更是和我八竿子打不著邊。我一點都不想幫你居中協調，把這些愚蠢的寶石交到她手上。如果你想當個白痴，那就自己去當，不要把我也拖下水。」

「妳不明白我的意思，我一點也不想乞求她的原諒或打算收買她。不管怎樣，我欠她人情。據我所知，她想要進行的治療得花很多錢。我想要幫助她，如此而已。」

「你比我想像得還要笨得多哪。」南娜卡拿起地上的籃子，說：「治療得花很多錢？幫助？傑洛特，你這些寶石對她來說一點價值都沒有，甚至不值得她在上面吐口水。你知不知道，葉妮芙幫貴族婦女墮一次胎可以收多少錢？」

「這我知道。我還知道，她治療不孕的費用更高。可惜，她沒辦法用她的天分來幫助自己，這也是爲什麼她得尋求別人的幫助，包括妳的幫助。」

「沒有人能幫助她，這是絕對辦不到的事。她是個女巫，就像大多數的女巫一樣，她的卵巢已經萎縮，喪失了功能，這是無法挽回的；她永遠都無法生兒育女。」

「不是所有的女巫都有這樣的缺陷。這方面的知識我還有一些，而妳也有。」

「當然。」南娜卡瞇起眼說：「我知道。」

「如果某件事有例外，那就不能被當成定律。不要拿那些老套的謊話來唬我，說什麼例外只證明了規則的存在，告訴我關於例外的事。」

「關於例外，」她冷冷地說：「我們只能說：它們存在，除此之外沒什麼好說的。而葉妮芙……很可惜的，不是一個例外。至少在我們談論的萎縮方面來說，她不是。而在其他方面來說——她是例外中的例外。」

「巫師——」傑洛特一點也不理會南娜卡的冷淡和諷喻，繼續說：「已經可以讓死人復活，我讀過這方面的記錄。而就我的理解，讓死人復活比讓萎縮的器官恢復功能要困難得多了。」

「你搞錯了。關於讓萎縮的器官或內分泌腺完全恢復的記錄，我從來都沒聽說過，一個都沒有。傑洛特，夠了，我們的談話聽起來像兩個治療師在會診，但你對此一無所知，而我是這方面的專家。我已經告訴過你，葉妮芙得到了某方面的技能，也爲此付出了代價，就是這麼一回事。」

「如果這件事這麼理所當然，那我就不懂她爲什麼一直試著……」

「你懂得還眞少。」女祭司打斷他的話：「少得可憐。別再想葉妮芙的病痛了，想想自己吧，你的身體也經歷了一些無法挽回的變化。你對她的行爲感到驚訝，那你對自己的行爲怎麼說呢？你應該很明白這件事才對，你永遠都不會成爲人類，但是你一直試著當個人類。不停地犯下那些獵魔士不該犯，只有人類才會犯的錯誤。」

傑洛特背靠在洞穴的牆壁上，擦了擦眉毛上的汗。

「你不回答。」南娜卡微笑著斷定。「我不覺得奇怪，和理智的聲音交流並不是件容易的事。傑洛特，你病了，甚至可說是殘廢。你對魔法藥水的反應很差。你的脈搏太快，眼球調節的功能太慢，反射神經也太遲緩。你連最簡單的魔法符咒都施展不好，這樣你還打算上路？你得治好你的病。治療是絕對必要的，而在那之前先要催眠。」

「這就是爲什麼妳把優拉送到我這兒來？這是治療的一部分嗎？這樣會讓催眠變得比較容易？」

「你這個笨蛋！」

「我還沒那麼笨。」

南娜卡轉過身，把手插進一堆獵魔士不認識的攀緣植物多肉的莖裡。

「好吧，你說得沒錯。」她大方地說：「對，我是要優拉到你那裡去，這是治療的一部分。而且我還要告訴你，成功了。隔天你的反應好多了，情緒也平靜下來。此外，優拉也須要治療。不要生氣。」

「我沒有生優拉或治療的氣。」

「但是你因爲自己聽到理智的聲音而生氣，是嗎？」

他沒有回答。

「催眠是絕對必要的。」南娜卡環視洞穴裡的花園，說：「優拉準備好了，她已經和你達成了身心的聯繫。如果你已經打定主意要走，我們今天晚上就來進行。」

「不，我不想要這麼做。南娜卡，請妳了解，在催眠中優拉可能會看到未來，她可能會預言，或者解讀未來。」

「我就是這個意思。」

「而我不想知道未來。如果我知道未來會發生什麼事，我怎麼能繼續做我現在所做的一切？話說回來，未來的事我早就已經知道了。」

「你確定嗎？」

他沒有回答。

「好吧。」她嘆了口氣說：「我們走吧。對了，傑洛特？我不想探人隱私，但是告訴我……告訴我，你們是怎麼認識的？你和葉妮芙？這一切是怎麼開始的？」

獵魔士微微一笑。

「事情是這樣開始的：我和亞斯克爾的早餐沒有著落，於是我們決定去釣魚。」

「所以你要告訴我——你沒釣上魚，卻釣上了葉妮芙？」

「我會告訴妳這一切的來龍去脈。但要在晚餐之後，因爲我有點餓了。」

「那我們走吧，我已經拿到我需要的東西了。」

獵魔士往出口走去，再一次環顧洞穴裡的溫室。

「南娜卡？」

「嗯？」

「妳在這裡種植的植物——有一半在外面世界已經絕種了。我沒弄錯吧？」

「沒錯，比一半還要多呢。」

「爲什麼會這樣？」

「如果我告訴你，這是梅莉特列女神的恩賜，你對這樣的答案一定不會滿意吧？」

「當然不會。」

「我也這麼想。」南娜卡微笑著說：「傑洛特，你看，我們明亮的陽光依舊閃耀，但它照耀的方式已經和以前不同了。如果你對這方面感興趣，你可以去讀書。如果你不想花時間研究，也許你會滿意這樣的解釋：我們用來做屋頂的水晶，有濾網般的作用，會阻擋那些在陽光中越來越具有殺傷力的光線。這也就是爲什麼你在野外看不到的植物，在這裡還能存活。」

「我懂了。」獵魔士點點頭說：「那我們呢，南娜卡？我們怎麼辦？陽光也照耀在我們身上，我們是不是也應該躲在這樣的屋頂下？」

「照理說是應該的。」女祭司長嘆了口氣說：「但是……」

「但是什麼？」

「已經太遲了。」

最後的願望

﹁

鯰魚帶著觸鬚的頭露出了水面。牠奮力拉扯釣線，弄得河面水花四濺，掀起陣陣波浪。鯰魚拚命掙扎著，露出了白色的腹部。

「亞斯克爾，小心點！」獵魔士把鞋跟踩入潮濕的沙地，試著穩住腳。「該死，給我抓緊點！」

「我抓緊了……」詩人喘著大氣說：「媽呀，眞是個怪物！這才不是魚，這是利維坦【註】！眾神啊，我們可以飽餐一頓了！」

「放手、放手，別拉那麼緊，不然線會斷的！」

鯰魚的身體貼著河底，然後猛地一躍，往曲流的方向游去。釣線發出嘶地一聲，傑洛特和亞斯克爾的手套開始冒煙。

「拉緊，傑洛特，拉緊！不要放手，不然會纏到樹根的！」

「線會斷掉！」

「不會斷！拉緊！」

【註】聖經中的巨大海怪。

他們低下身用力拉扯。釣線嘶聲劃過水面，灑出水銀似的點點水花，在清晨的陽光中閃耀。鯰魚突然被拉了上來，在水面下拚命地掙扎。釣線一下子變鬆了，兩人於是趕緊收線。

「來道煙燻鯰魚。」亞斯克爾邊喘邊說：「我們待會到村子裡，叫人料理一道煙燻鯰魚，用魚頭來煮湯！」

「小心！」

鯰魚感覺到腹部碰到了淺灘的沙地，向上一躍，露出約兩個手臂長的半身奮力拉扯釣線，一邊拍打著尾巴猛地往水深處游去。傑洛特和亞斯克爾的手套又開始冒煙。

「拉緊，拉緊！他媽的，把牠拉上岸啊！」

「線都發出劈啪聲了！亞斯克爾，放手！」

「它挺得住的，不要怕！我們用魚頭……來煮湯……」

被拉近河岸的鯰魚又開始猛烈掙扎，憤怒地拉扯著釣線，彷彿在向他們宣告：想讓我下鍋可不是件那麼容易的事。大量的水花又噴濺上來，大概有一噚的高度。

「我們把魚皮賣了……」亞斯克爾穩住腳，兩手扯著釣線，整張臉因爲用力而漲紅。「而觸鬚……我們把觸鬚……」

沒有人會知道詩人打算拿鯰魚的觸鬚來做什麼了。釣線在這時啪地一聲地斷裂，兩個失去平衡的釣客雙雙摔到潮濕的沙地上。

「我靠！」亞斯克爾大吼，整片柳樹林都聽得見回音。「一頓大餐就這麼飛了！你這條可惡的鯰魚，早死早好！」

「我不是說了嗎？」傑洛特拍拍褲子說：「早就告訴過你不要用蠻力去扯。好啦朋友，現在你把事情搞砸了。叫你當漁夫，就像要請鬼拿藥單一樣。」

「胡說。」詩人生氣地說：「我們能釣上這條怪物，還得感謝我呢。」

「是嗎？你根本沒有動一根指頭來幫我弄釣線，只是彈著你的魯特琴到處哇哇叫。」

「你錯了。」亞斯克爾齜牙咧嘴地說：「我趁你睡覺時把釣鉤上的小蟲拿了下來，放上一隻我在灌木叢找到的死烏鴉。我想知道早上起來你釣到烏鴉時，臉上會有什麼表情。你看，鯰魚不是去吃烏鴉了嗎？用你的小蟲牠才不會上鉤呢。」

「上鉤是上鉤了。」獵魔士往河裡吐了一口口水，一邊把釣線收到木叉上。「但是你像個白痴一樣扯它，現在線斷了，魚也跑了。與其在這裡喋喋不休，不如去收好剩下的釣線。太陽已經出來了，我們也該上路了。我去收拾東西。」

「傑洛特！」

「什麼？」

「第二條釣線上也有東西……不，天殺的，只是纏到了。我靠，像石頭一樣重，我拉不起來！喔——終於……哈哈，你看我釣到什麼！這八成是戴茲摩德國王時代留下的船骸呢！真是一大團垃圾啊！傑洛特，你看！」

亞斯克爾說得太誇張了。他從水底拉出的那一團東西中有一大堆腐爛的繩子、殘破的魚網和水草，但是這和傳說中國王時代留下的船骸卻差了十萬八千里。詩人把那一團破爛扔到岸上，用鞋尖翻攪著。水草不停顫動著，裡面爬出一堆水蛭、鉤蝦和小螃蟹。

「嘿！來看看我找到了什麼！」

傑洛特好奇地湊上前去。亞斯克爾的新發現是一個破爛的粗陶瓶，看起來像是雙耳瓶。陶瓶被纏在一堆破網中，顏色因爲腐爛的藻類、石蠶蛾和蝸牛的附著而變黑，散發異味的淤泥從瓶身流了下來。

「哈！」亞斯克爾再次驕傲地大叫：「你可知道這是什麼？」

「是個舊瓶子。」

「你錯了。」詩人說，一邊用木片把瓶子上的貝殼和硬化成塊狀的黏土刮下來。「這玩意是被施了魔法的瓶子，裡面有一個靈魔，會實現我的三個願望。」

獵魔士嗤之以鼻。

「你儘管笑吧。」亞斯克爾刮完泥土，現在正彎下腰，用河水清洗瓶子。「但是瓶蓋上有封印，而封印上有魔法的紋章。」

「什麼紋章？我看。」

「你作夢。」詩人把瓶子藏在背後，說：「你還想要什麼？這是我找到的，三個願望都是我的。」

「不要動那個封印！放下它！」

「我說放手！這是我的！」

「亞斯克爾，小心！」

「休想！」

「不要動它！喔，該死！」

在一陣爭奪中，瓶子摔到地上碎裂了，一陣明亮的紅色煙霧從裡面噴出來。

獵魔士跳開，衝向帳篷去拿劍。亞斯克爾雙手抱胸，甚至連抖都沒有抖一下。

煙霧發出咚咚的聲響，聚集成一團不規則的球狀物，懸浮在亞斯克爾的頭部高度。球狀物逐漸形成一個古怪、沒有鼻子的頭顱，有一雙銅鈴大眼，和一個看起來像嘴的東西。頭的直徑大概是兩臂張開的長度。

「靈魔！」亞斯克爾跺了跺腳，說：「我釋放了你。從此刻起，我就是你的主人。我的願望……」

那個怪頭的嘴一張一闔。雖然那張嘴根本不像嘴，只是一個下垂、變形、不停變換形狀的嘴唇般的東西。

「快逃！」獵魔士大叫：「亞斯克爾，快逃！」

「我的願望如下。」亞斯克爾繼續說：「第一，讓奇達里士的吟遊詩人瓦鐸・馬克斯以最快的速度下地獄。第二，有個伯爵的女兒住在查爾夫，名叫維吉妮亞。她不想和任何人上床，就讓我和她上床。第三……」

沒有人會知道亞斯克爾的第三個願望是什麼了。那個怪物般的頭伸出兩隻比它的頭更古怪的手，扼住了詩人的咽喉。亞斯克爾發出嘎嘎的聲響。

傑洛特跳了三步，撲向怪頭。他抽出銀劍一揮，從怪物的耳朵斜劈過腦袋。那團氣體發出一陣尖叫，從怪頭中噴出更多煙霧，同時越變越大，直徑變成之前的兩倍。那張奇形怪狀的嘴也變得更大了，一開一闔，發出吱吱的聲響。怪物用它的巨掌猛力搖晃拚命掙扎的亞斯克爾，然後把他重重按到地上。

獵魔士比出了阿爾德符咒，使出最大的能量朝怪頭奮力一擊。那股能量形成一團刺眼的白光，包圍了怪頭，接著準確無比地命中了目標；接著發出一聲巨響，傑洛特感到耳膜隱隱作痛。音波劃過空氣，附近的柳樹林好像被狂風掃過似地發出沙沙聲。怪物發出如雷貫耳的吼聲，體型變得更大了。不過倒是放下了詩人，往上一飛，在空中盤旋；然後揮舞著雙手，往水面上飛去。

獵魔士往前撲去，把動也不動的亞斯克爾拉離怪物身邊。這時他的手指碰到了一個埋在沙堆中的圓形物體。

那是瓶子上的黃銅封印，裝飾著彎曲十字和九角星的魔法刻紋。

河面上的怪頭現在看起來像稻草堆一樣大，而那張不停吼叫的大嘴則像是一扇中型倉庫的大門。它伸出雙手，向獵魔士展開攻擊。

傑洛特一時之間不知道該如何反應，他緊緊捏著手中的封印，把手伸向怪頭，然後大聲喊出某個女祭司教過他的咒語。他從來不曾用過這句咒語，因爲他對這些迷信基本上沒什麼信任感。

咒語的效果遠遠超出他的預料。

封印發出斷聲，在他手中變得奇燙無比。巨頭僵在空中，動也不動地懸掛在河面上，就這麼掛了一會兒，然後才發出驚人的怒吼，消失在一團律動的煙霧和雲氣中。那團雲氣發出一陣輕斷，接著以迅雷不及掩耳的速度往河川上游飛去，只在水面上留下一道震盪水面的波紋。不到幾秒鐘的時間，連這道波紋也消失在遠處，只留下怪物怒吼的餘音。

獵魔士撲到亞斯克爾身旁，詩人躺在沙灘上，縮著身子。

「亞斯克爾？你還活著嗎？亞斯克爾，該死！你怎麼了？」

亞斯克爾用力晃著頭，揮舞著雙手，張嘴就要開始尖叫。傑洛特緊緊瞇起眼睛——亞斯克爾的聲音是受過訓練、響亮的男高音，在恐懼襲擊下他可以發出前所未有的高音。但是現在從詩人的咽喉中發出的卻是幾乎聽不見、嘶啞的嘎嘎聲。

「亞斯克爾！你怎麼了？回答我！」

「呵……呃……格……幹……」

「你什麼地方痛嗎？你怎麼了？亞斯克爾！」

「呵……咕……」

「別再說話了。如果你沒事，就點點頭。」

亞斯克爾露出痛苦的表情，吃力地點了點頭。但是之後馬上翻過身，縮起身子，吐了一口血，咳個不停。

傑洛特狠狠咒罵了一聲。

「眾神啊！」守衛退後了一步，放下手中的燈籠說：「他怎麼了？」

「善良的人，讓我們過去。」獵魔士低聲說，扶著蜷縮在馬背上的亞斯克爾。「你也看到了，我們趕時間。」

「我看到啦。」守衛看著詩人蒼白的臉孔和下頷上凝結的黑色血跡，說：「他受傷了嗎？看起來很嚴重啊，先生。」

「我趕時間。」傑洛特重複道：「我們從清晨就一直在趕路。拜託，讓我們過去。」

「我們不能這麼做。」另一個守衛說：「要出入城門，只能在日出和日落之間，晚上是絕對不能放行的，這是規定。任何人都不准通過——除非有國王或市長的許可證，或者是貴族的紋章。」

亞斯克爾發出痛苦的嘎嘎聲，把身子縮得更緊了，額頭靠在馬的鬃毛上，渾身劇烈顫抖，乾嘔了幾下。馬背上本來就有幾道樹枝狀的凝固血跡，現在又多了一道細細的血痕。

「兩位，」傑洛特試著以最心平氣和的語調說：「你們也看見了，他的情況很糟糕，我必須找到可以醫治他的人。拜託你們，讓我們過去。」

「不要求我們。」守衛把身子靠在戟上，說：「規定就是規定。要是我放你們過去，他們不但會把我架在廣場上鞭打示眾，還會把我趕出守衛隊。到時候我一家老小吃什麼？不，先生，我不能這麼做。把你的同伴抬下馬，帶他到外堡裡的房間休息吧。我們把他包紮一下，如果他命大，他會撐到早上的。反正就快天亮了。」

「他需要的不是包紮。」獵魔士憤怒地說：「他需要的是治療師、祭司、有能力的巫醫……」

「你在三更半夜也找不到這樣的人。」另一個守衛說：「我們現在能做的是找個地方讓你休息，不用在城門下等到天亮。裡頭很暖和，也有地方可以讓你的朋友躺下來，至少比在馬鞍上好受。來吧，我們幫你把他從馬背上扶下來。」

房間裡確實很溫暖、舒適，火爐裡的火燒得正旺，而火爐後方，一隻蟋蟀正在嘰嘰地叫。堅實的大方桌上擺著酒瓶和杯盤，桌旁則坐著三個男人。

「對不起，大人。」扶著亞斯克爾的守衛說：「很抱歉打擾您……我希望您不會反對……這邊是……嗯……一名騎士，還有他受傷的朋友，所以我想……」

「你做得很好。」其中一人回過頭說，他有張清瘦、稜角分明的臉。「去吧，把他放到那邊的床上。」

那人是個精靈，坐在桌前的另一個男人也是。從他們身上典型人類和精靈風格混搭的衣服來看，兩人在人類城市定居已久，已經融入了人類的社會。第三個男人是人類，看起來最年長。他是名騎士——從衣著和髮型可以看得出來，花白的頭髮是修剪過的，這樣戴頭盔才方便。

「我是希瑞亞登。」那個臉部線條鮮明的高個子精靈說。就像所有古老種族的人民一樣，光看外表很難判別出他的年齡，可能二十歲，也可能一百二十歲。「這是我的親戚艾爾迪，這邊這位貴族則是瓦拉提米爾騎士。」

「貴族。」傑洛特喃喃說。但是仔細一看對方束腰外衣上繡的紋章，他不禁失望了。紋章上的圖案是一面分成四份的盾牌，上面有四朵金色百合，還有一條銀色斜線劃過整面盾牌。這表示瓦拉提米爾不但是非婚生子女，而且還是人類和非人類結合所生下的孩子。雖然他是貴族，但是像他這樣的人不會被當成眞正的貴族來看待，當然也就沒有黃昏後通過城門的特權了。

「很不幸地，」精靈注意到了獵魔士的視線，說：「我們也在等待天亮。法律是沒有例外的，至少對於我們這樣的人來說。騎士先生，請過來加入我們吧。」

「利維亞的傑洛特。」獵魔士自我介紹：「我不是騎士，我是個獵魔士。」

「他怎麼了？」希瑞亞登指著正被守衛扶上床的亞斯克爾說：「看起來像是中毒了。如果是，那我可以幫他，我身上有些不錯的藥。」

傑洛特坐下，很快地把在河邊發生的事含蓄地說了一遍。精靈面面相覷，頭髮花白的騎士皺著眉頭，吐了一口口水。

「眞令人不敢相信。」希瑞亞登說：「那到底是什麼東西？」

「瓶中的靈魔……」瓦拉提米爾喃喃道：「好像童話中的故事一樣……」

「不盡然。」傑洛特指著在床上縮成一團的亞斯克爾說：「我可沒聽過什麼童話有這樣的結局。」

「那個可憐人所受的傷——」希瑞亞登說：「很明顯是魔法造成的。我擔心我的藥對他幫助不大，但至少可以減輕他的痛苦。傑洛特，你有沒有給他什麼藥？」

「止痛藥。」

「過來幫我吧，把他的頭抬起來。」

亞斯克爾急切地喝下和酒混合的藥物，喝最後一口的時候嗆到了，他發出嘶啞的聲音，然後吐在皮枕頭上。

「我認得他。」另一個精靈艾爾迪說：「他是吟遊詩人亞斯克爾。他在奇達里士的艾森國王那裡演唱時，我看過他。」

「吟遊詩人。」希瑞亞登看著傑洛特，說：「那太糟糕了。他咽喉和脖子的肌肉已經麻痺了，接下來會影響到聲帶。一定要趕快讓魔法失效，不然……就無法挽回了。」

「這表示……你的意思是說，他會沒辦法說話？」

「說話倒是沒問題，但是不能唱歌。」

傑洛特一言不發地在桌前坐下，雙手緊握，撐著前額。

「你們需要巫師。」瓦拉提米爾說：「一定要用魔法的藥物或是治療的咒語。獵魔士，你得帶他到別的城市去。」

「你說什麼？」傑洛特抬起頭問：「林德這個地方沒有巫師嗎？」

「在整個雷達尼亞，巫師很不好找。」騎士說：「精靈們，我沒說錯吧？自從赫里波特國王開始徵收那高得嚇死人的魔法稅，魔法師就開始抵制首都還有那些熱切支持國王政策的城市，而林德的議員支持國王的政策可是很出名的。對不對？希瑞亞登、艾爾迪，我有說錯嗎？」

「沒錯。」艾爾迪附和道。「但是……希瑞亞登，可以說嗎？」

「你必須說。」希瑞亞登看著獵魔士說：「沒什麼好隱瞞的，反正整個林德的人都知道這件事。傑洛特，現在在林德這裡有一個女巫。」

「八成是隱姓埋名吧？」

「不盡然。」精靈微笑著說：「我們現在談的人是十足的個人主義者，她不理會巫師公會對林德做出的抵制，也同樣不甩本地那些議員。而這結果可說是好得不得了。因爲抵制的緣故，這裡有非常大量的魔法服務需求。當然啦，女巫是沒有付一毛稅金的。」

「市議會包容這種事嗎？」

「女巫住在一個商人家裡，那是個來自拿威格拉德的仲介，同時也是個榮譽大使。待在那兒，沒有人能動她，那是她的庇護所。」

「比較像是幽禁，而不是庇護。」艾爾迪糾正：「她根本是被關在那裡。但是她的客戶可多了，都是些有錢人。她公然表露對議員的輕蔑，成天在那裡開舞會喧譁……」

「議員對這件事很生氣，於是煽動民眾來反對她，使盡全力毀謗她的聲名。」希瑞亞登補充：「他們到處散布對她不利的惡意謠言，八成是希望拿威格拉德的官員禁止商人繼續庇護她。」

「我不喜歡做這種一定會惹麻煩的事。」傑洛特低聲說：「但是我沒有別的選擇。那個商人大使叫什麼名字？」

「伯奧．伯蘭特。」希瑞亞登說出這個名字時，傑洛特覺得他的表情好像不太自然。「嗯，確實，這是你唯一的機會了。或者該說，是躺在床上那個可憐人的唯一機會，但是女巫會不會幫你……這我不敢說。」

「你去那裡的時候小心點。」艾爾迪說：「市長的間諜監視著那棟房子。如果他們盤問你，你知道該怎麼做，錢會爲你打開每一扇大門。」

「只要城門一開我就去，那個女巫叫什麼名字？」

傑洛特覺得希瑞亞登線條鮮明的臉上好像浮起一陣紅暈，但也可能只是火爐裡映照出來的火光。

「凡格爾堡的葉妮芙。」

Ⅲ

「主人在睡覺。」守門人俯視著傑洛特說。他比獵魔士高一個頭，肩膀比獵魔士寬兩倍。「你聾了啊，流浪漢？我說，主人在睡覺。」

「那就讓他繼續睡。」獵魔士同意地說：「我不是來找你主人的，我是來找那位住在這裡的女士談生意的。」

「你說，你來談生意？」守門人倒是個幽默的人，雖然這和他的外表不是很符合。「那就去吧，流浪漢，到妓院去談吧，快滾。」

傑洛特從腰帶上解下一個皮袋，拿著繫繩，在手掌裡掂了掂重量。

「你是沒辦法收買我的。」守門人驕傲地說。

「我也沒這個打算。」

守門人的塊頭實在太大了，當普通人發動快速攻擊時，他根本沒有彎下身子閃避或伸手抵擋的反射神經。當獵魔士向他出手時，他甚至連眼睛都沒有閉上。裝滿錢的皮袋發出嘩啦啦的聲響，重重地擊中了守門人的太陽穴，他應聲跌到門上，用雙手抓住門框。獵魔士踢了他的膝蓋一下，把他從門上踹開，又用肩膀去撞他，再用錢袋敲了他的腦袋一記。守門人的眼珠子變得混濁，分別向兩邊歪斜，看起來十分可笑。他的雙腳交纏，看起來像一把小剪刀。傑洛特看到那個大塊頭雖然已經差不多失去意識，但還是揮舞著雙手，於是往他的頭頂敲了最後一記。

「錢，」他喃喃自語：「會爲你打開每一扇大門。」

玄關裡漆黑一片。門後左手邊傳來一陣沉悶的鼾聲，獵魔士小心地探頭察看。凌亂的床上睡著一個肥胖的女人，打著呼嚕，她的睡袍捲到了腰上。這並不是十分賞心悅目的景象。傑洛特把守門人拖到屋裡，然後帶上了身後的門栓。

右手邊還有一扇門，門後面有一道通往樓下的石梯。獵魔士本來打算繞過去，但是他突然聽見從那裡傳來模糊不清的咒罵聲，還有碗盤碎裂的悶響。

下面是一間很大的廚房，各種設備應有盡有，還瀰漫著香草和木柴的味道。石頭地板上，一堆陶瓶的碎片間跪著一個全裸、低垂著頭的男人。

「蘋果汁，狗娘養的。」他口齒不清地說，一邊搖晃著頭，像一隻不小心撞到堡壘圍牆的羊。「蘋果……汁。僕人……僕人在哪？」

「是的？」獵魔士有禮貌地問。

男人抬起頭，吞了一口口水。他的眼神迷離，布滿血絲。

「她想要蘋果汁。」他說完後，艱難地站起身來，坐在鋪了羊皮的箱子上，把背往火爐一靠。「我得……拿上去給她，因爲……」

「請問您就是商人伯奧・伯蘭特嗎？」

「小聲點。」男人露出痛苦的表情說：「不要大叫。聽好，在那邊的小木桶裡……有果汁，蘋果汁。把它隨便倒進一個杯子裡……然後扶我上樓，好嗎？」

傑洛特聳聳肩，然後充滿同情地點了點頭。雖然傑洛特平常盡量不過量飲酒，但是商人現在的處境對他來說也並不完全陌生。他在一堆碗盤中找到了水瓶和錫製杯子，把蘋果汁倒進去。他聽到打呼的聲音，轉過身，赤裸的男人把頭垂在胸前，已經進入了夢鄉。

有一瞬間，獵魔士想把果汁澆到男人身上叫醒他，但是他改變了主意。他拿著水瓶，走出廚房。長廊的盡頭是一扇做工精細的沉重木門，他小心地把門開了一條縫，剛好足夠讓他溜進去。裡面伸手不見五指，獵魔士於是放大瞳孔，同時皺了皺鼻子。

空氣中飄散著一股濃重的氣味，那是由發酸的酒、蠟燭和熟爛的水果混合而成的。還有一種別的味道，聞起來像是接骨木和鵝莓的味道。

他四處張望。房間中央的桌子上一片狼藉，看起來和戰場沒兩樣。桌上堆滿了瓶罐、酒杯、銀製碗盤、碟子，以及用象牙裝飾的餐具。起了縐褶的桌布歪歪斜斜地垂在桌沿，上面留有紅酒的紫色污漬，還有從燭台流下來已經凝結成塊的蠟油。在桃子和李子的果核、梨子蒂和粗糙的葡萄梗之間，橘子皮就像花一樣看起來特別顯眼。一個酒杯倒在桌上碎裂了，另一個酒杯則是完好的，裡面裝著半杯酒，還插著一根火雞的骨頭。酒杯旁有一隻黑色高跟拖鞋，是用翼蜥皮做的；世上大概找不到比這更昂貴的皮鞋料了。

另一隻拖鞋在椅子底下，在一件隨手亂扔的黑色連身裙上。連身裙上有白色的褶邊，還有花朵圖案的刺繡。

傑洛特遲疑地站在原地一會兒，拚命想要驅趕那種尷尬的感覺，還有立刻掉頭就走的衝動。但這就表示，剛才和守門人那場架是白打的，獵魔士不喜歡做白費力氣的事。他看到房間角落有一道螺旋梯。

他在樓梯底層找到了四朵枯萎的白玫瑰，還有一條沾了酒污和鮮紅口紅印的桌巾。接骨木和鵝莓的味道越來越強烈了。

樓梯通往一間臥室，地板上鋪著一大張毛茸茸的皮革。皮革上有一件袖口鑲有蕾絲邊的白襯衫和十幾朵白玫瑰，以及一條黑色的絲襪。

四根雕刻精細的柱子撐著床上的華蓋，而第二條絲襪就掛在其中一個柱子上。雕刻的圖案是水精寧芙和牧神傳恩【註】，分別擺出各種不同的姿勢。有些姿勢看起來很有趣，其他的則白痴得可笑。總歸來說，許多主題都是重複的。

傑洛特大聲地清了清喉嚨，看著從錦緞被子下露出的黑色鬈髮。被褥動了一動，發出一聲呻吟。傑洛特又咳了一聲，這次更大聲了點。

「伯奧？」一頭黑色鬈髮的人問：「你拿果汁來了嗎？」

「拿來了。」

黑髮下出現一張蒼白的三角臉，一對紫羅蘭色的眼睛和一張微歪的嘴。

「喔……」那張嘴又歪了一點。「喔……我快渴死了……」

「請用。」

女人從被子中抽出身，坐了起來。她的肩膀很漂亮，脖子也長得不錯。脖子上戴著一條天鵝絨項圈，上面的星形裝飾是由閃閃發亮的鑽石鑲成的；除了項圈，她身上沒穿戴任何衣物。

「謝謝。」她從他手上接過杯子，急切地喝著。然後她舉起雙手，摸著太陽穴。被子又往下滑了一些，傑洛特禮貌地移開目光，雖然不是很情願。

「你是誰？」黑髮女人瞇起眼，拉了拉被子，問：「你在這裡做什麼？該死，伯奧上哪兒去了？」

「我該先回答哪個問題？」

他馬上就對自己的嘲諷感到後悔不已。女人舉起手掌，從她手指中射出一道纖細的金色光芒。傑洛特本能地做出反應，雙手並用比出了赫利歐特洛普符咒。他剛好在臉前擋下了魔咒，但釋放的力量如此強大，竟把他推到牆上。他跌落在地板上。

「不要！」傑洛特看到女人再次抬起手，大叫：「葉妮芙小姐！我來這裡沒有惡意！」

樓梯那裡傳來一陣匆忙的腳步聲，臥房門口立時出現一群看起來像是僕人的人。

「葉妮芙小姐！」

【註】在古羅馬宗教與神話中，傅恩是森林、平原與田野之神，身分和希臘神話中的潘恩有異曲同工之妙。

「走開。」女巫平靜地下令：「我已經不需要你們了。花錢請你們來看房子，結果卻讓這個人進到這裡來，我會自己解決他。你們去通報伯蘭特先生，還有幫我準備浴池。」

獵魔士吃力地站起身。葉妮芙瞇起眼，一言不發地打量著他。

「你彈開了我的咒語。」她終於說：「看得出來，你不是巫師，但是你的反應非常迅速。來到我房間的陌生人——說吧，你到底是誰。我建議你，最好快點從實招來。」

「我是利維亞的傑洛特，是個獵魔士。」

葉妮芙把身體往外傾，抓住柱子上的傅恩雕像——她抓住的那個部位，剛好是很適合讓人拿來抓的。她目不轉睛地盯著傑洛特，從地板上撿起一件有皮領的大衣。她把自己緊緊包在大衣中，站了起來，接著慢條斯理地倒了一杯蘋果汁一口喝下，咳了一聲，然後向傑洛特走近。傑洛特偷偷地揉了揉發疼的尾椎——剛才跌往牆上的時候，剛好撞到那個部位。

「利維亞的傑洛特，」女巫透過她黑色的睫毛，看著他說：「你怎麼來到這裡的？你爲了什麼而來？伯蘭特——你沒有傷害他吧？」

「不，我沒有。葉妮芙小姐，我需要妳的幫助。」

「獵魔士——」她緊緊裹在大衣裡，走近傑洛特說：「我今天第一次在這麼近的距離下見到了一個獵魔士，而且還是鼎鼎大名的白狼，我聽說過你的傳聞。」

「我可以想像。」

「我不知道你想像到什麼。」她打了個呵欠，然後靠得更近了。「可以嗎？」她用手碰觸他的臉頰，把臉移近，注視著他的眼睛。他咬了咬牙。「你的瞳孔會因爲光線而調整，是不是也可以靠意志讓它放大或縮小？」

「葉妮芙，」傑洛特平靜地說：「我騎了一天的馬來到林德，路上都沒有停下來休息。然後我又等了一個晚上，就爲了等城門開啓。我打了守門人的頭，因爲他不想讓我進來；接著我急切又無禮地打擾了妳的清夢。這一切都是因爲我的朋友需要幫助，而妳是唯一能幫他的人。拜託妳治好他，之後如果妳願意，我們可以好好談一談關於突變和異常的事。」

她退了一步，不懷好意地歪了歪嘴。

「什麼樣的幫助？」

「我需要妳協助治療因爲魔法而麻痺的器官，喉嚨、喉頭和聲帶，他的麻痺好像是因爲紅霧或者類似的東西所引起的。」

「類似的東西。」女巫重複獵魔士的話，然後說：「簡單地說，傷害你朋友的東西並不是魔法紅霧。那麼，那是什麼東西？清晨被人從床上拉起來，我沒力氣也沒興致仔細推敲你腦袋裡裝了什麼。」

「嗯……最好的方法是從頭說起……」

「喔，不。」她打斷他：「如果事情那麼複雜，那就等下再說吧。口臭、亂糟糟的頭髮、睜不開的眼皮，以及其他一早醒來的不適感，嚴重影響我的思考能力。到地下室的浴池去吧，我一會兒就下去，到時你就可以一五一十地說給我聽了。」

「葉妮芙，我不想這麼固執，但是時間是不等人的。我的朋友……」

「傑洛特，」女巫厲聲打斷他：「我爲了你才從床上爬起來。要不是你，我大可安安穩穩睡到中午，我甚至打算不吃早餐。你知道我爲什麼起來嗎？因爲你拿了蘋果汁來給我。你很急，滿腦子都是朋友的痛苦，你靠蠻力闖入這裡，還打了守門人的頭。但是即使如此，你還是顧慮這個快渴死的女人。這一點打動了我，所以我打算幫助你，但我是不會放棄熱水和肥皂的，請離開吧。」

「好。」

「傑洛特。」

「是的。」他在門檻停下。

「利用這個機會，自己也去浴池裡泡泡吧。聞了你身上的味道，我不只可以判斷出你的馬的血統和年齡，甚至連牠的毛是什麼顏色我都知道呢。」

IV

傑洛特全身赤裸，坐在小凳子上用木桶裡的熱水沖洗身體。就在這時候，葉妮芙走了進來。他咳了一聲，然後謹慎地轉過身去。

「別拘束。」她邊說，邊把手裡的衣服掛到衣架上。「我不會因爲看到光溜溜的男人而昏倒。我的好朋友特瑞絲·梅莉戈德常說，如果你看過一根，那你就看過所有的了。」

獵魔士站起來，用一條毛巾圍住腰。

「真美的傷痕。」葉妮芙看著他的胸膛，微笑著說：「怎麼弄的？你跌到鋸木廠的鋸子底下了？」

他沒有回答。女巫依然盯著他瞧，挑逗地歪著頭。

「我第一次可以這麼近地觀察一個獵魔士，而且還是一絲不掛的。喔呵！」她把身子往前傾，豎起耳朵。「我聽到你的心跳了，很慢。你可以自由控制腎上腺素的分泌嗎？啊，請見諒，這是職業興趣。你好像對自己的身體這個話題很敏感。我不喜歡那些你習慣用來描述身體特徵的字眼，更不喜歡你那高調的諷刺態度。」

他沒有回答。

「好啦，這件事說夠了，我的洗澡水要涼了。」葉妮芙作勢要脫下外套，但是她遲疑了一下。「我現在要洗澡了，你就在我洗的時候說吧，以節省時間。但是……我不想讓你尷尬，再說我們完全不熟。還有，就基本的禮貌……」

「我轉過身去吧。」獵魔士不太確定地提議。

「不，我必須看見和我說話的人的眼睛，我有更好的主意。」

他聽到唸咒語的聲音，感覺到脖子上的徽章震動了一下，然後看到黑色的外套慢慢地滑落到地上。

接著他聽見水花濺起來的聲音。

「現在我看不見妳的眼睛了，葉妮芙。」他說：「真是可惜。」

隱形的女巫啐了一口，輕拍浴盆裡的水。

「說吧。」

傑洛特的腰上依然圍著毛巾，費了一番工夫終於穿好了褲子。他在長凳上坐下，繫好鞋子上的皮帶釦，開始訴說他們在河邊的冒險。和鯰魚搏鬥的部分盡量三言兩語帶過——葉妮芙看起來並不像是對釣魚很熱衷的人。

當他說到那個雲狀生物是怎麼從瓶子中冒出來的時候，那塊浮在空中、用來清洗身體的海綿突然停住了。

「嗯，嗯，」他聽到她說：「很有意思，被關在瓶中的靈魔。」

「什麼靈魔不靈魔的。」他反駁：「那只是一種紅霧。一種新的、不知名的……」

「新的、不知名的物種需要有人給它命名。」隱形的葉妮芙說：「靈魔這個名字還不算太壞，請繼續說下去。」

他照辦。當他敘述接下來的故事時，浴盆裡的熱水冒出越來越多肥皀泡，洗澡水都濺到了浴盆外。突然，某個東西吸引住獵魔士的目光。他仔細端詳，看到了一個曲線玲瓏的輪廓，包覆在肥皀泡沫下。那曲線和輪廓讓他整個人看得出神，甚至忘了說話。

「說下去啊！」從那曲線上的虛無中傳來一個催促的聲音。「接下來怎麼了？」

「事情就是這樣。」他說：「我趕走了那個，妳說的靈魔……」

「用什麼方法？」木瓢被舉起來，熱水嘩啦啦地流下。肥皀泡不見了，曲線和輪廓也是。傑洛特嘆了一口氣。

「咒語。」他說：「正確來說，是驅魔用的咒語。」

「哪個咒語？」木瓢又嘩啦啦倒下熱水。獵魔士開始注意觀察木瓢，雖然只有一瞬間——熱水還是讓一些線條顯露了出來。他把咒語複述一次，遵照著安全的規則，他沒有發「e」的音，而是用吸氣來替代。他本來以爲女巫會因爲他知道這項規則而感到佩服，所以當他聽到浴盆裡傳來一陣瘋狂的笑聲，不禁感到一頭霧水。

「這有什麼好笑的？」

「你的驅魔咒語……」捲成一團的毛巾被攤了開來，然後開始用力擦拭曲線。「要是我告訴特瑞絲，她一定會笑得眼淚都流出來！獵魔士，你是從哪裡學來這個……咒語？」

「胡德里拉神殿的一個女祭司教我的，這是神殿的祕密語言……」

「對某些人來說不是祕密。」毛巾啪一聲掉在浴盆邊緣，水花濺到地板上，從地上潮濕的腳印可以看出女巫的足跡。「傑洛特，這不是什麼咒語。我勸你不要在別的神殿複述這句話。」

「如果這不是咒語，那是什麼？」他問，一邊看著兩條黑色的絲襪分別憑空變成兩條修長的腿。

「一句玩笑話。」滾花邊的襯褲緊貼著虛無，看起來十分引人遐思。「不過有點不道德就是了。」一件有明顯花形胸部褶飾的白襯衫在空中展開，現出了身體的曲線。獵魔士注意到葉妮芙不像其他女人那樣會穿鯨骨箍那種無聊的東西，也沒這個必要。

「什麼樣的話？」他問。

「這不重要。」

桌上放著一只四角的水晶瓶子，瓶塞已被拔了出來，浴室裡瞬時瀰漫接骨木和鵝莓的味道。瓶塞東晃西晃了幾下，然後又回到原來的位置。女巫扣好袖口，拿起連身裙。接著，便出現在連身裙之中了。

「幫我扣好。」她轉過身，用一支玳瑁梳子梳髮。傑洛特注意到梳齒部分又尖又長，如果有需要，可以輕而易舉地取代匕首。

他頗富心機地幫她扣上鉤子，一個鉤子一個鉤子慢慢地扣，享受著她頭髮的味道，她的黑髮就像瀑布一樣一直垂到背部中間。

「回到那個瓶中生物的事吧。」葉妮芙戴上鑽石耳環，說：「事情很明顯，讓它逃走的並不是你所謂的『咒語』。這個假設可能比較接近事實：它在你朋友身上發洩怒氣發洩夠了，覺得無聊就跑了。」

「大概是吧。」傑洛特陰沉地同意：「我想它不是要飛奔到奇達里士去殺死瓦鐸．馬克斯。」

「瓦鐸．馬克斯是誰？」

「吟遊詩人。他覺得我的詩人兼音樂家朋友是個譁眾取寵、沒有才能的傢伙。」

女巫轉過頭，紫羅蘭色的雙眼中露出奇異的光芒。

「你的朋友來得及說出他的願望？」

「而且還說了兩個，兩個都白痴得不得了。妳問這個幹嘛？畢竟這個什麼靈魔或燈神實現願望的故事很顯然只是胡說八道。」

「當然了。」葉妮芙微笑著重複道。「當然，這只是想像出來的、一點意義也沒有的胡扯，就像所有描述善良精靈和仙女的傳說一樣。這些童話都是由可憐的愚蠢人們想出來的，他們甚至無法想像可以透過自己的努力來實現無數的願望和渴望。我很高興你不是這樣的人，利維亞的傑洛特，光是這一點，你和我算是有相同的特質了。當我想要某樣東西的時候，我不會幻想，而是會付諸行動。我總是可以得到我想要的。」

「這我同意。妳準備好了嗎？」

「準備好了。」女巫綁好鞋帶，站起身來。即使穿著高跟鞋，她看來仍不特別高。她甩了甩頭髮。獵魔士覺得，即使細心地梳過，她的頭髮看起來仍然鬈曲、蓬鬆、凌亂，亂得很美麗。

「傑洛特，我有個問題。那個封住瓶口的封印……還在你朋友身上嗎？」

獵魔士想了一下。封印不在亞斯克爾那兒，而是在自己身上。但是經驗告訴他，最好不要告訴巫師太多事。

「嗯……我想是吧。」他試著用不確定的語氣來掩蓋遲疑。「嗯，我想是在他那兒。怎麼了？這個封印很重要嗎？」

「真是奇怪的問題。」她不客氣地回答：「你不是獵魔士嗎？應該是超自然怪物的專家啊。你應該知道這個封印有多麼重要，重要到不應該去碰，尤其是不該讓朋友去碰。」

他緊咬著牙。女巫的話正好擊中他的痛處。

「算了。」葉妮芙的語氣明顯地軟化了，她說：「沒有不會犯錯的人，看起來，也沒有不會犯錯的獵魔士。每個人都可能會犯錯。好啦，我們可以上路了，你朋友在哪？」

「在林德這裡，在一個叫艾爾迪的人家，他是個精靈。」

她仔細地打量著他。

「艾爾迪家？」她重複道，露出一抹微笑。「我知道在哪裡。我想，他的表親希瑞亞登也在那裡，是吧？」

「是。怎麼……」

「沒事。」她打斷他，抬起手，閉上眼睛。獵魔士脖子上的徽章發出有節奏的劈啪聲，在銀鍊上劇烈顫動。

浴室充滿濕氣的牆上出現一個發光的圖案，看起來像是一扇門。一團乳白色、有如鬼火般的虛無在門框後撩動著。

獵魔士悄聲咒罵。他不喜歡魔法隧道，更不喜歡用它們來當交通工具。

「我們是否一定要……」他咳了一聲。「這並不遠……」

「我不能在這個城市上的大街走動。」她打斷：「這裡的人不喜歡我，他們可能會對我叫罵、丟石頭，也許還有更糟的。這裡有幾個人很有效率地破壞我的名聲，他們以爲做這種事都不會受到懲罰。不要怕，我的隧道很安全。」

傑洛特親眼看過有人通過「安全」的隧道，結果半截身體就這麼飛了，另一半再也找不到；也聽過幾次關於那些進入隧道、最後卻再也沒出來的人的故事。

女巫再一次理了理頭髮，把一個縫了珍珠的皮袋繫到腰帶上。那個皮袋看似很小，除了一把銅幣和口紅之外什麼也放不下。但是傑洛特知道，這不是普通的皮袋。

「抱住我。用力點，我又不是陶瓷做的。上路了！」

他的徽章開始顫動，傑洛特看到一道短暫的光，然後發現自己置身在一片黑暗、冰冷的虛無。他什麼也看不到、什麼也聽不到、什麼也感覺不到，唯一感覺得到的是刺骨的寒冷。

他想要罵人，但來不及了。

U

「她進去裡面已經一個小時了。」希瑞亞登把立在桌上的沙漏翻轉過來，說：「我有點擔心。亞斯克爾喉嚨的傷眞的這麼嚴重嗎？你會不會覺得我們應該上樓看一下？」

「她說得很清楚，不希望被打擾。」傑洛特喝完杯子裡的草藥飲料，露出作嘔的表情。他很欣賞這兩個精靈的才智、內斂的個性，還有特殊的幽默感，但是他實在無法理解、也沒辦法接受他們在飲食方面的品味。「我不打算去打擾她。希瑞亞登，魔法需要時間。只要亞斯克爾能康復，就算她在那耗上一天那也不算什麼。」

「嗯，你說得也對。」

隔壁房間傳來鐵鎚敲打的聲音。獵魔士後來發現，艾爾迪住在一棟廢棄的酒館。他買下了這棟房子，正打算好好整修一頓，然後和文靜、不愛說話的精靈妻子一起經營。昨天晚上和他們一起待在外堡的瓦拉提米爾騎士也來到這裡，自告奮勇要幫忙整修。當傑洛特和葉妮芙突然戲劇性地從牆上的明亮隧道冒出來時，引起了不小的一場混亂。現在混亂平息下來了，騎士和精靈夫婦也回到崗位上開始整修木頭線板。

「講老實話，」希瑞亞登說：「我沒料到這件事竟然會這麼順利。葉妮芙並不是古道熱腸的那一型，她對別人的問題並不特別關心，更別說是打斷她的睡眠了。長話短說，我從沒聽過她不求回報地幫助任何人。我很好奇，幫助你和亞斯克爾到底對她有什麼好處。」

「你會不會說得太誇張了？」獵魔士微笑著說：「我對她的印象倒還不錯。當然啦，她喜歡表現得高人一等。但是和那些目中無人的巫師比起來，她可算是可愛和親切的化身呢。」

希瑞亞登也微微一笑。

「這有點像是——」他說：「說蠍子比蜘蛛來得可愛，因爲蠍子有條漂亮的尾巴。傑洛特，小心點。你並不是第一個對她有如此印象的人，你們不知道，她的可愛和迷人其實是種武器。這件武器她用起來得心應手，而且一點都不會感到良心不安。不過，這當然不會改變她美麗動人的事實。你也這麼認爲吧，對不對？」

傑洛特很快地看了精靈一眼。這已經是第二次——他覺得精靈臉上好像泛起一陣紅暈，而他的話也令傑洛特感到驚訝。純種精靈通常不會稱讚人類女子，即使是那些非常美麗的女子。葉妮芙雖然有自己的魅力，但算不上什麼絕世美女。

雖然說每個人的品味不同，但是很少人會用「美女」這兩個字來形容女巫。畢竟這些女巫都是來自同一個社會階層，而在這個階層中，女兒生來就是要嫁人的。如果能把她嫁出去，建立有利的姻親關係，誰會讓自己的女兒經年累月辛苦地學習，還得經歷一連串痛苦的身體變化？誰又希望自己家裡出了一個女巫？雖然巫師受到人們的尊敬，但是女巫的家庭並不能從她身上得到半點好處。因爲一旦她藝成，和家庭已沒有任何關係了——只仰賴和同行的關係。這也就是爲什麼只有那些絲毫沒有機會找到丈夫的女孩才會成爲女巫。

德魯伊和女祭司都不喜歡收醜陋或有殘疾的女孩當徒弟。和他們相反，巫師不會拒絕任何一個女孩——只要她們顯露出這方面的天分。如果這些女孩通過了前幾年習藝的考驗，巫師就會用魔法替女孩整形——把彎曲、長短不一的雙腿弄齊，整修長歪了的骨頭，縫起兔唇，清除傷痕和痣，還有水痘留下的疤痕。年輕的女巫於是變得「迷人」了，這是基於她的職業聲望所需。結果是一群有著虛假美貌，以及冰冷邪惡眼神的醜女。這些醜女無法忘掉美麗面具之下自己的醜陋容貌，她們的醜陋被藏起來並不是爲了讓她們快樂，只是有助於職業聲望。

不，傑洛特無法理解希瑞亞登。他的眼睛——他那雙獵魔士的眼睛，注意到太多細節了。

「不，希瑞亞登，」他回答道：「你是對的，也謝謝你的警告，但這一切完全是爲了亞斯克爾。我眼睜睜地看著他在我身旁受苦，我來不及救他，也幫不了他。如果我知道這個治療會有幫助，叫我光屁股坐在蠍子身上我都願意。」

「你要小心的正是這一點。」精靈的嘴角浮起謎樣的微笑，說：「因爲葉妮芙也知道這一點，而她喜歡利用這種優勢。傑洛特，不要相信她，她很危險。」

他沒有回答。

樓上的門咿呀一聲地開了。葉妮芙站在樓梯上，用手撐著迴廊的扶手。

「獵魔士，你可以來這裡一下嗎？」

「當然。」

女巫把身體靠在門上。這是此地少數有家具的房間，而受苦的詩人現在就躺在裡面。獵魔士走近，沉默地打量著她。他看到她的左肩，比右肩高了一點點，鼻子看起來有點太長，嘴有點太窄，下頷呢，則有點太縮，眉毛也不是很齊，而眼睛……

他看到太多細節，一點都沒這個必要。

「亞斯克爾怎麼樣了？」

「你懷疑我的能力？」

他依然注視著女巫。她的體態看起來像是個二十歲的少女，但是他寧願不去推測她眞正的年齡。她的舉手投足之間有一種自然、毫不做作的優雅。不，他無法猜想她在整形前是什麼樣子。他不再去想這件事，這一點意義都沒有。

「你的天才朋友會沒事的。」她說：「他美妙的聲音會恢復。」

「葉妮芙，我衷心地感謝妳。」

她微笑了。

「你有機會表達你的感謝。」

「我可以進去看他嗎？」

她沉默了一會兒，帶著奇怪的微笑看著他，用手指敲著門框。

「當然可以，進來吧。」

獵魔士脖子上的徽章開始發出劇烈、有節奏的晃動。

房間地板的中央放著一個尺寸有如小西瓜、散發著乳白色光芒的玻璃球。玻璃球位在一個畫得很精確的九角星中央，星形的角一直延伸到房間的牆壁和角落。九角星之中還有一個用紅色顏料畫的五角星，五個角的末端都放著黑色蠟燭，插在奇形怪狀的燭台上。亞斯克爾睡在床上，身上蓋著羊毛毯子，床頭也放著黑色蠟燭。詩人安詳地睡著，不再發出嘶啞的嘎嘎聲，也不再喘氣。臉上已經沒有痛苦的表情，反而浮現痴呆的幸福微笑。

「他在睡覺。」葉妮芙說：「而且在作夢。」

傑洛特看著畫在地板上的圖案，感覺到隱藏其中的魔法力量，但是他知道那魔法還在沉睡中，還沒有被喚醒。這有點像是聽到沉睡中獅子的呼吸，就可以想像獅子醒後的吼聲是什麼樣子。

「葉妮芙，這是什麼？」

「陷阱。」

「做什麼用？」

「抓你。一下子而已。」女巫把鑰匙從門鎖裡抽出來，在手上轉動了一下——鑰匙消失無蹤。

「所以我被抓起來了。」他冷冷地說：「現在怎樣？妳要來引誘我嗎？」

「別臭美了。」葉妮芙在床沿坐下。亞斯克爾仍然像個白痴般傻笑，發出輕微的呻吟。毫無疑問，他現在正在享受極大的歡愉。

「葉妮芙，這是怎麼一回事？如果這是一場遊戲，那我可不知道規則。」

「我告訴過你了。」她開始說：「我總是可以得到我想要的，我想要亞斯克爾身上的某樣東西——就是這麼一回事。等我拿到手，我們就分道揚鑣。不要怕，他不會受一點傷的……」

「妳在地板上畫的那個怪東西，」他打斷她：「是用來呼喚惡魔的。呼喚惡魔的儀式中，總是會有人受傷，我不允許妳這麼做。」

「……他身上連一根頭髮都不會掉下來。」女巫繼續說，完全不理會獵魔士的話。「他的聲音會更好聽，他會很快樂，甚至可說很幸福。我們每個人都會很幸福。然後我們就分道揚鑣，沒有人會後悔，也沒有人會受傷。」

「啊，維吉妮亞。」亞斯克爾閉著眼呻吟：「妳的乳房好美，比天鵝羽絨還軟……維吉妮亞……」

「他瘋了嗎？這是幻覺？」

「他在作夢。」葉妮芙微笑，說：「他的夢想在夢中實現了。我把他的腦子徹底分析了一遍，裡面沒裝太多東西，就一些卑鄙下流的勾當、幾個夢想，還有一大堆詩。這不重要。傑洛特，我知道那個封住瓶口的封印不在詩人身上，而是在你身上，請把它給我。」

「妳要那個封印做什麼？」

「該怎麼回答你這個問題呢？」女巫挑逗地微笑著說：「我們這麼說好了：獵魔士，干你屁事。這樣的回答你滿意嗎？」

「不。」他也微笑了，笑得同樣不懷好意。「我不滿意。但是不要爲此而生自己的氣，葉妮芙，要讓我滿意不是那麼容易的事。目前為止，只有資質超凡的人才做得到。」

「可惜，那你只好繼續不滿意下去了，這是你的損失。把封印給我。不要露出那種表情，這和你的外表太不相配了。如果你還不了解，那我就告訴你，現在該是你表達謝意的時候了。歌手的聲音是要付出代價的，封印是第一筆代價。」

「如我所見，妳還把這個代價弄成分期付款了嘛。」他冷冷地說：「好，我是可以料到這一點，我也料到了。但是讓我們來個公平的交易，葉妮芙。我買了妳的服務，所以該付帳的人是我。」

她的嘴角浮現微笑，但紫羅蘭色的眼睛沒有跟著瞇起來，眼神冰冷。

「獵魔士，你本來就該付帳。」

「是我，」他重複道：「而不是亞斯克爾。我要把他帶去安全的地方。做完這件事我就回來，準備付妳第二筆、第三筆代價。如果是關於第一筆……」

他把手伸到腰帶裡的暗袋，掏出那個上面有彎曲十字和九角星的封印。

「在這兒，拿去吧，不要把它當成代價。這是獵魔士的謝禮，雖然妳是為了達到自己的目的才這麼做，但是妳對待亞斯克爾很親切，和妳那群巫師同行比起來好太多了。這是我信譽的明證，請妳相信我把朋友安置到安全的地方後，會回來付該付的代價。葉妮芙，我沒注意到鮮花當中竟然有蠍子。為了我的疏忽，我準備好要付出代價。」

「真是精彩的演說。」女巫雙手抱胸，說：「既感人又高尚，可惜只是白費力氣。我需要亞斯克爾，他得留在這裡。」

「他被那個妳打算呼喚來這裡的東西抓住過一次。」傑洛特指著地上的圖案說：「等妳完成這個，把靈魔叫來，不管妳承諾了什麼，亞斯克爾一定會受苦，搞不好比前一次還嚴重。因爲妳要叫來的就是瓶子裡那個靈魔，是不是？妳打算控制它，強迫它當妳的僕人？妳不用回答我，我知道這不干我的事。妳愛做什麼就做什麼吧，甚至可以把十個惡魔都叫來這裡，但是不要把亞斯克爾扯進去。葉妮芙，如果妳傷害到亞斯克爾，那這就不是公平的交易，而妳無權要求我爲這樣的交易付費。我不允許……」

他突然停住。

「我還在想你什麼時候才會感覺到。」女巫咯咯笑著說。

傑洛特鼓起肌肉，用盡了一切意志力，拚命地咬牙切齒，一點用也沒有。他全身就像石像一樣麻木，像是被牢牢釘入土中的木樁，他甚至連腳趾也動不了。

「我看見了你能夠把攻到你面前的咒語彈回去。」葉妮芙說：「我也知道，在你行動之前，你會用你的滔滔雄辯來引起我的注意。你一直在說話，而懸在你頭上的咒語則發揮了作用，慢慢讓你動彈不得；現在你能動的只剩下舌頭而已。但是你已經不用引起我的注意了，我知道你的口才很好。如果你還要再試的話，只會破壞營造出的效果。」

「希瑞亞登……」獵魔士費力地說，仍試著與魔法造成的痲木搏鬥。「希瑞亞登猜到了，妳計畫著某項陰謀。他很快就會發現，不久就會懷疑妳，因爲他不信任妳，葉妮芙。他一開始就不信任妳……」

女巫把手一揮。房間的牆逐漸變得模糊，最後變成了一片混濁的灰色。不僅門窗消失了，甚至連沾滿灰塵的窗簾以及牆上糊滿蒼蠅的畫像都不見蹤影。

「希瑞亞登發現的話那又怎樣？」她露出邪惡的表情說：「會衝過來解救你嗎？沒有人能夠通過我設下的結界。但是希瑞亞登哪裡都不會去的，他不會做出反抗我的事，任何事都不會。他可是被我迷得暈頭轉向呢。不，這和魔法無關，我沒有對他施展任何魔法，這只是平常的生理反應。那個笨蛋愛上我了，你沒看出來嗎？他甚至還想和伯奧決鬥呢，你能想像嗎？明明是個精靈，卻這麼會吃醋，這種事不常發生的。傑洛特，我選這棟房子不是沒有道理的。」

「伯奧・伯蘭特、希瑞亞登、艾爾迪、亞斯克爾。確實，妳用最簡單的途徑達成目的。但是葉妮芙，妳是沒辦法利用我的。」

「我可以的。」女巫從床上站起身走近，小心避開畫在地板上的圖像和符號。「我不是說過了嗎？我把詩人治好了，你還欠我一份情呢。只是一件小事罷了，一個小小的服務。等我做完現在正要做的事，就會馬上離開林德。而我在這裡還有一些……這麼說好了，沒付清的帳。我答應這裡的幾個人一些事，而我總是信守承諾。因爲我自己來不及完成這些事，所以你要幫我完成。」

他使盡全身的力量掙扎，但是一點用也沒有。

「不要再亂動了，獵魔士。」她露出邪惡的微笑說：「那只是白費工夫。你的意志力很強，而且對魔法有很高的免疫力，但是和我的魔力及咒語比起來實在是小巫見大巫。還有，別讓我看笑話了，不要試著用自己的強壯和男子氣概來吸引我，你的強壯和硬漢形象只存在你自己眼中。爲了救你的朋友，你會爲我做任何事，甚至不需要魔法的指揮。你什麼代價都會付，要你舔我的鞋子你都願意，甚至一些別的——如果我臨時想要來一點娛樂。」

他沉默不語。葉妮芙站在他面前微笑，邊把玩著天鵝絨項圈上鑲著閃閃發光鑽石的星形黑曜石。

「在伯奧的臥房裡——」她繼續說：「和你說了幾句話以後，我就看出來你是個什麼樣的人。而我也想到要你用什麼樣的方式來支付這筆代價。我在林德的這幾筆帳讓任何人來付都可以，甚至連那個希瑞亞登都行。但是現在要由你來付，因爲你必須付出代價——爲了你裝出來的堅強、冰冷的眼神，那雙任何細節都不放過的眼睛、石頭般面無表情的臉，還有那嘲弄的語氣。爲了你那不自量力的想法——竟然以爲自己可以和凡格爾堡的葉妮芙平起平坐，還把她看成一個自戀的自大狂、一個工於心計的女巫，同時又睜大眼睛貪看她沾滿肥皀泡的奶子。利維亞的傑洛特，爲此付出代價吧！」

她用雙手抓住他的頭髮，然後狠狠地吻了他的嘴，像吸血鬼一樣用力吸吮。獵魔士脖子上的徽章猛烈顫動，傑洛特覺得鍊子似乎變短了，像鐵頸圈一樣緊緊箍住他。他感到腦海中閃過一道光，耳朵裡則發出嘈雜的嗡嗡聲。他已經看不到她紫羅蘭色的眼睛，眼前只剩下一片黑暗。

他跪在地上。葉妮芙用溫和、柔軟的聲音對他說話。

「你記住了嗎？」

「是的，主人。」

那是他自己的聲音。

「那就去吧，完成我交代的事。」

「遵命，主人。」

「你可以吻我的手。」

「謝謝您，主人。」

他感覺自己跪著爬到她身邊，腦袋中好像有一萬隻蜜蜂發出嗡嗡聲。她的手掌有接骨木和鵝莓的味道。接骨木和鵝莓……接骨木和鵝莓……強光、黑暗。

扶手、樓梯、希瑞亞登的臉。

「傑洛特！你怎麼了？傑洛特，你要去哪？」

「我得……」這是他自己的聲音。「我得去……」

「眾神啊！你們看他的眼睛！」

瓦拉提米爾因爲恐懼而扭曲的臉、艾爾迪的臉，還有希瑞亞登的聲音。

「不！艾爾迪，不要！不要碰他，不要阻止他！艾爾迪，讓開！別擋住他！」

接骨木和鵝莓的味道……接骨木和鵝莓……

門、爆炸似的陽光、炎熱、悶窒、接骨木和鵝莓的味道。暴風雨就要來了，他想。

這是他最後一個清醒的念頭。

VI

黑暗、味道……

味道？不，是臭味。噁心的尿臭、爛掉的稻草味、潮濕的破布味，以及凹凸不平的石牆上、放在鐵架中的火炬所散發出來的異味。火光映照出一個影子，投射在鋪了麥稈的地板上……

那是柵欄的影子。

獵魔士咒罵了一聲。

「總算醒了。」有人把他扶起來，讓他的背靠在潮濕的牆上。「你昏迷了那麼久，我很擔心呢。」

「希瑞亞登？哪裡……該死，我頭痛得要命……我們在哪裡？」

「你覺得呢？」

傑洛特抹了一把臉，四下張望。對面的牆邊坐著三個衣衫襤褸的人，他看不清對方的臉，他們坐在離火炬最遠的地方，幾乎隱身在完全的黑暗之中。一個不明物體伏在那一道將他們和明亮走廊隔開的柵欄旁，乍看之下會以爲是一堆破布，但其實那是個瘦小的老頭，他的鼻子就像鸛鳥的嘴。從那一頭骯髒糾結的長髮和破爛的衣服看來，他在這裡有段時間了。

「那些人把我們打下了地牢。」獵魔士陰鬱地說。

「我很高興，」精靈說：「你終於恢復邏輯推理的能力了。」

「該死……亞斯克爾呢？我們在這裡多久了？從那之後經過了多少時間……」

「我不知道。和你一樣，我被丟到這裡時是不省人事的。」希瑞亞登把麥稈弄成一堆，讓自己坐得舒服點。「這很重要嗎？」

「這還用說，我靠。葉妮芙……還有亞斯克爾，亞斯克爾和她在一起，而她打算……喂，那邊的！我們被關到這裡多久了？」

那群衣衫襤褸的人低聲交頭接耳了一陣，沒有人回答他。

「你們聾了啊？」傑洛特吐了一口口水，口中還殘留著那股金屬異味。「我問，現在是什麼時候了？是半夜嗎？你們總該知道他們什麼時候放飯吧？」

那些人再次竊竊私語，咳了幾聲。

「大人，」一個人終於說：「求您行行好，別來找我們，別和我們說話。我們是普通的小偷，而不是什麼政治犯。我們可沒有違抗政府，只是偷了點東西。」

「是啊。」另一個人也說話了：「你們有你們的角落，我們有我們的，管好自己的地方就好。」

希瑞亞登啐了一口，傑洛特往地上呸了一口口水。

「沒錯。」滿臉鬍子的長鼻子老人喃喃說：「每個人在牢裡都有自己的角落，也有自己的圈子。」

「老頭，那你呢？」精靈嘲諷說：「你是和他們一夥的還是和我們一夥？你屬於哪一個圈子？」

「都不是。」老人驕傲地說：「因爲我是無辜的。」

傑洛特又呸了一口。

「希瑞亞登？」他按摩著太陽穴問：「那個違抗政府的事……是眞的嗎？」

「千眞萬確，你什麼都不記得了嗎？」

「我走到街上，人們都盯著我看……然後……然後有一家店……」

「當舖。」精靈壓低了聲音說：「你走進一間當舖，一走進去就狠狠地往老闆的嘴巴打了一拳。很用力，應該說是非常用力。」

獵魔士嚥下了口中本來要罵出來的話。

「那個放高利貸的應聲倒地。」希瑞亞登低聲繼續說：「然後你對著他的敏感部位踢了好幾下。一個僕人跑過來要救他的老闆，於是你把他從窗戶扔到了大街上。」

「我擔心，」傑洛特嘀咕：「事情到這裡還沒畫下句點。」

「沒錯。你從當舖出來後，在大街中央昂首闊步，撞倒了好幾個人，嘴裡大嚷大叫著一些蠢話，關於女士的榮譽之類的。你身後已經跟了一大群人，其中有我、艾爾迪和瓦拉提米爾。你在藥店主人瓦伏津諾塞克的門前停下來，走了進去。過沒多久就出來了，拉著瓦伏津諾塞克的腳，把他拖了出來。然後你開始對群眾演說。」

「什麼樣的演說？」

「簡單地說，你告訴大家，即使是職業妓女，一個有風度的男士也不該叫她『妓女』，因為這既低級又侮辱人。如果這個人從來不曾和這個女人上床，也沒有因此而給她錢，卻叫她『妓女』，這種行為不僅幼稚，而且該好好教訓一頓。你對所有人說，現在就要在這裡執行處罰，而這個方式用來處罰幼稚的傢伙是再適合不過了。你把藥店主人的頭塞到兩膝之間，脫下他的褲子，用皮帶狠狠抽他的屁股。」

「希瑞亞登，說下去，不用顧慮我的感受。」

「你狠狠抽著瓦伏津諾塞克的屁股，一點都不手軟。藥店主人尖叫、哀號、不斷向眾神和眾人求救，向你求饒，甚至承諾會改善自己的言行，但是你擺明了不相信。這時幾個帶著武器的強盜跑來了——在林德這個地方我們稱他們為守衛。」

「而我，」傑洛特點頭說：「就是在那個時候違抗政府的？」

「應該說，你從更早之前就開始違抗政府了。當舖主人和瓦伏津諾塞克都是議會成員，兩人都曾說要把葉妮芙趕出林德。他們不只在議會中投票贊成這件事，也在各個酒館裡說了許多關於她的壞話。」

「這我早就猜到了。你剛剛說到守衛跑過來的事，就是他們把我押下地牢的嗎？」

「他們想要這麼做。喔，傑洛特，這畫面眞是精彩啊。你對他們做的事實在很難用言語描述。他們手上有劍、皮鞭、棍子、斧頭，而你手上只有一根從某位紳士手上搶來的、上面有個圓球裝飾的梣木手杖。當所有人都被你解決、躺在地上時，你繼續邁開大步，我們都知道你接下來會去哪。」

「我也想知道。」

「你到了神殿。因爲那裡的克萊普祭司——也是議會的成員——在布道時也花了很多心思來講述葉妮芙的壞話。你一點都不掩飾你對克萊普祭司的看法。你向他保證，你會好好教導他如何尊敬女性。當你提到他的名字，你略過了他的官方頭銜，並加了一些其他的字眼——這引發了跟在你身後的孩童一陣歡呼。」

「啊哈。」傑洛特低聲說：「我還褻瀆了神祇嘛。還有呢？我把神殿拆了嗎？」

「不，你進不去。神殿前面等著你的是一整隊全副武裝的守衛，把所有能用的武器都帶上了，只差沒有拋石機，擺明了要把你碎屍萬段。但是你沒有走向他們，你突然雙手抱住頭，然後昏倒了。」

「你不必告訴我接下來的事了。但是希瑞亞登，你怎麼會來到這裡的？」

「當你倒在地上的時候，幾個守衛想要用長矛往你身上刺幾個洞。我和他們吵了起來。我頭上被人用釘頭鎚打了一記，當我醒來時，人已經在地牢裡了。無庸置疑，他們一定是控告我參與了反抗人類的陰謀。」

「如果我們已經被控告了，」獵魔士咬牙說：「那你認爲我們可能受到什麼樣的刑罰？」

「如果涅維拉市長及時從首都趕回來——」希瑞亞登低聲說：「那就不一定……我了解他。但是如果趕不回來，那麼議員們就會裁定判決——這裡面當然包括當舖主人和瓦伏津諾塞克。這就表示……」

精靈快速地往脖子比了個手勢。雖然地牢裡的光線幽暗不明，但是這個手勢顯而易見。獵魔士沒有回答。小偷悄聲交談，無辜入獄的老頭看起來睡著了。

「太棒了。」傑洛特終於說，狠狠罵了一句髒話。「我不只要上絞架，還把你也給拖下水，希瑞亞登，而且還有亞斯克爾。不，不要打斷我。我知道這一切都是葉妮芙搞的鬼，但是錯的人是我，我要爲自己的愚蠢負責。她騙了我，就像矮人說的，把我當成猴子來耍。」

「嗯……」精靈低語：「說得沒錯。我警告過你了。靠，我雖然警告了你，但其實我也是個徹頭徹尾的——抱歉我這麼說——大白痴。你擔心我是因爲你才入獄，其實完全相反，你是因爲我才會淪落到這裡的。我可以在街上攔住你、把你抓住、不讓你……但是我沒有這麼做。因爲我怕當她施展在你身上的魔法消失時，你會回去……傷害她，原諒我。」

「我原諒你，你不知道她的咒語有多大魔力。親愛的精靈，我可以在幾分鐘內破除一般的咒語，而且絕不會因此而昏倒。葉妮芙的魔咒不是你能夠破除的，而要抓住我也不是易事；想想那些守衛吧。」

「我再說一次，我沒想到你，我想到的是她。」

「希瑞亞登？」

「嗯？」

「你對她……你對她……」

「我不喜歡用冠冕堂皇的字眼。」精靈打斷他的話，憂鬱地微笑了。「我們這麼說好了，我深深地被她吸引。你一定覺得奇怪，怎麼會有人被她那樣的女人所吸引？」

傑洛特閉上眼睛，試著回想記憶中那幅景象。那幅景象以一種無法解釋的方式——這樣說好了，不用冠冕堂皇的字眼——吸引著他。

「不，希瑞亞登。」他說：「我不意外。」

走廊傳來一陣沉重的腳步聲和金屬鍊條的聲音。地牢裡出現四個警衛的影子。鑰匙轉動，發出嘎吱聲。那個無辜的老人像山貓一樣從柵欄跳開，躲到罪犯之間。

「這麼快？」精靈驚訝地低聲說：「我以為判決絞刑需要更長的時間……」

其中一個高大的禿頭守衛指了指獵魔士，他的嘴巴上長了像山豬一樣的硬毛。

「就是他。」他短促地下令。

其他兩人把傑洛特抓住，粗暴地把他抬起來按到牆上。小偷擠在自己的角落裡，而長鼻子老人則躲到稻草堆裡。希瑞亞登本來想要站起來，但是一把劍的劍尖猛然指向他的胸膛。他跌坐到地板上，往後退去。

禿頭守衛站在傑洛特面前，挽起袖子，摩拳擦掌。

「瓦伏津諾塞克議員大人——」他說：「要我來問你，你在我們的地牢過得怎樣。是不是要帶點東西來給你？這裡的寒冷不會讓你很難受吧？啊？」

傑洛特覺得沒必要回答。他也沒辦法踢那個禿子一腳，因爲抓住他的守衛用笨重的靴子踩住了他的雙腳。

禿頭稍微向後抬起拳頭，然後狠狠地往獵魔士的肚子打了一拳。傑洛特試著緊縮肌肉，但是這沒有用。他費了一番力氣才有辦法繼續呼吸，他蜷縮著身子，眼睛剛好對上自己的皮帶釦。然後守衛又把他抬了起來。

「你什麼都不需要嗎？」禿頭繼續說，露出一口爛牙，口中飄出洋蔥的味道。「你什麼都不抱怨，我們的議員大人會很高興的。」

又是一拳，這次仍然打在同樣的地方。獵魔士幾乎窒息，差點要吐了，只是胃裡沒什麼東西可吐。禿頭向側邊轉了個身，換另外一隻手。

砰！傑洛特縮起了身子，目光又對上自己的皮帶釦。他覺得很奇怪，皮帶釦上方竟然沒有一個洞可以讓他看到後面的牆。

「怎麼樣啊？」禿頭往後退了一點，好在揮拳時有更多的空間，造成更大的衝擊力。「你沒有任何願望嗎？瓦伏津諾塞克大人要我來問你有沒有什麼願望。爲什麼一句話也不說？舌頭打結了嗎？那我現在就幫你解開！」

砰！

傑洛特這次沒有昏倒。但他必須昏倒，因爲他想保住自己的內臟。想要昏倒，他就必須讓禿頭……

守衛吐了一口口水，凶狠地露出牙齒，又開始摩拳擦掌。

「怎麼樣？一個願望都沒有嗎？」

「有一個……」獵魔士吃力地抬起頭來，喘著氣說：「我希望你炸開來，狗娘養的。」

禿頭咬牙切齒，往後退了一步，掄起拳頭。就像傑洛特計畫的一樣，這次禿頭瞄準了他的腦袋。但是他沒有揮出這一拳。守衛的喉嚨突然發出像火雞一樣的咕咕聲，整張臉變得通紅，用雙手抱住肚子，發出痛苦的狂吼……

然後整個人炸了開來。

VII

「我到底該拿你們怎麼辦？」

窗外陰暗的天空劃過一道明亮的閃電，過沒多久就傳來響亮、隆隆不絕於耳的雷聲。暴雨下得越來越大了，雨雲聚滿了林德的天空。

傑洛特和希瑞亞登低著頭，一語不發地坐在長凳上。他們身後掛著一幅巨型壁氈，上面描繪的是預言者列布達牧羊的情景。涅維拉市長在房間裡踱來踱去，怒氣沖天地噴著鼻息。

「你們這些該死、沒用的巫師！」他突然停下來大吼：「你們是被困在我的城市裡還是怎樣？這世上沒有別的城市了是不是？」

精靈和獵魔士沉默著。

「做出這樣的事……」他憤怒地快要喘不過氣來：「讓看守鑰匙的人……炸成一顆蕃茄！一團碎肉！變成紅色的肉醬！根本沒有人性！」

「沒有人性，也褻瀆神祇。」人也在市政廳議事堂裡的克萊普祭司重複。「如此泯滅人性的罪行，連白痴都想得到背後主使者是誰。是的，市長。我們倆都認識希瑞亞登，而這邊這個自稱獵魔士的人，他沒有這麼大的魔力如此對付看守鑰匙的人。這一切都是葉妮芙搞的鬼，那個受眾神詛咒的女巫！」

窗外雷聲大作，彷彿是贊同祭司的觀點。

「只有她，不會是別人。」克萊普繼續說：「除了她，還有誰會想要報復瓦伏津諾塞克議員？」

「呵呵呵。」市長突然大笑著說：「關於這件事我倒是最不生氣的。瓦伏津諾塞克總是在暗地裡計畫陰謀，想要奪走我的政權。現在沒有人會聽他的了，現在人們一想到他，腦海裡就會出現他被打屁股的樣子……」

「涅維拉市長，我看您只差沒拍手叫好了。」克萊普皺起眉說：「我想提醒您一點，如果我沒對這個獵魔士施展驅魔咒，他下一個出手的對象就是我和神聖的神殿了……」

「克萊普，誰教您在布道時把她說得那麼難聽呢，連伯蘭特都向我們抱怨了，但事實就是事實。聽到了嗎，混帳東西？」市長再次轉向傑洛特和希瑞亞登。

「沒有任何事能當藉口！我不容許在我的城市有這種騷動！好啦，快把一切說出來吧，有什麼辯白的話就趁現在趕快說。要不然的話，我發誓會把你們好好修理一頓，讓你們到死都忘不了！快，把一切都告訴我，就像告解一樣！」

希瑞亞登重重嘆了一口氣，用意有所指的請求眼光看著獵魔士。傑洛特也嘆了一口氣，咳了幾聲。然後他說出了一切，差不多是一切。

「原來是這麼回事啊。」祭司沉默了一會，然後說：「釣魚、瓶中的靈魔，還有不計代價想把它逮住的女巫，很動聽的故事。這件事可能會帶來可怕的結果、非常可怕的結果。」

「靈魔是什麼？」涅維拉問：「這個葉妮芙到底想要什麼？」

「巫師——」克萊普說明：「會從自然中汲取力量。正確來說，是從所謂的四大元素，那就是空氣、水、火和大地。每個元素都有自己的次元，在巫師的術語中稱爲平面，可以分成水的平面、火的平面，諸如此類。在這些我們無法進入的次元裡，住著被稱爲靈魔的生物……」

「那只是傳說。」獵魔士打斷：「因爲據我所知……」

「不要打斷我。」克萊普打斷傑洛特的話：「獵魔士，當你在講述你的故事時，我們就知道你所知有限了。現在乖乖閉上嘴，聽聽比你聰明的人說話。我們回到靈魔吧，它們一共可以分爲四類，就像四個平面。鎮尼是空氣的靈魔，邁力得是水的靈魔，伊弗利特是火的靈魔，而達歐則是大地的靈魔……」

「您扯得太遠了，克萊普。」涅維拉插嘴：「這裡不是神殿的教室，不要對我們上課。長話短說：葉妮芙想拿那個靈魔來做什麼？」

「市長，這樣的靈魔可說是活生生、魔法能量的聚集體。如果一個巫師可以指使靈魔，就能把這股力量轉化成咒語。這時就不必再辛苦地從自然元素中取得力量，因爲靈魔已經幫他做好一切了。同時，這樣的巫師具有非常強大的力量，幾乎可說是無所不能……」

「我還沒聽說過有無所不能的巫師呢。」涅維拉露出不同意的表情說：「剛好相反，他們其中大多數人的力量都是誇大其辭。這個不能做、那個沒辦法的……」

「史丹梅佛德巫師——」克萊普再次露出學院教師的表情、語氣和姿態，打斷了市長的話。「曾經把一座山移開，因爲它擋到他從塔中望出去的風景，這是空前絕後的事。因爲傳聞中史丹梅佛德巫師有一個達歐——也就是大地的靈魔——可供他差遣。之前，也有一些其他類似文獻記載著某些巫師的超凡成就。比如說巨浪、災難性的大雨，這毫無疑問是邁力得的傑作，而火柱、火災與爆炸，則是伊弗利特幹的……」

「龍捲風、颶風、在空中飛行。」傑洛特喃喃說：「傑佛利・孟克。」

「沒錯，你還是知道一些東西嘛。」克萊普友善地看著他說：「人們說，孟克找到了使喚空氣靈魔『鎮尼』的方法。還有流言說，他不只有一個靈魔。他把這些靈魔放在瓶子中，然後在有需要的時候使喚它們，每個靈魔會幫他實現三個願望。因爲靈魔只會實現人類的三個願望。在那之後它就自由了，可以回到自己的次元中。」

「那個河邊的傢伙什麼願望也沒實現。」傑洛特堅定地說：「它一開始就掐住亞斯克爾的喉嚨。」

「靈魔，」克萊普抬起鼻子說：「是很惡毒又狡猾的生物。它們不喜歡那些把它們關在瓶子裡，然後又命令它們把山移開的人。它們會竭盡所能，爲的就是不讓人們說出願望。而當它們實現這些願望時，也是以一種像脫韁野馬般的方式執行，令人無法預料，所以千萬得小心自己所說的話。想要降服靈魔，必須要有鐵一樣的意志、鋼一樣的神經、強大的力量和高強的本領。獵魔士，從你的故事聽來，你的本領還不夠高強。」

「要降服那個渾蛋是不夠高強，」傑洛特同意：「但是我把它趕跑了。它跑得還眞快，連空氣都發出尖嘯，眞是厲害。但是我得說，葉妮芙那女人卻嘲笑我的驅魔術……」

「那是什麼驅魔術？再說一遍。」

獵魔士一字不漏地把咒語說了一遍。

「什麼？」祭司先是臉色發白，然後滿臉通紅，最後整張臉變成了青紫色。「你好大的膽子！你在嘲笑我嗎？」

「請原諒——」傑洛特結結巴巴地說：「說實話，我不知道……這句話的意思。」

「既然不知道，那就別鸚鵡學舌！我眞不知道，您是從哪裡學來這種下流玩意！」

「夠啦。」市長揮揮手說：「我們在浪費時間。好了，我們現在知道女巫爲什麼需要靈魔，但克萊普您剛剛說這很不好。是哪裡不好了？就讓她把靈魔抓住然後下地獄去。我才不在乎呢。我想啊……」

沒有人會知道涅維拉這一刻想的是什麼了——即使那不是自吹自擂的話。那幅繪有預言者列布達的壁氈一旁的牆上，這時出現了一個明亮的四方形，一陣光閃過，然後議事堂中間出現了……亞斯克爾。

「無罪！」詩人坐在地板上，眼神迷離地四處打量，並用清亮的男高音大喊：「無罪！獵魔士是無辜的！我希望你們相信這件事！」

「亞斯克爾！」傑洛特大喊，一邊攔住克萊普。很明顯地，祭司想要向詩人施展驅魔咒，但那也許是詛咒，誰知道呢。「你怎麼會……來這裡……亞斯克爾！」

「傑洛特！」詩人從地板上跳起來。

「亞斯克爾！」

「這傢伙是誰？」涅維拉大吼：「天殺的，如果你們不停止你們的魔法，我可不敢保證接下來我會做出什麼事。我說過了，在林德不能使用魔法！必須先交一張申請書，然後付清稅金和手續費……咦？這不是那個被女巫綁架的歌手嗎？」

「亞斯克爾，」傑洛特按著詩人的肩膀重複道：「你怎麼會來到這裡的？」

「我不知道。」詩人帶著愚蠢又擔心的表情說：「說老實話，我其實不太清楚到底發生了什麼事。我記得的並不多，如果我知道這裡面什麼是真的，什麼是惡夢，就讓我遭天打雷劈。不過我倒是記得一個長得挺漂亮的黑髮女人，她有一雙火紅的眼睛……」

「你告訴我黑髮女人的事幹嘛。」涅維拉生氣地打斷：「講重點，先生，講重點。你剛才說，獵魔士是無辜的。這句話是什麼意思？你是要告訴我，瓦伏津諾塞克是自己打自己的屁股嗎？因爲如果獵魔士是無辜的，就不會發生這些事了，除非這是一場集體幻覺。」

「我不知道屁股或幻覺的事。」亞斯克爾驕傲地說：「也不知道什麼瓦夫津諾屎克的事。我再說一次，我記得的最後一件事就是一個優雅的女人，穿著黑白雙色的衣服，搭配得很有品味。她狠狠把我丟到一個發光的洞裡，我敢說那一定是魔法隧道。」

「在那之前，她給了我再清楚不過的命令。等我到目的地時，我必須立刻做出聲明，唸出這段話：『我的願望是讓人們相信我，獵魔士不必爲所發生的事負責。我的願望不是別的，正是如此。』就這樣，一字不漏。當然啦，我有問她這是怎麼一回事，還有爲什麼要這麼做。但是黑髮女人沒讓我說完，就狠狠地罵了我幾聲，抓住我的脖子把我扔進隧道，就是這樣了。現在呢……」

亞斯克爾直起身子，撢撢衣服上的灰，整理一下衣領，還有花俏但骯髒的胸口褶飾。

「……我想請你們告訴我，這個城市裡最好的酒館叫什麼名字，還有位置在哪裡。」

「我的城市裡沒有不好的酒館。」涅維拉慢條斯理地說：「但是在你親身體驗之前，你會先好好觀察這座城市裡最好的地牢。我指的是你和你的同伴。混帳東西，我可要提醒你們，你們還沒獲釋呢！你看看他們，一個鬼話連篇，另一個則從牆上跳出來，嚷著什麼無辜的，還大叫著說：『我的願望是要你們相信我。』眞是大言不慚的願望……」

「眾神啊！」祭司突然抓住自己的禿頭，說：「現在我懂了！願望！最後的願望！」

「克萊普，怎麼了？」市長皺起眉頭說：「您有病嗎？」

「最後的願望！」祭司重複：「她強迫詩人說出了第三個，也就是最後的願望。如果靈魔沒有實現最後的願望，她是沒辦法降服它的。而在靈魔逃到自己的次元之前，葉妮芙一定早就設下陷阱要抓住它。涅維拉先生，我們必須……」

窗外雷聲大作，非常強烈，連牆壁都開始震動。

「天殺的。」市長嘟囔著走到窗邊。「還眞近。希望沒有打到什麼房子，我現在最不缺的就是一場火災……眾神啊！你們看！你們看那個！克萊普!!那是什麼玩意？」

所有人同時飛奔到窗口。

「天哪！」亞斯克爾抓住脖子大叫：「就是它！這就是那個要掐死我的畜生！」

「鎮尼！」克萊普大叫：「空氣的精靈！」

「在艾爾迪的酒館上方！」希瑞亞登喊：「在屋頂上！」

「她抓住它了！」克萊普把身體往外傾，再差一點就要掉出去了。「你們看到那陣魔法之光了嗎？女巫把鎮尼困在陷阱中了！」

傑洛特一言不發地看著。

很久很久以前，當他還在卡爾．默罕修業、是個乳臭未乾的小子時，他和他的朋友艾斯科抓住了一隻森林裡的熊蜂。他們用襯衫上拆下來的長線把熊蜂綁起來，另一端則繫著一個放在桌上的瓶子。他們哈哈大笑地看著熊蜂奮力掙扎，直到老師維瑟米爾發現了，然後用皮繩狠狠地抽這兩個小鬼。

在艾爾迪的酒館屋頂上盤旋的鎮尼和那隻熊蜂的舉止如出一轍。它往上飛去，然後又落下。它再次往上衝，但是又被看不見的力量拉了回來。它不斷地盤旋，發出一陣陣怒吼。這樣的情況一次又一次地重複，就像卡爾．默罕那隻熊蜂，鎮尼也被一條條捲曲、發出耀眼光芒的五彩細線緊緊地糾纏住，那些光線都發自屋頂。但是鎮尼畢竟要比被繫在瓶子上的熊蜂來得有力量多了。熊蜂沒辦法把附近的屋頂掀翻，也不能把屋頂上的稻草吹得到處都是，或者摧毀煙囪、砸碎塔樓和閣樓。鎮尼可以這麼做，它也這麼做了。

「它在摧毀整個城市！」涅維拉尖叫：「這個怪物在摧毀我的城市！」

「呵、呵。」祭司大笑：「我看啊，她是棋逢敵手了！這是個超級強大的鎮尼！說眞的，我不知道到底誰會抓住誰，是女巫抓住它還是它抓住女巫！哈，照這樣下去鎮尼會把她捏成一團灰，可喜可賀！正義終究是會勝利的！」

「去他的狗屁正義！」市長大吼，完全不管窗外有沒有站著他的選民。「克萊普，你看看那邊！恐慌，廢墟！你這個禿頭白痴，你沒告訴我會發生這種事！你光在那裡故弄玄虛，淨說些廢話，但是最重要的事你卻一個字都沒提！你爲什麼沒告訴我，這個惡魔……獵魔士！快想辦法！你聽到了嗎？無辜的巫師？好好整治一下那個魔鬼！我會原諒你所有的罪行，但是……」

「涅維拉先生，已經沒有什麼辦法可想了。」克萊普啐聲道：「您沒仔細聽我剛才說的話，您從來都不注意聽我說話。我再說一次，這是超級強大的鎮尼，要不是這樣，女巫早就抓住它了。我告訴你們，女巫的咒語很快就會減弱，到時候鎮尼就會把她撕成碎片，然後逃走。那時就天下太平了。」

「同時城市會被夷爲平地嗎？」

「我們必須等待。」祭司重複道。「但這不表示我們就要袖手旁觀。市長，請您下令吧，讓人們逃離附近的屋子，還有準備滅火。現在那裡的情況還不算太嚴重，等到靈魔和女巫的戰鬥結束，眞正的地獄才要開始呢。」

傑洛特抬起頭，對上了希瑞亞登的目光。他別開眼睛。

「克萊普先生，」他突然下定了決心，說：「我需要您的幫助。我指的是亞斯克爾來到這裡使用的隧道，這個隧道依然連結著市政廳和……」

「現在已經看不到任何隧道的痕跡了。」祭司指著牆，冷冷地說：「您沒長眼睛嗎？」

「即使看不到，但隧道還是留下了軌跡。可以用咒語穩定它，我就順著這道軌跡走回去。」

「您大概是瘋了。即使能夠僥倖毫髮無傷地過去，您又想做什麼呢？您想跑到龍捲風的中心嗎？」

「請問，您能不能用咒語穩定它？」

「咒語？」祭司驕傲地抬起頭說：「我不是無神論的巫師！我才不用咒語！我的力量是來自信仰和禱告！」

「您到底能不能？」

「我能。」

「那就請您快點，沒多少時間了。」

「傑洛特，」亞斯克爾說：「你眞的瘋了！離那個該死的掐人狂遠一點！」

「請安靜。」克萊普說：「還有放嚴肅點，我正在禱告。」

「讓你的禱告見鬼去吧！」涅維拉大吼：「我去叫人們避難！得做點什麼啊，而不是站在這裡講廢話！眾神啊，今天是什麼日子！今天是什麼鬼日子！」

獵魔士感覺到希瑞亞登的手碰到了他的肩膀。他回過頭去。精靈看著他的眼睛，然後垂下了雙眼。

「你要去那裡……因爲你必須去，是不是？」

傑洛特猶豫了一下，他覺得彷彿聞到接骨木和鵝莓的味道。

「也許吧。」他遲疑地說：「我必須去。希瑞亞登，對不起……」

「不要道歉，我明白你的感覺。」

「我很懷疑，因爲我自己並不明白。」

精靈微笑，但看不出一絲愉悅。

「傑洛特，這種事就是這樣啊，就是如此。」

克萊普直起身子，深呼吸了一口氣。

「好了。」他指著牆上幾乎看不見的輪廓，驕傲地說：「但是這條隧道很不穩定，而且撐不久。至於中間有沒有斷層，沒人敢保證。獵魔士先生，在你進去以前，請你反省一下過去的所作所爲。我可以給你祝福，但是原諒你的罪過就……」

「……沒那個時間了。」傑洛特打斷祭司的話。「克萊普先生，反省這種事從來沒有足夠的時間。你們全都出去吧，如果隧道爆炸了，你們的鼓膜會被震壞的。」

「我留下來。」當門在亞斯克爾和精靈離開後關上時，克萊普這麼說。他在空中揮舞著雙手，身體周圍生起了一股充滿律動的氣流。「我做了個防護罩，以防萬一。如果隧道破了，我會試著把您拉出來，獵魔士先生。哼，我才不在乎耳膜呢，耳膜會再長出來的。」

傑洛特友善地看著他，祭司報以微笑。

「你是個男子漢。」他說：「您想去救她，對吧？但男子氣概對你不會有太大的幫助。靈魔是復仇心很強的生物，女巫的情況很危險。而你，如果你到那裡去，你的情況也會一樣危險。反省過去吧。」

「我已經反省完了。」傑洛特在發出微光的隧道前站定。「克萊普先生？」

「是。」

「那個讓您那麼生氣的驅魔咒……到底是什麼意思？」

「說眞的，現在眞是講笑話的好時機啊……」

「克萊普先生，拜託您。」

「好吧。」祭司躲到市長那張笨重的橡木桌下，然後說：「這是您最後的願望了，那麼我就告訴您。那句話的意思是……嗯……嗯……『滾得遠遠的，然後自己操自己。』」

傑洛特笑得全身顫抖。然而，當他進入那片虛無中時，那股寒冷卻扼住了他，讓他再也笑不出來。

VIII

隧道發出可怕的吼聲，像颶風一樣猛烈旋轉。獵魔士感到自己的肺部好像要被撕成碎片了，然後隧道把他重重吐了出來。傑洛特無力地癱在地板上喘息，吃力地把嘴張大，試著吸進空氣。

地板在顫動。一開始他以爲這是從那破碎的隧道地獄出來的後遺症，身體才會不由自主地顫抖；但是他很快就發現自己錯了。整棟房子都在搖晃、震動，發出嘎吱嘎吱的聲響。

他四下張望。他不是在那個最後一次見到葉妮芙和亞斯克爾的小房間裡，而是在艾爾迪整修中的酒館大廳。

他看見了葉妮芙。她跪在幾張桌子中間，彎著腰，面前擺著一個魔法球。球體中發出強烈的乳白色光芒，把女巫的手指照得通紅。那道光芒形成一個圖形，雖然忽隱忽現、閃爍不定，卻清楚無比。那是傑洛特在小房間的地板上看到的五角星和九角星魔法陣，現在正閃著白色的光芒。他看到一道道燃燒著火焰的五彩光芒發出滋滋聲，從五角星中射向屋頂。屋頂上傳來被抓住的靈魔憤怒的吼聲。

葉妮芙看見獵魔士，猛地站起身來，舉起手掌。

「不！」他大喊：「別這樣！我是來幫妳的！」

「幫我？」她啐聲說：「你？」

「對，就是我。」

「即使我對你做了那種事？」

「即使如此。」

「真有趣，但是這一點也不重要，我不需要你的幫助，馬上離開這裡。」

「不。」

「滾開！」葉妮芙尖叫，臉上露出恐怖的表情。「這裡很不安全！事情已經超出我的掌控了，你明白嗎？我沒辦法制伏它，雖然我不懂這是怎麼回事，它的力量一點都沒有變弱。我在詩人說出第三個願望時抓住了靈魔，現在它早就應該被困在我的魔法球裡了。但是它一點都沒有變弱！該死，反而像是越來越強了！但是我會制伏它的，我要打倒……」

「葉妮芙，妳沒辦法打倒它。它會殺了妳。」

「要殺我可沒那麼容易……」

她突然停下來。酒館的天花板突然閃著強烈的白光，從魔法球中發出的圖像消逝在這一片白光中。天花板上出現一個巨大、閃著火光的方形。女巫咒罵了一聲，舉起手，從她指縫中射出火花。

「傑洛特，躲開！」

「葉妮芙，發生了什麼事？」

「它找到我了……」她大叫，整張臉因爲用力而漲得通紅。「它想到我這裡來。它正在建自己的隧道，好來到這個房間裡面。它沒辦法掙脫身上的繩索，但是可以透過隧道過來。我沒辦法……我阻止不了它！」

「葉妮芙……」

「不要讓我分心！我必須專注……傑洛特，你必須逃走。我會把我的隧道打開，這樣你就可以從那裡逃出去了。小心點，這個隧道的出口是隨機的，我沒時間也沒力氣去弄別的……我不知道你會掉到哪裡去……但是至少你會到安全的地方……準備好……」

天花板上的巨型隧道突然發出耀眼的光芒，扭曲破裂開來。從虛無之中出現了那個獵魔士熟悉、沒有形狀、下垂且一張一闔的大嘴，發出一陣震耳欲聾的怒吼。葉妮芙跳上前去，揮舞著雙手，大聲喊出咒語。從她的手掌中射出一道道糾結的光芒，天羅地網般纏住了靈魔。靈魔大吼著，伸出兩隻巨掌，像攻擊敵人的眼鏡蛇一樣猛地向女巫的咽喉抓來。葉妮芙沒有後退。

傑洛特撲向她，把她推到一邊，用身體擋住了她。靈魔全身包圍著魔法的光芒，像瓶塞從瓶子裡彈出來一樣從隧道中跳了出來，張開血盆大口向兩人撲來。獵魔士咬緊牙關，用符咒擊中靈魔，不過沒有什麼顯著的效果；但是靈魔並沒有發動攻擊。它懸浮在靠近天花板的空中，體型變得巨大無比，用蒼白的眼睛瞪著傑洛特，一邊大聲吼叫。它的吼聲中似乎有什麼意義，彷彿是一種命令，但是傑洛特不知道那是什麼樣的命令。

「那裡！」葉妮芙指著在樓梯旁出現的隧道大叫。和靈魔的隧道比起來，女巫的隧道顯得寒酸，看起來無法持久。

「傑洛特，那裡！快逃！」

「要走一起走！」

葉妮芙在空中揮舞著雙手，大喊出咒語。五彩繽紛、帶著火星、發出滋滋聲的光線又纏住了靈魔。靈魔像熊蜂一樣在空中盤旋，奮力掙扎，拉扯著身上的細線。它以緩慢但堅定的速度向女巫逼近，葉妮芙沒有後退。

獵魔士撲向女巫，很快地用腳把她絆倒，一手抓住她的腰，另一隻手則緊緊抓住她的脖子。葉妮芙狠狠地咒罵，用手肘用力地撞他的脖子。他沒有放手。咒語造成的噁心臭氧並沒有掩蓋接骨木和鵝莓的香氣。傑洛特用一隻腳掃起葉妮芙踢個不停的腿，把她抱起來，直往那比較小、閃著蛋白石般虛無光芒的隧道奔去。

兩人一起陷入虛無。

他們緊緊相擁著飛出隧道，跌在光滑的大理石地板上，一路順勢滑下去，弄倒了巨大的燭台，一張桌子應聲而倒，從上面乒乒乓乓摔下一堆水晶杯、裝滿水果的碟子、一個盛滿了碎冰的大盤子、海草，以及生蠔，尖叫聲此起彼落。

他們躺在燈火通明的舞會大廳中央，四周滿是衣冠楚楚的男士和珠光寶氣的女士，這些人全都停下了舞步，像木頭人一樣沉默地看著這兩個陌生人。迴廊上的樂隊這時也停下了刺耳的演奏。

「你這個白痴！」葉妮芙尖叫，一邊把手伸過來想要挖出獵魔士的眼珠子。「你這個殺千刀的笨豬！你幹嘛來打擾我！我差一點就抓住它了！」

「妳什麼屁都抓不到！」他也吼回去，氣得七竅生煙。「妳這個笨女巫，我可是救了妳一命！」

葉妮芙像憤怒的貓一樣噴著鼻息，手掌發出火光。傑洛特別過臉，緊緊扣住她的兩隻手腕，接著兩人就開始在醃漬水果、生蠔和碎冰之間來回翻滾。

「兩位有邀請函嗎？」一個儀表堂堂、胸前掛著宮廷大臣金鍊的男人以驕傲的表情俯視著他們。

「滾開，白痴！」葉妮芙尖叫，仍執意要把獵魔士的眼珠挖出來。

「這真是一樁醜聞。」宮廷大臣以強調的語氣說：「真的，你們的瞬間移動玩得太過火了。我要向巫師公會提告。我要求……」

再也沒有人會知道宮廷大臣打算要求什麼了。葉妮芙成功地掙脫了獵魔士，狠狠甩了他一記耳光，又猛力踢了他的小腿一腳，然後衝向牆上正在消失的隧道。

傑洛特追上她，技巧純熟地抓住她的頭髮和腰帶。

葉妮芙這回也學到了，用手肘猛烈地撞擊他。在這一片混亂的打鬥中，她連身裙的腋下部分嘶地一聲裂開了，露出形狀姣好的少女乳房。一隻生蠔從裂開的低領中滑了出來。

他們雙雙跌入隧道的虛無光芒中，在最後一秒，傑洛特還聽到宮廷大臣的聲音。

「音樂！繼續演奏！什麼事都沒發生，請不要在意剛剛那一場不愉快的事件！」

獵魔士打從心底相信，多用隧道旅行一次，遇上不幸的風險就提高一分；他的第六感是對的。他們到達了目的地，也就是艾爾迪的酒館，但是出口剛好在天花板上。兩人摔了下來，把樓梯扶手砸成碎片，然後砰地一聲跌到桌子上；桌子承受不住這樣的重擊，跟著垮掉。

他們摔下來的時候，葉妮芙剛好被壓在他底下。他本來很確定她失去了意識，事實證明他是錯的。

她用手腕使勁往他的眼窩一擊，對著他的臉開始滔滔不絕地破口大罵。那些髒話生猛有力的程度，甚至連掘墓矮人都會甘拜下風——而掘墓矮人的粗野下流可是遠近馳名的；這一連串的咒罵伴隨著憤怒、漫無目的的亂拳全都落到獵魔士身上。傑洛特按住她的雙手，他不想用額頭去撞她，於是把頭壓到她那帶著接骨木、鵝莓和生蠔氣味的領口前。

「放開我！」她尖叫，像小馬一樣蹬著腿。「白痴、笨蛋、蠢豬！我說，放開我！繩子馬上就要斷了，我必須把它弄牢，不然靈魔會逃走的！」

他沒有回答，雖然他很想這麼做。他更使勁地抓住她，試著把她壓制在地板上。葉妮芙粗野地罵著髒話，拚命地掙扎，用盡吃奶的力氣狠狠用膝蓋撞擊他的胯下。在他來得及調勻呼吸之前，她已經掙開他的手，喊出了咒語。他感覺到一股怪力把他從地板上抓起、推過整個房間，然後以一種令人窒息的猛烈力道將他摔到一個兩扇門的櫥櫃上，把櫃子撞得粉碎。

IX

「那裡到底發生了什麼事!?」亞斯克爾用手抓住牆緣，伸長脖子，試著在一片大雨中看個仔細。

「我靠，那裡到底發生了什麼事，你們說話呀！」

「他們在打架！」一個好奇的圍觀者大叫，邊叫邊從酒館的窗前跳開，好像被燙到了一樣。他那些衣衫襤褸的同伴也光著腳，用力踩著地上的泥濘逃了開去。「巫師和女巫在打架！」

「打架？」涅維拉驚訝地說：「這個下三濫的惡魔在摧毀我的城市，而他們竟然在打架？你們看看，它又把一個煙囪弄倒了！還把磚廠也給搗爛了！喂，大家快跑！眾神啊，還好在下雨，不然這一把火燒起來還得了！」

「這不會持續太久的。」克萊普祭司陰沉地說：「魔法之光漸漸弱下來了，靈魔身上的繩子很快就會斷裂。涅維拉先生！趕快下令叫人們後退！那裡很快就會變成一片地獄！那棟房子會變成一堆碎片！艾爾迪先生，您在笑個什麼勁？那是您自己的房子啊。有什麼好笑的？」

「我爲那棟廢屋投保了一大筆錢！」

「理賠範圍也包括魔法和超自然力量造成的意外嗎？」

「當然。」

「我懂了，精靈先生，非常聰明，恭喜啊。嘿，大家快躲起來！還想活命的話，就不要再靠近！」

艾爾迪家中傳出一陣震耳欲聾的聲響和一道強光。群眾往後退去，躲在柱子後。

「傑洛特爲什麼要去那裡？」亞斯克爾大叫：「到底操他媽的是爲了什麼？爲什麼堅持要救那個女巫？我操，爲什麼？希瑞亞登，你明白嗎？」

精靈憂鬱地微笑。

「我明白，亞斯克爾。」他說：「我明白。」

X

傑洛特躲開了另一批從女巫指間射出、像火焰一樣的橘色閃光。她顯然已經很疲倦了，閃光的速度不快，力道也很弱，傑洛特輕易閃過了攻擊。

「葉妮芙！」他大叫：「冷靜下來！弄清楚我到底要對妳說什麼！妳沒辦法……」

他還沒說完，女巫手中便射出一道道纖細的紅光，攻向他身體各處，然後牢牢地纏住他。他身上的衣服發出斷聲，開始冒煙。

「我沒辦法？」她站在他身前，一字一句地說：「你很快就會看到，我有什麼辦法。只要你乖乖躺著，不要來打擾我就好。」

「把這個從我身上拿開！」他大叫，在那發燙的蜘蛛網中拚命掙扎。「我靠，我會燒起來的！」

「躺著不要動。」她喘著大氣建議他：「這玩意只有在你動的時候才會燙……獵魔士，我沒有工夫和你玩下去了，我們浪費太多時間了。我必須對付靈魔，因爲它馬上就要逃跑了……」

「逃跑？」獵魔士大吼：「該逃的人是妳！這個靈魔……葉妮芙，專心地聽我說。我必須向妳承認……我必須告訴妳眞相，妳絕對想不到的。」

XI

靈魔左右拉扯綁在身上的繩子，在空中盤旋。然後它把繩子緊緊一扯，把伯奧・伯蘭特家頂端的塔樓給弄倒了。

「它叫得好大聲！」亞斯克爾皺起眉，反射性地抓住自己的脖子說：「聽起來眞是恐怖！看起來是氣得快要抓狂了！」

「沒錯，它很生氣。」克萊普祭司說。

希瑞亞登很快地望向他。

「什麼？」

「它非常生氣。」克萊普重複道：「我一點都不覺得奇怪。要是我也會這麼生氣——如果我必須唯命是從地完成獵魔士不小心說出的第一個願望……」

「怎麼會？」亞斯克爾大叫：「完成傑洛特的願望？」

「那個把靈魔關起來的封印在他手上，靈魔只會實現他的願望。這就是爲什麼女巫沒辦法降服靈魔。但是即使獵魔士猜到了，他也不應該告訴她，這件事她不應該知道。」

「該死。」希瑞亞登喃喃說：「現在我懂了。地牢裡看守鑰匙的人……爆炸……」

「那是獵魔士的第二個願望。他還有一個願望，最後的願望。但是看在眾神份上，他不該把這件事告訴葉妮芙！」

XII

她一動也不動地站著，在他身前彎著腰，完全不理會在酒館屋頂上方猛力扯著身上束縛的靈魔。整棟屋子都在搖晃，天花板上落下石灰和木屑，家具在地板上滑來滑去，痙攣般地不停顫抖。

「原來是這樣。」她嘶聲說：「恭喜，你成功地把我騙過了。原來那個人不是亞斯克爾，而是你。難怪靈魔那麼激烈地反抗！但是我還沒輸，傑洛特。你小看我了，小看我的力量，目前靈魔和你都在我的控制之下。你還有最後一個願望吧？那就說出來。你讓靈魔自由，然後我會把它塞到瓶子裡。」

「葉妮芙，妳沒有那麼多力氣了。」

「你小看了我的力氣。傑洛特，快說出你的願望！」

「不，葉妮芙。我不能……靈魔也許會實現願望，但是它是不會饒了妳的。當它獲得自由，它會殺了妳，向妳復仇……妳沒辦法抓住它，也沒辦法擋下它的攻擊。妳已經很虛弱，根本快要站不住了。葉妮芙，妳會死的。」

「有風險的人是我！」她生氣地大叫：「我發生什麼事，跟你又有什麼關係？你最好還是好好想一想靈魔可以給你什麼！你只剩下一個願望了！你想要什麼就可以有什麼！利用這個機會！獵魔士，利用它！你可以擁有一切！所有的一切！」

XIII

「他們兩個都會死？」亞斯克爾大叫：「怎麼會？克萊普先生，您怎麼會……爲什麼？再怎麼說獵魔士……爲什麼，畜生，爲什麼他不逃？爲什麼？爲什麼他要留在那裡？他可以逃啊，爲什麼不讓那個該死的女巫自生自滅？這沒有意義啊！」

「完全沒有意義。」希瑞亞登苦澀地重複道：「完全沒有。」

「這根本是自殺！而且是白痴的行爲！」

「這是他的職業。」涅維拉插嘴：「獵魔士正在拯救我的城市。我以眾神爲證，如果獵魔士制伏女巫，趕走惡魔，我會重重獎賞他……」

亞斯克爾摘下有鷺羽裝飾的帽子，往上面吐了一口口水，然後狠狠往泥淖裡一扔，拚命踩了幾下，同時用不同的語言罵出不同的髒話。

「但是他不是……」他突然大叫：「他還有最後的一個願望啊！他可以用它來拯救她和自己！克萊普先生！」

「這沒那麼簡單。」祭司沉思著說：「但是如果……如果他說出適當的願望……如果他可以把自己的命運聯繫到……不，我不認為他會這麼做，也許他不要這麼做比較好。」

XIV

「傑洛特，快說出你的願望！快點！你想要什麼？長生不死？財富？名聲？權力？力量？榮譽？快點，我們沒有時間了！」

他一言不發。

「當一個人類。」她突然邪惡地笑著說：「我猜到了，對不對？這就是你想要的，你的夢想！你想要被釋放出來，可以自由地選擇你要成為什麼人，而不是成為你必須成為的人。傑洛特，靈魔會實現你這個願望的，快說出來。」

他沉默不語。

她站在他上方，全身被一明一滅的魔法之光包圍，在魔法球發出的白色光芒之中，糾纏住靈魔的火焰光芒之中。她的頭髮散亂，紫羅蘭色的眼睛閃閃發亮，她直直站著，身形修長，一頭黑髮，看起來非常可怕……

又非常美麗。

她猛地彎下身，和他四目相對。他聞到接骨木和鵝莓的味道。

「你不說話。」她斷聲說：「那麼你到底想要什麼，獵魔士？你最私密的夢想是什麼？你是不知道，還是無法決定？好好想一想吧，仔細地深思，因爲我敢對天賭咒發誓，你不會再有第二次這樣的機會了！」

而他突然知道了眞相，他知道了。他知道了她的過去、她的記憶、她無法忘懷的事，還有她必須抱著什麼活下來。他知道了，在成爲女巫之前，她曾經是個什麼樣的人。

因爲盯著他的那雙冰冷、銳利、邪惡又慧黠的眼睛，是一雙駝背女人的眼睛。

他很害怕。不，這不是眞的。他怕她會讀出他的心思，她會知道他猜到了什麼，而她永遠都不會原諒他。他把這個想法深埋在心中，然後永遠趕出自己的記憶，不留下一點痕跡。他感覺鬆了一大口氣，他感覺……

天花板破裂了。靈魔出現在他們眼前，纏在它身上的火焰細線漸漸熄滅，它大吼著往他們撲來，吼聲中不但有勝利的得意，還有嗜血的衝動。葉妮芙衝上前去，掌中發出光芒，非常微弱的光芒。

靈魔張開大嘴，巨掌向女巫伸去。獵魔士突然明白了，他知道自己想要什麼了。

然後他說出了最後的願望。

XV

房屋爆炸了，磚塊、木梁、木板在充滿火星和煙霧的雲塊中飛舞。像倉庫一樣巨大的靈魔從煙塵中竄了出來，發出一陣吼聲和勝利的大笑。那是獲得自由的空氣靈魔「鎭尼」，已經不再被任何人的意志禁錮，也不再有任何義務。它在城市上空繞了三圈，把市政廳塔的尖頂扯了下來，然後一飛沖天，消失在遠方。

「逃跑了！逃跑了！」克萊普祭司大喊：「獵魔士做到了！靈魔飛走了！不會再傷害任何人了！」

「啊——」艾爾迪發自內心地讚歎：「眞是一片美麗的廢墟啊！」

「我靠，我靠！」亞斯克爾在牆後把身子縮成一團，大叫：「整間屋子都毀了！沒有人能活著從那裡走出來！我告訴你們，沒有！」

「利維亞的傑洛特獵魔士爲這個城市犧牲了自己。」涅維拉市長莊嚴地說：「我們不會忘了他，我們要永遠崇敬他。我們可以來蓋座雕像……」

亞斯克爾抖了抖肩膀，把一塊沾了黏土的柳條編蓆抖下來，又拍了拍衣服上被雨打濕的灰泥塊，看著市長，然後用幾個精確的字眼表達了他對犧牲、紀念、崇敬和世上所有雕像的看法。

XVI

傑洛特打量著四周。屋頂上破了一個洞，水滴慢慢地從那裡落下來。他們身邊是一片斷垣殘壁，還有一堆亂七八糟的東西和碎木片。令人驚訝的是，他們躺著的地方倒是乾乾淨淨，沒有一塊木板或磚頭掉落到他們身上，彷彿有面看不見的盾牌保護著他們。

葉妮芙微紅著臉，跪在他身旁，她的手撐在膝蓋上。

「獵魔士，」她咳了一聲說：「你還活著嗎？」

「我還活著。」傑洛特抹去臉上的灰塵，嘶聲說。葉妮芙慢慢地碰觸了他的手腕，輕柔地用指尖撫摸他的手掌。

「我燙傷了你……」

「小意思，不過是幾個水泡……」

「對不起。靈魔逃走了，永遠地逃走了。」

「妳覺得遺憾嗎？」

「還好。」

「那就好。拜託，扶我站起來。」

「等一下。」她低語：「你的願望……我聽到了你希望得到什麼。我嚇呆了，眞的是嚇呆了。我曾想過你會許什麼願望，但是這個……傑洛特，你爲什麼做出這樣的決定？爲什麼……爲什麼是我？」

「妳不知道嗎？」

她在他身前彎下腰來，撫摸著他。他感覺到她帶著接骨木和鵝莓香味的頭髮輕輕拂過他的臉，那時他突然覺得自己永遠不會忘記這股香味，還有她輕柔的撫摸，他知道自己再也不想嘗試其他的香味和撫摸。葉妮芙吻了他。他了解到，除了她柔軟、濕潤、帶著口紅甜香的嘴唇，他再也不會渴望其他的嘴唇。他知道從這一刻起，她將成爲他的唯一。她的脖子、肩膀和從黑色連身裙中露出的酥胸，她細緻、冰涼的皮膚，這一切都和他觸摸過的胴體如此地不同，如此地無可比擬。他近距離地注視著她紫羅蘭色的雙眼，那是全世界最美麗的眼睛，就像他所害怕的一樣，對他來說，這雙眼睛將成爲……

一切。他早就知道的。

「你的願望——」她緊貼著他的耳朵細語：「我不知道到底有沒有機會實現。我不知道自然之中是否有這樣的力量能夠讓它實現。但是如果有，那你就判定了自己的命運，並把自己的命運判給了我。」

他以親吻、擁抱和愛撫打斷了她。接下來是更多的愛撫，然後整個身心投入其中；他們的歎息和衣物扔到地板上發出的窸窣聲劃破了寂靜。他們小心而溫柔地動著，雖然兩人都不是很清楚小心和溫柔到底是什麼。他們成功做到了，因爲兩人都對此無比渴求；反正他們不急，整個世界在這時突然消失了。有那麼一瞬間，世界不再存在，對他們來說這一瞬間就像是永恆。而事實上，它也確實是。

然後，世界再度開始運轉，以一種嶄新的方式開始運轉。

「傑洛特？」

「嗯？」

「接下來呢？」

「我不知道。」

「我也不知道，因爲我不確定你把你的命運判給我到底值不值得。我不會……等等，你做什麼……

我想告訴你……」

「葉妮芙……葉……」

「葉。」她重複道，完全降服於他。「從來沒有人這麼叫我。求求你，再說一次。」

「葉。」

「傑洛特。」

XVII

大雨止息了。林德的天空出現一道彩虹，繽紛、斷斷續續的弓形劃過藍天，看起來彷彿是從殘破的酒館屋頂冒出來的。

「眾神啊，」亞斯克爾喃喃說：「多麼安靜……我告訴你們，他們必死無疑。要不就是殺了彼此，不然就是我的靈魔把他們兩個都解決了。」

「眼見爲憑。」瓦拉提米爾用綁成一團的帽子擦著額頭說：「他們可能受了傷，也許要叫治療師過來？」

「叫掘墓人較適當。」克萊普斬釘截鐵地說：「我了解這個女巫，而獵魔士也不是什麼好東西。沒什麼好說的，得在墓地挖兩個洞。那個葉妮芙啊，我建議在下葬前在她胸口釘個山楊木樁。」

「多麼寂靜。」亞斯克爾重複道。「幾分鐘前木梁還滿天飛，現在卻靜得連根針掉到地上都聽得見。」

「叫木匠去打兩具棺材。」克萊普說：「告訴木匠……」

「安靜。」艾爾迪打斷他：「我聽到聲音了。希瑞亞登，那是什麼？」

精靈撥開覆蓋在尖細耳朵上的頭髮，把頭往前傾。

「我不確定……我們走近一點。」

「葉妮芙還活著。」亞斯克爾突然說，用他音樂家的耳朵專注聆聽。「我聽到了她的哀號。喔，她又叫了！」

「啊哈。」艾爾迪同意：「我也聽到了。我告訴你們，她一定十分痛苦。希瑞亞登，你上哪去？小心點！」

精靈透過毀壞的窗戶小心地望過去，然後退了回來。

「我們走吧。」他簡短地說：「不要打擾他們。」

「他們兩人都活著嗎？希瑞亞登？他們在那裡做什麼？」

「我們走吧。」精靈重複道。「讓他們兩個人獨處一會兒。就讓他們在那兒多留一陣——她、他，還有他最後的願望。我們去酒館等他們，不久他們就會來找我們了，兩個人都會來。」

「他們在那裡做什麼？」亞斯克爾好奇地問：「我靠，你說啊！」

精靈微微地笑了，笑容非常、非常地憂鬱。

「我不喜歡冠冕堂皇的字眼。」他說：「但是不用冠冕堂皇的字眼，就沒辦法爲它命名。」

理智的聲音 7

弗勒維克全副武裝，站在森林裡的空地上。他沒有戴頭盔，肩上斜披著修士會的紅大衣。他身邊站著一個留著鬍子、雙手抱胸的壯碩矮人，身穿一件狐狸皮做的袍子和鎖子甲，頭上則戴著鐵圈做的鎖鏈頭盔。泰勒斯沒有穿盔甲，只穿著一件格紋短上衣，他慢條斯理地走來走去，不時晃動著手中已經出鞘的長劍。

獵魔士勒住馬，四下張望。周圍閃耀著輕鎧甲和半圓形頭盔的光芒——那是一群把空地包圍住的士兵，他們的手上都拿著標槍。

「該死。」傑洛特低聲說：「我早該想到了。」

亞斯克爾掉轉馬頭，對那些截斷他們退路的士兵小聲地咒罵了一聲。

「傑洛特，這怎麼回事？」

「沒事。閉上你的嘴，不要插話。我會試著用幾句話騙過去。」

「我問你，這是怎麼一回事？又要開打了嗎？」

「閉嘴。」

「騎馬進城眞是個白痴主意。」詩人哀號，一邊看著神殿的高塔，它就矗立在森林不遠處。「我們應該留在南娜卡那裡，一步都不要踏出圍牆……」

「我說過了，閉嘴。你看著吧，事情很快就會解決的。」

「看起來不像。」

亞斯克爾是對的，看起來確實不像。泰勒斯依然提著劍走來走去，沒有看他們一眼。那些手握標槍的士兵個個神色陰沉，一臉冷漠，看起來就像職業殺手——對這些人來說，殺人並不會讓他們的腎上腺素分泌得比平常多。

傑洛特和亞斯克爾跳下馬。弗勒維克和矮人慢慢走近。

「獵魔士先生，您侮辱了尊貴的泰勒斯。」伯爵一點前言或客套都沒有，單刀直入地說：「而泰勒斯——您應該記得很清楚——也向您宣戰了。在神殿裡我們不能逼您，所以我們等待，等您從女祭司的長裙後頭走出來。泰勒斯正在等您，你們必須決鬥。」

「一定要嗎？」

「是的。」

「弗勒維克大人，您不覺得——」傑洛特歪著嘴笑了。「尊貴的泰勒斯有點太抬舉我了？我從來就沒有得過騎士的頭銜，至於我的出身呢，我們還是不要提細節比較好。我擔心自己沒有這個身分和資格……如果要……亞斯克爾，這怎麼說來著？」

「沒有接受挑戰、站上決鬥場的榮譽。」詩人噘起嘴唇朗誦：「騎士的教條表明……」

「修士會的元老會有自己的教條。」弗勒維克打斷他說：「如果您向修士會的騎士宣戰，他可以拒絕和您決鬥，或者接受，這全看他高興。但現在情況是反過來的：修士會的騎士指名要和您決鬥，同時也給了您榮譽——只有在洗清恥辱的決鬥時。您不能拒絕，如果您拒絕接受這個榮譽，您就是個沒有榮譽的人。」

「真完美的邏輯。」亞斯克爾扮了個猴臉說：「如我所見，您的哲學學得不錯嘛，騎士大人。」

「不要插嘴。」傑洛特抬起頭，看著弗勒維克的眼睛說：「騎士，請您把話說完。我想知道，您到底想要做什麼。請告訴我，如果我是個……沒有榮譽的人，會發生什麼事。」

「會發生什麼事？」弗勒維克露出邪惡的微笑說：「那時我就命人把你吊在樹上，你這渾球。」

「冷靜點。」矮人突然用嘶啞的聲音說：「伯爵大人，別那麼緊張。還有別罵人，好嗎？」

「克萊姆，別對我說教。」騎士不悅地說：「還有記清楚，親王下了命令，你得完全遵照他的指令行事。」

「伯爵，您才不該對我說教。」矮人把手放在插在腰帶上的雙刃斧上，說：「我知道如何完成他的命令，根本不用人教。傑洛特先生，容我自我介紹，我是丹尼斯·克萊姆，赫拉瓦德親王的侍衛長。」

傑洛特僵硬地鞠躬，看著矮人濃密、灰黃色眉毛下的眼睛。矮人的眼睛是明亮的灰色，像鋼一樣。

「獵魔士先生，上場和泰勒斯決鬥吧。」丹尼斯·克萊姆平靜地繼續說：「這樣比較好。這並不是一場生死之鬥，只是要讓您動彈不得罷了。上場吧，讓他把你弄得動彈不得。」

「什麼意思？」

「泰勒斯騎士是赫拉瓦德親王的寵臣。」弗勒維克邪惡地微笑著說：「變種人，如果你在決鬥中用劍傷害了他，你就要接受處罰。克萊姆侍衛長會把你抓起來，送到親王面前去審判；這就是親王給他的命令。」

矮人甚至沒有看騎士一眼，只是用冰冷、鋼一般的眼睛盯著傑洛特。獵魔士微微報以一笑，但是笑得十分不懷好意。

「如果我理解正確，」他說：「我非得參加這個決鬥不可。因爲如果我拒絕，你們就會把我吊起來。如果我參加決鬥，得讓我的對手把我殺傷，因爲要是我傷了他，那等著我的就是車輪刑。都是一些令人愉快的選擇嘛。或者讓我來節省你們的麻煩？我現在就用頭去撞松樹的樹幹，這樣我就可以讓自己動彈不得了。這樣你們滿意嗎？」

「別開這種令人噁心的玩笑。」弗勒維克嘶聲說：「別讓自己的處境變得更糟。流浪漢，你侮辱了修士會，必須爲此接受懲罰，現在你了解嗎？年輕的泰勒斯騎士須要打敗獵魔士，獲得名聲，而元老會想要給他這樣的名聲。要不是這樣，你早就被吊死在絞架上了。要是你被打敗，你就挽救了你那可憐、一文不值的生命。我們不需要你的屍體，我們要的是讓泰勒斯在你身上劃幾劍。身爲一個變種人，你皮膚上的傷口很快就會癒合的。好啦，快決定吧，反正你沒有選擇。」

「伯爵大人，你這麼覺得嗎？」傑洛特笑得更不懷好意了，他環顧四周，帶著衡量的眼光掃過士兵們。「我認爲我有。」

「沒錯。」丹尼斯・克萊姆承認：「您有。但是會有人流血，會血流成河，就像在布拉維肯一樣。您想要這樣的結果嗎？您想要讓鮮血和死亡造成良心的負擔？因爲您所想的選擇——傑洛特先生——是鮮血和死亡。」

「很動人的論證。應該說，非常吸引人。」亞斯克爾嘲諷地說：「對一個在森林裡被攻擊的人，您還和他大談人道主義，試著喚起他的高尚情操。如果我理解得沒錯，您是叫他不要殺死那些攻擊他的強盜。他應該同情這些強盜，因為強盜很可憐，有老婆孩子要養，誰知道呢，也許家裡還有老母。克萊姆侍衛長啊，難道您不覺得您的擔心有點多餘嗎？看看你們這些拿標槍的士兵，他們一想到要和利維亞的傑洛特戰鬥，連膝蓋都在發抖了呢。這邊這位獵魔士，他可是赤手空拳制伏了斯奇嘉。這裡一滴血都不會流，也沒有人會受傷，除了那些在逃到城裡的路上摔斷腿的傢伙之外。」

「我啊，」矮人挑戰性地抬起下巴，平靜地說：「我的膝蓋好得很，沒什麼問題。我從來沒在任何人面前逃走過，也不打算改變這個習慣。我沒有妻子，也沒有孩子。至於老母嘛，我根本不知道她是誰，我寧願不提這件事。但是交給我的命令，我一定會完成。就像平常一樣，徹徹底底地完成，不放過任何一個細節。我不想訴諸任何高尚的情操，只是請求利維亞的傑洛特先生做出決定。不管他的決定是什麼，我都會接受，並且做出適當的反應。」

獵魔士和矮人凝視著彼此的眼睛。

「好吧。」傑洛特終於說：「讓我們解決這件事，別浪費時間。」

「所以您是同意了。」弗勒維克抬起頭，他的眼中閃著光芒。「您同意要和尊貴的鐸恩達的泰勒斯騎士決鬥了？」

「是的。」

「很好，做準備吧。」

「我準備好了。」傑洛特戴好手套。「我們別浪費時間。如果南娜卡知道這檔事，那就有得受了。我們速戰速決。亞斯克爾，靜靜站在一旁，你和這件事完全無關。克萊姆大人，我沒說錯吧？」

「沒錯。」矮人堅定地說，看了弗勒維克一眼。「傑洛特先生，完全正確。不管怎樣，這件事只和您有關。」

獵魔士抽出背上的劍。

「不。」弗勒維克抽出自己的劍，說：「別用你那把剃刀來戰鬥，拿我的劍。」

傑洛特聳聳肩。他接過伯爵的劍，試著揮了幾下。

「很重。」他冷冷地說：「用鏟子來決鬥，效果也和這差不了多少。」

「泰勒斯的劍和這把一樣，很公平。」

「眞是前所未聞地好笑啊，弗勒維克大人。」

士兵用細鍊把空地圍了起來，泰勒斯和獵魔士面對面站在中間。

「泰勒斯大人？在這個道歉儀式上你有沒有什麼要說的呢？」

騎士咬著唇，把左手放到背後，做出擊劍的預備姿勢，就這樣一動也不動。

「沒有嗎？」獵魔士微笑了。「您不想聽聽理智的聲音嗎？眞是可惜。」

泰勒斯把重心放低，縱身一躍，連預警都沒有，就快速地展開了攻擊。獵魔士甚至沒有防禦，只是很快地轉了半圈，側身避開向他直刺而來的劍尖。騎士再次大動作揮劍，劍刃劃過半空，傑洛特原地來了個迴身，閃過劍尖，同時輕輕向後跳了一小步，虛晃了一招，這讓泰勒斯的動作失去原有的節奏。

泰勒斯咒罵了一聲，從右方大動作揮劍，一時失去了平衡。反射性地想要穩住重心，但是他的動作既凌亂，又高高地把劍擋在自己面前。獵魔士手臂伸長，用閃電般的速度和力道出擊。那把沉重的劍和泰勒斯的劍互擊，發出鏗地一聲巨響，力道如此之大，竟然讓泰勒斯的劍猛地彈回了他臉上。騎士慘叫一聲，雙膝著地，頭臉朝下倒在草地上。弗勒維克連忙飛奔到他身邊。獵魔士把劍插到地上，轉過身。

「喂，守衛！」弗勒維克站起來，大喊：「拿下他！」

「站住！不許動！」丹尼斯．克萊姆嘶啞的聲音響起，他的手放在雙刃斧上。士兵像木頭人一樣停下動作。

「不，伯爵。」矮人慢慢地說：「我總是徹底遵照命令行事，獵魔士沒有碰泰勒斯騎士。那小子是被自己的劍砍到的，算他倒楣。」

「他的臉都破相了！一生都得帶著這個醜陋的傷疤！」

「會癒合的。」丹尼斯．克萊姆用鋼一樣的眼睛注視著獵魔士，露出牙齒說：「而傷疤？對騎士來說，傷疤是榮譽的紀念品，名聲和讚譽的泉源。元老會既然這麼希望他擁有這些，現在他也得到了。如果一個騎士沒有傷疤，那他只不過是一個雞巴，根本算不上是騎士。伯爵，你不信的話可以問問他，然後你就會相信他有多麼高興。」

泰勒斯在地上發出慘叫，吐了一口血，繼續鬼哭神號，看起來一點都不像是高興的樣子。

「克萊姆！」弗勒維克把自己的劍從地上拔起來，大吼：「我發誓，你會後悔的！」

矮人轉過身，慢慢地從腰帶上拿出雙刃斧，咳了一聲，然後往右手掌上吐了一大口口水。

「伯爵啊，」他嘶啞地說：「不要亂發誓，我最無法忍受亂發誓的傢伙。赫拉瓦德親王給了我這樣的權力——對這種人，我可以就地正法。您剛才的蠢話我就當作沒聽見吧，但是我鄭重拜託您不要再說第二遍。」

「獵魔士，」弗勒維克氣得渾身發抖，轉向傑洛特。「從艾蘭德消失。馬上，一刻都不許多留！」

「我很少贊同他的意見，」丹尼斯走到獵魔士身邊，把他的劍還給他，一面低聲說：「但是在這個情況下，他說對了。您還是快走吧。」

「我們會照您說的去做。」傑洛特把劍揹到背上，說：「但是在那之前……我還有一句話要對伯爵說。弗勒維克大人！」

白玫瑰修士會的騎士緊張地眨著眼，用手擦了擦身上的大衣。

「讓我們回頭談談你們教會的教條吧。」獵魔士試著不露出微笑，繼續說：「我非常好奇一件事：如果說我對你們處理這整件事的態度感到噁心、被冒犯，如果我在此時此地向您宣戰，您會怎麼做？您會認爲我是一個夠有尊嚴、並且值得和您決鬥的對象嗎？或者您會拒絕——即使您知道如果您拒絕了我，我會把您當成一個不值得尊敬的人，會向您吐口水，往您臉上打一拳，還會在這群士兵面前狠狠踢您的屁股？弗勒維克伯爵，請您行行好，滿足一下我的好奇心吧。」

弗勒維克臉色發白，往後退了一步，四下張望。士兵們避開他的目光。丹尼斯．克萊姆露出輕蔑的表情，伸出舌頭，然後把一口口水啐得老遠。

「雖然您不說話，」傑洛特繼續說：「但是我在您的沉默中聽到了理智的聲音，弗勒維克大人。您滿足了我的好奇心，現在就讓我來滿足您的。如果修士會想要以任何方式騷擾南娜卡和女祭司們，或者找克萊姆侍衛長的麻煩，如果您想知道這麼做會發生什麼事，那就讓我來告訴您，伯爵大人。那時我會親自去找您，管你們有什麼教條，我會把您體內的血放得一乾二淨，就像殺豬一樣。」

騎士的面孔顯得更白了。

「弗勒維克大人，別忘了我的承諾。亞斯克爾，我們走，該上路了。丹尼斯，再會。」

「傑洛特，一路順風。」矮人咧嘴一笑：「再會。我們的會面眞是令人愉快，希望還有下次。」

「希望如此，丹尼斯。再會了。」

他們示威般地故意騎得很慢，頭也不回，直到隱入森林，才開始加快腳步。

「傑洛特，」詩人突然說：「我們應該不會直接到南方去吧？得繞遠路避開艾蘭德和赫拉瓦德的領地，是不是？還是你打算繼續示威？」

「不，亞斯克爾，我不打算這麼做。我們走森林，然後轉到商路上。記住，關於這場架的事在南娜卡面前一個字都別提，一個字都不准說。」

「我希望，我們會儘快離開這裡？」

「立刻。」

〃

傑洛特彎下腰，檢查修好了的馬鐙，並且調整繫著馬鐙的皮帶長度。皮帶飄著新皮革的氣味，還有點僵硬，因此在穿過皮帶釦的時候不太順。他調整馬兒的腹帶、馬背上的行囊、捲在馬鞍後的厚毛毯，還有用皮帶綁在毛毯上的銀劍。南娜卡雙手抱胸，站在旁邊一動也不動。

亞斯克爾走了過來，手裡牽著自己那匹褐黑色的閹馬。

「尊貴的南娜卡，感謝妳的招待。」他嚴肅地說：「還有不要再生我的氣了。不管怎樣，我知道妳還是喜歡我的。」

「當然。」南娜卡臉上不帶笑意地回答：「我是喜歡你，懶鬼，雖然我自己也不知道原因。再會。」

「南娜卡，再見。」

「傑洛特，再見，自己保重。」

獵魔士苦澀地笑了。

「我寧願提防其他人。就長遠來看，這個方法比較好。」

優拉在另外兩個較年輕女學徒的陪伴下從神殿裡走了過來，穿過爬滿常春藤的柱子，手裡拿著獵魔士的小盒子。她笨拙地避開他的目光，長滿雀斑的臉上有著尷尬的微笑，漾著一片紅暈，這和她圓潤的嘴唇共同組成了一幅動人的畫面。陪在她身邊的女孩毫不掩飾她們意有所指的目光，而且費了好大的力氣才沒有咯咯笑出聲來。

「偉大的梅莉特列女神啊，」南娜卡嘆了一口氣說：「送行的隨員都到齊了嘛。傑洛特，把你的小盒子拿去吧。我幫你把魔法藥水湊齊了，那些你以前沒有的，現在都有了。還有那個藥——你知道是哪個。你要定期服用兩個禮拜，不要忘記，這很重要。」

「我不會忘。謝謝妳，優拉。」

女孩低下頭，把小盒子遞給他。她眞的很想說點什麼，但不知道該說什麼好，該用哪些字來表達。她不知道——如果自己能夠說話，會說些什麼。她不知道，但是她十分渴望。

他們的手碰在一起。

血、血、血。像斷棍一樣的白骨。長滿利爪的巨掌和尖利的牙齒撕裂皮膚，白繩索似的肌腱在底下炸開。身體被撕開的可怕聲音，尖叫——放聲尖叫，大聲到令人害怕，無恥的結束。死亡。鮮血和尖叫。尖叫、鮮血、尖叫……

「優拉！」

南娜卡——雖然她體態豐腴，動作卻無比迅速——飛奔到優拉身邊，壓住她的肩膀和頭髮。女孩躺在地上，全身緊繃，身體因爲痙攣而不住地顫抖。一個女學徒因爲恐懼而無法動彈，另一個反應比較快的則跪在優拉腳上把她壓住。優拉的身體彎成弓形，張大了嘴，發出無聲的尖叫。

「優拉！」南娜卡大叫：「優拉！說話！說話啊，孩子！說話！」

女孩的身體繃得更緊了，她緊緊咬著牙關，一道血絲從她的臉頰流下。南娜卡漲紅了臉，大聲喊了幾句話。雖然獵魔士不明白其中的意思，但是他的銀徽章猛地扯了一下他的脖子，使他不由自主地彎下身，好像被一股看不見的強大力量壓下去似的。

優拉不動了。

亞斯克爾的臉白得像紙一樣，大聲地喘了一口氣。南娜卡吃力地站起來。

「把她帶走。」她對其他女孩說。這時已有更多的女學徒跑來，她們的表情嚴肅，充滿恐懼，沒有人說話。

「把她帶走。」女祭司長重複道。「小心點。還有不要讓她一個人，我馬上就來。」

她轉向傑洛特。獵魔士一動也不動地站著，被汗浸濕的手搓揉著轠繩。

「傑洛特……優拉……」

「南娜卡，什麼都別說。」

「我也看到了……只有一下子。傑洛特，不要走。」

「我必須走。」

「你看過……你看過這個嗎？」

「是的，不是第一次了。」

「然後呢？」

「回頭去看這些沒什麼意義。」

「拜託，不要走。」

「我必須走，好好照顧優拉。再見，南娜卡。」

女祭司長慢慢地別過頭，吸了吸鼻子，猛力而近乎粗暴地用手腕擦去眼眶中的淚。

「別了。」她低聲說，沒有看他。

全書完

敬請期待系列作《命運之劍》

下集預告

獵魔士 命運之劍

獵魔士傑洛特與陌生人結伴同行，前往傳說中有龍出沒的赫渥波勒市。形形色色的人在此齊聚一堂——國王、刀客、巫師、吟遊詩人，還有與傑洛特冤家路窄的女巫，人人各懷心思，一起踏上屠龍的傳奇旅程……

阿艾德·琴維爾這座城市的名字，在精靈語中是「冰的碎片」之意。在這裡，獵魔士周遭颳起了暴風雪。爲了留在雪女王身邊，他與巫師將要展開至死方休的決鬥……

事隔六年，傑洛特在因緣際會下回到琴特拉，那孕育驚奇之子的國度。儘管他對命運向來嗤之以鼻，但在冥冥之中，他與驚奇之子的道路還是交會了。

國家圖書館出版品預行編目資料

獵魔士：最後的願望／安傑．薩普科夫斯基（Andrzej Sapkowski）著；林蔚昀譯.——初版.——台北市：蓋亞文化，2011.11-
冊；公分.——（Fever；FR017）
譯自：Ostatnie Życzenie

ISBN 978-986-6157-49-3（平裝）

882.157　　100012078

Fever 017

獵魔士 最後的願望 Ostatnie Życzenie

作者／安傑．薩普科夫斯基（Andrzej Sapkowski）
波蘭文譯者／林蔚昀
封面插畫／Alejandro Colucci
封面設計／克里斯
出版／蓋亞文化有限公司
地址◎台北市103承德路二段75巷35號1樓
電話◎（02）25585438　傳真◎（02）25585439
網址◎www.gaeabooks.com.tw
電子信箱◎gaea@gaeabooks.com.tw
投稿信箱◎editor@gaeabooks.com.tw
郵撥帳號◎19769541　戶名：蓋亞文化有限公司
法律顧問／宇達經貿法律事務所
總經銷／聯合發行股份有限公司
地址◎新北市新店區寶橋路二三五巷六弄六號二樓
電話◎（02）29178022　傳真◎（02）29156275
港澳地區／一代匯集
電話◎（852）27838102　傳真◎（852）23960050
地址◎九龍旺角塘尾道64號龍駒企業大廈10樓B&D室
初版十五刷／2023年1月
定價／新台幣 320 元
Printed in Taiwan

ISBN／978-986-6157-49-3

GAEA

GAEA